*A HISTÓRIA DE
MILDRED PIERCE*

 **GREENPEACE**

A marca FSC é a garantia de que a madeira utilizada na fabricação do papel deste livro provém de florestas de origem controlada e que foram gerenciadas de maneira ambientalmente correta, socialmente justa e economicamente viável.

O Greenpeace — entidade ambientalista sem fins lucrativos —, em sua campanha pela proteção das florestas no mundo todo, recomenda às editoras e autores que utilizem papel certificado pelo FSC.

JAMES M. CAIN

A HISTÓRIA DE MILDRED PIERCE

Tradução:
CELSO NOGUEIRA

COMPANHIA DAS LETRAS

Copyright © 1941 by James M. Cain
Copyright renovado© 1969 by James M. Cain

Tradução publicada mediante acordo com Alfred A. Knopf,
uma divisão da Random House, Inc.

Título original:
Mildred Pierce

Projeto gráfico de capa:
João Batista da Costa Aguiar

Foto de capa:
Anna Otoni

Preparação:
Otacílio Nunes

Revisão:
Valquíria Della Pozza
Daniela Medeiros

Dados Internacionais de Catalogação na Publicação (CIP)
(Câmara Brasileira do Livro, SP, Brasil)

Cain, James M., 1892-1977.
A história de Mildred Pierce / James M. Cain ; tradução
Celso Nogueira. — São Paulo : Companhia das Letras, 2008.

Título original: Mildred Pierce.
ISBN 978-85-359-1233-3

1. Ficção norte-americana I. Título.

08-03315   CDD-813

Índice para catálogo sistemático:
1. Ficção : Literatura norte-americana 813

2008

Todos os direitos desta edição reservados à
EDITORA SCHWARCZ LTDA.
Rua Bandeira Paulista, 702, cj. 32
04532-002 — São Paulo — SP
Telefone: (11) 3707 3500
Fax: (11) 3707 3501
www.companhiadasletras.com.br

A HISTÓRIA DE
MILDRED PIERCE

1

Na primavera de 1931, o homem escorava árvores num gramado em Glendale, na Califórnia. Serviço tedioso, pois ele precisava cortar os galhos secos primeiro, depois envolver os ramos mais fracos com lona e em seguida dar voltas com a corda por sobre a lona e amarrar a ponta da corda no tronco, para que o ramo suportasse o peso dos abacates que cresceriam até o outono. Embora fizesse calor naquela tarde, ele não se apressava, trabalhando meticulosamente enquanto assobiava. Era um sujeito meio franzino, trinta e poucos anos, mas, apesar das manchas na calça, ele a vestia com garbo. Chamava-se Herbert Pierce. Quando terminou de ajeitar as amarras, empilhou gravetos e galhos secos, levou-os para a garagem e guardou-os na caixa de cavacos para acender a lareira. Retornou com o cortador e aparou a grama. Era um gramado igual a milhares de outros na Califórnia: um retângulo no qual cresciam pés de abacate, limão e mimosa, rodeados por pazadas de terra fofa. A casa também era semelhante a outras do gênero: um bangalô espanhol de paredes brancas e telhado vermelho. As casas em estilo espanhol saíram um pouco de moda, mas na época eram consideradas de alto nível, e aquela não ficava a dever nada à próxima, talvez fosse até melhorzinha.

Terminado o corte da grama, ele pegou a mangueira, desenrolou-a antes de atarrachá-la na torneira do jardim e começar a regar. Foi minucioso também nisso, esguichando água na copa das árvores, nos círculos de terra fofa, no caminho de lajota e finalmente na grama. Quando a área inteira molhada começou a cheirar como em dia de chuva, ele fechou a torneira, levantou a mangueira com a mão para esgotar a água, enrolou-a e a devolveu à garagem. Voltou à frente da casa para examinar as árvores e se certificar de que as cordas não estavam demasiadamente apertadas. Depois entrou em casa.

A sala em que entrou correspondia ao gramado do qual saíra. Era a própria sala de estar padrão vendida pelas lojas de departamentos como a mais adequada aos bangalôs espanhóis, e era constituída de um brasão com fundo de veludo vermelho pendurado na parede; cortinas de veludo vermelho penduradas em lanças de ferro; tapete vermelho com bordas decoradas; canapé na frente da lareira, ladeado por duas poltronas, todos com encosto reto e assento de continhas; uma mesa de carvalho comprida encimada por uma luminária com cúpula de ferro pintado; duas luminárias no chão, de hastes combinando com as lanças das cortinas e cúpulas de seda vermelha; uma mesa de canto no estilo Grand Rapis e um rádio em cima dela, no estilo baquelite. Nas paredes pintadas, além do brasão, havia três quadros: um monte solitário ao crepúsculo, com esqueletos bovinos no primeiro plano; um cowboy a conduzir o gado pela neve; e um de trem de passageiros varando a planície alcalina. Na mesa comprida havia um livro chamado Enciclopédia dos Conhecimentos Úteis, com encadernação dourada disposta numa diagonal interessante. Alguém poderia criticar a sala pelo feito notável de ser fria e simultaneamente entulhada, um lugar onde alguém viveria oprimido. Mas o homem sentia um vago orgulho, principalmente dos quadros, que se convencera de serem "muito bons". Quanto a morar nela, isso nunca lhe ocorrera.

Naquele dia ele não dedicou à sala nem um olhar nem um pensamento. Passou apressado e seguiu para o quarto mobiliado pelo conjunto verde de sete peças em verde berrante, onde eram visíveis toques femininos. Ele tirou a roupa com que trabalhara, pendurou-a no closet e entrou despido no banheiro, onde abriu a torneira para tomar um banho de imersão. Ali refletiu novamente sobre a civilização em que vivia, desta vez com uma profunda diferença. Pois embora fosse, e ainda seja, uma civilização em larga medida *naïve* em relação a gramados, salas, quadros e outros elementos de natureza estética, ela alcançara a genialidade e chegara mais longe do que qualquer outra civilização poderia imaginar no campo da praticidade. O banheiro em que ele assobiava era uma jóia de utilidade: azulejos verdes e azulejos brancos; limpo como uma sala de operações, tudo estava em seu devido lugar e tudo funcionava. Vinte segundos após abrir as torneiras o homem entrou na banheira com a água na exata temperatura de seu agrado, lavou-se, puxou a tampa do ralo, saiu da banheira, enxugou-se com uma toalha limpa e entrou outra vez no quarto, sem errar um compasso sequer da melodia que assobiava e sem considerar que havia algo de notável em tudo aquilo.

Penteou o cabelo e depois se vestiu. Ainda não surgira a calça esporte, apenas a folgada de algodão: vestiu uma limpa com camisa pólo e malha azul. Seguiu para a cozinha, similar ao banheiro, onde a esposa confeitava um bolo. Era uma mulher miúda, consideravelmente mais jovem do que ele; mas, como havia uma mancha de chocolate em sua face e ela vestia um avental verde folgado, era difícil definir sua aparência, a não ser pelo par de pernas voluptuosas entrevistas entre o avental e o sapato. Ela estudava um motivo num livro de decoração de bolos, no qual um pássaro segurava no bico um pergaminho, e tentava reproduzi-lo com lápis no bloco de papel. Ele a observou por alguns momentos, olhou para o bolo e disse que estava sensacional. Talvez sensacional fosse pouco, pois se tratava de uma obra gigantesca, quase cinqüenta centímetros de largura, quatro camadas, coberto de glacê acetinado. Após o comentário, ele bocejou e disse: "Bem, não tem mais nada que eu possa fazer por aqui. Acho que vou sair para dar uma volta".

"Você volta até a hora do jantar?"

"Vou tentar, mas se eu não chegar até as seis não me espere. Talvez demore um pouco."

"Eu precisava saber."

"Já falei, se eu não voltar para casa até as seis..."

"Dizer isso não adianta nada. Estou terminando este bolo para a senhora Whitley, que vai pagar três dólares por ele. Se você pretende comer em casa, vou gastar um pouco do dinheiro em bistecas de cordeiro, para você jantar. Caso contrário, comprarei outra coisa mais ao gosto das meninas."

"Então me inclua fora dessa."

"Era só isso que eu queria saber."

Pairava um tom sombrio na cena, obviamente incompatível com o senso de humor do homem. Ele ficou parado, sem graça, e tentou cavar um elogio. "Ajeitei as árvores. Prendi tudo, para os galhos não vergarem quando os abacates amadurecerem, como aconteceu no ano passado. Cortei a grama. A frente ficou uma beleza."

"Vai regar o gramado?"

"*Já reguei.*"

Ele pronunciou a frase com certa condescendência, pois preparara uma armadilha e ela caíra. Mas o silêncio trouxe uma sensação ligeiramente desagradável, como se ele mesmo tivesse caído numa armadilha sem se dar conta. Incomodado, acrescentou: "Reguei até dizer chega".

"É meio cedo para molhar a grama, não acha?"

"Ah, tanto faz, cedo ou tarde."

"A maioria das pessoas espera até o fim do dia para molhar a grama, quando o sol não está mais tão quente, o que não é má idéia, pois economiza a água pela qual outra pessoa está pagando."

"Quem, por exemplo?"

"Não sei de ninguém aqui que esteja trabalhando, além de mim."

"Você vê alguma coisa que eu *poderia fazer* mas não faço?"

"E terminou cedo, né?"

"Mildred, tenha dó, aonde você está querendo chegar?"

"Ela está esperando por você, vá logo."

"Quem está esperando por mim?"

"Você sabe muito bem."

"Se está falando de Maggie Biederhof, saiba que não a vejo faz uma semana, e que ela não significa nada para mim, a não ser uma parceira de *rummy* quando não tenho nada para fazer."

"Isso é praticamente o dia inteiro, se quer saber minha opinião."

"Eu não quero saber."

"O que você faz com ela? Joga *rummy*, depois desabotoa aquele vestido vermelho que ela vive exibindo por aí, sem sutiã, e a joga na cama? Depois você vira para o lado e dorme, levanta para ver se tem frango frio na geladeira, joga mais um pouco de baralho e a leva para a cama de novo? Puxa vida, deve ser o máximo. Não consigo imaginar nada mais gostoso."

A tensão nos músculos da face indicava que ele poderia perder a paciência. Abriu a boca para dizer algo, mas pensou bem e desistiu. Acabou dizendo: "Ah, tudo bem", querendo soar resignado e altivo, e foi saindo da cozinha.

"Não quer levar nada para ela?"

"Levar? Como assim?"

"Bem, sobrou um pouco de massa, fiz uns bolinhos para as crianças. Mas, gorda daquele jeito, ela deve adorar um docinho. Espere, vou embrulhar um."

"Por que você não vai para o inferno, hein?"

Ela deixou de lado o desenho do pássaro para encará-lo. E começou a falar. Pouco tinha a dizer sobre amor, fidelidade ou moral. Falou do dinheiro, da incapacidade dele para arranjar trabalho; e, quando mencionou a outra mulher, não foi para acusá-la de ser a sereia que lhe roubara o amado, e sim como causa da inquietude que tomara conta dele recentemente. Ele a interrompia com freqüência, arranjando desculpas para seu comportamento, insistindo que não havia trabalho, insistindo ferinamente que um homem tem direito a um momento de sossego, por isso a sra. Biederhof entrara em sua vida, ele não tinha de aturar alguém a atormentá-lo sem parar por questões que escapavam a seu controle. Falavam depressa, como se dissessem coisas que queimavam a boca e precisassem ser esfriadas a cusparadas. Na verdade, a cena inteira exibia uma feiúra quase clássica, pois trocavam as mesmas recriminações desde o início do casamento, pouca originalidade fora acrescentada, e nenhuma beleza. Acabaram ao cansar, ele tentou sair da cozinha novamente, mas ela o impediu.

"Onde você pensa que vai?"

"Preciso dizer?"

"Vai visitar Maggie Biederhof?"

"E se for?"

"Então é melhor fazer a mala e sumir daqui para sempre, pois se você sair agora por aquela porta não o aceitarei de volta. Nem que eu tenha de usar o cutelo para impedi-lo, aqui nesta casa você não entra mais."

Ela tirou o cutelo da gaveta e o ergueu antes de devolvê-lo a seu lugar, enquanto ele a observava com ar de desprezo. "Vamos com calma, Mildred, com muita calma. Se você não tomar cuidado, eu sou bem capaz de ir embora um dia desses. E sou bem capaz de fazer isso agora mesmo. Deixar você."

"Você não está me deixando, sou eu quem está pondo você daqui para fora. Se for à casa dela hoje nunca mais entrará aqui."

"Eu vou para onde bem entender, tá?"

"Então leve as malas, Bert."

O rosto dele ficou branco, os olhos a fixaram por um longo tempo. "Tudo bem. Vou fazer isso."

"Então faça logo de uma vez. Quanto antes, melhor."

"Tá bom... tá bom."

Ele saiu da cozinha. Ela encheu o saco de confeitar

descartável com glacê, cortou a ponta com a tesoura e começou a desenhar o pássaro no bolo.

A essa altura ele já estava no quarto, espalhando no assoalho as malas que tirara do armário. Fez bastante barulho, talvez na esperança de ela ouvir e entrar para suplicar que mudasse de idéia. Desta vez, porém, sofreu uma decepção e não lhe restou alternativa senão fazer mesmo as malas. Sua primeira preocupação foi com os trajes sociais, compostos de camisas, colarinhos, abotoaduras, gravatas e sapatos, além de um terno preto que chamava de "meu smoking". Embrulhou tudo com cuidado, em papel de seda, e colocou as roupas no fundo da mala maior. Ele já tivera dias melhores, a bem da verdade. Na adolescência fora dublê cinematográfico de cavaleiro, e ainda se orgulhava das habilidades ao montar. Depois um tio falecera e lhe deixara um rancho de gado nos arredores de Glendale. Hoje Glendale é um subúrbio interminável, tendo com Los Angeles a mesma relação que Queens tem com Nova York. Mas naquele tempo não passava de um vilarejo, uma cidadezinha descuidada com pátios de manobra numa ponta e campo aberto na outra, e uma estradinha a passar pelo meio.

Por isso ele comprou um chapéu alto de cowboy, tomou posse do rancho e tentou tocá-lo, sem muito sucesso. As laranjas não davam bem, tentou plantar uva, mas as videiras mal brotaram e veio a Lei Seca. Foi obrigado a trocá-las por nozes. Mal fizera a opção e o mercado de uva explodiu por causa da demanda clandestina. Isso o deprimiu tanto que ele deixou a terra abandonada por um bom tempo, enquanto tentava achar um rumo num mundo que girava tão rápido que o entontecia. Um dia, porém, recebeu a visita de três homens que lhe fizeram uma proposta. Ele ainda não sabia, mas o sul da Califórnia, e Glendale em particular, estava à beira da explosão imobiliária dos anos 1920, uma expansão raramente vista no mundo.

13

Portanto, quase do dia para a noite, seus cem acres de terra localizavam-se exatamente onde se pretendia construir. Ele se tornou um empreendedor, um sujeito de visão, um maioral. Formou uma companhia com os três senhores, chamada Pierce Homes, Inc., e tornou-se seu presidente. Pôs seu nome numa rua, Pierce Drive, casou-se com Mildred e lá construiu a casa que ocupava atualmente, ou que ocuparia pelos próximos vinte minutos. Embora na época estivesse ganhando muito dinheiro, recusou-se a erguer um palacete pretensioso. Disse ao arquiteto: "As casas da Pierce Homes são para pessoas normais, e o que é bom para elas é bom para mim". Contudo, em alguns aspectos a casa era um pouco melhor do que costumam ser as casas das pessoas comuns. Tinha três banheiros, um em cada dormitório, e certos detalhes da construção beiravam o luxuoso. Não passava de uma piada agora, a casa fora hipotecada e a hipoteca renovada. O dinheiro levantado havia sido todo gasto fazia muito tempo. Mas um dia chamara atenção, e ele gostava de dar murros nas paredes e comentar a solidez da construção.

Em vez de pôr o dinheiro no banco, ele havia investido na AT&T, e por alguns anos desfrutara o sucesso diário de seu discernimento, pois a ação subiu majestosamente até ele ter uma "participação" na empresa de 350 mil dólares, o que significava que havia uma enorme diferença entre o preço da ação e seu valor de mercado no momento. Mas chegou a Terça-feira Negra de 1929, e seu mergulho na ruína foi tão rápido que ele mal pôde ver o desaparecimento da Pierce Homes durante a queda. Em setembro estava rico, Mildred escolhera o casaco de mink que compraria quando o tempo esfriasse. Em novembro, quando o tempo ainda não havia esfriado, tiveram de vender um dos carros para pagar as contas do mês. Ele levou isso na brincadeira, pois muitos amigos seus enfrentavam as mesmas dificuldades e ele podia fazer piadas a respeito, até se gabar. O que não conseguia encarar era a estultificação de sua sagacidade. Acostumara-se tanto a creditar a si tamanho acume que não suportava admitir que seu sucesso era pura sorte, devido à localização das terras e não a suas qualidades pessoais. Por isso ele seguia pensando em termos dos grandes empreendimentos que iniciaria quando tudo melhorasse um pouco. Quanto a procurar emprego, seria incapaz de fazer uma coisa dessas, e, apesar de tudo que contava a Mildred, não se esforçara nem um pouco nessa direção. Portanto, graças à deterioração contínua ele atingira a condição atual com a sra. Biederhof. Era uma dama de idade incerta, com uma pequena renda de casebres que alugava aos mexicanos. Mas gozava de relativa afluência enquanto outros passavam necessidade e tinha tempo de sobra. Ouvia relatos dos tempos de grandeza dele, passados e futuros, dava-lhe comida, jogava cartas e sorria timidamente quando ele desabotoava seu vestido. Ele vivia num mundo de sonho, deitado à beira do rio, olhando as nuvens passarem.

Não tirava os olhos da porta, como se esperasse que Mildred aparecesse, mas ela permaneceu fechada. Quando Ray, a menor, voltou para casa da escola e correu para pegar seu bolo, ele deu um passo e a trancou. Num instante ela estava do lado de fora, girando a maçaneta, mas ele continuou imóvel. Ouviu Mildred gritar algo para a menina, que foi para a frente, onde outras crianças a aguardavam. O nome da filha era realmente Moire, nome fornecido pelos princípios da astrologia suplementados pela numerologia, assim como o da outra filha, Veda. Mas o vidente deixara de incluir a pronúncia na tira de papel datilografada com capricho. Bert e Mildred não sabiam que se tratava de uma das variantes celtas de Mary, e diziam Moyra. Pensando que era um nome francês dos mais exclusivos, passaram a pronunciar Mwaray, rapidamente reduzido para Ray.

Ele destrancou a porta assim que terminou de fazer a última mala, entrando dramaticamente na cozinha. Mildred ainda confeitava o bolo, agora uma peça de beleza exuberante na qual o pássaro empoleirado num galho frondoso verde segurava o pergaminho no bico, com "Feliz Aniversário Bob" escrito, enquanto um círculo de botões de rosa, distribuídos com capricho em volta, servia como uma espécie de gorjeio silencioso. Ela não levantou a vista. Ele molhou os lábios e perguntou: "Veda está em casa?".

"Ainda não chegou."

"Fiquei quieto quando Ray bateu na porta, agora mesmo. Não vi razão para contar nada a ela. Não vejo razão para qualquer uma das duas saber disso. Não quero que você diga a elas que eu fui embora ou qualquer coisa do gênero. Diga apenas..."

"Pode deixar tudo por minha conta."

"Tudo bem. Deixo por sua conta, então."

Ele hesitou. Depois disse: "Bem, então até logo, Mildred".

Com passos trêmulos ela seguiu até a parede, onde se encostou, escondendo o rosto, e a socou uma ou duas vezes com os punhos cerrados, impotente. "Vá logo, Bert. Não precisa dizer mais nada. Vá... embora".

Quando ela se virou ele não estava mais lá, então as lágrimas fluíram e ela se afastou do bolo para não molhá-lo. Mas, quando ouviu o ruído do carro a sair da garagem, soltou um gritinho assustado e correu para a janela. Eles raramente o usavam, só aos domingos, quando tinham um dinheirinho para pôr gasolina, e ela se esquecera completamente do automóvel. Assim, ao ver aquele homem sair de sua vida, seu único pensamento claro foi que agora não tinha como entregar o bolo.

Já havia posto o último botão de rosa no lugar e removia pingos indesejáveis de glacê com um chumacinho de algodão enrolado num palito de dente, quando bateram à porta de tela, e a sra. Gessler, vizinha do lado, entrou. Ela era uma mulher magra, morena, de quarenta e poucos anos, com um rosto enrugado de preocupação ou bebida. O marido era motorista de caminhão, mas eles eram mais prósperos que a maioria dos caminhoneiros da época. Pairava no ar a impressão geral de que os caminhões de Gessler iam com freqüência a Point Loma, onde barcos velozes e baixos atracavam na enseada.

Ao ver o bolo a sra. Gessler soltou uma exclamação e foi examiná-lo de perto. Valia mesmo o olhar fixo que seus olhos miúdos lhe dedicaram. A decoração estava no lugar, e, embora fosse um motivo convencional, o bolo exalava um aroma delicioso, possuía uma integridade que lhe dava muita distinção. Garantia desde a aparência que cada pedacinho passaria no inexorável teste dos confeiteiros: derreter na boca.

Em tom deslumbrado, a sra. Gessler murmurou: "Não sei como você consegue fazer isso, Mildred. Ficou lindo, simplesmente lindo".

"Se a gente precisa fazer, acaba dando um jeito."

"Mas ficou *lindo!*"

Só após uma espiada final a sra. Gessler revelou o motivo de sua visita. Levava um prato pequeno nas mãos, coberto por outro prato, que ergueu um pouco. "Pensei que você poderia aproveitar. Fiz um fricassê para o jantar, mas Ike recebeu um chamado de Long Beach e eu quero ir com ele, vai acabar estragando."

Mildred pegou um prato, passou o frango para ele e o guardou na geladeira. Depois lavou os pratos da sra. Gessler e os enxugou antes de devolvê-los. "Posso aproveitar praticamente tudo, Lucy. Obrigada."

"Bem, preciso ir andando."

"Bom passeio."

"Dê um abraço no Bert."

"...pode deixar."

A sra. Gessler parou. "O que foi?"

"Nada."

"Nem vem. Aconteceu alguma coisa. O que foi?"

"Bert foi embora."

"Quer dizer... para sempre?"

"Acabou de ir. Saiu agora mesmo."

"Abandonou você, assim sem mais nem menos?"

"Acho que dei uma forcinha. Já estava mais do que na hora."

"Como você pode dizer uma coisa dessas? Ele lhe trocou por aquela galinha desmazelada? Como ele teve coragem de olhar para ela?"

"É o que ele quer."

"Mas ela nem toma *banho!*"

"Não adianta ficar falando. Se ela gosta dele, tudo bem, pode ficar. Bert não é ruim. E não foi culpa dele. Foi por causa de... tudo. E eu o atormentava. Ele vivia dizendo que eu o azucrinava, devia ter razão. Sabe, eu não agüentava mais engolir tudo quieta, e não me interessa se temos uma Depressão. Se ela agüenta, então eles vão se dar bem, pois é exatamente isso que ele espera. Não vou mudar de idéia só por causa dele."

"O que pretende fazer?"

"O que pretendo fazer agora?"

O silêncio pesado envolveu as duas mulheres. Depois a sra. Gessler balançou a cabeça. "Bem, você se alistou no maior exército da terra. Você é a grande instituição americana que nunca mencionam no dia 4 de Julho — divorciada com duas filhas pequenas para criar. Filhos-da-mãe."

"Bert não é ruim."

"Ele não é ruim, mas é um filho-da-mãe, e todos eles são uns filhos-da-mãe."

"Nós também não somos perfeitas."

"Não fugiríamos do jeito que eles fogem."

A porta da frente bateu e Mildred ergueu um dedo de alerta. A sra. Gessler meneou a cabeça e perguntou se podia fazer alguma coisa no momento. Mildred queria desesperadamente dizer que precisava de ajuda para entregar o bolo, mas a buzina do automóvel soara uma ou duas vezes lá fora, impaciente, e ela não teve coragem de dizer. "No momento, não."

"A gente se vê."

"Obrigada pelo frango."

* * *

A outra menina não entrou na cozinha correndo, como Ray fizera minutos antes. Chegou afetadamente, aspirou com desprezo o perfume deixado no ar pela sra. Gessler e depositou os livros escolares sobre a mesa antes de beijar a mãe. Embora tivesse apenas onze anos, capturava o olhar das pessoas. No modo garboso como exibia as roupas, bem como na beleza da parte superior do rosto, parecia mais com o pai do que com a mãe; "Veda é uma Pierce", costumavam dizer. Contudo, em volta da boca a semelhança desaparecia, pois a boca de Bert tinha uma curva fraca que a dela não possuía. O cabelo, vermelho como cobre, e os olhos, azul-claros como os da mãe, tornavam-se ainda mais vívidos pelo contraste com a mistura de sardas e o bronzeado que formava sua pele. Mas o mais atraente em seu jeito era o andar. Talvez por causa do peito alto arqueado, talvez por causa dos quadris estreitos e das pernas, ela se movia com uma altivez ereta, arrogante, meio cômica em alguém tão jovem.

Ela aceitou o bolo que a mãe lhe entregou, um muffin de chocolate com um V de glacê branco em cima, contou os restantes e fez um relato contido de sua aula de piano. Apesar de todos os horrores do último ano e meio, Mildred conseguira guardar cinqüenta centavos por semana para as aulas, por manter uma convicção profunda, quase religiosa, de que Veda era "talentosa", e, embora não soubesse exatamente em quê, piano parecia indicado como preliminar razoável para quase tudo. Veda era uma aluna satisfatória, pois praticava constantemente e mostrava interesse genuíno. Seu piano, escolhido quando Mildred escolhera o casaco, nunca chegou, e ela estudava na casa do avô Pierce, onde havia um piano vertical antigo, e por isso ela sempre chegava depois de Ray.

Ela relatou o progresso com a *Grand Valse Brillante* de Chopin, repetindo o título da obra algumas vezes, para surpresa de Mildred, pois empregava a pronúncia francesa e obviamente deliciava-se com o efeito elegante. Falava com o tom claro e afetado que lembra atrizes infantis, e realmente tudo que dizia dava a impressão de ter sido decorado e depois recitado do modo prescrito por algum livro de etiqueta rigoroso. Tendo comentado a valsa, ela se aproximou para examinar o bolo. "Para quem é, mamãe?"

"Bob Whitley."

"Ah, o jornaleiro."

A atividade paralela do jovem Whitley, vender assinaturas depois das aulas, era considerada por Veda um tremendo equívoco social, e Mildred sorriu. "Ele será um jornaleiro sem bolo de aniversário se eu não arranjar um jeito de ir até lá. Coma seu bolo, depois vá até a casa de seu avô e veja se ele se importa de me levar até a casa da senhora Whitley no carro dele."

"Não podemos usar nosso carro?"

"Seu pai saiu com ele, e talvez demore. Vá logo. Leve Ray com você, seu avô trará as duas de volta."

Veda saiu sem se apressar e Mildred ouviu quando ela chamou Ray na rua. Em um minuto, porém, ela estava de volta. Fechou a porta cautelosamente e falou com precisão ainda maior do que de costume. "Mãe, onde está meu pai?"

"Ele... ele precisou sair."

"E por que levou as roupas?"

Quando Mildred dissera a Bert para "deixar tudo por sua conta", imaginara vagamente uma cena que terminaria com "A mamãe explicará melhor outro dia". Mas esquecera-se da paixão de Veda pelas roupas do pai, da inspeção orgulhosa de seu smoking, do traje de montaria, das botas e dos sapatos reluzentes, um ritual diário no qual nem mesmo uma ida até a casa do avô seria capaz de interferir. Ela também não levara em conta que era impossível enganar Veda. Começou a examinar uma imperfeição imaginária no bolo. "Ele foi embora."

"Para onde?"

"Não sei."

"Ele vai voltar..."

"Não."

Ela se sentia arrasada, torcendo para que Veda se aproximasse, para poder abraçá-la e contar tudo de um modo que não parecesse tão vergonhoso. Mas os olhos de Veda permaneceram frios e ela não se moveu. Mildred a adorava por sua aparência, pelo talento promissor, pelo esnobismo que acenava para coisas superiores a sua natureza prosaica. Mas Veda adorava o pai, por sua pose de grã-fino e seus modos requintados, e se ele desprezava empregos remunerados, ela também se orgulhava disso. Nas intermináveis picuinhas que marcaram os últimos meses ela se mantivera invariavelmente do lado dele, e com freqüência atormentava a mãe com comentários arrogantes. E disse apenas: "Entendo, mãe. Só queria ter certeza".

Ray acabou entrando, era uma coisinha rechonchuda, quatro anos mais nova que Veda, e a cara de Mildred. Dançou em volta da mesa, fingindo que ia enfiar o dedo no bolo, e Mildred a interrompeu, contando-lhe o que acabara de revelar a Veda. Ela começou a chorar e Mildred a pegou no colo, falando com ela como desejara falar desde o começo da cena. Disse que o papai amava as duas filhas, que não se despedira para evitar que elas sofressem, que não era culpa dele, e sim de um monte de coisas que não poderia explicar agora, e que mais tarde, um dia, esclareceria tudo. Falou tudo isso a Ray, mas falava realmente com Veda, que permanecia ali parada, ouvindo tudo com ar grave. Após alguns minutos Veda sentiu a obrigação de ser amigável, evidentemente, pois a interrompeu para dizer: "Se o problema é a senhora Biederhof, mãe, então concordo plenamente. Ela é inconfundivelmente classe média".

Mildred não segurou o riso ao ouvir isso e aproveitou a chance para puxar Veda e beijá-la. Depois despachou as filhas para a casa do avô. Ficou contente por não ter mencionado a sra. Biederhof, e decidiu que jamais aquele nome surgiria em seus lábios na presença delas.

O sr. Pierce chegou de carro, convidou-a para jantar e Mildred aceitou, após um momento de reflexão. Os Pierce precisavam ser informados, e, se contasse agora, depois de jantar com eles, mostraria não haver ressentimento e que ela pretendia manter o relacionamento como antes. Mas depois de entregar o bolo e sentar-se com eles por alguns minutos, percebeu algo no ar. Bert devia ter passado por ali, ou as meninas fizeram algum comentário, não sabia. Mas as coisas não eram como antes. Portanto, assim que terminaram de jantar e as filhas foram brincar lá fora, ela tratou do assunto, desconsolada. O sr. Pierce e a Vovó, os dois nativos de Connecticut, residiam numa casa Pierce menor, porém igualmente pitoresca, e viviam da aposentadoria que ele recebia como ferroviário. Levavam uma vida confortável e costumavam apreciar o crepúsculo no quintal pequeno dos fundos da casa. Foi ali que Mildred deu a notícia.

O silêncio caiu sobre eles, um silêncio pesado que durou muito tempo. Vovó estava no balanço. Passou a tocar o chão com o pé e a balançar, fazendo com que o balanço guinchasse. Em seguida começou a falar num tom amargurado, entrecortado, sem olhar para Mildred nem para o sr. Pierce. "Foi aquela mulher, a Biederhof. Tudo culpa dela, do começo ao fim. Foi por causa dela, desde que Bert começou a sair com ela. Aquela mulher não presta. Percebi isso desde que pus os olhos nela. Que desplante, se meter com um homem casado. E não faz nem um ano ainda que o marido dela morreu. A casa onde vive é uma imundície. Ela sai por aí com os peitos balançando e todos os homens olham para ela, quer queiram, quer não. Por que ela tinha de se meter com meu filho? Não há homens por aí em quantidade? Ela tinha de..."

Mildred fechou os olhos e escutou, o sr. Pierce fumava cachimbo e acrescentava comentários melancólicos. Só falavam na sra. Biederhof, e de certo modo isso foi um alívio. Mas logo uma vaga apreensão tomou conta dela. Aquela noite era importante, percebeu, pois o que fosse dito no momento ficaria registrado para sempre. Por causa das filhas, pelo menos, era vital que ela não desse falso testemunho nem omitisse palavras essenciais para um relato justo, nem levantasse qualquer suspeita de mentira. Além disso, sentia uma contrariedade crescente ao ver a facilidade com que a culpa recaía toda numa mulher que, no fundo, pouco tinha a ver com a história. Ela deixou que Vovó se cansasse, e após um longo silêncio disse: "Não foi por causa da senhora Biederhof".

"Foi por causa de quem, então?"

"Por uma série de motivos, e, se nada tivesse acontecido, Bert não olharia para ela mais do que olharia para uma mulher esquimó. Foi... o que aconteceu com os negócios de Bert. E o período terrível que estamos enfrentando. E o jeito como Bert se cansou. E..."

"Está querendo me dizer que isso foi culpa de *Bert?*"

Mildred esperou um minuto, receosa de que a agressividade na voz de Vovó encontrasse abrigo em sua resposta. Depois, disse: "Não estou dizendo que é culpa de alguém, só se for da Depressão, algo que certamente Bert não pôde evitar". Ela parou antes de entrar na parte que mais temia, mas que precisava ser dita: "Mas devo dizer que Bert não foi o único que se cansou. Eu também. Quem começou hoje não foi ele. Fui eu".

"Você não está querendo dizer que... *botou Bert para fora?*"

A revolta na voz de Vovó era tão intensa, sua recusa a admitir realidades básicas tão irritante que Mildred não confiou em sua capacidade de falar. Só depois que o sr. Pierce interferiu, e que cinco minutos transcorreram para esfriar os ânimos, ela conseguiu dizer: "Foi inevitável".

"Sem dúvida, foi inevitável, se você pôs o pobre coitado para fora de casa. Nunca ouvi falar de uma coisa dessas na minha vida. Onde ele está agora?"

"Não sei."

"E a casa nem mesmo é sua."

"Será do banco em breve, se eu não der um jeito de pagar pelo menos os juros."

Quando Vovó quis retrucar, o sr. Pierce imediatamente fez um sinal para que se calasse, e Mildred sorriu tristonha ao reparar que a simples menção aos juros devidos levava a uma imediata mudança de assunto. O sr. Pierce retornou à sra. Biederhof, e Mildred considerou diplomático palpitar: "Não quis defendê-la, nem por um segundo. E não culpo Bert. Só estou tentando dizer que era inevitável, e aconteceu hoje. Fui a responsável pela decisão, achei melhor que fosse agora do que depois, quando haveria ainda mais sentimentos negativos entre nós dois".

Vovó não disse nada, mas o balanço continuava a ranger. O sr. Pierce declarou que a Depressão certamente atingira com força um grande número de pessoas. Mildred aguardou mais uns minutos, para que a saída não parecesse repentina, depois disse que precisava levar as crianças para casa. O sr. Pierce a acompanhou até a porta, mas não se ofereceu para levá-las. Titubeou antes de dizer: "Está precisando de algo no momento, Mildred?".

"Por enquanto não, obrigada."

"Lamento muito."

"Era inevitável."

"Boa noite, Mildred."

Ao chamar as meninas, Mildred sentiu um certo ressentimento contra o casal que visitara, não só pela completa incapacidade deles de compreender o ocorrido, mas também pelo total distanciamento do problema que ela enfrentava, e da possibilidade de que as netas, pelo que sabiam, pudessem ficar sem ter o que comer. Quando entrou em Pierce Drive o frio da noite a alcançou, ela sentiu o impacto do ar gelado e engoliu em seco, rapidamente, para sufocar o aperto triste em sua garganta.

Depois de pôr as filhas na cama, ela foi para a sala de estar, puxou uma poltrona para perto da janela e sentou-se lá, no escuro, olhando para o cenário familiar, tentando afastar a melancolia que a inundava lentamente. Foi em seguida para o quarto e acendeu a luz. Era a primeira vez que dormia ali depois que Bert começara a se interessar pela sra. Biederhof; por vários meses ela dormira no quarto das meninas, onde mudara as camas de lugar. Entrou na ponta dos pés, pegou seu pijama e voltou, tirando o vestido. Sentou-se então na frente da penteadeira e começou a escovar o cabelo. Parou e ficou olhando para seu reflexo, pensativa, séria.

Ela era de estatura quase média; seu tamanho reduzido, o cabelo louro acinzentado e os olhos azuis aguados faziam com que aparentasse uma idade bem inferior à real, que era vinte e oito anos. Em seu rosto nada se destacava. Ela era o que se costumava chamar de "boa aparência", em vez de bonita; em sua própria avaliação por vezes surgia a expressão "perdida na multidão". Mas isso não lhe fazia justiça. Seus olhos, caso sofresse provocações, zombarias ou embaraços, se amendoavam de um modo que eram tudo, menos sedutores, traindo sua espantosa literalidade mental, praticidade ou qualquer que fosse o nome do indício de algo além do completo vazio interior. Fora o amendoar dos olhos que primeiro chamara a atenção de Bert, ele confessou depois, e que o convencera de haver "algo ali". Eles se conheceram logo depois que o pai dela morreu, quando Mildred cursava o terceiro colegial. Depois que a oficina mecânica foi vendida e o seguro pago, a mãe dela contemplou a possibilidade de adquirir uma Pierce Home, usando o pequeno capital como entrada, com a idéia de receber pensionistas na casa para pagar o resto. Bert apareceu para tratar do negócio e Mildred excitou-se com ele, em larga medida por seus modos exuberantes.

Mas quando chegou o dia da grande visita ao loteamento Pierce Homes, a sra. Ridgely não pôde ir, e Bert levou Mildred. Foram no conversível esportivo dele, o vento desmanchou o cabelo de Mildred e ela se sentiu adulta e arrepiada. O clímax foi quando eles pararam na casa-modelo Pierce, que era na verdade a sede da Pierce Homes,

Inc., construída em formato de casa para estimular a imaginação dos compradores. As secretárias já haviam saído, mas Mildred inspecionou tudo, da "sala de estar" enorme na frente até os "dormitórios" aconchegantes dos fundos, passando mais tempo nestes do que seria talvez aconselhável. Bert comportou-se de modo solene na volta para casa, como seria de esperar de alguém que acabara de seduzir uma menor, mas sugeriu uma nova inspeção no dia seguinte. Um mês depois estavam casados, ela saiu da escola dois dias antes da colação de grau, e Veda nasceu um pouco antes do permitido por lei. Bert persuadiu a sra. Ridgely a desistir de transformar uma Pierce Home em pensão, provavelmente por temer calote, e ela foi morar com a irmã de Mildred, cujo marido tocava uma loja de equipamento marítimo em San Diego. O capital diminuto, por sugestão de Bert, foi investido na AT&T.

A figura de Mildred atraía a atenção de uma multidão, de qualquer multidão. Seu pescoço liso, infantil, posicionava a cabeça no alto, em ângulo favorável. Ombros baixos, mas graciosos; o sutiã balançava um pouco, graças à carga extremamente sedutora. Os quadris pequenos, como os de Veda, pareciam de menina, e não de uma mulher que dera à luz duas filhas. As pernas eram realmente lindas e a envaideciam imensamente. Um único aspecto delas a incomodava sempre, desde que se conhecia por gente. No espelho pareciam impecáveis, retas e esguias, mas quando olhava para baixo, diretamente para elas, davam a impressão de ser arqueadas. Por isso aprendera a dobrar um joelho de leve, quando ficava em pé, e a se mover com passos curtos, dobrando rapidamente o joelho de trás, de modo que a deformidade, caso realmente existisse, não fosse notada. Assim seu andar era sinuoso, feminino, como o de pôneis num show da Broadway; ela não sabia, mas o traseiro balançava de um modo bem provocante.

Pensando bem, talvez soubesse.

Assim que terminou de ajeitar o penteado ela levou

as mãos aos quadris e se olhou no espelho. Um lampejo fugaz em seus olhos parecia indicar que ela sabia não ser aquela uma noite ordinária em sua vida, que devia fazer uma avaliação adequada do que tinha a oferecer em troca do que viria pela frente. Aproximando-se, ela examinou os dentes, que eram grandes e alvos, em busca de cáries. Não encontrou nenhuma. Recuou outra vez, inclinou a cabeça para o lado, fez pose. Quase de imediato, dobrou um joelho. Suspirou, tirou o resto da roupa, vestiu o pijama. Ao apagar a luz, por força do antigo hábito, olhou para a casa dos Gessler, para ver se ainda estavam acordados. Lembrou-se de que haviam saído. E do que a sra. Gessler lhe dissera: "...a grande instituição americana que nunca mencionam no dia 4 de Julho, a divorciada com duas filhas pequenas para criar" — e suspirou desconsolada ao deitar-se na cama. Prendeu a respiração quando o cheiro de Bert a engolfou.

Num instante a porta se abriu e Ray entrou apressada, chorando. Mildred ergueu as cobertas e aconchegou a menininha, apertou-a contra o peito, sussurrou e cantarolou em seu ouvido até o choro cessar. Depois de passar um tempo olhando para o teto, ela pegou no sono.

2

Por um ou dois dias, após a partida de Bert, Mildred viveu numa espécie de torpor inconseqüente, pois recebera duas encomendas de bolo e três de torta. Elas a mantiveram ocupada, mas não parava de pensar no que diria a Bert quando ele aparecesse para visitar as filhas: "Ah, estamos indo muito bem, não precisa se preocupar. Tenho mais serviço do que dou conta. Isso mostra que uma pessoa, quando se dispõe a trabalhar, sempre arranja alguma coisa". Além disso, ela preparou uma versão ligeiramente diferente para o sr. Pierce e Vovó: "Eu? Vou indo muito bem. Recebo mais encomendas do que posso aceitar. De todo modo, obrigada pela oferta". As perguntas receosas do sr. Pierce ainda ecoavam em seus ouvidos, e ela sentia prazer por poder dar uma alfinetada no casal, sentar e observar a reação deles. Era dada a ensaiar cenas, mentalmente, e desfrutar triunfos imaginários sobre pessoas que a contrariaram de um modo ou de outro.

Mas logo passou a sentir medo. Vários dias transcorreram, e não vieram novas encomendas. Logo chegou uma carta da mãe, tratando da AT&T, cujas ações comprara quando sugerido, e que ainda detinha, embora tivessem caído a um valor absurdamente baixo. Acusou Bert explicitamente, e parecia achar que ele poderia ou deveria fazer algo a respeito. A parte da carta que não tratava da AT&T falava da loja de equipamento marítimo do sr. Engel. No momento, pelo jeito, os únicos fregueses que podiam pagar em dinheiro eram contrabandistas de bebida, mas todos eles usavam embarcações leves, e o sr. Engel mantinha um estoque de material pesado, para navios. Por isso solicitava a Mildred que fosse até Wilmington, de carro, para perguntar se os comerciantes de lá aceitariam trocar seu estoque por artigos mais leves, usados nas lanchas. Mildred soltou uma risada histérica ao ler isso, pois a idéia de sair por aí tentando se livrar de uma carga de âncoras lhe pareceu indescritivelmente cômica. Na mesma leva do correio havia um alerta seco da companhia de gás com o título "Terceiro Aviso", informando que o fornecimento seria interrompido em cinco dias, se não houvesse pagamento das contas atrasadas.

Dos três dólares ganhos da sra. Whitley, mais os nove dos outros pedidos, ainda restavam alguns dólares. Ela foi a pé até o escritório da companhia de gás e pagou a conta, guardando cuidadosamente o recibo. Depois contou o dinheiro, parou num mercado para comprar um frango, um pouco de salsicha, legumes e um litro de leite. O frango, depois de assado, usado para recheio e depois no preparo de croquetes, garantiria a mistura durante o fim de semana. Os cachorros-quentes seriam um luxo. Desaprovava-os por questão de princípio, mas as meninas adoravam comê-los e ela preferia ter sempre alguns à mão, para um lanche rápido. O leite era sagrado. Por pior que a vida estivesse, Mildred sempre dava um jeito de arranjar dinheiro para as aulas de piano de Veda e para todo o leite que as crianças conseguissem tomar.

Quando chegou em casa, naquela manhã de sábado, viu que o sr. Pierce a esperava. Queria convidar as meninas para passar o fim de semana com ele — "Posso até levá-las direto para a escola, na segunda-feira de manhã, sem voltar para cá com elas. De lá, elas podem vir sozinhas". Ao ouvir isso Mildred percebeu que faziam um jogo sujo, provavelmente viajariam para a praia, onde os Pierce tinham amigos, e onde Bert apareceria por pura coincidência. Ressentiu a manobra, e ressentiu ainda mais o sr. Pierce haver retardado sua chegada até ela gastar o dinheiro no frango. Mas a idéia de alguém alimentar as filhas por dois dias inteiros, gratuitamente, foi tão tentadora que ela concordou de bom grado, disse que podiam ir, claro, e preparou uma maleta com as coisas delas. Inesperadamente, porém, começou a chorar ao entrar em casa depois de se despedir e foi para a sala de estar retomar uma vigília que estava depressa virando hábito. Todos os vizinhos iam para algum lugar, pelo jeito, desfilando imponentes pela rua com cobertores, remos e até mesmo botes amarrados no teto do carro, deixando para trás um silêncio pálido. Após observar seis ou sete partidas nesse estilo, Mildred entrou no quarto e deitou-se na cama, cerrando e abrindo os punhos.

Por volta das cinco da tarde a campainha tocou. Inquieta, ela receou que fosse Bert com alguma história sobre as meninas. Mas quando abriu a porta deparou-se com Wally Burgan, um dos três senhores que haviam feito a Bert a proposta original que desembocou na Pierce Homes, Inc. Ele era um sujeito parrudo de cabelo cor de areia, e agora trabalhava para os síndicos escolhidos para cuidar da corporação. Essa era outra fonte de irritação entre Mildred e Bert, pois ela acreditava que ele deveria ter conseguido o emprego, e que, caso tivesse se empenhado um pouco mais, poderia estar empregado. Mas ficara para Wally, e ele estava ali agora, sem chapéu, a saudá-la com um gesto informal, exibindo na mão o cigarro que acompanhava tudo o que ele fazia. "Oi, Mildred. Bert está?".

"No momento, não."

"Sabe aonde ele foi?"

"Não sei."

Wally ponderou por um minuto, depois deu meia-volta para ir embora. "Tudo bem, falo com ele na segunda. Surgiu um problema, uma questão relativa a uma escritura, achei que ele podia ajudar. Peça a ele para passar lá, por favor."

Mildred esperou até que ele chegasse à calçada antes de detê-lo. Odiava lavar roupa suja na frente dos outros, evitava isso sempre que podia, mas se resolver o problema de uma escritura rendesse um dia de serviço para Bert, ou alguns dólares como consultoria, ela precisava garantir sua chance. "Ah... entre, por favor, Wally."

Wally demonstrou alguma surpresa, mas voltou e entrou na sala. Mildred fechou a porta. "Se for importante, Wally, acho melhor você ir atrás de Bert por sua conta. Ele... não está mais morando aqui."

"*Como assim?*"

"Ele foi embora."

"Para onde?"

"Exatamente, eu não sei. Ele não me disse. Mas aposto que o senhor Pierce, pai dele, sabe. Se estiverem viajando, suponho que Maggie Biederhof saiba como localizá-lo."

Wally passou um tempo olhando para Mildred, antes de dizer: "Bem... e quando isso tudo aconteceu?".

"Ah... já faz alguns dias."

"Quer dizer que vocês estão separados?"

"Acho que sim."

"Para sempre?"

"Pelo que sei..."

"Bem, se você não souber, não sei quem poderia saber."

"Sim, foi definitivo."

"E você está morando aqui sozinha?"

"Não, tenho minhas filhas. Elas foram passar o fim de semana com os avós. Mas ficaram comigo, e não com Bert."

"Puxa vida, esta é uma novidade e tanto."

Wally acendeu outro cigarro e voltou a olhar para ela. Seus olhos baixaram até as pernas. Estavam de fora, pois ela economizava as meias, e Mildred puxou a saia para baixo, constrangida. Ele olhou para outros lugares, para dar a impressão de que sua avaliação fora acidental, depois disse: "E então, o que você tem feito da vida?".

"Ah, ando bem ocupada."

"Não parece."

"Sábado. Tirei o dia de folga."

"Eu bem que gostaria de sair com você. Sabe, sua presença sempre me fez bem."

"Você soube esconder isso muito bem."

"É que sou escrupuloso."

Os dois riram e Mildred sentiu que se arrepiava um pouco, perplexa com aquele homem que nunca demonstrara o menor interesse por ela e começava a se insinuar logo após descobrir que ela não tinha mais marido. Ele continuou falando num tom de voz que soava pouco natural a respeito dos bons momentos que poderiam passar juntos; ela retribuiu o flerte, consciente de que havia algo duvidoso naquilo tudo, mas arrebatada pela inesperada liberdade. Ele suspirou, e finalmente disse que teria um compromisso naquela noite. "Mas..."

"Diga."

"O que você vai fazer amanhã à noite?"

"Nada, que eu saiba."

"Então, que tal...?"

Ela baixou os olhos, puxou o vestido para cobrir o joelho, recatada, e o encarou. "Não vejo mal algum."

Ele se levantou, ela também. "Então está marcado. Sabe o que vamos fazer? Vamos nos divertir um bocado."

"Se eu não tiver esquecido como."

"Ah, você vai saber. A que horas? Seis e meia está bom?"

"Por mim, tudo bem."

"Melhor sete horas."

"Estarei pronta às sete."

No dia seguinte, por volta do meio-dia, quando Mildred comia os cachorros-quentes, a sra. Gessler passou para convidá-la a ir a uma festa naquela noite. Mildred, servindo-lhe um café, disse que adoraria ir, mas tinha um encontro e dificilmente poderia dar um jeito. "Um encontro? Nossa, como você é rápida."

"A gente precisa fazer alguma coisa."

"Eu o conheço?"

"Wally Burgan."

"Wally? Bem, pode levá-lo!"

"Vou ver o que ele quer fazer."

"Eu não sabia que ele se interessava por você."

"Nem eu... Lucy, acho que não se interessava. Nunca olhou para mim. Mas, no segundo em que soube da partida de Bert, o efeito sobre ele foi quase cômico. Dava para ver que ficou excitado. Você faz alguma idéia do porquê?"

"Eu devia ter falado algo a respeito. Você ficaria surpresa com o conceito moral atribuído a você. Para ele, você virou uma brasa ardente no instante em que ele descobriu."

"Descobriu o quê?"

"Que você é divorciada! De hoje em diante, você é uma mulher fácil."

"Está falando sério?"

"Estou. E eles também."

Mildred, que não se sentia mais fácil do que antes, ponderou sobre o enigma por um bom tempo, enquanto a sra. Gessler bebericava o café e parecia ponderar sobre outro assunto. Finalmente, ela perguntou: "Wally é casado?".

"Bem... não que eu saiba. Não, claro que não. Ele vivia se queixando de que os casados se davam melhor com o imposto de renda. Por quê?"

"Eu não o levaria à festa, se fosse você."

"Tudo bem, como você preferir."

"Ora, não é nada disso. Ele é bem-vindo, de todo modo. Mas, sabe como é. A festa é com os colegas de trabalho do Ike e as amigas deles, sujeitos bacanas que tentam ganhar a vida como todo mundo. Mas eles são meio rústicos e barulhentos. Acho que passam tempo demais no mar, andando de lancha. E as moças são do tipo escandaloso. Você não deve se misturar com elas, especialmente quando tem nas mãos um rapaz solteiro, isso já lança uma certa suspeita sobre sua moral, e..."

33

"Você pensa que levo Wally a sério?"

"Se não leva, deveria. E por que não? Ele é um rapaz decente, bem-sucedido, cordial, parece um rato barrigudo mas é solteiro e trabalha, isso basta."

"Duvido que sua festa possa escandalizá-lo."

"Ainda não terminei. A questão não é se você está fazendo uso correto de seu tempo. Quais são seus planos, caso já os tenha?"

"Bem, ele vai passar aqui e..."

"Quando?"

"Sete horas."

"Este foi o erro número um, amiga. Eu não permitiria que o atrevido a levasse para jantar. Faria com que permanecesse sentado e lhe daria um tratamento especial Mildred Pierce..."

"Como é? Eu vou ficar trabalhando, apesar de ele estar disposto a..."

"Como investimento, amiga, um investimento de tempo, energia e matéria-prima. Agora feche a boca e me deixe explicar. Tudo que for preciso, pode deixar por minha conta, pois já me animei, e quando estou inspirada nunca me preocupo com ninharias, como custos. Vai ser uma noite perfeitamente terrível." Ela gesticulou, apontando o céu que se tornara cinzento, nublado, como de costume no auge da primavera californiana. "Não faria bem a um cão, quanto mais a um homem, sair de casa numa noite dessas. E tem mais, você já preparou metade do jantar, e não vai deixar tudo estragar só por causa da idéia absurda de que ele quer levá-la para passear."

"Mesmo assim, a idéia era essa."

"Mais devagar, amiga — vamos fazer uma pausa e examinar esta idéia. *Por que* ele quer levá-la para jantar? Por que eles nos convidam para sair? Para nos agradar, dizem sempre. Para que possamos nos divertir, e para que eles possam demonstrar o alto conceito que desfrutamos. São um bando de mentirosos. Além de serem um filhos-da-mãe nojentos, e uns tapados, eles também são tremendos mentirosos. Não há praticamente nada de favorável que se possa dizer a respeito deles, exceto que são os únicos disponíveis. Eles nos convidam para sair por um motivo, e por um único motivo: assim *eles* podem tomar um drinque. Em segundo lugar, para que *nós* possamos tomar um drinque e sucumbir a seus encantos quando voltarmos para casa, mas principalmente para que *eles* possam beber. E, amiga, é justamente aqui que eu entro."

Ela saiu apressada, passou pela porta de tela, correu pelo quintal e voltou logo depois com uma cesta na qual havia várias garrafas. Depositou-as sobre a mesa da cozinha, depois continuou a falar. "Este negócio, o gim e o Scotch, acabou de chegar de barco, e é a melhor bebida que ele vai tomar em muitos anos. O gim só precisa de um pouco de suco de laranja para virar um coquetel sensacional; não se esqueça de pôr bastante gelo. Agora, este aqui, o vinho, é da Califórnia, mas ele não sabe, e é uma boa bebida, por isso aproveite. O truque é o seguinte, amiga: ofereça o vinho primeiro, e a bebida mais cara vai durar muito mais. Entupa ele de vinho — quanto quiser e um pouco mais. Custa trinta centavos o litro, meio centavo pelo rótulo francês elegante, e quanto mais ele beber vinho, menos Scotch beberá. Aqui tem três tintos e três brancos, só porque eu adoro você e quero vê-la dar um jeito na sua vida. Com peixe, frango e peru, sirva vinho branco, e com carne, vinho tinto. O que você vai preparar para comer hoje?"

"Quem disse que eu vou preparar alguma coisa?"

"Espere um pouco, vou ter de repetir tudo? Veja bem, se sair com o sujeito, ele pagar o jantar, você ficar meio alta, voltar para casa e acontecer alguma coisa, como fica?"

"Não se preocupe. Não vai acontecer nada."

"Ah, vai acontecer, sim. Se não for esta noite, será numa outra noite qualquer. Pois se não acontecer nada ele vai perder o interesse e parar de procurá-la. Aí você não vai gostar. E *quando* acontecer será Pecado. Será Pecado porque você é divorciada e fácil. Mas estará tudo certo para ele, pois pagou o jantar e não precisa pagar mais nada."

"Ele deve ter um caráter maravilhoso, meu Wally."

"Ele tem o mesmo caráter que todos os outros, nem mais nem menos. *Mas* — se você *comprar* a comida para ele, cozinhar com o capricho que só você pode, e se por acaso ainda estiver linda naquele aventalzinho, e acontecer alguma coisa, aí é a Natureza. A velha Mãe Natureza, amiga, que não é nenhuma vagabunda, como sabemos muito bem. Pois a divorciada voltou para a cozinha, que é o lugar da mulher, e isso resolve tudo. Wally não pagou nada, nem um tostão. Ele até esqueceu de perguntar o preço da batata frita. Mas vai descobrir. E tem mais, desse jeito é mais rápido, você falou que estava em dificuldades e não podia se dar ao luxo de perder tempo. Se fizer tudo direito, numa semana sua situação financeira melhorará muito, e dentro de um mês ele implorará por uma chance de bancar seu divórcio. Do outro jeito, percorrendo todos os botecos clandestinos que ele conhece, pode levar cinco anos, e mesmo assim você não tem nenhuma garantia."

"Você acha que eu quero ser sustentada?"

"Sim."

Mildred não pensou em Wally por algum tempo, depois da conversa, ou pelo menos não sabia que estava pensando nele. Assim que a sra. Gessler saiu ela foi para o quarto escrever algumas cartas, particularmente uma para a mãe, explicando que entrava em uma nova fase de sua vida, com detalhes, para mostrar que, no momento, não poderia vender as âncoras. Depois consertou as roupas das meninas. Mas, por volta das quatro da tarde, quando começou a chover, ela deixou a cesta de costura de lado, foi até a cozinha e conferiu os suprimentos, das três ou quatro laranjas para o café-da-manhã das filhas aos legumes que adquirira na véspera, no mercado. Cheirou o frango com cuidado, para ter certeza de que ainda estava fresco. O litro de leite ela tirou com cuidado da geladeira, para não sacudir o líquido, e com uma colherinha usada no sal ela removeu o creme da superfície e o guardou numa vasilha de vidro. Depois abriu uma lata de mirtilo e preparou uma torta. Enquanto a torta assava, recheou o frango.

Por volta das seis montou uma pilha de lenha para a lareira, sentindo uma certa culpa, pois a maior parte da lenha era formada pelos galhos mortos do abacateiro, serrados por Bert na tarde em que partira. Ela não fez a pilha na sala de estar, e sim na "saleta", que ficava do outro lado da chaminé da sala e também tinha uma lareira, pequena. Era na verdade um dos quartos, com banheiro, mas Bert o mobiliara com sofá, poltronas confortáveis e fotos dos banquetes em que discursara, e era ali que recebiam as visitas. Quando a lenha ficou pronta para acender, ela foi para o quarto trocar de roupa. Escolheu um vestido estampado, o melhor que tinha. Examinou um grande número de meias, encontrou um par que não parecia ter fios puxados e o calçou. Os sapatos, graças ao uso parcimonioso, estavam em boas condições, e ela preferiu um preto básico. Depois de se olhar no espelho, admirando as pernas com o joelho direito dobrado, vestiu um agasalho e foi para a saleta. Por volta das dez para as sete ela tirou o casaco e girou o botão do aquecimento. Depois abaixou as persianas e acendeu várias lâmpadas.

Por volta das sete e dez Wally tocou a campainha, pediu desculpas pelo atraso, ansioso para iniciar a noitada. Por um momento, Mildred sentiu-se tentada: pela chance de economizar comida, pela chance de comer sem ter de cozinhar, e acima de tudo pela chance de ir a algum lugar, sentar sob luz amena, talvez até ouvir uma orquestra e dançar. Mas sua boca pelo jeito pretendia tomar a dianteira e assumir o controle da situação. "Bem, minha nossa, eu nunca poderia imaginar que você pretendia sair numa noite assim."

"Não foi isso o que combinamos?"

"Mas está horrível lá fora! Por que não me deixa preparar alguma coisa para você? Podemos sair outro dia."

"Ei, ei, eu estou convidando você para *sair*."

"Tudo bem. Mas, pelo menos, vamos esperar um minutinho, ver se a chuva diminui um pouco. Odeio sair quando chove forte."

Ela o conduziu até a saleta, acendeu a lareira, pegou o casaco dele para pendurar e desapareceu. Quando voltou, sacudia uma coqueteleira cheia de orange blossom e dois copos.

"Ora, vejam só!"

"Achei que ia ajudar a passar o tempo."

"Pode apostar que sim."

Ele pegou um copo, esperou até que ela apanhasse o outro e disse "Saúde", antes de tomar um gole. Mildred espantou-se quando percebeu que o coquetel estava muito bom. Wally elogiou a bebida com absoluta reverência por sua qualidade. "Quem poderia imaginar uma coisa dessas! Gim de verdade! Eu não bebo isso desde... só Deus sabe desde quando! Nos bares clandestinos só servem imitação, e ali um sujeito corre risco de vida o tempo inteiro. Puxa, em que bar você trabalhou?"

"Ah, qualquer um faz isso."

"Não aprendeu com Bert, aposto."

"Eu não disse isso."

"A bebida de Bert é pavorosa. Ele se considera um químico amador, e quanto mais mistura coisas para disfarçar o sabor, pior fica. Mas isto... Bert deve ser maluco, para abandonar você."

Ele a olhou com admiração, enquanto ela enchia o copo. "Muito obrigado, Mildred. Eu não poderia dizer não, nem que quisesse. E quanto a você?"

Mildred, que não costumava beber muito, em qualquer circunstância, concluiu que aquela noite seria excelente para exercitar seu recato feminino. Ela riu, balançando a cabeça. "Ah, para mim um já está ótimo."

"Não gosta?"

"Claro que gosto, mas não estou muito acostumada."

"Vai ser preciso educá-la."

"Com toda a certeza. Mas podemos fazer isso aos poucos, um passo de cada vez. Esta noite, o que ainda restou é seu."

Ele riu, excitado, aproximou-se da janela e olhou para a chuva lá fora. "Sabe, estou pensando numa coisa... talvez você tenha razão, a respeito de sair. Esta tempestade parece um dilúvio. Você falou sério quando mencionou a possibilidade de preparar alguma coisa rápida para a gente comer?"

"Claro que falei."

"Mas ia dar um bocado de trabalho a você."

"Não seja bobo, não é trabalho nenhum. E sou capaz de apostar que você fará aqui uma refeição melhor do que por aí. Não sei se sou boa no preparo de coquetéis, mas garanto que cozinho muito bem."

"Não brinque comigo. Quem fez tudo foi a empregada."

"Fui eu. Quer ver?"

"Claro que sim."

Ela era realmente uma cozinheira espetacular, e ele observou enlevado enquanto Mildred punha o frango no forno, descascava quatro batatas e debulhava um prato de ervilhas. Voltaram à saleta até a hora de cozinhar os legumes, e ele tomou outro coquetel. Naquela altura ela já usava o avental azul pequeno, e ele admitiu, desajeitadamente, que "com certeza gostaria de dar uma puxada no cadarço daquele avental".

"Acho melhor não tentar."

"Por que não?"

"Porque eu posso pôr o avental em você e obrigá-lo a cozinhar."

"Por mim, tudo bem."

"Gostaria de jantar aqui? Na frente da lareira?"

"Adoraria."

Ela tirou uma mesa de bridge do closet e a armou na frente da lareira. Apanhou pratos, talheres, copos e guardanapos, pondo a mesa para dois. Ele a seguia como um cachorrinho, com o copo na mão. "Puxa vida, até parece que é um jantar de verdade."

"Eu avisei. Vai ver você não estava ouvindo."

"De agora em diante, sou todo ouvidos."

O jantar fez mais sucesso do que ela previa. Como sopa, serviu um consomê de galinha que salvara do meio da semana, e ele o considerou muito requintado. Depois que ela levou embora as tigelas, trouxe o vinho, que por uma curiosa coincidência estava na geladeira desde a saída da sra. Gessler, e o serviu, deixando a garrafa sobre a mesa. Logo chegou a vez do frango com batata e ervilha, caprichosamente dispostos numa travessa. Ele se mostrava entusiasmado em relação a tudo, e, quando ela trouxe a torta, encheu-se de lirismo. Contou que a mãe costumava fazer uma torta igual, quando moravam em Carlisle, Pensilvânia. Contou a respeito da Indian School, e Mt. Pleasant, o quarterback.

Mas a comida, por mais que o tenha deliciado, cumpriu papel quase incidental. Ele insistiu para que ela se sentasse a seu lado no sofá, usando o avental. Quando ela entrou com o café, viu que ele havia apagado a luz, e apenas o brilho da lareira os iluminou. Quando terminaram, ele passou o braço pelo ombro dela. Finalmente decidida a tornar-se sociável, ela deitou a cabeça no ombro dele, mas, quando ele tocou seu cabelo com os dedos, Mildred levantou-se. "Preciso levar as coisas para a cozinha."

"Pode deixar que eu guardo a mesa para você."

"Tudo bem. Quando terminar, se quiser ir ao banheiro, fica bem ali, é aquela porta atrás de você. Quanto à cozinheira, assim que tirar os pratos daqui, ela vai pôr um vestido mais quente."

Com a chuva forte e a umidade predominante daquela noite, o vestido leve estampado se tornara cada vez mais desconfortável, apesar de sua aparência sedutora.

Ela foi até o quarto, tirou-o e o pendurou no closet. Mas, ao procurar o vestido azul-escuro de lã, ouviu um ruído e virou-se. Ele estava parado à porta com um sorriso maroto nos lábios. "Achei que você poderia precisar de uma ajudinha."

"Não preciso de ajuda, e não o convidei para vir aqui."

Ela falou com rispidez, pois seu ressentimento com aquela invasão de privacidade foi imediato e real. Mas, ao falar, o cotovelo tocou a porta do closet, esta se abriu e seu corpo foi exposto. Ele respirou fundo e sussurrou: "Jesus". Depois, atônito, ficou ali parado, olhando sem olhar para ela.

Profundamente contrariada, ela tirou o vestido de lã do cabide e o vestiu por cima da cabeça. Antes que pudesse fechar os colchetes, contudo, sentiu os braços dele em torno do corpo e ouviu seus murmúrios de desculpas ao pé do ouvido. "Lamento, Mildred, realmente lamento muito. Mas não imaginava que ia acontecer isso. Juro por Deus, só vim aqui para soltar o laço do avental. Era para ser uma brincadeira, só isso. Você sabe que eu não agiria de modo vulgar com você, não é?" E, como se tentasse provar seu desprezo pela vulgaridade, ele estendeu o braço e apagou a luz.

Bem, ela estava furiosa com ele ou não? Apesar do modo fiel como seguira as instruções todas, e de como ele cumprira as previsões todas, ela ainda não sabia o que desejava fazer com Wally. Mas, quando virou a cabeça para evitar que sua boca tocasse a dele, passou por sua cabeça que, se não precisasse abrir a garrafa de Scotch, poderia conseguir uns seis dólares por ela em algum lugar.

Por volta da meia-noite Wally acendeu um cigarro. Sentindo calor, Mildred chutou as cobertas e deixou que o ar frio e úmido arrepiasse sua nudez estonteante. Ergueu uma perna, examinou-a criteriosamente e concluiu, de uma vez por todas, que não era arqueada e que ia parar de se preocupar com isso. Depois mexeu os dedos dos pés. Era um gesto inegavelmente frívolo, mas não havia nada de frívolo em Wally quando ele posicionou o cinzeiro a seu lado e puxou a manta para cobrir sua nudez mais ou menos estonteante. Seu silêncio taciturno era quase ostensivo enquanto fumava, tanto que Mildred disse: "Um tostão pelos seus pensamentos".

"Eu estou pensando no Bert."

Sem precisar ouvir mais nada, ela entendeu o significado: Wally já aproveitara bastante, agora se preparava para cair fora. Esperou um momento, como sempre fazia quando estava brava, mas, apesar do esforço para falar com naturalidade, sua voz exibia um toque de aspereza.

"O que tem o Bert?"

"Ora... você sabe."

"Se Bert me abandonou, se está fora da minha vida, por que você precisa ficar pensando nele, quando ninguém mais está fazendo isso?"

"Éramos amigos. Grandes amigos."

"Mas não tão amigos a ponto de você impedir que Bert conseguisse o emprego que era dele por direito, e depois armar pelas costas uma jogada para assumir a vaga."

"Mildred, não faz seu estilo acusar os outros."

"E puxar o tapete não deveria ser atitude de ninguém."

"Não estou gostando desta conversa."

"Não me importa se você gosta ou não."

"Eles precisavam de um advogado."

"Depois que você os convenceu disso, passaram a precisar. Sabe, pelo menos uma dúzia de pessoas procurou Bert, para alertá-lo do que você estava fazendo, e exigiram que ele fosse lá e tomasse satisfações, mas Bert recusou-se por acreditar que não seria correto. Aí ele descobriu o que era correto. E que grande amigo ele tinha."

"Mildred, dou a minha palavra..."

"E o que ela vale?"

Ela saltou da cama e começou a andar de um lado para o outro, no quarto escuro, repassando a história da

Pierce Homes, Inc., os incidentes da falência e os procedimentos dos credores. Ele tentou negar, solene. "Por que você não conta a verdade? Já conseguiu o que queria de mim, certo? Bebida, jantar e outras coisas que prefiro não mencionar. Agora pretende cair fora, e começa a falar no Bert. Gozado, não pensou no Bert quando entrou aqui querendo desfazer o laço do avental. Você se lembra disso, ou não?"

"Você não recusou."

"Não, banquei a idiota."

Ela tomou fôlego para dizer que ele era igual aos outros, e acabar com a expressão da sra. Gessler, "os filhos-da-mãe nojentos", mas as palavras não saíram de sua boca. Havia nela uma base de honestidade que não aceitava a interpretação da vida da sra. Gessler, por mais que ela a ajudasse no momento. No fundo não acreditava que os homens fossem uns filhos-da-mãe nojentos, e havia preparado uma armadilha para Wally. Se ele estava tentando pular fora do jeito que fosse possível, não fazia sentido culpá-lo por coisas que rapidamente se tornavam insuportáveis para ela, e que certamente não tinham nada a ver com ele. Ela sentou-se ao lado dele. "Desculpe, Wally."

"Ah, tudo bem."

"Ando muito nervosa ultimamente."

"E quem não anda?"

Na manhã seguinte Mildred, desolada, lavava a louça do jantar quando a sra. Gessler apareceu para contar tudo sobre a festa. Ela deixou para mencionar Wally quando já estava de saída, e mesmo assim quis dar a impressão de ter acabado de lembrar do caso ao perguntar como ele era. Mildred disse que ele era gentil, e ficou ouvindo quando a sra. Gessler acrescentou alguns detalhes ao relato da festa. Mas disse abruptamente: "Lucy".

"O que foi?"

"Estou na praça."

"Bem... você não quer dizer que ele deixou dinheiro em cima do aparador, não é?"

"Quase."

A sra. Gessler sentou-se na beira da mesa, olhando para Mildred. Não lhe ocorreu nada para dizer. Parecia tudo tão fácil, tão conveniente e divertido na véspera, mas nenhuma das duas pensara nas profecias que acontecem pela metade, nem em filhos-da-mãe que eram mentirosos, mas não trouxas como deveriam ser. Uma onda de raiva impotente tomou conta de Mildred. Ela pegou a garrafa de vinho vazia e a atirou na copa, gargalhando furiosamente quando ela se partiu em centenas de cacos.

3

A partir daquele momento, Mildred entendeu que precisava de um emprego. Houve mais uma leva de pedidos de bolos e tortas, ela atendeu a todos, mas pensava sempre em arranjar algo fixo, ou tentava pensar nisso, preocupada e temerosa, de modo a garantir uma renda e não ser despejada da casa no dia primeiro de julho, quando teria de pagar os juros da hipoteca feita por Bert. Ela lia os anúncios de emprego, que eram raros. Via diariamente vagas para cozinheiros, empregadas e motoristas, e os pulava rapidamente. Os anúncios maiores, com títulos como "Oportunidade", "Vagas para Vendedores" e "Atenção — Homens e Mulheres", ela nem lia. Lembravam demais os métodos de Bert para se livrar das casas Pierce. Ocasionalmente, porém, um anúncio parecia promissor. Um deles dizia: "Mulher jovem, boa aparência, educada, para serviços especiais". Ela respondeu e ficou excitada quando, dois dias depois, recebeu uma carta, assinada por um homem, solicitando que comparecesse a um endereço no bairro de Los Feliz, em Hollywood. Pôs o vestido estampado, maquiou-se discretamente e seguiu para lá.

O homem a recebeu de camiseta e calça esporte, dizendo que era escritor. Foi meio vago a respeito do que escrevia, embora declarasse que envolvia muita pesquisa, e exigia sua presença em várias partes do mundo, para onde, claro, ela precisaria acompanhá-lo. Ele também foi vago em relação às tarefas: pelo jeito, ela o ajudaria a "coletar material", "arquivar documentos" e "conferir citações".

Também deveria cuidar da casa, manter tudo em ordem e verificar as contas, pois ele desconfiava que o trapaceavam. Quando se sentou a seu lado, e proclamou que certamente ela era a pessoa que procurava, Mildred desconfiou. Ela não havia dito uma única palavra sobre suas qualificações para o emprego, se é que existia algum emprego, e ela chegou à conclusão de que ele não precisava de uma assistente de pesquisa, mas de uma amante. Foi embora, contrariada com a tarde perdida e o dinheiro desperdiçado com a passagem de ônibus. Foi sua primeira experiência com anúncios de caráter sexual, e logo descobriria que eles eram relativamente comuns. Normalmente era um enganador qualquer que se declarava escritor, agente ou caçador de talentos que pensava gastar um dólar e meio do espaço do jornal para conseguir uma procissão diária de moças em sua porta, todas desesperadas para trabalhar, todas dispostas a quase tudo para conseguir um emprego.

Ela respondeu a outros anúncios, marcou diversas entrevistas e compareceu a todas, até os sapatos começarem a revelar seu esforço. Precisava levá-los constantemente ao sapateiro para consertar o salto e engraxar. Passou a sentir um certo ressentimento em relação a Bert por ele ter levado o carro de que tanto necessitava. Nada resultou dos anúncios. Tarde demais, não qualificada, pouco qualificada, tinha filhos, enfim, inadequada por um motivo ou por outro. Rodou as lojas de departamentos, familiarizou-se com a desoladora multidão silenciosa nos corredores de departamentos de pessoal e com a disputa tensa, desesperada, por um lugar na fila quando as portas se abriam, às dez da manhã. Numa loja permitiram que preenchesse a ficha. Foi na Corasi Bros., um estabelecimento enorme no centro de Los Angeles especializado em mobiliário doméstico. Ela foi a primeira na porta e logo se sentou a uma das mesinhas de tampo de vidro destinada a entrevistas. Mas a chefe do departamento, chamada por todos de sra. Boole, passava outras pessoas na frente dela, deixando-a furiosa com a injustiça. A sra. Boole tinha boa aparência, e parecia conhecer a maioria dos candidatos pelo nome. Mildred sentiu tanta revolta com o fato de outros serem atendidos na sua frente que subitamente pegou a luva e fez que ia sair, sem esperar pela entrevista. Mas a sra. Booler ergueu o dedo, sorriu e aproximou-se. "Não vá embora. Lamento fazê-la esperar, mas essas pessoas, em sua maioria, são amigos de longa data, e achei melhor liberá-los imediatamente, para que possam seguir para outras lojas, onde talvez tenham mais sorte. Por isso deixo sempre os novos candidatos por último, quando tenho algum tempo."

Mildred sentou-se novamente, envergonhada pela ida petulante até a porta. Quando a sra. Boole finalmente se aproximou, ela começou a falar em vez de responder a perguntas de forma defensiva, como havia feito em outros lugares, e se abriu um pouco. Aludiu rapidamente a seu casamento desfeito, ressaltou sua familiaridade com tudo que tivesse a ver com cozinha e disse que tinha certeza de poder ser útil naquele departamento, como vendedora, demonstradora, ou ambas as coisas. A sra. Boole a mediu de alto a baixo, depois fez com que relatasse suas tentativas de arranjar emprego. Mildred não escondeu nada, e depois que a sra. Boole riu da história de Harry Engels e suas âncoras, sentiu lágrimas mornas a escorrer pelo rosto, percebendo que ao menos teria uma amiga, se não conseguisse um emprego. Foi então que a sra. Boole a fez preencher a ficha. "Não temos nenhuma vaga no momento, mas vou me lembrar do que você disse sobre cozinhas, e se surgir alguma coisa saberei ao menos onde encontrá-la."

Mildred saiu tão contente que se esqueceu de ficar decepcionada, e só na metade do corredor se deu conta de que chamavam seu nome. A sra. Boole estava parada no corredor com a ficha ainda na mão, e aproximou-se dela nervosa. Pegou a mão de Mildred, segurou-a por um tempo enquanto olhava para a rua, muitos andares abaixo. Depois: "Senhora Pierce, preciso lhe dizer uma coisa".

"Sim?"

"Não há empregos."

"Sei que as coisas estão difíceis, mas..."

"Preste atenção, senhora Pierce. Não costumo dizer isso aos candidatos, mas você parece ser diferente da maioria das pessoas que aparecem aqui. Não quero que volte para casa pensando que há alguma esperança. Não há. Nesta loja, contratamos apenas duas pessoas nos últimos três meses — uma para ocupar a vaga de um senhor que faleceu num acidente automobilístico, outra para a vaga de uma senhora que se aposentou por problemas de saúde. Atendemos todos os que nos procuram, em parte por ser nossa obrigação, em parte porque não queremos simplesmente fechar o departamento. Mas não há empregos, nem aqui nem nas outras lojas. Sei que estou fazendo com que se sinta mal, mas não quero que você... seja enganada."

Mildred tocou o braço dela e riu. "Bem, puxa vida, a culpa não é sua. E compreendo exatamente o que você quer dizer. Não quer que eu gaste meu sapato à toa."

"Isso mesmo. O sapato."

"Mas, se por acaso aparecer alguma coisa..."

"Ah, se aparecer alguma coisa, não se preocupe. Será um prazer avisá-la por telegrama. E, se passar por aqui novamente, não poderia me visitar? Podemos almoçar juntas."

"Seria um grande prazer."

A sra. Boole a beijou, e Mildred partiu, sentindo os pés doerem, fome e uma estranha felicidade. Quando chegou em casa havia um recado na porta, informando que um telegrama a aguardava.

"Senhora Pierce, parece coisa de cinema. Você mal havia entrado no elevador, sério mesmo. Na verdade, chamei a recepção no térreo, esperando que você ainda estivesse na loja."

Desta vez sentaram-se no escritório da sra. Boole, que ocupou seu lugar atrás de uma escrivaninha enorme. Mildred sentou-se na poltrona ao lado da mesa. A sra. Boole prosseguiu: "Eu a observava entrar no elevador para descer, admirava seu porte, se quer saber por que a olhava, quando recebi o telefonema de um restaurante."

"Quer dizer, do restaurante da loja?"

"Sim, do salão de chá da cobertura. Claro, a loja não tem nada a ver com o negócio. Pertence a outra empresa, que aluga o espaço, mas o gerente prefere chamar pessoas de nossa lista. Ele acha que o relacionamento é melhor assim, e além disso nós fazemos uma boa triagem antes de incluir um nome na lista, e o colocamos em contato com moças de ótimo nível."

"E qual é o serviço?"

Pela mente de Mildred saltaram possibilidades, como caixa, recepcionista e dietista: ela não sabia bem o que era uma dietista, mas achava que daria conta do recado. A sra. Boole respondeu, direta: "Nada muito excitante. Uma das garçonetes se casou e quer alguém para ficar em seu lugar. É apenas um emprego — mas as meninas ganham bem para quatro horas de serviço; o único horário de muito movimento é o do almoço, claro — e isso lhe dará tempo de sobra para ficar com suas filhas, cuidar da casa — e, afinal de contas, é um emprego".

A idéia de vestir uniforme e carregar uma bandeja para ganhar a vida com gorjetas provocou mal-estar em Mildred. Seus lábios tremeram, ela os umedeceu com a língua para manter o controle. "Muito obrigada, senhora Boole. Sei perfeitamente que é uma ótima oportunidade — mas duvido que seja adequada para mim."

A sra. Boole enrubesceu de repente e começou a falar como se não soubesse o que estava dizendo. "Bem, lamento muito, senhora Pierce, se a trouxe até aqui para uma proposta que em sua opinião não pode ser aceita. Mas eu estava pensando que você precisava trabalhar..."

"Preciso, senhora Boole, mas..."

"Está tudo bem, minha cara..."

A sra. Boole se levantou e Mildred seguiu em direção à porta, sentindo as faces afogueadas. Logo estava novamente no elevador, e quando chegou à rua sentia ódio de si mesma, e supôs que a sra. Boole a odiava também, e a desprezava por ser idiota.

Pouco depois disso ela se registrou numa agência de empregos. Para decidir qual a agência, ela consultou a lista telefônica e escolheu a Alice Brooks Turner, principalmente pela objetividade sucinta do anúncio:

CONTADORES

CAIXAS

VENDEDORES

GERENTES ADMINISTRATIVOS

Alice Brooks Turner

Apenas pessoal capacitado

A srta. Turner, que mantinha um pequeno escritório num dos prédios comerciais do centro, era uma mulher baixa e bem-vestida, pouco mais velha que Mildred, dura e objetiva. Fumava cigarro com uma piteira longa, com a qual apontou uma mesinha para Mildred, e, sem erguer os olhos, disse a ela que preenchesse uma ficha. Mildred caprichou na letra e forneceu o que lhe pareceu uma quantidade absurda de informações sobre sua vida, incluindo idade, peso, altura, nacionalidade, religião e estado civil exato. Considerou que as perguntas eram na maioria irrelevantes, e algumas até impertinentes. Mesmo assim, respondeu tudo. Quando chegou à questão: Que tipo de trabalho pretende?, ela hesitou. Que tipo de trabalho pretendia? Qualquer tipo que pagasse, mas obviamente não podia escrever isso. Escreveu: Recepcionista. Como no caso da dietista, não sabia exatamente o que significava, mas a palavra chamara sua atenção nas últimas semanas, e pelo menos a função lhe soava imponente.

Então ela chegou aos imensos espaços vazios onde deveria listar os nomes e endereços dos empregos anteriores. Desolada, escreveu: Nenhum emprego anterior. Depois assinou a ficha, levantou-se e a entregou à srta. Turner, que lhe indicou uma cadeira e examinou a ficha, balançou a cabeça e colocou a ficha em cima da mesa. "Você não tem a menor chance."

"Por que não?"

"Sabe o que é uma recepcionista?"

"Não tenho bem certeza, mas..."

"A recepcionista é uma preguiçosa que não sabe fazer nada na vida, e quer ficar sentada na entrada para que todos a vejam fazer isso. Ela é a moça de vestido preto de seda com decote em cima e pouco pano em baixo, instalada logo depois da porta, na frente de um intercomunicador com um botão só, e de vez em quando consegue passar uma ligação, só de vez em quando. Sabe, ela é a moça que diz por favor, sente-se, o senhor Doakes vai atendê-la em poucos minutos. Depois ela se dedica a mostrar as pernas e lixar as unhas. Se dormir com Doakes, ganha vinte dólares por semana, se não dormir, doze. Em outras palavras, não é nada pessoal, não quero ferir seus sentimentos, mas, pelo que consta na ficha, esta é você."

"Sem problemas, eu durmo bem."

Se a bravata causou algum efeito na srta. Turner, ela não o demonstrou. Balançou a cabeça e disse: "Aposto que dorme muito bem, como todas nós, certo? Mas meu negócio não é de acompanhantes, e no momento não há vagas para recepcionistas. O que eu falei vale para o passado. Para os bons e velhos tempos. Quando até casa de penhor precisava exibir uma recepcionista na entrada para mostrar que tinha classe. Mas logo descobriram que isso não era absolutamente indispensável. Eles passaram a dormir com as esposas e creio que deu certo. De todo modo, a taxa de natalidade subiu. Portanto, você não deu muita sorte".

"Servir de recepcionista não é a única coisa que eu sei fazer."

"É, sim."

"Você nem me deu chance de explicar."

"Se você soubesse fazer alguma outra coisa, teria escrito isso em letras enormes na sua ficha. Quando disse recepcionista, para mim já disse tudo. Não resta mais nada, não adianta você me fazer perder tempo e perder o seu tempo. Vou arquivar sua ficha, mas, como já falei antes e vou repetir, você não tem a menor chance."

A entrevista obviamente terminara, mas Mildred se esforçou e fez um pequeno discurso, em tom de vendedora. À medida que falava, foi embalando, explicou que se casara aos dezessete anos, que enquanto outras mulheres aprendiam uma profissão ela cuidava da casa e de duas filhas, "algo que geralmente não consideram uma carreira desonrosa". Agora, como o casamento havia terminado, ela queria saber se era justo ser penalizada por sua opção, e ter negado o direito de ganhar a vida como qualquer um. Ademais, disse, ela não passara o tempo inteiro dormindo, mesmo estando casada. Aprendera a ser uma boa dona de casa e ótima cozinheira, na verdade o pouco que conseguia ter de renda vinha da venda de suas tortas para a vizinhança. Se sabia fazer isso, poderia fazer outras coisas. E não parava de repetir: "O que eu faço, faço bem".

A srta. Turner puxou várias gavetas e as colocou em cima da mesa, enfileiradas. Estavam lotadas de fichas de cores diferentes. Olhando com firmeza para Mildred, disse: "Eu lhe falei que você não era qualificada. Muito bem, dê uma olhada aqui e entenda o que eu quis dizer. Estas três gavetas são de empregadores, gente que me procura quando quer alguém para trabalhar. Eles ligam para mim. Fazem isso porque sei o que desejam e evito o trabalho de entrevistar idiotas como você. Está vendo as fichas cor-de-rosa? Significam "Judeus, não". Vê as azuis? "Gentios, não" — não há muitas, mas há. Isso não tem nada a ver com você, mas serve para lhe dar uma idéia. As pessoas são vendidas aqui nesta mesa como se fossem gado nos leilões de Chicago, e exatamente pela mesma razão: elas têm as características desejadas pelos compradores. Muito bem, agora dê uma olhada em um caso que lhe diz respeito.

Veja as fichas verdes. O verde quer dizer "Mulheres casadas, não".

"Posso saber por quê?"

"Porque no meio do expediente, na hora da correria, vocês, as esposas maravilhosas, têm o hábito de receber uma ligação dizendo que Willie engasgou e saem correndo, talvez voltem no dia seguinte, talvez voltem na semana seguinte."

"Alguém precisa cuidar de Willie."

"Esse pessoal, os empregadores das fichas verdes, não está muito interessado no Willie. Outro hábito que as donas de casa têm é colecionar um monte de contas, imaginando que seus queridos maridos irão pagá-las, e, quando isso não acontece, precisam de emprego. Quando recebem o primeiro cheque de pagamento, têm dezoito contas pendentes — e a vida é muito curta."

"Você acha que eles são justos?"

"Acho que eles são verdes. Vou pelas fichas."

"Não devo um centavo."

"Não mesmo?"

Mildred pensou, com culpa, nos juros que precisava pagar até primeiro de julho, e a srta. Turner, notando a hesitação em seu olhar, disse: "Foi o que imaginei... Bem, veja agora as outras gavetas. São fichas de candidatas. Essas são estenógrafas, um dólar a dúzia, mas pelo menos elas sabem fazer *alguma coisa*. Estas são secretárias qualificadas — também valem um dólar a dúzia, mas ficam em outra gaveta. Aqui estão as estenógrafas com experiência científica, enfermeiras, assistentes de laboratório, farmacêuticas, todas capazes de dirigir uma clínica, cuidar do consultório de três ou quatro médicos ou trabalhar num hospital. Por que eu a recomendaria, em vez de uma delas? Certas moças daqui têm títulos de doutorado ou mestrado da UCLA e de outras universidades. Eis uma gaveta cheia de estenógrafas especializadas em contabilidade. Qualquer uma delas poderia se responsabilizar por todas as tarefas administrativas de uma empresa pequena e ainda sobraria tempo para dormir um pouquinho. Olhe agora os vendedores, homens e mulheres, todos com referências A-1 — eles realmente fazem o estoque girar. Foram despedidos, os estoques não giram, e não vejo como colocar você na frente deles. E esta é a pasta dos preferenciais. Enche uma gaveta inteira, homens e mulheres, executivos de verdade, auditores, gerentes de firmas, quando recomendo um deles, sei que alguém receberá algo de bom em troca de seu dinheiro. Estão todos em casa, do lado do telefone, esperando minha ligação. Mas não vou ligar. Não tenho nada para dizer a eles. O que estou tentando enfiar na sua cabeça é o seguinte: você não tem a menor chance. Para mim, dói ver esta gente, tira meu sono à noite saber que não tenho nada para eles. Merecem alguma coisa, mas não há nada que eu possa fazer. Não há a menor chance de eu passar por cima de um deles. Você não tem qualificação. Não há nada neste mundo que você possa fazer, e odeio gente que não sabe fazer nada".

"Como eu posso me qualificar?"

Os lábios de Mildred tremiam de novo, como ocorrera na sala da sra. Boole. A srta. Turner olhou rapidamente para o outro lado, depois disse: "Posso dar uma sugestão?".

"Claro que sim."

"Eu não diria que você é uma beldade estonteante, mas tem um corpo bonito e disse que cozinha bem e dorme bem. Por que não pára de procurar emprego, arranja um homem e se casa outra vez?"

"Já tentei."

"Não deu certo?"

"Duvido que eu seja capaz de enganá-la. Foi a primeira coisa em que pensei, e por um tempo parecia que estava indo tudo bem. Mas calculo que duas filhas pequenas me desqualificavam também neste caso. Não foi o que ele disse, mas..."

"Ei, ei, você está partindo meu coração."

"Eu não sabia que você tinha um."

"Nem eu."

A lógica fria da arenga da srta. Turner atingiu as entranhas de Mildred de um jeito que andar, esperar e torcer nas últimas semanas não haviam sido capazes fazer. Ela voltou para casa, atirou-se na cama e chorou por uma hora. No dia seguinte, porém, insistiu e se registrou em mais três agências. Passou a tomar atitudes desesperadas, como aparecer de surpresa nas firmas pelas quais passava na rua e perguntar se havia vagas. Um dia entrou num prédio de escritórios e começou pela cobertura, bateu em todas as firmas, só em duas conseguiu passar da recepção. O espectro do primeiro de julho a assombrava o tempo inteiro, ela foi ficando mais fraca, pálida e abatida. Examinava ansiosa as costuras do vestido estampado sempre que o passava a ferro, pois fora lavado muitas vezes. Vivia de aveia e pão, reservando para as filhas os ovos, o frango e o leite que conseguia comprar.

Certa manhã, surpreendentemente, recebeu um cartão da srta. Turner, pedindo-lhe que passasse lá. Ela se arrumou em cerca de quatro minutos, pegou o ônibus das nove e entrou no pequeno escritório que já conhecia às nove e meia. A srta. Turner, com um gesto, a fez sentar. "Surgiu uma oportunidade, por isso mandei o recado."

"O que é?"

"Governanta."

"...Ah."

"Não é o que você está pensando, por isso não use esse tom de voz. Quero dizer, você não vai precisar dormir com ninguém, pelo que sei. E isso não significa nada para mim. Não trato de empregos domésticos, portanto não vou ganhar nada. Mas estava em Beverly numa noite dessas, comecei a conversar com uma moça que vai se casar com um diretor, embora ele ainda não saiba, e pretende mudar tudo na casa dele. Por isso, quer uma governanta. Então, por causa da incrível eficiência doméstica que você alardeou, falei com ela a seu respeito, e creio que o emprego é seu, se quiser. Tudo bem ter filhos. Você terá seu próprio alojamento e suponho que possa pedir cento e cinqüenta, se for firme, mas é melhor pedir duzentos e ir baixando. Salário líquido, pois dão uniforme, comida, roupa lavada, aquecimento, energia e acomodação confortável. É bem mais do que ganham muitos dos empregados talentosos que passaram por aqui."

"Não sei o que dizer."

"Pense bem. Preciso avisá-la."

"Por que você pensou em mim para esse serviço?"

"Não lhe contei? Você partiu meu coração."

"Sim... mas é a segunda vez que recebo uma oferta do gênero ultimamente. Não faz muito tempo, uma senhora me ofereceu uma oportunidade para ser... garçonete."

"E você *recusou*?"

"Fui obrigada."

"Por quê?"

"Não poderia voltar para casa e encarar minhas filhas, se elas soubessem que eu passava o dia inteiro trabalhando em troca de gorjetas, usando uniforme, comendo restos."

"Mas você pode encará-las quando não tem comida?"

"Prefiro não falar nisso."

"Preste atenção, vou dar apenas minha opinião de mulher, que pode estar errada. Tenho esta pequena agência, que vai mal, e mal dou conta de comer em lanchonetes, em vez de ir ao Baltimore. Mas, se a perder e tiver de escolher entre a barriga e o orgulho, juro que escolherei sempre a barriga. Quer dizer, se precisar vestir um uniforme, farei isso."

"Vou até lá, como cortesia a você."

Pela primeira vez a srta. Turner deixou de lado a atitude rígida e mostrou sinais de irritação. "O que eu tenho a ver com isso? Ou você quer o emprego, ou não quer. Se não quiser, basta dizer não e eu só terei de ligar para ela e passar a informação, depois estou fora. Mas, se quiser, pelo amor de Deus, vá até lá e faça tudo para conseguir a vaga."

"Irei, como cortesia a você."

A srta. Turner pegou um cartão e escreveu um recado. Seus olhos faiscavam quando o entregou a Mildred. "Tudo bem, você queria saber por que uma senhora lhe ofereceu emprego de garçonete, e por que eu a recomendei para este serviço. Foi por você ter deixado passar metade da sua vida sem aprender nada, fora dormir, cozinhar e pôr a mesa, portanto só serve para isso. Vá até lá. É o que lhe resta a fazer; então, acho melhor começar logo de uma vez."

Abalada, Mildred entrou no ônibus para Sunset, e, como não conhecia o endereço, teve de perguntar ao motorista em que ponto descer. Em Coldwater Cañon Drive, onde saltou, não havia placas nas ruas; ela perambulou por um bairro desconhecido, tentando se situar. As casas eram enormes e hostis, com acessos para carro e gramados aparados na frente, e faltou-lhe coragem para se aproximar da porta de uma delas. Pedestres não havia, e ela caminhou por quase uma hora, procurando placas nas ruas, perdendo o senso de direção nas vias tortuosas. Sofreu um ataque de histeria furiosa contra Bert, por ter levado o carro, uma vez que, se o tivesse, não apenas pouparia a caminhada como poderia entrar num posto de gasolina e pedir informações de modo respeitável, consultando o guia de ruas do frentista. Mas não havia postos de gasolina ali, ninguém a quem falar, apenas quilômetros de asfalto deserto, sombreado por árvores frondosas. Finalmente uma perua de lavanderia estacionou e ela pediu ajuda ao motorista. Encontrou a casa, uma mansão imensa rodeada de cerca viva baixa, foi até a porta e tocou a campainha. Um serviçal de paletó branco atendeu. Quando Mildred perguntou pela sra. Forrester, ele fez uma mesura e deu um passo lateral, abrindo espaço para que ela entrasse. Quando percebeu que ela não tinha carro, indagou: "Governanta?".

"Sim, fui mandada por..."

"Entrada dos fundos."

Os olhos dele brilharam subitamente, venenosos, e ele bateu a porta. Ela deu a volta até os fundos, furiosa. Ele a admitiu e lhe disse para aguardar. Ela ficou numa espécie de saguão de serviço, e na cozinha, a apenas alguns passos de distância, percebeu que o cozinheiro e a garçonete a observavam. O sujeito a levou até um escritório, por corredores escuros e sombrios, e a deixou lá. Mildred sentou-se, contente por poder descansar os pés doloridos. Em poucos minutos a sra. Forrester entrou. Era uma mulher alta de robe fino esvoaçante que exalava cortesia por todos os poros, deixando o mundo à vontade. Mildred levantou-se, entregou a mensagem da sra. Turner e voltou a se sentar enquanto a sra. Forrester a lia. Evidentemente era elogiosa, pois provocou alguns sorrisos e meneios da cabeça. A sra. Forrester ergueu a cabeça então, sorridente. "O costume, Mildred, é que os empregados se sentem quando convidados pela patroa, e não por *sua própria iniciativa.*"

Mildred assustou-se tanto ao ser chamada pelo primeiro nome que precisou de alguns segundos para que o sentido da frase chegasse a sua mente. Levantou-se como se tivesse molas nas pernas, com o rosto afogueado e a boca seca. "Ah. Sinto muito."

"Tudo bem, mas nas pequenas coisas, especialmente com uma pessoa inexperiente, creio que seja melhor começar pelo começo. Sente-se. Temos muito o que conversar, e eu me sentiria constrangida em vê-la aí parada, de pé."

"Tudo bem."

"Mildred, eu a *convidei* para *sentar.*"

Mildred se sentou, as lágrimas de raiva subiram-lhe aos olhos enquanto a sra. Forrester descrevia seus planos grandiosos para reformar a casa. Pelo jeito tratava-se da casa do futuro marido, mas o que ela fazia ali de robe, um mês inteiro antes do casamento, não se deu ao trabalho de explicar. Mildred, pelo que foi dito, teria aposentos privados, em cima da garagem. Ela mesma tinha dois filhos, do primeiro casamento, e obviamente a confraternização entre as crianças não poderia ser permitida. Não haveria problema algum com isso, pois Mildred teria uma entrada separada, e "todas as questões do gênero podiam ser administradas". Mildred ouviu, ou tentou ouvir, mas de repente uma visão saltou diante de seus olhos. Ela viu Veda, arrogante, esnobe, a ouvir que deveria entrar pelos fundos, e que não poderia confraternizar com os filhos dos Forrester. Então Mildred soube que, se aceitasse o serviço, perderia Veda. A filha preferiria morar com o pai ou com o avô, no orfanato ou num banco de jardim, mas nem a chicotadas aceitaria ficar com Mildred, em cima da garagem dos Forrester. Uma onda de orgulho pela filha fria tomou conta dela, que se levantou. "Creio que eu não sou a pessoa que a senhora procura, senhora Forrester."

"A patroa encerra a entrevista, Mildred."

"Senhora Pierce, se não se importa. E estou encerrando a conversa."

Foi a vez de a sra. Forrester saltar como se tivesse pernas de mola, mas, se pensara em dar instruções adicionais sobre a relação entre a empregada e a patroa, desistiu. Parou, olhando para a expressão séria de Mildred, que dava medo de ver. Apertou um botão e anunciou friamente: "Harris lhe mostrará a saída".

"Posso encontrar o caminho, obrigada."

Mildred apanhou a bolsa e saiu do escritório, mas em vez de seguir para a cozinha marchou diretamente para a porta da frente, fechando-a calmamente ao sair. Flutuou em pleno ar até o ponto de ônibus, passou por Hollywood sem ver a paisagem. Mas, quando percebeu que descera antes da hora e que precisava andar duas quadras para pegar o ônibus de Glendale, ela desanimou e sentiu as pernas trêmulas. No Hollywood Boulevard o banco estava lotado, foi obrigada a esperar de pé. A tarde parecia girar em torno dela, sob um sol inesperadamente brilhante. Ela percebeu que precisava sentar, ou desmaiaria ali mesmo, na calçada. Dois ou três portas adiante havia um restaurante, e ela foi até lá. Estava cheio de gente almoçando, mas conseguiu uma mesinha de canto e sentou.

Depois de pegar o cardápio e largá-lo rapidamente, para a garçonete não notar suas mãos trêmulas, ela pediu um sanduíche de presunto com alface, um copo de leite e um copo d'água, mas esperou um tempo interminável até ser servida. A moça se queixou, reclamando do excesso de serviço e do pequeno salário que recebia, e Mildred sentiu a vaga suspeita de estar sendo acusada de impedi-la de ganhar gorjeta. Contudo, estava fraca demais para discutir, e, afora repetir que queria a água imediatamente, nada disse. Seu pedido acabou chegando, e ela comeu apaticamente. A água clareou seu pensamento e a comida renovou suas energias, mas restava um tremor nas entranhas que não parecia ter nada a ver com a caminhada, o desgaste e as discussões daquela manhã. Sentia-se péssima, e quando ouviu uma bofetada estrondosa a poucos centímetros de seu ouvido, mal virou a cabeça. A moça que a atendera acusava outra garçonete, e quando Mildred se virou ela aplicava outro tabefe escandaloso. "Apanhei você, sua vigaristinha! Peguei você em flagrante, com a mão na massa!"

"Meninas! *Meninas!*"

"Eu dei o flagrante! Ela faz isso o tempo todo, rouba as gorjetas da minha mesa! Pegou dez centavos dos dezoito, antes que aquela senhora sentasse, e agora roubou quinze de uma gorjeta de quarenta, bem aqui — *eu vi tudo!*"

Num instante o local ficou parecendo uma colméia, outras garçonetes gritaram acusações, a recepcionista tentava restabelecer a ordem e o gerente veio correndo da cozinha. Era um grego rotundo e baixo, de olhos pretos faiscantes, e demitiu sumariamente as duas garçonetes e desculpou-se profusamente com os fregueses. Quando as duas desfilaram rumo à saída, minutos depois, já sem uniforme, Mildred estava tão absorta em suas reflexões que nem cumprimentou a moça. Só quando a recepcionista apareceu de avental e passou a servir as mesas ela acordou para o fato de estar diante de uma das maiores decisões de sua vida. Eles precisavam de ajuda, isso dava para notar, e precisavam imediatamente. Ela olhou para o copo d'água e torceu a boca ao tomar a decisão final, irrevogável. Não faria aquele tipo de trabalho, se não estivesse passando fome. Pôs uma moeda sobre a mesa. Levantou-se. Foi até o caixa e pagou a conta. Então, como se caminhasse para a cadeira elétrica, ela deu meia-volta e seguiu no rumo da cozinha.

4

As duas horas seguintes foram para Mildred um pesadelo em vigília. Não conquistou a vaga com a facilidade que imaginara. O proprietário, cujo nome parecia ser Makadoulis, mas a quem todos tratavam por sr. Chris, mostrou-se favorável à idéia, principalmente porque as garçonetes não paravam de gritar em seu ouvido: "Você precisa contratar alguém! Olha a bagunça lá fora! Um caos!". Mas, assim que as moças viram Mildred e compreenderam o que fazia ali, reuniram-se e repudiaram passionalmente sua contratação, a não ser que Anna fosse recontratada. Anna, ela deduziu, era a moça que a atendera, a agressora na briga, mas ao que constava todas haviam sido vítimas de furto e de certo modo a consideravam sua porta-voz. Não queriam que servisse de bode expiatório. Elas vociferaram seus argumentos ruidosamente, deixando que os pratos prontos se acumulassem no balcão enquanto gritavam e gesticulavam muito. Um dos gestos atirou um prato no espaço, com um club sandwich em cima. Mildred o pegou na queda. O sanduíche desmontou, mas ela o ajeitou de novo, com dedos hábeis, e o devolveu a seu lugar em cima do balcão. O Chef, um sujeito gigantesco chamado Archie, observou sua demonstração de malabarismo com distanciamento impassível, mas, quando o sanduíche refeito estava outra vez sobre o balcão, ele se manifestou com um curto meneio da cabeça. Em seguida, passou a bater na tampa do réchaud banho-maria com a palma da mão. O barulho restaurou o silêncio, o que mais nada fora capaz de fazer. O sr. Chris dirigiu-se às garçonetes: "Tudo bem, tudo bem".

Tendo resolvido a questão de Anna, a recepcionista levou Mildred até o vestiário, onde destrancou uma porta do armário para pegar um cardápio. "Tire o vestido enquanto eu procuro um uniforme do seu tamanho. Estude o cardápio, assim poderá nos ajudar um pouco. Que número você usa?"

"Quarenta e quatro."

"Já trabalhou em restaurante antes?"

"Não."

"Decore tudo, principalmente os preços."

Mildred tirou o vestido e o pendurou em seu armário antes de examinar o cardápio. Havia pratos de cinqüenta e cinco e de sessenta e cinco centavos, além de entradas, filés, bistecas, sobremesas e refrigerantes, quase todos com nomes refinados ininteligíveis para ela. Apesar de sua concentração, viu que confundia uns com os outros. Em dois minutos a recepcionista voltou com seu uniforme, um vestido azul-claro com gola, bolsos e punhos brancos. Ela o vestiu. "Aqui está o avental. Você paga pelo uniforme. O valor sai do primeiro pagamento, três e noventa e cinco, preço de custo, e você deve lavá-lo em casa. Se você não servir para nós, deduzimos vinte e cinco centavos pelo aluguel do uniforme; também sai do seu pagamento, mas assim não você precisa pagar a roupa inteira, se não ficar. O salário é vinte e cinco centavos por hora, cada um fica com as suas gorjetas."

"E qual é seu nome, senhora?"

"Ida. E o seu?"

"Mildred."

Elas seguiram para o salão, mas enquanto cruzavam a cozinha Ida falava ao pé de seu ouvido: "Vou lhe dar uma praça tranqüila, tá? Três, quatro, cinco e seis, todas mesas pequenas, coladas na parede. Assim você não pega nenhuma mesa de quatro. Pessoas sozinhas e pares são mais fáceis. Você cuida dos que chegaram, quem já estiver aí eu mesma atendo, assim você não confunde suas comandas com as das outras moças."

Chegaram ao salão e Ida apontou para a praça dela. Três mesas já estavam ocupadas por pessoas que haviam feito o pedido antes do início da confusão, e na quarta duas mulheres recém-chegadas aguardavam atendimento. Todos estavam irritados com a lentidão do serviço. Mesmo assim, Mildred não pôde começar. Ida a levou até o caixa, onde uma loura aguada antipática passou a relatar grosseiramente as queixas que recebera, e reclamou que cinco pessoas já haviam ido embora. Ida a interrompeu e a fez emitir um novo bloco de comandas para Mildred. "Você é responsável por todas as comandas, entendeu? Tem de marcar seu número aqui, é o 9. Aqui você indica o número da mesa, e aqui o número de clientes da mesa. Neste espaço registre todos os pedidos, e a primeira coisa que você precisa aprender é: não cometa erros na comanda. Você paga por todos os erros, e se cometer um erro será cobrada. *Você vai pagar por ele.*"

Com o aviso funesto a ecoar nos ouvidos, Mildred finalmente se aproximou das duas senhoras que aguardavam atendimento, entregou-lhes os cardápios e perguntou o que desejavam. Elas responderam que não tinham certeza se queriam alguma coisa, e queriam saber que tipo de estabelecimento era aquele, capaz de deixar as pessoas esperando sem ao menos perguntar se elas se importavam com isso. Mildred, quase histérica naquela altura, depois de tudo que enfrentara desde o início do dia, sentiu vontade de dar um troco à altura para elas, como fizera com a sra. Forrester. Contudo, conseguiu abrir um sorriso e informar que tinha havido um probleminha, e, se tivessem a paciência de esperar alguns minutos, ela daria prioridade ao pedido. Arriscando um palpite em cima do único item de que se lembrava do cardápio, acrescentou: "O frango assado está uma delícia".

Ligeiramente abrandadas, elas escolheram o frango de sessenta e cinco centavos, mas uma delas disse, bem alto:

"Não deixe que ponham molho no meu, nem uma gota. Odeio molho gravy".

"Sim, senhora, pode ficar tranqüila."

Mildred correu para a cozinha, por pouco não tropeçou numa garçonete que abriu a porta marcada *Out*. Desviando a tempo, ela avançou pela porta *In*, gritando para Archie: "Dois frangos assados. Tirar o molho de um".

Mas Ida, a onipresente, já estava na sua cola, gritando freneticamente para Archie: "Um sem molho, um sem molho!". Depois puxou Mildred de lado e quase berrou para ela: "Você tem de pedir do jeito certo! Não vai conseguir trabalhar em lugar nenhum se não cair nas graças do Chef, e para isso você precisa fazer o pedido direito. Olha só: se o cliente não quiser algum acompanhamento ou molho, nunca diga para *tirar* nada. Peça sempre *sem* isso ou aquilo!".

"Sim, senhora."

"Você precisa ficar numa boa com o cozinheiro!"

Mildred logo entendeu por que a mão enorme, ao bater na tampa do réchaud banho-maria, restaurara a ordem no local, enquanto o sr. Chris sofria feito um besouro perseguido por galinhas famintas. Observara que as garçonetes serviam a sopa, por isso pegou as tigelas e as encheu com o creme de tomate pedido pelas clientes. Mas Ida não lhe dava sossego. "Primeiro o couvert! Primeiro o couvert!" Ao olhar atônito de Mildred, Ida pegou duas saladas no balcão de sanduíches, pôs pedaços de manteiga em dois pratinhos e com um gesto ordenou que Mildred apanhasse os quatro pratinhos, depressa. "Já levou água?"

"Ainda não."

Ida correu até a torneira, encheu dois copos com água e os empurrou pelo balcão, de modo que pararam ao lado dos quatro pratinhos. Depois juntou dois guardanapos aos copos. "Leve isso logo para o salão — ou elas vão fugir e deixar você na mão."

Mildred piscou, olhando desolada para o pedido. "Está bem... mas onde está a bandeja?"

Desesperada, Ida pegou os pratinhos, copos e guardanapos, espalhando-os pelos dedos como se fossem cartas de baralho, e os distribuiu pelo braço estendido. "Pegue a sopa e vamos logo." Sumiu antes que Mildred recuperasse a destreza nas pernas. Ela pegou as sopas e abriu a porta *Out* com um chute, como vira as outras fazerem. Com cuidado, para não derramar nada, finalmente chegou à mesa. Ida paparicava as duas mulheres, e pela expressão delas Mildred percebeu que fora explicado que uma novata as atendia, e precisavam ter paciência. Elas passaram a tratar do caso jocosamente, chamando-a de Caloura e Pé de Chumbo. Em vez de demonstrar contrariedade, ela voltou para a cozinha. Mas parecia impossível se livrar de Ida. "Pegue alguma coisa. Nunca faça o percurso, de ida ou de volta, sem algo nas mãos. Vai correr o dia inteiro enquanto o serviço atrasa! Pegue os pratos sujos da mesa três. Pegue alguma coisa!"

A tarde se arrastou. Mildred sentia-se estúpida, pesada, lenta, desajeitada. Por mais que tentasse "pegar alguma coisa", os pratos se empilhavam em cima das mesas e os pedidos se acumulavam no balcão da cozinha, até que ela pensou que fosse enlouquecer com a confusão. Seu problema, descobriu logo, era não ter habilidade para carregar mais de dois pratos por vez. As bandejas eram proibidas no restaurante, Ida esclareceu, pois a passagem entre as mesas era tão estreita que acabariam batendo umas nas outras, e isso significava que tudo precisava ser carregado nas mãos. Mas o truque de equilibrar meia dúzia de travessas por vez estava além das habilidades de Mildred. Ela tentou uma vez, mas a mão cedeu com o peso, e o sundae com calda quente quase caiu no chão. O clímax ocorreu lá pelas três da tarde. O salão estava vazio, e a caixa antipática veio dizer que uma conta de Mildred não fora paga. A pesquisa subseqüente mostrou que era uma conta de cinqüenta e cinco centavos, e portanto seu salário por hora inteiro, até o momento, se perdera. Sua vontade era atirar tudo na cara da caixa, mas ela se conteve. Disse que lamentava muito, pegou a louça suja restante e entrou com ela na cozinha.

Na cozinha, o sr. Chris e Ida cochichavam, evidentemente falavam sobre ela. Por suas expressões, quando vieram a seu encontro, ela pressentiu que o veredicto fora desfavorável, e esperou arrasada até que acabassem com aquilo e ela pudesse deixar para trás Ida, os lavadores de pratos filipinos, o cheiro e o barulho, para poder pensar no que faria em seguida. Mas ao passarem por Archie ele ergueu a vista e fez um gesto parecido com o do árbitro de beisebol que valida uma jogada. Eles o olharam surpresos, mas pelo jeito a atitude resolveu tudo. O sr. Chris disse "Tudo bem, tudo bem", e foi para o salão. Ida aproximou-se de Mildred. "Pessoalmente, não creio que você seja adequada para este serviço, e o senhor Chris também não ficou nem um pouco impressionado. Mas o Chef acha que você serve, e portanto vamos lhe dar uma chance, apesar de nossa opinião."

Mildred lembrou-se do club sandwich recomposto e do leve meneio de Archie, concluindo que era realmente importante ficar bem com o Chef. Mas, naquela altura, sua antipatia por Ida já era enorme, e ela não se esforçou para ocultar a acidez na voz quando disse: "Por favor, agradeça a Archie e diga-lhe que não vou desapontá-lo". Ela falou alto o bastante para ser ouvida por Archie, recebendo como recompensa uma risada alta, ursina.

Ida prosseguiu: "Seu horário é das onze da manhã, dez e meia se quiser tomar café-da-manhã aqui, até as três da tarde, se desejar pode almoçar depois do serviço. Não temos muito movimento no jantar, por isso mantemos apenas três garçonetes para a noite, e elas se revezam. Você fará o plantão duas vezes por semana, das cinco às nove, mesma paga do horário diurno. Fechamos aos domingos. Você precisa de sapatos brancos. Peça um para enfermeira em qualquer loja, dois e noventa e cinco. Qual é o problema, Mildred, não quer o emprego?".

"Estou um pouco cansada, só isso."

"Não admira, do jeito que você corre."

* * *

Quando Milfred chegou em casa as filhas haviam acabado de retornar da escola. Ela lhes deu leite e biscoitos e as mandou ir brincar. Depois trocou de vestido e calçou chinelos nos pés doloridos. Ia se deitar quando ouviu um chamado, e a sra. Gessler entrou, meio mal-humorada. Ike, pelo que contou, não voltara para casa na noite anterior. Ele telefonara por volta das nove, dizendo que um chamado urgente só permitiria que ele chegasse na manhã seguinte. Costumava acontecer isso, em seu ramo de atividade, ele havia passado lá por volta das dez, como prometido, mesmo assim... A confiança da sra. Gessler em Ike, ou em qualquer pessoa, era obviamente diminuta.

Mildred perguntou: "Lucy, pode me emprestar três dólares?".

"Até mais, se quiser."

"Não, obrigada. Arranjei um emprego, e preciso de algumas coisas."

"Hoje?"

"Esta manhã."

A sra. Gessler saiu e Mildred voltou à cozinha para fazer chá. Quando voltou, ela agradeceu e se sentou na frente da xícara fumegante, entregando uma nota a Mildred. "Eu não tinha três dólares trocados, mas pode pegar cinco."

"Obrigada. Vou lhe pagar quando puder."

"Que tipo de emprego?"

"Ah... um emprego qualquer."

"Lamento... Mas, se é o tipo de trabalho que estou pensando, espero que tenha conseguido uma casa de cinco dólares. Você é nova demais para casas de dois dólares, e pessoalmente devo dizer que não gosto de marinheiros."

"Sou garçonete. Num pardieiro."

"Rimou do mesmo jeito."

"Ou quase."

"Isso é gozado. Não que seja da minha conta, mas o

tempo inteiro em que você respondia àqueles anúncios e tentava ser contratada como vendedora, ou algo assim, eu me perguntava sempre por que você não tentava algo do gênero."

"Por quê, Lucy?"

"Vamos supor que você tivesse arranjado emprego de vendedora. Quanto ganharia? Não importa o que lhe digam, quem vende produtos sempre ganha na base da comissão, pois faz sentido que não paguem comissão a quem não vende. Mas quem está comprando alguma coisa? Você teria de passar o dia na loja, esperando a chance de ganhar a vida, sem sucesso. Mas as pessoas comem, mesmo neste momento. Você ganharia alguma coisa. Depois, não sei. Pode soar estranho, mas eu diria que vender não faz seu gênero. Com isso, porém..."

Tudo que a sra. Boole havia dito, tudo o que a srta. Turner havia dito, tudo que suas vísceras haviam dito, após a ida até Beverly Hills, desabou sobre Mildred, e ela correu para o banheiro. O leite, o sanduíche, o chá, tudo saiu enquanto soluçava violentamente. A sra. Gessler surgiu a seu lado, segurou-lhe a cabeça, limpou-lhe a boca, deu-lhe água e a levou com cuidado para a cama. Ali ela desabou num ataque de histeria, soluçando, chorando, gemendo. A sra. Gessler tirou sua roupa, massageou suas costas, disse-lhe para deixar tudo sair, para não segurar nada. Ela relaxou, chorou até as lágrimas lavarem seu rosto, depois deixou que a sra. Gessler as enxugasse à medida que afloravam. Só sossegou depois de muito tempo, mergulhando num torpor desesperado, sombrio. E então: "Lucy! Eu não consigo fazer isso!".

"Amiga! Fazer o quê?"

"Usar uniforme. Ganhar gorjetas. E encarar aquela gente horrível. Eles me insultaram. Um deles beliscou minha perna. Ah... ainda posso sentir. Ele pôs a mão e subiu até..."

"Quanto lhe pagam?"

"Vinte e cinco centavos por hora."

"Fora as gorjetas."

"Sim."

"Amiga, você é maluca. As gorjetas renderão alguns dólares por dia, e você ganhará pelo menos vinte dólares por semana, mais dinheiro do que viu desde a falência da Pierce Homes. Você precisa agüentar, para seu próprio bem. Ninguém mais dá bola para essa história de uniforme, hoje em dia. Aposto que você fica linda. Além disso, as pessoas devem fazer o que podem para..."

"Lucy, chega! Estou ficando louca. Eu..."

Observada pela sra. Gessler, Mildred tentou se conter para dar pelo menos uma versão inteligível de seu violento rompante. "É isso que vivem me dizendo, os encarregados do departamento de pessoal, todo mundo, que só sirvo para vestir um uniforme e servir outras pessoas, e..."

"E talvez tenham razão, pelo menos no momento. Talvez o que estejam tentando dizer seja exatamente o que estou dizendo agora. Você está numa encruzilhada. Tudo bem ser orgulhosa, eu adoro você por isso. Mas você está morrendo de fome, amiga. Não sabe que meu coração anda partido por sua causa? Não percebe que eu mando uma carne assada um dia, ou presunto, o que tiver em casa, todas as noites, mesmo sabendo que você me odeia por isso? Você tem de aceitar este emprego..."

"Eu sei. Não posso, mas preciso."

"Então, se precisa, ponto final. Pode parar com as lamúrias."

"Prometa uma coisa, Lucy."

"Qualquer coisa."

"Não conte para ninguém."

"Não contarei nem para o Ike."

"Não me importo com o Ike, nem com o que outras pessoas pensam. É por causa das meninas, não quero que ninguém saiba por medo de que alguém faça algum comentário com elas. Elas não podem saber. Veda, principalmente."

"Veda, na minha opinião, tem umas idéias esquisitas."

"Eu respeito as idéias dela."

"Eu, não."

"Você não a compreende. Há algo nela que eu julgava ter, mas agora descobri que não tenho. Orgulho, ou o que quer que seja. Nada no mundo obrigaria Veda a fazer o que estou fazendo."

"Eu não daria nada por esse orgulho. Veda não faria isso ela mesma, mas aceitaria perfeitamente que você fizesse tudo para poder comer o bolo."

"E eu quero que seja assim. Que ela coma bolo, e não apenas pão."

Durante as seis semanas em que procurara serviço Mildred praticamente não tinha visto Wally. Ele passara por lá certa noite, depois que as filhas já tinham ido para a cama, e pediu mil desculpas pelo que havia dito, e reconheceu arrependido que bancara o idiota. Ela disse que não guardara ressentimento e o levou até a saleta, mas não se deu ao trabalho de acender a lareira ou servir um drinque. Mas, quando ele se sentou a seu lado e passou o braço em volta de seu ombro, ela se levantou e proferiu um de seus pequenos discursos. Disse que seria um prazer revê-lo a qualquer momento, queria que fossem amigos. Contudo, era preciso entender claramente que o passado ficara para trás e não deveria ser evocado em nenhuma circunstância. Se ele quisesse vê-la nessas condições, ela tentaria deixá-lo à vontade, e desejava sinceramente que a visitasse. Ele disse que tudo bem, assim estava ótimo, e se para ela isso era sério, não se opunha de modo algum.

Depois disso ele passou a visitá-la com certa freqüência, chegando normalmente por volta das nove, pois ela não queria que as filhas percebessem que se viam tanto. Certa vez, quando elas passavam o fim de semana na casa dos Pierce, ele passou lá no sábado à noite e a "levou para passear". Ela manifestou preferência por um lugar tranqüilo, pois temia que o vestido estampado fizesse feio em outros lugares, por isso pegaram a estrada e seguiram até uma pousada à beira da estrada em Ventura. Mas, certa noite, quando a situação dela estava se tornando desesperadora, ele se sentou a seu lado no sofá outra vez, e ela não se mexeu. Quando ele pôs o braço em volta de seu ombro, num gesto espontâneo e cordial, ela não resistiu. Quando a puxou para que deitasse em seu ombro, ela cedeu. Passaram um longo tempo sentados sem falar nada. Assim, com a porta bem trancada e as persianas abaixadas, além do buraco da fechadura tampado, eles retomaram o romance, ali na saleta. Romance talvez não fosse a palavra adequada, pois ela não sentia nem um pingo desse tipo de emoção. Fosse o que fosse, dava-lhe duas horas de alívio, de esquecimento.

Naquela tarde ela se pegou desejando que Wally aparecesse, pois assim não teria de pensar no uniforme que compraria na manhã seguinte, ou no suplício a que seria submetida. Mas, quando a campainha tocou, surpreendeu-se um pouco, pois passavam apenas alguns minutos das sete. Ela foi até a porta e em vez de ver Wally parado lá encontrou Bert. "Oh. Ora... boa noite, estranho."

"Mildred, como vai?"

"Não posso reclamar. E quanto a você?"

"Tudo bem. Só passei para fazer uma visita rápida e pegar umas coisas que deixei na escrivaninha, aproveitando que estou aqui."

"Entre."

Mas de repente os gritos vindos do fundo da casa obrigaram a adiar qualquer discussão das questões pendentes indefinidamente. As duas meninas entraram correndo e pularam nos braços dele e se postaram eretas em sua frente para mostrar quanto haviam crescido desde que ele as vira pela última vez. Seu veredicto foi "pelo menos cinco centímetros, talvez sete". Como Mildred suspeitava, ele vira as duas no fim de semana anterior, mas isso deveria ser mantido em segredo, e ela não se deu ao trabalho de desmascará-lo, portanto concordou com os sete centímetros, e isso se tornou oficial. Ela os levou de volta à saleta, Bert acomodou-se no sofá, as duas meninas aninharam-se a seu lado. Mildred contou as principais novidades a respeito delas: obtiveram boas notas na escola, Veda apresentava um desempenho esplêndido nas aulas de piano, Ray tinha um dente novo. Nesse momento ele foi exibido, mas como era um molar exigiu um esforço de abertura da boca para ser claramente visualizado. Bert o encheu de elogios e deu à filha uma moeda como contribuição à comemoração do evento.

As duas meninas apresentaram suas novas posses: bonecas trazidas de San Pedro pela sra. Gessler, dias antes; as coroas douradas a serem usadas na peça que marcaria o final do período escolar, em duas semanas; botas, um dado transparente e frascos de perfume obtidos em trocas com outras crianças. Em seguida, Bert perguntou a Mildred sobre diversos conhecidos, e ela respondeu amigavelmente. Mas, como isso tirava o foco das filhas, em pouco tempo se aborreceram. Após um jogo de bola que Mildred interrompeu, e a apresentação de trechos da peça que terminou em discussão a respeito da exatidão do texto, Ray iniciou uma campanha teimosa para mostrar ao pai o novo balde de praia que o avô lhe dera. Como o balde estava na garagem e Mildred não quis ir até lá para pegálo, Ray começou a choramingar. Veda, com ar de quem pretendia evitar uma situação difícil, disse: "Não está morrendo de sede, pai? Mãe, gostaria que eu abrisse o Scotch?".

Mildred ficou mais furiosa do que nunca com Veda. Era o mesmo Scotch que ela guardara para o dia terrível em que precisaria vendê-lo para comprar pão. Que Veda soubesse de sua existência, e como abri-lo, disso ela não fazia a menor idéia. Se fosse aberto significava que Bert ficaria ali sentado, e continuaria sentado até sorver a última gota, e seu Scotch iria embora junto com sua noitada.

Ao ouvir a proposta de Veda, Ray deixou de lado o balde de praia e começou a gritar: "Isso, papai, vamos tomar um drinque. Vamos ficar bêbados!". Quando Bert disse "Eu aceito um drinque, já que insistem", Mildred soube que o Scotch estava perdido. Foi até o quarto, pegou a garrafa no closet, levou-a até a cozinha e a abriu. Virou uma forma de gelo, pôs os copos numa bandeja e buscou o derradeiro sifão de água, que estava lá desde o inverno. Quando já praticamente terminara, Veda surgiu. "Posso ajudá-la, mãe?"

"Quem lhe pediu para remexer no meu closet e ver se havia bebida lá?"

"Eu não sabia que era um segredo."

"De hoje em diante quem convida sou eu."

"Mas é o papai."

"Não fique aí parada me encarando como se não soubesse do que estou falando. Você sabe muito bem que não tinha o direito de dizer o que disse, e já sabia na hora em que falou, pude perceber por seu olhar maroto."

"Muito bem, mãe. Seja como quiser."

"E pare de falar desse jeito idiota."

"Mas devo lembrá-la de que não me recordo de críticas similares quando papai fazia o convite. As coisas realmente mudaram por aqui, infelizmente para pior. Tem-se a impressão de que lavradores assumiram a condução desta morada."

"Você sabe o que é um lavrador?"

"Um lavrador é... uma pessoa mal-educada."

"Às vezes, Veda, eu me pergunto se você tem alguma noção da realidade."

Veda saiu pisando duro, Mildred terminou de arrumar a bandeja, contrariada, pensando na facilidade com que Veda a colocava na defensiva e a magoava tanto.

Tomar um drinque era um ritual alegre na família, iniciara-se quando Bert fazia gim na banheira, e seguiu seu curso determinado naquela noite. Primeiro ele serviu duas doses reforçadas para as filhas, comentando espalhafatosamente que logo se tornariam bêbadas, dizendo que, de todo modo, não sabia onde a nova geração ia parar. Depois serviu duas doses fracas para Mildred e para si, contendo apenas algumas gotas de bebida no copo. Em seguida acrescentou gelo e água gaseificada, pôs os copos na bandeja e serviu as bebidas. Graças a um truque fascinante, que Mildred nunca conseguiu entender, ele sempre conseguia dar os copos sem bebida para as meninas, salvando os outros para Mildred e para ele. Tão hábil era seu golpe de mágica que as filhas, por mais que observassem e se concentrassem, nunca pegavam os copos supostamente preparados para elas. Na época em que as bebidas eram rigorosamente da mesma cor, restava sempre uma deliciosa dúvida: Bert alegava que as filhas haviam recebido suas bebidas originais, e, como sempre ficava um leve aroma de zimbro nos copos, elas normalmente concordavam. Naquela noite, porém, embora a troca tivesse sido conduzida com a competência de sempre, a cor do Scotch o traiu. Mas, quando ele alegou fadiga e a necessidade de um estimulante, elas concordaram em ficar com a bebida mais fraca, permitindo que ele entregasse uma das doses reforçadas a Mildred e bebesse a outra.

Era um ritual, mas após as preliminares cada uma das filhas agia de modo diferente. Veda aproveitava a chance de beber com afetação, o dedo mínimo erguido, bancando a Constance Bennett. Ela considerava essa uma oportunidade para conversas de alto nível e enchia o pai de perguntas esnobes sobre "posições sociais". Ele respondia com seriedade, e detalhadamente, pois reputava essas indagações como sinais do alto nível mental de Veda. Disse que, embora as coisas estivessem ruins havia algum tempo, os sinais de recuperação eram inegáveis, e ele acreditava que deveriam superar a crise em pouco tempo.

Mas, para Ray, aquela era a chance de "ficar bêbada", como dizia, e o fazia com enorme entusiasmo. Depois de tomar metade da água com gás ela saltava do sofá e passava a girar no meio da sala, gargalhando com toda a força. Mildred pegava o copo quando a brincadeira começava e o segurava para ela, que girava até ficar tonta e cair, num rompante de entusiasmo. Mildred sempre sentia um aperto na garganta quando essa dança alucinada começava. Sentia, de um modo vago, que deveria impedir, mas a menina gostava tanto que ela nunca reunira coragem para interferir. Agora a observava com lágrimas querendo marejar seus olhos, esquecendo-se do Scotch por um momento. Mas Veda, que perdera a posição no centro do palco, disse: "Pessoalmente, creio que se trata de uma exibição repulsiva".

Ray passou para a fase seguinte do ritual, uma canção que o pai lhe ensinara, dizendo o seguinte:

Fui à exposição dos animais,
Havia pássaros e as bestas lá,
O velho babuíno
Ao luar
Penteava sua juba ruiva;
O macaco ficou bêbado,
E caiu na tromba do elefante,
O elefante espirrou
E caiu de joelhos —
E o que aconteceu com o macaquinho pequenininho?

Contudo, ao recitar, Ray introduzia algumas mudanças. "Bestas" situava-se um pouco além de sua compreensão, por isso o verso mudava para "pássaros e abelhas lá". "Ruiva" também era difícil para ela, por isso o babuíno penteava a juba "marrom-escura". O "macaquinho pequenininho" era uma tentação sonora tão grande que se transformava em "macaquinhinho pequenininhinho", uma besta verdadeiramente fabulosa. Enquanto ela recitava, o pai tirava o cinto e passava a fivela pela nuca, de modo que, ao puxar a ponta solta por cima da cabeça e começar a bramir de quatro, representava um elefante suficientemente plausível para qualquer exposição de animais. Ray corria em círculos, aproximando-se dele mais e mais, enquanto recitava. Quando estava quase em cima dele, que levantara a tromba mais duas ou três vezes, ela emitia uma série de guinchos altos, que o prostravam completamente. Quando ele abria os olhos, Ray havia desaparecido. Ele fingia completa confusão, mostrando-se ansioso para saber o que ocorrera com ela, e enfiava a cabeça no buraco da lareira, gritando para a chaminé: "Macaquinho pequeninho, macaquinho".

"Já olhou no closet?"

"Mildred, aposto que ela está lá."

Ele abriu o closet, enfiou a cabeça e gritou: "Ei!". Mildred sugeriu o corredor, ele procurou lá também. A bem da verdade, procurou pela casa inteira, alarmando-se mais a cada minuto. Por fim, em tom preocupado, disse: "Mildred, você acha possível que o macaquinho tenha sido completamente *atomizado*?".

"Eu ouvi dizer que coisas assim acontecem."

"Seria terrível."

Veda ergueu o copo, estendeu o dedinho e tomou um gole, enfastiada. "Bem, meu pai, realmente não vejo razão para tanta preocupação. Ao que me parece, qualquer um pode perceber que ela está atrás do sofá."

"Com essa, você vai já para a cama."

Os olhos de Mildred a fuzilavam enquanto falava, e Veda levantou-se bem depressa. Mas Bert não lhes deu atenção. Passou o cinto por cima da cabeça de novo, apoiou-se nas mãos e joelhos e disse "Uf, uf", correndo em volta do sofá com o fecho solto. Ele agarrou Ray, que gritava extasiada, e a ergueu nos braços, dizendo que estava na hora de as duas irem para a cama, e que tal se o papai as pusesse para dormir? Quando ergueu a filha no ar, Mildred teve de virar a cabeça de lado, pois percebia que amara Bert mais do que poderia amar qualquer homem, e que seu coração contraído doía muito.

Mas, quando ele voltou do quarto e recolocou o cinto na calça, para servir outra dose, ela pensava no carro, ressentida. Não lhe ocorreu que ele personificava a outra meia dúzia de pessoas com quem se irritara durante o dia, e que todas elas, de um modo ou de outro, eram máscaras para sua situação desesperadora. Sua mente era literal demais para uma análise do gênero: para ela, tratava-se de uma mera questão de justiça. Estava trabalhando e ele não. Bert não deveria usar algo que facilitaria muito as coisas para ela, e poderia passar muito bem sem o carro. Ele perguntou de novo se estava tudo bem, e o tempo inteiro a pressão da raiva aumentava, e ela sabia que precisava pôr aquilo logo para fora.

A campainha tocou, e quando Wally deu um tapinha carinhoso em seu traseiro, ela murmurou rapidamente: "Bert está aqui". O rosto de Wally congelou por um momento, mas ele pegou a deixa na hora, de uma maneira surpreendentemente convincente. Numa voz que podia ser ouvida na casa inteira, gritou: "Oi, Mildred! Puxa vida, a gente não se vê faz um tempão! Você está ótima, minha nossa! Bert está em casa?".

"Ele já vem."

Como Wally decidiu considerar que Bert ainda residia lá, Bert evidentemente preferiu deixar a questão assim. Apertou a mão dele e deu um show de hospitalidade, oferecendo bebida como se fosse dele, perguntando como estava tudo, em detalhe, fingindo que nada havia acontecido. Wally disse que estava tentando falar com ele havia uns dois meses, a respeito de uma oportunidade que, graças a Deus, era a primeira chance que surgia. Bert disse que entendia, o tempo voava. Wally disse que havia três casas do Bloco 14, e quis saber se alguma promessa fora feita verbalmente na época da venda, dizendo que a incorporadora construiria um muro de contenção nos fundos. Bert disse que não, de jeito nenhum, e descreveu em detalhe a venda dos imóveis. Wally disse que desconfiara da história desde o começo, mas que precisava ter certeza.

Mildred mal os ouvia, sem a menor disposição para Wally agora, com a mente no carro, pensando só em como introduzir a questão na conversa. Uma idéia perfeitamente diabólica passou por sua mente, e assim que pensou naquela saída passou a agir. "Minha nossa, como está quente aqui dentro! Vocês não estão desconfortáveis, com esses casacos? Não querem tirá-los?"

"Acho que ela tem razão, não é, Bert?"

"Com certeza."

"Não precisam levantar. Eu vou guardá-los."

Os dois tiraram os casacos e ela os levou no braço até o closet, para pendurá-los nos cabides. Quando estavam pendurados com capricho, enfiou os dedos no bolso de moedas de Bert, onde ele guardava a chave do carro. Ela a pegou e enfiou dentro do sapato. Quando saiu do closet pegou seu copo, que mal havia tocado. "Acho que vou beber um pouco."

"É isso aí!"

"Vou pôr mais gelo."

Bert acrescentou algumas pedras de gelo e mais uísque no copo, além de um pouco de água. Ela bebeu em dois ou três goles rápidos. Brincou com o gelo, contou a história de Harry Engel e suas âncoras, que divertiu imensamente os dois cavalheiros. Quando terminou, sentiu a chave pressionar a sola dos pés e liberou a primeira risada real que saiu de sua boca em meses. Tinha um riso encantador, parecido com o de Ray, e surpreendeu os dois homens, que por um momento riram com ela como se não houvesse Depressão, casamento terminado ou mágoa por causa do emprego com os síndicos.

Mas Wally, evidentemente meio nervoso e confuso quanto a seu status, logo declarou que precisava ir embora. Bert o acompanhou até a porta, cerimonioso, mas Wally lembrou do casaco e isso lhe deu uma chance de voltar e trocar rápidas palavras com Mildred. "Ele voltou? Quero dizer, a morar aqui?"

"Só passou para dar um oi."

"Então vejo você depois."

"Tomara."

Quando Bert voltou e retomou seu lugar, tomando um gole meditativo de seu copo, ele disse: "Pelo jeito, ele não ficou sabendo de nada. Sobre nós dois, sabe. Pensei que não precisava contar nada a ele".

"Fez muito bem, sem dúvida."

"O que ele não sabe não pode incomodá-lo."

"Com certeza."

A bebida estava no fim, mas ele serviu outra dose e foi direto ao ponto que o levara até lá. "Antes que eu vá, Mildred, não me deixe esquecer de pegar aquelas coisas em minha escrivaninha. Não são muito importantes, mas preciso delas."

"Posso ajudar a encontrar o que você deseja?"

"Quero minha apólice de seguro."

Sua voz contida insinuava que ele esperava uma briga. A apólice era de mil dólares, dos quais ele já quitara duzentos e cinqüenta e seis, mas nunca pagara mais por não acreditar em seguro como investimento, preferindo a AT&T. Discutiram por causa dela, Mildred insistia que, se algo lhe acontecesse, "o seguro era a única coisa entre as filhas e o abrigo para os pobres". Contudo, ela sabia que seria o próximo item a sacrificar, e obviamente ele se preparava para enfrentar sua oposição. Mas ela trouxe o documento sem discutir, e ele disse "Obrigado, Mildred". Depois, aparentemente aliviado pela facilidade com que a conseguira, disse: "Certo, muito bem, e você, como vai?".

"Tudo bem."

"Vamos tomar mais um drinque."

Esvaziaram a garrafa, então ele disse que precisava ir embora. Mildred entregou o casaco e o levou até a porta, aceitou um beijo lacrimoso e o viu sair. Apagou as luzes depressa, foi para o quarto e esperou. Sem surpresa, em poucos minutos a campainha tocou. Ela abriu e se deparou com ele, meio constrangido. "Lamento incomodá-la, Mildred, mas a chave do carro deve ter caído do meu bolso. Importa-se se eu a procurar?"

"Nem um pouco."

Ele voltou à saleta, acendeu a luz e procurou no chão, onde brincara com Ray. Ela o observou sorrindo, com um interesse ligeiramente embriagado. Depois de algum tempo, ela disse: "Pensando bem, acho que *eu* peguei a chave".

"*Você* a pegou?"

"Sim."

"Então me dê. Preciso ir para casa, e..."

Ela continuou sorrindo até que a terrível verdade caísse sobre ele, que então fechou a cara, atônito. Ela deu um passo lateral ágil quando ele tentou agarrá-la. "Não vou lhe entregar a chave, e não adianta tentar tirá-la de mim, pois eu a escondi num lugar que você não vai encontrar. De hoje em diante, o carro é meu. Estou trabalhando, preciso dele, e você, como não está, não precisa. Se acha que eu vou sair por aí a pé, pegar ônibus, perder um tempão e bancar a idiota, enquanto você dorme com outra mulher e nem mesmo usa o carro, está muito enganado. É isso aí."

"Você está trabalhando?"

"Sim, estou."

"Então, tudo bem. Por que não me falou antes?"

"Quer uma carona de volta?"

"Gostaria muito."

"Você está morando com Maggie?"

"Prefiro não dizer onde estou morando. Moro onde quiser. Mas, se me deixar na casa de Maggie, tudo bem. Preciso conversar com ela um minuto, e se me deixar lá... caso seja conveniente para você."

"Qualquer lugar é conveniente para mim."

Eles saíram juntos e entraram no carro. Ela pegou a chave no sapato e os dois seguiram em silêncio até a casa da sra. Biederhof, onde ela disse que estava muito contente com a visita dele, queria que ele se sentisse à vontade para aparecer quando quisesse, não só por causa das crianças, mas dela também. Ele agradeceu solenemente e disse que adorara aquela noite, abrindo a porta para descer. De repente, tentou pegar a chave. Contudo, ela previra o movimento com exatidão e segurou a chave assim que ligou o motor. Ela riu, alegre e maliciosa. "Não deu certo, né?"

"Acho que não."

"Boa noite, Bert. Sabe, eu tenho alguns sutiãs antigos em casa, diga a ela. Estão limpos, são novos, creio que você poderia ficar com eles, se for lá buscar."

"Puxa vida, você já conseguiu o carro. Agora vê se cala a boca."

"Como quiser."

Ela acelerou e voltou para casa. Quando chegou viu a luz ainda acesa, e tudo como deixara. Consultando o marcador de gasolina, viu que restavam dois galões no tanque e seguiu em frente. Virou na Colorado Avenue. Era sua primeira vez numa avenida larga, os sinais de trânsito estavam desligados, apenas as luzes amarelas piscavam. Ela pisou no acelerador e observou excitada o ponteiro marcar 50, 60 e 80. Em 90 quilômetros por hora, numa subida leve, ela notou um chiado e anotou mentalmente que precisava remover o carbono do pistão. Depois tirou um pouco o pé e soltou um longo suspiro trêmulo. O carro injetava algo em suas veias, uma dose de arrogância e auto-estima que nenhuma conversa, nenhuma bebida, nenhum amor lhe poderia proporcionar. Sentiu-se novamente segura e passou a pensar no emprego com objetividade, em vez de vergonha. Seus problemas, de equilibrar os pratos a servir o couvert, passaram por sua mente, um após o outro. Ela quase riu ao pensar que, poucas horas antes, pareciam formidáveis.

Quando estacionou o carro na garagem, Mildred inspecionou os pneus com uma lanterna, para ver como estavam. Constatou, alegre, que havia bastante borracha e que não precisaria trocá-los por enquanto. Entrou cantarolando em casa, apagou a luz e se despiu no escuro. Foi até o quarto das filhas, abraçou e beijou Veda. Quando Veda se virou, sonolenta, ela disse: "Aconteceu uma coisa muito boa esta noite, e você foi a causadora de tudo. Retiro o que disse. Agora vá dormir e não pense mais nisso".

"Fico contente, mãe."

"Boa noite."

"Boa noite."

5

Em poucos dias os problemas financeiros de Mildred foram suavizados, pois ela logo se tornou a melhor garçonete do restaurante, não apenas em termos de atendimento, como também em gorjetas. O truque de equilibrar pratos na mãos ela aprendeu treinando depois que as filhas iam para a cama. Usou pratos de metal e pedras do jardim como pesos, chegando ao ponto de carregar três usando os dedos da mão esquerda e outros dois no braço. Conseguia correr em volta da mesa sem deixar cair nenhum, e só precisava se lembrar de não esticar a língua para fora.

Gorjetas, sabia por instinto, provinham de fregueses habituais que deixavam dez centavos em vez de um níquel. Ela cuidava bem dos homens, como todas as colegas, pois deixavam gorjetas melhores que as mulheres. Criou esquemas práticos para lembrar seus nomes, memorizou suas preferências, caprichos e implicâncias, garantindo que Archie preparasse os pratos exatamente como eles gostavam. Descobriu seu talento para o flerte silencioso, mas viu que isso não valia a pena. Servir comida a um homem, pelo jeito, era por si só uma antiga forma de intimidade; ir além deixava o cliente desconfortável, soava como uma nota trivial numa relação que era essencialmente solene. A simples amabilidade, acompanhada do conhecimento de suas preferências, parecia agradar mais, e por isso ela recebia convites freqüentes para passear, jantar ou ver um show. No início não sabia como reagir, mas logo encontrou uma maneira de recusar sem que parecesse rejeição.

Dizia que gostaria muito que ele "continuasse a gostar dela", mas que ele "poderia se decepcionar quando a visse sem uniforme". O efeito disso era despertar um legítimo receio de que ela não fosse tão excitante em roupas comuns, e ao mesmo tempo deixava suficiente compaixão pela pobre moça que trabalhava para viver, fazendo com que ele retornasse para ser servido no almoço. Passarem a mão em sua perna, concluiu, praticamente fazia parte da rotina, e ela achou melhor não reagir. Até um tarado, se fosse adequadamente tratado, poderia ser transformado num freguês que deixava boas gorjetas, sem dúvida para provar que no fundo ele tinha um coração de ouro.

Ela mantinha uma certa distância do restaurante e das pessoas vinculadas a ele. Isso não se devia inteiramente a suas noções de superioridade social. Concluíra, só para si, que a cozinha merecia muitas críticas, e temia ser levada a dizer o que pensava, perdendo assim o emprego. Ela restringia seus comentários à sra. Gessler, e todas as noites fazia um relato do modo como as coisas eram feitas. Sua principal queixa dizia respeito às tortas. Eram adquiridas da Handy Baking Company, e a sra. Gessler riu alto com a descrição feita por Mildred de sua aparência revoltante, do recheio sem gosto, gosmento, e da massa dura, impossível de digerir. Mas, no restaurante, ela se continha, até que um dia ouviu Ida reclamar para o sr. Chris. "Tenho vergonha de levar aquilo para a mesa! Tenho vergonha de pedir a um cliente que coma aquilo! As tortas que temos aqui são pavorosas, e você espera que as pessoas paguem por elas?" O sr. Chris, que ouvia todas as críticas e dava de ombros, fazendo-se de vítima, disse apenas: "Talvez a torta seja uma porcaria, mas o que você esperava numa época como esta? Se o freguês não comer, tudo bem, eu autorizo tirar a torta da conta". Mildred abriu a boca para ficar do lado de Ida, e proclamou inflamada que tirar a torta da conta não melhoraria seu sabor. Mas, naquele momento, passou por sua mente que talvez o real remédio fosse conseguir para si o contrato de fornecimento das tortas. Com a chance de faturar uns preciosos dólares, sua atitude mudou. Ela sabia que precisava da ajuda de Ida, e não só de Ida: de todos os envolvidos com o local.

Naquela tarde ela se mostrou mais solícita com as outras garçonetes do que ordenava a ética estrita, e mais tarde, no almoço delas, sentou-se com as moças e tentou se mostrar sociável. Enquanto isso, refletia a respeito do que fazer com Ida. Mildred trabalhava naquela noite, e depois que o restaurante fechou notou que Ida saía com pressa, após ter olhado o relógio, como se precisasse pegar um ônibus no horário. Abrindo a porta, ela perguntou: "Para onde você vai, Ida? Eu posso lhe dar uma carona".

"Você tem carro?"

"Quebra um galho."

"Moro em Vermont, perto da Franklin."

"Puxa vida, é bem no meu caminho. Moro em Glendale."

A frieza se desfizera quando entraram no carro. Assim que saíram, Mildred perguntou se Ida queria que ela passasse para pegá-la em casa, quando fosse para o trabalho, todas as manhãs. Dali em diante Ida ganhou carona permanente, e Mildred uma praça melhor, além do mais importante, a atenção ininterrupta de Ida, por um período considerável, diariamente. Elas se tornaram amigas íntimas, e a conversa sempre acabava chegando às tortas. Ida odiava o produto oferecido aos clientes pelo sr. Chris, e Mildred a apoiava, solidária. Até que, certa noite, ela perguntou, inocentemente: "Afinal, quanto custam essas tortas?".

"Se custarem dois centavos já é caro, são pura enganação."

"Claro. Mas quanto custam?"

"Sei lá... por quê?"

"É que eu faço tortas. Se ele paga alguma coisa por elas, posso chegar ao preço, e fazer tortas que as pessoas vão realmente gostar de comer. Elas se tornariam um chamariz."

"Você sabe fazer tortas? Sério mesmo?"

"Faço sempre, e vendo bem."

"Então vou descobrir quanto ele paga pelas tortas."

A partir daí as tortas se tornaram uma conspiração entusiasmada de Mildred e Ida, e num domingo Mildred levou para Ida uma torta de mirtilo suculenta, macia, bem-feita. Ida era casada com um gesseiro, no momento desempregado, e Mildred suspeitou que a torta poderia complementar o jantar domingueiro. No dia seguinte, durante o almoço, enquanto o sr. Chris ia ao banco buscar troco, Ida parou Mildred no corredor e disse num sussurro teatral rouco: "Ele paga trinta e cinco centavos por torta, e encomenda três dúzias por semana".

"Obrigada."

Naquela noite, Ida apresentou as informações que coletara na pasta de fornecimento, e quando Mildred calculou que também poderia fornecer as tortas por trinta e cinco centavos, ela assumiu o controle da situação. "Pode deixar por minha conta, Mildred. Deixe comigo. Você não precisa dizer uma só palavra. Sei já faz tempo que precisamos dar um basta nessas tortas, e agora chegou a hora. Deixe tudo por minha conta."

O basta, na manhã seguinte, foi mais ruidoso do que Mildred esperava. O sr. Chris disse que a Handy Baking Company fornecia tortas para ele havia anos, e que não ia mudar isso. Ida alegou que estavam perdendo faturamento havia anos também, e que aquilo não fazia o menor sentido. Ademais, Ida insistiu, temos uma funcionária que prepara ótimas tortas. Qual era o problema, ele *não queria* ganhar dinheiro? O sr. Chris pediu que ela parasse de atormentá-lo, pois estava ocupado. Ida insistiu, contando que ela preparava muitas variedades, cereja, mirtilo, morango...

"Nada de cereja, mirtilo e morango!", o sr. Chris gritou, para enfatizar sua posição. "A gente tira um pedaço, o recheio escorre todo, perdemos metade da torta. Não presta! Só quero de maçã, abóbora, limão — e nenhum outro tipo, não quero."

Ao ouvir isso Ida foi até o salão e chamou Mildred. Quando estavam sozinhas, cochichou, excitada: "Ouviu o que ele disse? Maçã, abóbora, limão — nada de outros sabores. Isso significa que ele quer mudar, mas é teimoso demais para admitir. Agora, preste atenção, Mildred. Amanhã você vai trazer três tortas, uma de maçã, uma de abóbora, uma de limão. Só três, já chega. E eu garanto que serão servidas. Como amostra, claro, e você precisa se lembrar de uma coisa: foi idéia *dele*".

Ida enfiou a cabeça pelo vão da porta e chamou. Anna saiu. Anna, a garçonete da briga, fora recontratada, e Ida a convocou para a turma. "Anna, você ouviu o que eu falei para ele lá dentro?"

"Ida, as tortas são uma desgraça, mas..."

"Certo, então você vai fazer o que eu disser. Vamos servir as tortas da Mildred aqui, e não esta bosta de vaca que temos atualmente. Anna, elas são sensacionais. Mas você sabe como ele é, por isso quando eu servir as tortas de amostra que a Mildred vai trazer amanhã, você diz que já sabia que ele ia fazer alguma coisa a respeito. Você levanta a idéia e nós acabamos com a teimosia dele."

"Pode deixar por conta da Annie, a pequena órfã."

"Vê se capricha."

"Vou conquistar aquele grego como Grant conquistou Richmond. Não se preocupe, Mildred. Vamos vender suas tortas."

Um sentimento caloroso, comovente, tomou conta de Mildred em relação às duas colegas, e ela decidiu que Anna também merecia uma torta grátis de vez em quando. Naquela tarde ela preparou as amostras e na manhã seguinte Ida assumiu o controle delas, levando-as apressadamente para a cozinha, como se fosse uma espiã carregada de bombas. Mildred vestiu o uniforme nervosa como uma atriz na noite de estréia, e quando entrou na cozinha viu que a expectativa pairava no ar. O sr. Chris, em sua mesa no canto, demorou a se levantar e ir até a porta *Out*. Nela prendeu, com uma tachinha, um pedaço de cartolina onde

anotara, com sua caligrafia mediterrânea, o prato especial
do dia:

Sugestão
Presunto com Batata

Todos se reuniram em volta dele, para espiar. Ida foi até
a mesa, pegou o lápis azul, voltou à porta e acrescentou:

& Torta

Uma a uma, as garçonetes se enfileiraram no salão.
O almoço mal começara quando Mildred conseguiu
tirar dois pedidos de torta. O sr. Rand, freguês habitual,
chegou cedo com um amigo, e, quando ela entregou a ele
o cardápio para a escolha da sobremesa, perguntou inocente: "Gostaria de experimentar um pedaço de torta, senhor Rand? A de limão está ótima, hoje".
O sr. Rand olhou para o companheiro. "Isso mostra
quanto ela é uma pessoa de princípios. A torta é medonha, ela sabe disso, mesmo assim diz que a de limão está
ótima hoje. Deixe a torta para lá, a não ser que tenha cansado desta vida e prefira morrer."
"Temos um novo fornecedor de tortas, senhor Rand."
"Bem — e elas *prestam*?"
"Experimente um pedaço. Aposto que vai gostar."
O outro sujeito escolheu sorvete de chocolate, e Mildred correu até a cozinha para tirar os pedidos. Ao voltar
com os pedidos e café seu coração disparou, pois ouviu
um cliente exclamar: "Aquela torta parece deliciosa". Quando pôs o pedaço na frente do sr. Rand, o companheiro
dele não permitiu que ela servisse o sorvete. "Ah, eu também quero uma torta dessas! Posso trocar?"
"Vou dar um jeito."
"Princípios? Ela tem princípios de sobra. Olha só, o
merengue deve ter uns cinco centímetros."
Ao meio-dia a torta de limão se reduzira a manchas

da cobertura num prato vazio, e por volta da uma todas as tortas acabaram. Ida aproximou-se do sr. Chris às três, e todos se aglomeraram em torno dela, para conferir o desfecho. Ela disse "olha como as tortas saíram bem". Ressaltou que a de limão sumira antes que pudesse oferecê-la, e que um cliente tentara repetir a sobremesa, mas não restava nem um pedacinho. Contou que as pessoas disseram coisas terríveis quando as tortas da Mildred acabaram e ela tinha sido obrigada a servir as da fábrica. O sr. Chris ouviu tudo sem responder nada, continuou debruçado sobre sua mesa, bancando o surdo. Ida insistiu, falando cada vez mais alto. Disse que uma senhora, numa mesa de quatro pessoas, perguntara onde conseguiam tortas tão maravilhosas, e quando ela apontara para Mildred, a mulher ficara surpresa. O sr. Chris ajeitou-se na cadeira, desconfortável, e disse para não o incomodarem porque estava ocupado.

"Então era isso! Eu sabia que você ia fazer alguma coisa a respeito."

Ele se levantou assustado e se deparou com o dedo de Anna em riste, a quinze centímetros de seu rosto, apontado para o nariz como se fosse um revólver. Sem lhe dar tempo para se recuperar, ela disparou: "Por isso andou fazendo tantas perguntas sobre Mildred. Por isso andou xeretando por aí. E quem lhe disse que ela sabia fazer tortas? Eu gostaria muito de saber. Eu tinha certeza. Cada vez que a gente tira os olhos dele, vem alguma novidade!".

O sr. Chris primeiro acompanhou a arenga elogiosa com expressão neutra. Depois soltou uma gargalhada e apontou o dedo zombeteiro para Ida, como se tudo fosse uma brincadeira com ela. Ida declarou-se profundamente indignada, por ele ter "deixado que se exaltasse daquele jeito", quando ele sabia das tortas de Mildred o tempo inteiro, e já havia resolvido encomendá-las. Quanto mais alto ela falava, mais ele ria, e depois de ele limpar os olhos marejados, chegaram a um acordo. Houve alguma dificuldade em relação ao preço, ele tentou baixá-lo para trinta centavos, no caso de Mildred, mas ela insistiu em trinta e cinco e ele acabou cedendo. Naquela noite Mildred convidou Ida e Anna para ir ao bar onde Wally a levara, e ajudou Anna a conhecer um rapaz da mesa ao lado. Apesar de ter de preparar a primeira meia dúzia de tortas, voltou tarde para casa, cheia de doçura pela espécie humana.

Confiando em seu novo contrato, ela mandou instalar um telefone em casa e tentou aumentar as vendas aos fregueses da vizinhança, baseada na teoria de que algumas tortas a mais não dariam muito trabalho, e que o dinheiro extra seria muito bem-vindo. As tortas individuais custavam, e continuaram custando, oitenta e cinco centavos cada. Em pouco tempo, como resultado das vendas na vizinhança, caiu em seu colo outro contrato de fornecimento para restaurante. O sr. Harbaugh, marido de uma freguesa sua, mencionou suas tortas certa noite no Drop Inn, um café no Brand Boulevard, não muito distante de Pierce Drive, eles se interessaram, telefonaram e fecharam contrato para duas dúzias semanais. Assim, em um mês desde o momento em que começara a trabalhar de garçonete, Mildred tinha mais serviço do que imaginara dar conta, e só conseguia dormir direito aos domingos. Cuidar das filhas estava fora de cogitação, portanto contratou uma moça chamada Letty, que preparava o almoço e o jantar das meninas, além de ajudar a lavar a louça e preparar recheios e coberturas das tortas. Comprou dois uniformes extras, para poder lavar três de uma vez no fim de semana. Essa tarefa, porém, realizava de porta trancada, no banheiro. Não fez segredo das tortas, não conseguiria se tentasse. Mas não tinha a menor intenção de permitir que Letty ou as filhas soubessem onde trabalhava.

Apesar de se sentir exausta a maior parte do tempo, havia um novo brilho em seu olhar, e até uma mudança em seu vocabulário. Agora, conversando com a sra. Gessler, ela falava em "minhas tortas", "meus clientes", "meu negócio"; a primeira pessoa predominava. Inquestionavelmente, sua importância crescera um pouco, pelo menos a seus próprios olhos. Estava mais convencida, vaidosa. E por que não? Dois meses antes faltavam-lhe centavos para comprar pão. Agora faturava oito dólares por semana de salário no Tip-Top, uns quinze dólares em gorjetas e mais de dez dólares de lucro líquido com as tortas. Prosperava. Comprou um conjunto de saia e blusa, fez permanente.

Só uma coisa a incomodava. Estavam no final de junho, e no dia primeiro de julho venceria a hipoteca, setenta e cinco dólares. Sua afluência recente possibilitara economizar quase cinqüenta dólares, menos do que necessitava, mas ela decidira não se preocupar. Certa noite, passeando de carro com Wally, disse abruptamente: "Wally, quero que você me dê cinqüenta dólares".

"Você quer agora?"

"Sim, agora. Emprestado, vou pagar de volta. Estou ganhando dinheiro agora, e posso devolver dentro de um mês, sem problemas. Mas preciso pagar os juros da hipoteca que o Bert fez da casa, e não pretendo ser despejada por causa de meros cinqüenta dólares. Quero que você me traga o dinheiro amanhã."

"Está bem. Acho que consigo."

"Amanhã."

"Calma, vou deixar um cheque esta noite mesmo."

Um dia, não muito tempo depois, ela voltou para casa e encontrou Letty com um de seus uniformes. Ela ainda não havia comprado um uniforme para Letty. Ela usava um avental por cima do vestido simples com o qual ia trabalhar, pois Mildred dissera que o uniforme ficaria para quando tivesse certeza do desempenho satisfatório da moça. Ao ver Letty com o traje que usava no restaurante, sentiu o rosto quente, mas saiu da cozinha por medo do que poderia dizer. Mas Letty percebeu seu olhar e a seguiu. "Eu disse para ela que a senhora não ia aprovar, senhora

Pierce. Falei na mesma hora, mas ela insistiu e gritou, fui obrigada a vestir para que ela se calasse."

"*Quem* insistiu e gritou?"

"A *senhorita* Veda."

"*Senhorita* Veda?"

"Ela me obriga a chamá-la assim."

"E ordenou que vestisse o uniforme?"

"Sim, senhora."

"Muito bem. Não tem importância, se foi isso que aconteceu. Mas pode tirá-lo agora. E de agora em diante não se esqueça, quem dá as ordens aqui sou eu, e não a senhorita Veda."

"Sim, senhora."

Mildred fez as tortas e nada mais foi dito sobre o assunto naquela tarde, nem no jantar. Veda não comentou a troca de roupa de Letty. Mas, após o jantar, assim que Letty foi embora para a casa dela, Mildred convocou as duas filhas para uma conversa na saleta, e dirigiu-se basicamente a Veda, informando que tratariam da questão do uniforme. "Certamente, minha mãe. Perfeitamente adequado a ela, não concorda?"

"Não interessa se é adequado ou não. A primeira coisa que eu quero saber é a seguinte: os uniformes estavam na prateleira de cima do meu closet, debaixo de uma pilha de lençóis. Como você foi achá-los lá?"

"Mãe, eu precisava de um lenço, e fui ver se um dos meus não poderia ter sido guardado com suas coisas, por eventual equívoco."

"No closet?"

"Eu já havia procurado em todos os lugares, portanto..."

"Todos os lenços estão na sua gaveta de cima, e continuam lá, você não estava procurando lenço nenhum. Mais uma vez andou xeretando nas minhas coisas para ver o que havia lá, não é?"

"Mãe, como ousa insinuar tamanha..."

"Não é?"

"Não, e considero ofensiva a indagação."

Veda encarou Mildred, altiva, com a dignidade ofendida. Mildred aguardou um momento e prosseguiu: "E por que você deu um dos uniformes a Letty?".

"Eu apenas presumi, minha mãe, que você se esquecera de dizer para ela usar o uniforme. Obviamente, foram comprados para ela. Como ela vai levar minhas coisas até a piscina, naturalmente espero que esteja vestida com decência."

"Até a piscina? Que coisas?"

"Coisas de banho."

Ray, a menor, riu alto, e Mildred as encarou, atônita. As aulas haviam acabado, ela deixara um bloco de passes de ônibus para que as filhas fossem nadar na piscina de Griffith Park. Mas ela não fazia idéia de que Letty fora incluída na excursão. Logo descobriu, porém, que a idéia de Veda de nadar incluía desfilar com Ray até o ponto de ônibus, as duas acompanhadas por Letty, a dois passos atrás, vestindo uniforme, avental, touca, para carregar as bolsas com os maiôs. Ela providenciara até a touca, que Mildred identificou como sendo a gola de um de seus vestidos. Fora cuidadosamente costurada, transformando-se numa peça branca convincente, com acabamento bordado.

"Eu nunca ouvi falar nisso em minha vida."

"Ora, minha mãe, pareceu-me perfeitamente adequado."

"E Letty vai nadar com vocês?"

"Não, absolutamente."

"E o que ela faz?"

"Ela espera, sentada ao lado da piscina, como é seu dever."

"Espera pela *senhorita* Veda, suponho."

"Ela conhece seu lugar, espero."

"Bem, de agora em diante não haverá mais senhorita Veda. E, se ela for com vocês até a piscina, usará sua própria roupa e poderá nadar. Se não tiver maiô, eu compro um para ela."

"Minha mãe, será como desejar."

Ray, que ouvia tudo deliciada, rolou no chão a gargalhar ruidosamente e sacudir os pezinhos no ar. "Ela não sabe nadar! Ela não sabe nadar e vai se afogar! E Red vai ter de salvá-la! Ele é salva-vidas e *gosta dela*!"

Ao ouvir isso Mildred compreendeu a estranha conduta de Letty, e não pôde conter o riso, por mais que evitasse. Diante disso, Veda preferiu considerar a questão encerrada. "Realmente, minha mãe, parece-me que você criou um caso enorme à toa. Se comprou os uniformes para ela, e certamente não posso imaginar para quem mais poderiam ser, então por que ela não pode usá-los?"

Mas Veda exagerou um pouco. Num átimo, por causa da inocência peculiar com que ela não podia imaginar para quem mais os uniformes poderiam ter sido adquiridos, Mildred percebeu que ela sabia a verdade, e isso significava que o caso precisava ser tratado com rigor. Pois o propósito de Veda ao exigir que Letty usasse o uniforme poderia não ser algo mais sinistro do que um desejo de se exibir na piscina, ou poderia ter uma intenção consideravelmente mais perversa. Por isso Mildred não reagiu de imediato. Continuou encarando Veda com dureza no olhar. Depois pegou Ray no colo e anunciou que era hora de ir para a cama. Trocou a roupa da filha menor, brincando com ela como sempre fazia, soprando nas casas de botões do pijaminha, rolando-a na cama com estardalhaço, até o assopro final na nuca. Mas o tempo inteiro pensava em Veda, que nunca participava dessas frivolidades. Com o canto do olho a observou debruçada na penteadeira para a sessão de beleza, cujo principal objetivo parecia ser exibir o máximo de pentes, escovas e frascos que coubessem em cima dela. Veda não se mostrou tão cordata quando Mildred terminou de ninar Ray e ordenou que ela fosse à saleta para nova conversa. Levantou-se furiosa, atirando uma escova no chão. "Meu Deus. O que foi, agora?"

Quando chegaram à saleta Mildred fechou a porta, sentou-se na poltrona e dirigiu-se a Veda, parada à sua frente. "Por que você deu aquele uniforme a Letty?"

"Pelo amor de Deus, mãe, já não expliquei antes? Quantas vezes terei de repetir? Não aceito que me questione desta maneira. Boa noite, vou dormir."

Mildred a segurou pelo braço e a puxou de volta. "Você sabia que o uniforme era meu quando o deu a Letty, não é?"

"*Seu* uniforme?"

A simulação de surpresa de Veda foi tão fria, tão calculada, tão insolente, que Mildred esperou mais tempo do que costumava, quando se enfurecia. Depois, prosseguiu: "Arranjei emprego de garçonete num restaurante de Hollywood".

"De... *quê*?"

"De garçonete, como você sabe muito bem."

"Minha nossa! Uau..."

Mildred a esbofeteou, mas ela soltou uma risada seca e completou, desafiadora: "Cruz-credo!".

Ao ouvir isso, Mildred deu-lhe um tapa terrível na outra face, que a derrubou no chão. Enquanto ela estava deitada, Mildred começou a falar: "Foi para você e sua irmã terem o que comer, um lugar para dormir, alguma coisa para vestir. Aceitei o único tipo de serviço disponível, e se pensa que vou ficar escutando você dizer um amontoado de besteiras, está muito enganada. E se acredita que suas atitudes imbecis farão com que eu desista do emprego, está muito enganada a esse respeito também. Não sei como você descobriu o que eu estava fazendo..."

"Pelo uniforme, estúpida. Acha que sou idiota?"

Mildred a esbofeteou novamente, e prosseguiu: "Talvez você não se dê conta, mas tudo que tem custa dinheiro, da empregada que obrigou a acompanhá-la no passeio até a piscina, a comida e o que mais você tiver. E não vejo mais ninguém por aqui fazendo algo a respeito..."

Veda, novamente de pé, com olhar inflexível, a interrompeu: "Já não chega fazer torta? Você precisava nos degradar com...".

Mildred a agarrou pelos dois braços e a puxou para cima de um joelho, ergueu o quimono com um gesto, baixou a calcinha com outro e desceu a mão nas nádegas de Veda com toda a força que lhe proporcionava a fúria. Veda gritou e mordeu a perna da mãe. Mildred a puxou e continuou a espancar seu traseiro até a exaustão, enquanto Veda gritava como se demônios a possuíssem. Depois Mildred deixou Veda deitada no chão e permaneceu sentada, ofegante, lutando contra a náusea que subia do estômago.

Depois de algum tempo Veda levantou-se, cambaleou até o sofá e se atirou sobre ele num gesto de desespero teatral. Soltou uma risadinha e sussurrou, com mais pesar que raiva: "Garçonete".

Mildred começou a chorar. Raramente batia em Veda, sempre alegava à sra. Gessler que "a menina não precisa disso", e que "não concordava em espancar as filhas por qualquer ninharia". Mas esta não era a razão real. Nas poucas vezes em que recorrera a surras, não conseguira absolutamente nada. Não era capaz de dobrar Veda, por mais que batesse nela. Veda emergia vitoriosa desses embates, e ela sofria uma derrota trêmula, ignóbil. Era sempre a mesma coisa. Ela sentia medo de Veda, de seu esnobismo, de seu desprezo, de seu espírito inquebrantável. E temia algo que se ocultava sempre sob a falsa sofisticação de Veda: um desejo frio, cruel e vulgar de torturar a mãe, de humilhá-la e, acima de tudo, de magoá-la. Mildred ansiava desesperadamente pelo carinho da filha, o carinho que Bert sempre tivera. Mas só recebia dela uma contrafação afetada, teatral. Tinha de aceitar esse prêmio de consolação, tentando não vê-lo como realmente era.

Ela chorou, depois sentiu o profundo desânimo que a dominava, pois estava tão longe como sempre estivera de conseguir fazer Veda entender seu ponto de vista. Veda precisava aceitar seu emprego, ou seus dias seriam um tormento constante, e no final das contas acabaria forçada a desistir. Mas como? Sem ter ainda consciência do que dizer, começou a falar. "Você nunca me dá crédito por algum sentimento elevado, não é mesmo?"

"Oh, mãe, por favor — não vamos mais falar nisso.

Está tudo bem. Você está trabalhando... em Hollywood, e tentarei não pensar mais no caso."

"A bem da verdade, sinto-me exatamente como você se sente, e com certeza nunca teria aceitado o emprego se não fosse por..." Mildred engoliu em seco, fez um gesto amplo, vago, e continuou: "...minha decisão de abrir um restaurante. Eu precisava aprender os truques do negócio. Saber tudo a respeito e..."

Pelo menos Veda sentou-se e passou a prestar atenção, dando um leve sinal de interesse. "Que tipo de lugar, mãe? Você se refere a..."

"Um restaurante, claro."

Veda piscou e por um momento pavoroso Mildred pensou que isso tampouco corresponderia aos requisitos sociais de Veda. Desesperada, seguiu adiante: "Podemos ganhar dinheiro com um restaurante, se for bem administrado, e..."

"Quer dizer que ficaremos ricas?"

"Muita gente enriqueceu assim."

Foi o bastante. Embora um restaurante não fosse a atividade mais aristocrática que Veda podia imaginar, a riqueza apelava à parte mais profunda de sua natureza. Ela correu até a mãe, abraçou-a, beijou-a, acariciou seu pescoço, exigiu ser castigada por seu comportamento. Quando Mildred lhe deu um tapinha de mentira no traseiro, ela se sentou na poltrona e falou a respeito da limusine que comprariam, e do piano de cauda no qual estudaria música.

Mildred prometeu tudo isso de bom grado, mas depois, quando Veda dormia e ela trocava de roupa, pensou em por quanto tempo conseguiria manter a farsa, e se deveria arranjar outro serviço antes que seu blefe fosse desmascarado. Então uma idéia excitante, elétrica, surgiu em sua mente. Por que não abrir seu próprio restaurante? Ela olhou no espelho e viu um rosto de mulher calculista, confiante a encará-la de volta. *Bem, e por que não?* A respiração se acelerou um pouco enquanto ela elencava suas qualificações. Sabia cozinhar, tinha um dom para isso que poucos possuíam. Estava aprendendo como funcionava o negócio; a bem da verdade, no que dizia respeito às tortas ela já estava no ramo. Era jovem, saudável, mais forte do que parecia. Tinha duas filhas, tudo o que desejava e esperava pôr no mundo, portanto não precisava mais pensar nisso. Tinha uma determinação implacável de progredir. Ela vestiu o pijama, apagou a luz e continuou andando pelo quarto, no escuro. Contra sua vontade, a limusine, o chofer e o piano de cauda brilharam diante de seus olhos, desta vez reais, e não imaginários. Ela ia se deitar na cama, mas correu para o quarto das meninas. "Veda?"

"Sim, mãe? Estou acordada."

Ela se aproximou, ajoelhou-se e abraçou a filha com paixão. "Você tinha razão, querida, e eu estava errada. Não importa o que eu diga, não importa o que qualquer pessoa diga, nunca desista de seu orgulho, do modo como vê as coisas. Eu queria ser assim, e nunca desistir!"

"Não posso evitar, mãe. É como eu me sinto."

"Aconteceu uma outra coisa esta noite."

"Conte."

"Não há nada para contar. Só que agora eu sinto, eu *sei*, que de agora em diante as coisas vão melhorar para nós. Teremos tudo que desejamos. Talvez não fiquemos ricas, mas teremos o suficiente. E será tudo graças a você. Todas as coisas boas que acontecerão deveremos a você, caso sua mãe tenha o bom senso necessário para perceber quais são."

"Ah, mãe, adoro você. De verdade."

"Repita, minha filha... só mais uma vez."

6

A atitude de Mildred perante o restaurante mudou mais uma vez, de desaprovação crítica a curiosidade ávida. A cozinha do sr. Chris, embora não a empolgasse, o mantinha no mercado havia muitos anos, e ela entendeu que o sistema era o sistema ancestral que todos os restaurantes precisavam adotar, se quisessem funcionar. Passou a estudar tudo em detalhe, acompanhando a administração, o marketing, os métodos de aproveitamento de sobras e principalmente os truques usados por Archie, que a irritava com inúmeras posturas, mas nunca fazia dois movimentos quando um bastava, nunca se perguntava se um prato estava pronto, mas sempre sabia determinar isso e o tirava no instante exato. Alguns de seus princípios foram adotados por ela na preparação das tortas, pois era viciada em conferir o forno e deixar a torta só mais um minutinho, por via das dúvidas. Agora ela as tirava pelo relógio, poupava gestos inúteis e obtinha resultados melhores.

Sua confiança só crescia, as noções sobre o tipo de lugar que desejava clareavam em sua mente. Mas um aspecto a vexava constantemente. Onde obter o dinheiro? Durante a tarde, quando tinha uma hora livre, ela ia de carro até as lojas de suprimentos para restaurantes da Main Street, em Los Angeles, para fazer orçamentos, comparar preços, escolher produtos. Por sua estimativa, precisaria de mil dólares de equipamento antes de começar, mesmo em pequena escala. Fogão industrial, refrigerador, réchaud banho-maria e pia custariam cerca de quinhentos, o resto iria para mobília, pratos, talheres e toalhas. Economizar esse valor, com a renda atual, levaria muito tempo, e sempre havia o risco de ela perder o emprego, ou de uma mudança no mercado de tortas a tirar totalmente do esquema, deixando-a exatamente onde estava na primavera. Ela precisava atacar logo, mas não sabia com que dinheiro. Pensou em Wally e até na sra. Gessler, mas duvidava que pudessem levantar um valor tão alto, e sua intuição lhe dizia para não pedir isso a eles.

Por algum tempo ela flertou com a idéia de pedir ao sr. Otis, um açougueiro aposentado que se tornara inspetor federal de carnes, ele era freguês habitual e sempre lhe deixava vinte e cinco centavos. Trabalhou o aspecto romântico até ele convidá-la para sair, mas se deu conta de que precisava de um projeto bem montado, se quisesse impressioná-lo o suficiente para investir. Certa noite, quando Wally chegou ao momento de fumar um cigarro e bocejar, ela acendeu a luz e sentou-se à mesa. "Wally, você poderia me ajudar numa coisa?"

"Agora?"

"Preciso fazer isso logo. Amanhã, pode ser?"

"O que seria?"

"Não sei como definir. Uma estimativa de custos, algo assim. Para um sujeito que pode investir na montagem de um negócio para mim. Mas quero anotar tudo, com as palavras certas para tudo, de um jeito bem profissional."

Wally bateu a cinza do cigarro na lareira, virou-se e piscou. "Que tipo de negócio?"

"Um restaurante, só isso."

"Ei, peraí. Espere um pouco."

Ele apagou o cigarro e se aproximou da mesa. Puxou uma cadeira e se sentou. "Explique tudo de novo. Desde o começo, e não da metade."

Hesitante, sentindo-se repentinamente constrangida, ela delineou seu projeto: um pequeno restaurante onde cozinharia e serviria apenas frango. "Existem casas especializadas em carne e peixe. Então, andei pensando — sabe, onde trabalho praticamente metade dos pedidos é de frango, por isso tenho a impressão de que não faltariam clientes. Eu não precisaria lidar com um monte de pratos à la carte, definir preços, calcular custos, montar cardápios, aproveitar sobras e outras coisas. Todo mundo comeria frango e waffles, ou frango com legumes, se preferissem, sempre pelo mesmo preço. Venderia tortas para viagem também, e manteria as vendas de tortas no atacado o máximo possível. Uma atividade complementaria a outra. As tortas ajudariam a manter o restaurante, e o restaurante ajudaria a vender as tortas."

"E quem é esse sujeito?"

"Um senhor que almoça lá todos os dias. Creio que ele tem muito dinheiro. Se eu provar a ele que é um bom investimento, talvez empreste o que preciso."

Wally deu várias voltas na sala, sem tirar os olhos dela. Ela se acostumara a pensar nele como um gorducho meio tolo, esquecendo-se por vezes de seu oportunismo frio. Depois de um tempo, ele disse: "Você acha mesmo que pode fazer com que isso dê certo?".

"Você não acha?"

"Perguntei primeiro."

"Acho que pode dar certo. Pensei bastante a respeito, e tenho quase certeza de que levei todos os aspectos em consideração. Sei cozinhar, ninguém pode negar. Estudei o funcionamento do negócio, analisando cada detalhe do sistema. Aprendi a economizar dinheiro, o que é fundamental nesta idéia, Wally. O mais caro num restaurante é o desperdício, os extras como custos de gráfica, cardápios e pessoal contratado para cada opção oferecida. Mas, do meu jeito, não haveria desperdício. As sobras virariam molho e sopa, eu não gastaria nada na gráfica, não haveria custos extras. Sim, eu acho que posso fazer com que dê certo."

"Se você puder, talvez eu possa lhe oferecer um bom negócio. Capaz de fazer com que comece por cima. Uma oportunidade que a deixará numa situação tão favorável que nem precisará de um investidor."

"Wally! Se você não parar, vou chorar."

"Mais tarde você chora, agora ouça o que tenho a dizer. Sabe aquela casa-modelo que fizemos? A casa dos sonhos construída por Bert, para levar os possíveis clientes e mostrar a eles como viveriam se gastassem o dobro do dinheiro que possuíam?"

"Sim, claro." Não lhe faltavam razões românticas especiais para lembrar da casa-modelo.

"Certo. Eles precisam se livrar dela."

"Quem?"

"Os administradores da Pierce Homes, Inc. A empresa que me contratou para servir de advogado, mensageiro, ladrão e o que mais puderem pensar. Eles precisam se livrar da casa, se quiser montar seu restaurante de frango lá, é sua. Creia em mim, Mildred, se lá não for o lugar ideal para um restaurante, então estou maluco. Já tem até cheiro de galinha. Fica entre as árvores, Bert gastou uma fortuna para construí-la no estilo colonial. É o lugar perfeito para um ossinho da sorte! Ponha um pouco de pedrisco na lateral e terá estacionamento grátis para todos os clientes. A sala de recepção é perfeita para o salão do restaurante. O quarto decorado serviria de despensa. O moderno escritório Pierce vai virar cozinha. Cada sarrafo da casa atende às exigências legais de segurança e saúde, até os toaletes, e posso conseguir tudo para você por quatro mil dólares: casa, terreno e todas as benfeitorias."

"Wally, agora vou chorar."

"Eu por acaso estou perguntando se você tem quatro mil dólares? Sei muito bem o que você tem ou não tem. E estou dizendo que, se você quiser, a casa é sua."

Ele se aproximou, debruçou-se e olhou em volta, melodramático, como se quisesse garantir que ninguém os espionava. Depois disse baixinho: "Eles precisam registrar as perdas".

"Quem?"

"Os administradores! Na declaração de imposto de renda que será apresentada em março próximo, referente ao exercício de 1931, eles precisam contabilizar um prejuízo. Caso contrário, estão perdidos. Por isso a casa é sua por quatro mil dólares."

"Wally, mesmo assim precisarei de dinheiro!"

"Quem disse isso? O plano é lindo. Assim que tiver uma propriedade em seu nome nesta cidade, caso encerrado. Ninguém vai perguntar mais nada. Você conseguirá todo o crédito que desejar, mais do que necessita. Não sabe que os fornecedores de equipamentos também foram atingidos pela Depressão? Eles não podem dar o estoque de presente, e só querem saber uma coisa: você tem alguma propriedade? Se tiver, fornecerão qualquer equipamento e farão a instalação também. Você vai precisar de um pouco de dinheiro, duzentos ou trezentos dólares, suponho, e creio que posso dar conta disso. Só é preciso assumir o imóvel e providenciar tudo rapidamente."

Pela primeira vez na vida Mildred sentiu a excitação brutal, ardente, de uma conspiração pelo lucro. Ela entendeu o aspecto relativo ao crédito, graças à explicação de Wally, e não precisava que alguém lhe dissesse que o local era perfeito para seus propósitos. Em sua mente já brilhava o luminoso de néon, em azul, sem nada de verde ou vermelho:

MILDRED PIERCE

Frango Waffles Tortas
Estacionamento Gratuito

Mas tudo parecia bom demais para ser verdade, e quando ela fez uma série de perguntas a respeito, ressabiada, Wally explicou: "Não tem nenhuma malandragem nisso. Eles estão encrencados até o pescoço. No caso dos outros imóveis, mesmo que consigam se livrar de algum, pela regulamentação federal estarão em situação ainda pior que a atual. Quer dizer, se não construímos as casas, mesmo que tenhamos de retomar o imóvel de um comprador inadimplente, não há como registrar prejuízos. Mas, neste caso, a corporação pagou dois mil e quinhentos a Bert pelo terreno, nenhum auditor do governo pode questionar isso. E Bert gastou onze mil e quinhentos na construção da casa, dinheiro da corporação, e não dele. Catorze mil, no total. Se a venderem por quatro, terão um prejuízo de dez mil dólares, o que cobre as necessidades para 1931 e ainda sobra um pouco."

"E por que *eu?*"

"E por que não? Quem mais quer a casa? Ninguém poderia morar naquele lugar, você sabe disso. Bert fez na verdade um escritório para a imobiliária, mas no momento ninguém deseja um escritório para sua imobiliária. Precisamos de alguém que use a casa para outro propósito, e é aí que você entra."

"Já entendi, mas antes de eu me animar demais com a história, prefiro ter certeza. Pois, se querem dar a casa, deve haver alguém lá dentro que..."

"Entendo o que você está querendo dizer. Na verdade, alguns já tiveram essa brilhante idéia. Mas eu os dissuadi. São os incorporadores originais, já tratei com o governo o suficiente para saber que vamos parar todos na cadeia se alguém tentar uma jogada duvidosa. Num caso como este, precisamos de uma pessoa idônea como você. Se o fiscal do governo não gostar da idéia, pode ir conferir o local, comer frango e se convencer de que você está usando o imóvel para o propósito anteriormente declarado. E depois pode consultar nossos registros e ver que aceitamos a melhor oferta feita. Vai dar tudo certo. Você não tem nenhum envolvimento. Não é incorporadora original. Você é..."

Ele parou de falar, sentou-se e começou a praguejar baixinho, depois em voz alta. Ao ver que havia um problema, ela perguntou: "O que foi, Wally?".

"Bert."

"O que ele tem a ver com isso?"

"É incorporador original."

"E daí?"

"Sendo Bert incorporador original e você mulher dele, lá se vão o restaurante e a melhor jogada que já tive a chance de armar desde que a Pierce Homes faliu."

Mildred precisou de dez minutos para compreender as ramificações da comunhão de bens, e o fato de que Bert, por estar casado com ela, seria proprietário do restaurante, e portanto sujeito às restrições do governo. Ela argumentou contra isso indignada, com veemência, mas viu pela fisionomia de Wally que o problema era sério. Quando ele por fim foi embora, dizendo que consultaria os colegas e estudaria a legislação, ela foi para a cama agitada, pois sua primeira grande chance poderia ser perdida por um detalhe burocrático. A raiva contra Bert retornou dobrada, pelo modo como ele parecia podá-la a cada passo. Na noite seguinte Wally voltou, mais otimista. "Está tudo bem, mas você precisa se divorciar."

"É a única saída?"

"Claro. Bert deixou você, não foi?"

"Eu gostaria que houvesse outra opção."

"Por quê?"

"Porque não sei como Bert reagirá à proposta. A gente nunca pode contar com Bert. Se fosse apenas pelo coração, estaria tudo bem. Mas ele tem algum problema na cabeça, não dá para saber como reagirá. Pode criar dificuldades."

"*Como?*"

"Ele daria um jeito."

"Não teria como. Se ele permitir que você peça o divórcio alegando crueldade, será tudo fácil e tranqüilo, suave e rápido. Se ele resolver engrossar, use o caso com aquela mulher contra ele, a Biederhof, e ele será forçado a ceder, pois não se pode recusar divórcio em caso de infidelidade. Não peça nada a ele, comunique."

"Leva um ano, não é?"

"Você prefere desistir?"

"Não. Mas, se não vai dar certo, por que insistir?"

"Leva um ano até que a decisão seja considerada final. Mas, assim que você der entrada nos papéis acaba a comunhão de bens, e ela é a sua única preocupação."

"Então acho que falarei com ele."

"Esqueça o acho. Sabe, Mildred, o melhor é resolver isso de uma vez por todas. Mesmo que não houvesse o impedimento federal, você não poderia abrir um negócio se estivesse casada com Bert. Você não sabe onde ele arranja dinheiro. Pelo que você sabe, logo que você pendurar a placa vai receber incontáveis cobranças, intimações e avisos. Quebrará antes de abrir as portas. Mas estará tranqüila assim que se livrar de Bert."

"Eu disse que falarei com ele."

"Se a sua preocupação for o dinheiro, esqueça. Eu mesmo a representarei no processo, e as despesas restantes são mínimas. E vamos em frente. Trata-se de um ótimo negócio e você não pode perder um dia sequer."

No domingo seguinte, quando as crianças foram convidadas para jantar nos avós, Mildred soube que Bert passaria por lá. Mandou um recado, dizendo que precisava conversar com ele, e esse arranjo obviamente garantiria que ela estaria sozinha com ele. Começou a fazer as tortas cedo, antes que ele chegasse, mas estava de massa até os cotovelos quando ele entrou pela porta da cozinha. Ele perguntou se estava tudo bem, ela disse que sim, e quis saber como ele ia. Bert respondeu que não podia reclamar. Depois se sentou, muito sociável, e acompanhou seu trabalho. Ela precisou de algum tempo para tocar no assunto, e quando resolveu falar deu uma série de voltas até chegar ao ponto. Mencionou a casa-modelo, os problemas legais envolvidos e citou Wally nos trechos mais difíceis. Depois, engolindo em seco, ela disse: "Portanto, tudo indica que precisamos providenciar nosso divórcio, Bert".

Ele ouviu a declaração muito sério, e esperou muito tempo antes de falar: "Preciso pensar bem a respeito disso".

"Você tem alguma objeção *específica?*"

"...Tenho diversas objeções. Para começar, pertenço a uma igreja que tem regras muito rígidas a respeito do assunto."

"Ah!"

Ela não conseguiu evitar a acidez na voz ao proferir a exclamação. Era muita desfaçatez da parte dele invocar seu tênue vínculo com a igreja episcopal, principalmente por ela saber que a igreja não se opunha ao divórcio em si, e sim ao casamento de pessoas divorciadas. Mas, antes que ela pudesse argumentar, ele prosseguiu: "E eu preciso pensar mais nesta história de transação envolvendo Wally Burgan. Muito mais".

"O que isso tem a ver com você?"

"Você é minha esposa, certo?"

Ela virou depressa para o outro lado, enterrou as mãos na massa e tentou se lembrar de que discutir com Bert era igual a discutir com uma criança. Depois de algum tempo, notou que ele falava: "Provavelmente sei dez vezes mais a respeito de impostos federais do que Wally Burgan, e o que posso dizer é que para mim isso soa como um monte de besteira. Tudo se resume a uma questão clara de conspiração para cometer fraude. Ocorre ou não? Em casos que envolvem fraude o ônus da prova cabe ao governo, e neste caso não há prova alguma, pois posso testemunhar, se quiserem me convocar, e dizer que não houve fraude."

"Bert, você não compreende que não se trata de provar algo em juízo, de um modo ou de outro? A questão é eles me entregarem o imóvel ou não. Se eu não pedir divórcio, não entregarão."

"Não há absolutamente nenhuma razão para agirem assim."

"E o que vou dizer a Wally?"

"Diga para ele conversar comigo."

Bert deu um tapinha na perna dela e pelo jeito considerou a conversa encerrada. Ela trabalhava a massa energicamente, tentando não dizer nada, mas não agüentou e insistiu. "Bert, eu quero o divórcio."

"Mildred, ouvi tudo que você falou."

"E tem mais, vou consegui-lo."

"Não vai, a não ser que eu concorde."

"E quanto a Maggie Biederhof?"

"*E quanto a Wally Burgan?*"

Em seus piores dias como extra do cinema, Bert nunca levou um golpe como o daquele momento, no qual a massa fez o papel de torta. A massa o acertou em cheio no rosto, passou um momento grudada e caiu para revelar sua dignidade trágica, ultrajada. Mas, na hora em que a massa já formava pelotas no chão, a dignidade dera lugar à raiva, e ele começou a falar. Disse que tinha amigos, que sabia muito bem o que estava havendo. Disse que ela deveria saber que não adiantava querer jogar uma cortina de fumaça na frente dele. Depois foi até a pia lavar o rosto, e enquanto limpava a massa ela falou. Acusou-o de não prestar nem para sustentar a família, e agora de ficar no caminho sempre que ela tentava fazer isso. Ele tentou voltar ao caso com Wally, e ela o calou aos gritos. Ele disse tudo bem, mas que ela ia ver o que aconteceria com ela se tentasse envolver Maggie Biederhof na história. Daria um jeito de impedir que conseguisse o divórcio, pela lei que vigorava no estado ela jamais o obteria. Quando ela gritou que conseguiria o divórcio, custasse o que custasse, ele disse "veremos" e foi embora.

A sra. Gessler ouviu, tomou um gole de chá e balançou a cabeça. "Que coisa mais engraçada, amiga. Você viveu com Bert — quanto tempo? — dez ou doze anos, e ainda não o entende, não é?"

"Ele sempre foi do contra."

"Não foi, não. Assim que entender Bert, você verá que ele não é do contra. Bert é como Veda. Se não puder fazer algo de modo grandioso, não consegue viver, só isso."

"E o que pode haver de grandioso no modo como ele agiu?"

"Olhe para o caso do jeito que ele olha, pelo menos desta vez. Ele não dá a mínima para a igreja, para a legislação ou para Wally. Só mencionou tudo isso para parecer importante. O que o incomoda é não poder fazer nada pelas filhas. Prefere morrer a ir até o juiz e admitir que não dá um centavo a elas."

"E por acaso ele está fazendo alguma coisa por elas no momento?"

"Ora, isso não passa de um detalhe irrelevante, uma condição temporária que não se deve levar em conta. Quando ele se recuperar..."

"O que não acontecerá nunca."

"Quer me deixar explicar direito? É o medo de bancar o pneu furado, estou dizendo, num dos momentos dramáticos da vida de um homem, que o leva a recusar. Mas ele não pode impedir o divórcio por muito tempo. Para começar, tem a Biederhof. Ela não vai gostar de saber que você pediu divórcio e ele não quis dar. Começará a se perguntar se ele realmente a ama — devo dizer que não entendo como alguém pode amar aquilo, mas tudo bem. Além disso, o tempo inteiro ele sabe que tornar as coisas difíceis para você significa torná-las difíceis para as meninas. E Bert adora as filhas. Ele está na borda da prancha, e não lhe resta alternativa a não ser pular."

"Certo, mas quando?"

"Quando ele ganhar a torta."

"Que torta?"

"A torta que você vai mandar para ele. Precisa ser uma torta muito especial. Não o agarrará pelo estômago, só incidentalmente. Será um apelo à grandeza dele, e para Bert isso quer dizer vaidade. Trata-se de uma torta que você está tentando desenvolver, e você quer a opinião dele a respeito de suas possibilidades comerciais."

"Não me importo de fazer uma torta para Bert."

"Então mãos à obra."

E Mildred preparou a torta, uma criação exuberante, recheada de maçãs verdes glaçadas de modo a realçar a acidez da maçã em conjunto com a doçura cristal do açúcar. Era tão comercial quanto um pregador esculpido à mão, mas ela a enviou com um recado, pedindo a opinião dele, e um P.S. dizendo que pusera as iniciais dele para ver se ainda conseguia desenhar monogramas. Foi levada por Letty, e foi tiro e queda. Na metade da semana chegou outro convite para as meninas, jantar no domingo. Desta vez ela tomou a precaução de terminar as tortas antes e preparar um lanche. Letty estava de serviço no domingo, Mildred pediu-lhe que servisse o lanche na saleta, antecedido por um coquetel. Bert aceitou as gentilezas muito sério, discorreu longamente sobre a torta, dizendo que a considerava sucesso garantido. Havia muito mercado para massas prontas, declarou, pois as pessoas não podiam mais ter empregadas que as preparassem, e com freqüência desaprovavam versões industrializadas. Tudo isso era o que Mildred pensava havia um bom tempo, e ela ficou genuinamente contente em ouvir uma opinião similar. Depois Bert repetiu tudo e houve uma pausa na conversa. Então ele disse: "Bem, Mildred, eu lhe disse que pensaria a respeito daquela proposta, e já fiz isso".

"E então?"

"Claro, trata-se de uma questão desagradável, sob qualquer ângulo."

"Para mim também, com certeza."

"Uma dessas coisas sobre as quais as pessoas odeiam pensar. Mas no fundo não tem nada a ver conosco."

"Não entendo aonde você quer chegar, Bert."

"Quero dizer que ser desagradável para nós não conta. Só importa o que é melhor para as meninas, e devemos pensar nisso. E conversar a respeito."

"Você acha que eu tenho outra motivação? Foi por causa delas que procurei aproveitar esta oportunidade. Se eu puder ao menos tentar, poderei dar a elas o que gostaria, e são as coisas que você gostaria de lhes proporcionar também."

"Quero fazer a minha parte."

"Ninguém está pedindo que você faça nada. Sei que você fará o que puder, quando puder, de bom grado. No momento, porém... eu pedi alguma coisa, qualquer coisa?"

"Mildred, há uma coisa que posso fazer, e, se chegarmos a um acordo, quero fazer isso. Posso proporcionar a vocês um teto, e isso ninguém poderá tirar de vocês. Quero lhe dar a casa."

Mildred foi apanhada completamente de surpresa, queria rir e chorar. A casa deixara de ser um bem havia muito, no que lhe dizia respeito. Era um lugar onde morava e que a esmagava com juros, taxas e manutenção. Que Bert viesse a oferecê-la na caradura, naquele momento, chegava a ser grotesco. Contudo, ela lembrou-se do que a sra. Gessler dissera, e que estava na presença do orgulho masculino. Levantou-se e subitamente aproximou-se para abraçá-lo. "Você não precisa fazer isso."

"Mildred, faço questão."

"Se realmente quer, a única coisa que posso fazer é aceitar. Mas você não é obrigado. Faço questão de ressaltar."

"Tudo bem, mas é importante que você aceite."

"Certo. Lamento muito o que disse sobre a senhora Biederhof."

"E eu fiquei com raiva de mim pelo que disse sobre Wally. Meu Deus, sei que nunca houve nada entre você e aquele porco gordo. Mas..."

"A gente diz muita coisa."

"É isso mesmo. Sem intenção."

"Sem pensar, Bert. Você sabe que odeio tudo isso tanto quanto você, não é? Mas tem de ser assim. Pelo bem delas."

"Certo. Pelo bem delas."

Eles conversaram por um longo tempo assim, de perto, em voz baixa, depois riram da cara que ele fez quando ela o acertou com a massa. Depois riram das acusações que ela teria de fazer, e das crueldades de que ele seria culpado. "Acho que você vai precisar me bater, Bert. Eles sempre dizem que o réu a espancava, causando-lhe profunda angústia física e mental."

"Você fala como Veda. Ela sempre quer ser espancada."

"Fico feliz em saber que há um pouco de mim nela."

Ele cerrou o punho e a tocou no queixo. Depois os dois caíram na gargalhada, soluçando, incapazes de controlar o riso.

"As pernas! As pernas! Seu rosto não é novidade!"

Mildred precisou de um momento para entender o que era, depois ergueu um pouco a saia, e não ficou muito chateada quando o fotógrafo assobiou.

A sra. Gessler, que não tinha pernas notáveis, ficou parada atrás dela, e os flashes espocaram. Quando deu por si estava no tribunal, de mão levantada, jurando dizer a verdade, toda a verdade, nada mais que a verdade, em nome de Deus, dizendo seu nome, endereço, ocupação, descrita como "do lar". Logo respondia a perguntas feitas por um Wally que nunca vira antes, um ruivo solene, solidário, que gentilmente a incentivava a contar a um juiz idoso a história da crueldade interminável de Bert: os silêncios, dias a fio, durante os quais se recusava a falar com ela; as ausências de casa, a pancada que lhe dera, "durante uma discussão sobre dinheiro". Em seguida ela se sentou ao lado de Wally, e a sra. Gessler subiu ao banco das testemunhas para corroborar tudo que ela declarara, com o tom adequado de indignação reprimida. Quando a sra. Gessler chegou ao soco, e Wally perguntou sério se o vira, ela fechou os olhos e sussurrou "Vi".

Mildred e a sra. Gessler foram para o corredor, e Wally uniu-se a elas. "Tudo bem. O processo foi julgado."

"Tão depressa?"

"É o que acontece quando se prepara um caso adequadamente. Não há problema nos divórcios bem encaminhados. A lei cita crueldade, e é isso que precisa ser provado, e é só isso que é preciso provar. O soco no queixo valeu por duas horas de discussão."

Ele as levou para casa, Mildred preparou as bebidas, e Bert apareceu para assinar a papelada. Ela ficou contente ao constatar que, desde o início da transação com o imóvel, Wally se mantivera curiosamente silencioso a respeito do romance deles. Isso lhe permitia sentar-se ao lado de Bert sem a sensação de falsidade, e se mostrar sinceramente cordial em relação a ele. Na primeira chance que teve, murmurou em seu ouvido: "Declarei a eles que chegamos a um acordo sobre as propriedades fora do tribunal. Aos repórteres, quero dizer. Fiz bem?".

"Perfeitamente."

A notícia no jornal daquele elegante evento, ela sabia, era muito importante para ele. Mildred acariciou sua mão, e ele retribuiu o gesto. Wally foi embora, e Bert também, após uma olhada ansiosa para o copo. Mas algo fechou a garganta de Mildred quando ele percorria o caminho para a rua, com o chapéu num ângulo que se pretendia elegante, os ombros erguidos ousadamente. A sra. Gessler a observava, preocupada. "E agora, o que foi?"

"Não sei. Sinto-me como se tivesse esfolado o coitado. Primeiro as filhas, depois o carro, agora a casa... tudo que ele tem."

"Você poderia me fazer a gentileza de informar que utilidade teria a casa para *ele*? Na primeira prestação atrasada dos juros ele a perderia, certo?"

"Mas ele parecia tão triste."

"Amiga, todos parecem. É isso que nos perturba."

7

Fazia calor naquela manhã de outubro, sua última no restaurante. As duas semanas anteriores haviam sido uma louca correria na qual parecia que ela nunca arranjava tempo para fazer tudo que precisava. Fora várias vezes até a Los Angeles Street para encomendar equipamento ao qual seu precioso crédito lhe dava acesso; visitara proprietários de restaurante para ampliar as encomendas de tortas ao ponto de que realmente ajudassem a pagar as despesas; vivia passando na casa-modelo, onde os pintores trabalhavam; as estimativas sobre o dinheiro necessário, o trabalho e as preocupações a acompanhavam de noite até a cama, onde se deitava sem conseguir dormir direito. Mas agora estava tudo terminado. O equipamento havia sido instalado, com destaque para o fogão gigantesco que fazia seu coração disparar quando olhava para ele. Os pintores haviam terminado o serviço, ou quase; três novos contratos de tortas haviam passado do estágio das amostras. O tamanho da dívida que teria para pagar, com juros, taxas e prestações a assustava e ao mesmo tempo excitava. Se conseguisse superar os primeiros dois anos, calculou, então "teria alguma coisa". Sentada com as colegas na hora do café-da-manhã, ouvindo Ida dar instruções a Shirley, que ficaria em seu lugar, sentia-se leve, estranha, como se fosse feita de gás e estivesse a ponto de sair voando para longe.

Ida falava com a franqueza costumeira. "Bem, quando tiver de fazer um cliente esperar, você não pode simplesmente deixar o sujeito lá sentado, como fez com aquele senhor ontem. Precisa mostrar interesse por ele, dar a impressão de que se preocupa com seu bem-estar. Por exemplo, perguntar se ele não deseja um pouco de sopa, enquanto aguarda."

"Pergunte pelo menos se ele não quer passar a mão na sua perna."

Ida ignorou a interrupção de Anna, mas fechou a cara antes de continuar. Quando um freguês entrou e sentou na praça de Anna, que tomava café, Mildred deteve a colega com um gesto. "Fique aí, eu cuido dele."

Ela não prestou muita atenção no cliente, exceto para se perguntar se a calva era escura por natureza ou queimada de sol. Era uma calva pequena, rodeada de cabelos pretos, mesmo assim era uma calva. Enquanto ele consultava o menu, concluiu que era queimada de sol. Então notou que ele estava inteiro bronzeado, mas seu aspecto ligeiramente latino não se devia a isso. Era bem alto, esguio, algo infantil em sua calça esporte folgada. Os olhos castanhos e o bigodinho bem aparado lhe davam um ar decididamente europeu. Ela notou todas essas coisas sem muito interesse, até ele baixar o cardápio e encará-la. "Mas por que eu estou lendo isso? Por que fazem cardápios de café-da-manhã? A gente já sabe exatamente o que vai querer, e mesmo assim não consegue evitar, e abre o menu."

"Para saber o preço, é claro."

Ela não teve intenção de fazer piada, mas relaxou por causa do olhar simpático do freguês. Ele estalou os dedos como se aquela fosse a resposta para algo que o incomodara a vida inteira, e disse: "*É isso aí!*" Os dois riram, e ele falou: "Posso pedir?".

"Diga."

"Suco de laranja, mingau de aveia, bacon com ovos fritos só de um lado, ao ponto, torrada sem manteiga, café grande. Entendeu?"

Ela repetiu os itens para ele, usando a entonação dele, e os dois riram de novo. "E agradeço se me ajudar um pouco a fazer com que isso saia depressa, pois preciso chegar a Arrowhead a tempo de nadar um pouco, antes que o sol se ponha."

"Puxa vida, eu adoraria ir a Arrowhead."

"Então vamos."

"Pense bem no que fala, sou capaz de aceitar."

Quando ela voltou com o suco de laranja, ele sorriu e disse: "E então? Estou falando sério".

"Já lhe disse para tomar cuidado. Talvez eu esteja falando sério também."

"Sabe que você poderia fazer algo extremamente original?"

"E o que seria?"

"Aceitar, sem rodeios — já."

Uma sensação excitante, sedutora, tomou conta dela. De repente ocorreu-lhe que estava livre como um passarinho. As tortas haviam sido preparadas e entregues, as filhas estavam com os Pierce na praia, os pintores terminariam o serviço até o meio-dia, nada a impedia de ir. Era como se ela estivesse fora da grande lista divina por um momento apenas, e ao dar as costas para ele Mildred já sentia o vento nos cabelos. Ela foi até a cozinha e chamou Ida. "Ida, creio que o maior problema da moça nova sou eu. Ela fica nervosa por minha causa. E precisa começar logo de uma vez. Não acha melhor eu desaparecer discretamente?"

Ida olhou para o sr. Chris, que fazia o balanço matinal. "Bem, ele adoraria economizar um trocado."

"Claro que sim."

"Tudo bem, Mildred, pode ir, desejo-lhe toda a sorte do mundo em seu restaurante, irei até lá na primeira oportunidade. E seu pagamento?"

"Pegarei na semana que vem."

"Lembre-se dele quando vier entregar as tortas."

Mildred pegou os ovos com bacon e saiu. Os olhos deles se cruzaram antes que passasse pela porta da cozinha, e ela não conseguiu reprimir um sorriso discreto ao se aproximar do cliente. Quando estava servindo o prato, ele perguntou: "Do que você está rindo?".

"Talvez eu possa ser original uma vez na vida."

"Puxa vida, *gostei* de você."

O resto da conversa foi rápido, sussurrado, ansioso. Ele queria ir embora logo, mas ela insistiu em deixar seu carro em casa. Ele queria segui-la, mas ela disse que precisava resolver uma pendência quando chegasse lá. A pendência era ver se a casa-modelo fora trancada após a saída dos pintores, mas ela não detalhou nada. Eles marcaram um encontro na farmácia Colorado, meio-dia e quinze. Anna aproximou-se para assumir a mesa e garantir sua gorjeta. Mildred correu para o vestiário, trocou de roupa, despediu-se rapidamente e foi embora.

No entanto, ela não voltou direto para casa. Correu até a Broadway Hollywood e comprou um traje de banho, grata pela sorte de ter consigo dinheiro suficiente para pagar. Depois correu para o carro e para casa. Faltavam catorze minutos para o meio-dia, no relógio do painel, quando ela virou no acesso. Guardou o carro na garagem, fechou a porta e correu para casa com as compras, olhando como de costume para a casa dos Gessler, mas as persianas abaixadas indicavam que pretendiam passar o fim de semana fora. Assim que entrou em sua casa ela abaixou as persianas, trancou as portas, verificou geladeira, fogão, aquecimento central e torneiras. Depois trocou o vestido pelo conjuntinho com chapéu mole. Abriu a nova sacola de praia e guardou as coisas. Pegou uma escova na penteadeira e a pôs lá. No banheiro, pegou toalha limpa e sabonete. Fechou a bolsa, apanhou um casaco leve e seguiu na direção da porta. Depois de confirmar que estava trancada desceu pelo acesso, num passo que contrastava comicamente com a pressa anterior. Para consumo de quem pudesse estar olhando, ela seguiu com deliberada lentidão, meramente uma senhora a sair para nadar no sábado, bolsa de praia a balançar inocente num braço, o casaco no outro.

Quando se aproximou da esquina, porém, acelerou o passo. Praticamente corria quando chegou à casa-modelo. Estava trancada, e uma espiada pela janela comprovou que os pintores haviam partido. Ela deu a volta na construção, seus olhos perscrutaram cada detalhe precioso. Satisfeita por encontrar tudo em ordem, seguiu para a farmácia. Andara apenas uma ou duas quadras quando ouviu uma buzina tão próxima que pulou de susto. Ele estava a poucos metros dela, ao volante de um enorme Cord azul. "Buzinei antes, mas você não parou."

"De todo modo, chegamos os dois na hora marcada."

"Pode subir. Nossa, você está ótima."

Enquanto atravessavam Pasadena decidiram que chegara a hora de dizerem seus nomes. Quando ele ouviu o dela, perguntou se teria alguma relação com Pierce Homes. Ela disse que fora "casada com eles por algum tempo", e ele se declarou encantado, acrescentando que eram as piores casas já construídas, pois todos os telhados tinham buracos. Ela disse que esses buracos não eram nada perto do rombo no caixa. Ele precisou soletrar seu nome, Beragon, para que ela o entendesse direito, e como o pronunciou com acento na última sílaba, ela perguntou: "É francês?".

"Espanhol, alegam. Meu trisavô seria um dos primeiros colonizadores — sabe, os caballeros valentes que tiraram as terras dos índios e os impostos do rei, depois venderam tudo para os americanos quando Polk começou a anexar. Mas, se quer mesmo saber minha opinião, o pessoal da velha guarda era realmente carcamano. Não posso provar, mas imagino que o nome original era Bergoni. Contudo, se resolveram dar um toque espanhol, tudo bem. Carcamano ou galego, não boto a mão no fogo por nenhum deles, e não faz a menor diferença se for uma coisa ou outra."

"E qual é seu primeiro nome?"

"Montgomery, acredite se quiser. Mas Monty até que não é tão ruim."

"Então, se um dia eu o conhecer o suficiente para chamá-lo pelo primeiro nome, será Monty."

"É uma promessa, senhora Pierce?"

"Sim, senhor Beragon."

Ela ficou contente em saber detalhes sobre ele, pois confirmavam que lhe fornecera seu nome verdadeiro, e não um falso inventado para um encontro clandestino. Ela se recostou, superando uma sensação incômoda de ter sido apenas um encontro fácil.

De Glendale ao lago Arrowhead, para qualquer cidadão respeitável, é uma viagem de duas horas e meia. Mas o sr. Beragon não respeitava todas as leis. O carro azul acelerou até cem quilômetros por hora e lá se manteve, e quando chegaram ao portão da colônia passava pouco das duas. Eles não entraram, porém, pegando uma estradinha à direita para cruzar um bosque de pinheiros cujo odor saturava a atmosfera. Desceram depois um caminho de terra esburacado que serpenteava por entre arbustos que batiam no pára-brisa e pararam com um tranco atrás de um chalé com telhado de madeira. O sr. Beragon puxou o freio de mão e ia descendo quando perguntou, como se tivesse acabado de pensar nisso: "Você prefere uma cabine, do outro lado? É que eu tenho este chalezinho, e...".

"O chalé está ótimo."

Ele pegou a sacola de Mildred e os dois seguiram por um acesso de tábuas, até a entrada. Ele destrancou a porta e eles entraram no lugar mais quente e abafado que ela já conhecera.

"Uau!"

Ele circulou pelo local, abrindo janelas e a porta dos fundos, para o ar circular um pouco, pois evidentemente o chalé passara mais de um mês fechado. Enquanto ele fazia isso, ela examinava a decoração. Era uma sala de uma cabana na montanha, com assoalho de tábua cheio de frestas, pelas quais se via a terra vermelha do chão. Havia dois ou três tapetes mexicanos espalhados sob os móveis de carvalho estofados em couro. Havia porém uma lareira de pedra e um ar masculino rústico em tudo, de que ela até gostava. Depois de algum tempo ele voltou e disse: "Está com fome? Podemos almoçar na taberna. Ou prefere nadar primeiro?".

"Fome? Acabamos de tomar café-da-manhã!"

"Então vamos nadar."

Ele pegou a bolsa de Mildred e a levou até um quarto pequeno nos fundos cuja única mobília era um tapete de algodão, uma cadeira e uma cama de ferro caprichosamente arrumada, com cobertores. "Pode trocar de roupa aqui, usarei o quarto da frente. Nos vemos daqui a pouco."

"Eu não demoro."

Os dois falavam com estudada descontração, mas assim que ficou sozinha ela pôs a sacola em cima da cama e a abriu ainda mais depressa do que a fechara. Temia que ele pudesse aparecer antes que terminasse de se vestir. As possíveis conseqüências, porém, não a assustavam. O calor e a brisa perfumada pelo pinheiral que começara a soprar a inundavam com uma sensação densa, langorosa, ao estilo dos mares do Sul, que lhe dava vontade de flanar, brincar, ser surpreendida semidespida sem a menor vergonha. Mas, quando ele saiu, Mildred cheirou o cabelo e ele fedia ao bacon de Archie. Isso ocorria com freqüência, ela sabia, principalmente quando atrasava em um ou dois dias a ida ao cabeleireiro, mas se Wally notava, e gostava ou não, importava tanto quanto ele aparecer ou não. Mas a possibilidade de aquele homem perceber lhe provocava arrepios. Sentiu a necessidade de se lavar, superar o problema antes que ele se aproximasse.

Tirou a roupa frenética, pendurou-a na cadeira e vestiu o maiô. Ainda não chegara a moda dos sarongues, era um maiô castanho simples que a deixava miúda, suave e absurdamente infantil. Ela calçou os chinelos de borracha e pegou o sabonete. Havia uma porta que conduzia a uma espécie de corredor. Ela a abriu e espiou. Nos fundos havia uma treliça e adiante o caminho que rodeava a casa. Ela saiu, deu a volta e correu direto para o píer pequeno, que possuía uma plataforma flutuante. Com o sabonete firme na mão ela mergulhou. A água estava tão fria que sentiu um arrepio, mas nadou até chegar a poucos centímetros das pedras que via no fundo. Agora, fora de vista e segura, ela esfregou o sabonete no cabelo, nadando com a mão livre, prendendo o fôlego até o coração disparar.

Quando subiu ele estava na plataforma flutuante, de pé, de modo que ela largou o sabonete no fundo. "Você estava mesmo com muita pressa."

"Muito calor."

"Esqueceu a touca."

"É? Devo estar horrível."

"Parece um rato molhado."

"Se você visse como está a sua aparência!"

Ao ouvir o comentário ele mergulhou e iniciou uma perseguição imemorável, com golpes, banhos e gritos imemoriais. Ela se afastou para além de seu alcance, ele a perseguiu com braçadas lentas, lerdas; por vezes eles paravam e boiavam, depois retomavam o jogo, como se ele tivesse pensado num novo estratagema para alcançá-la. Depois de algum tempo ela se cansou e descreveu um círculo para retornar à plataforma flutuante. De repente ele surgiu à sua frente, pois nadara por baixo d'água para surpreendê-la. Ela foi apanhada, e quando deu por si estava sendo carregada de volta ao chalé. Quando percebeu seu calor, novamente o langor dos mares do Sul voltou. Sentia-se mole, indefesa, e mal teve forças para chutar a sacola para fora da cama.

Estava escuro quando se levantaram e seguiram para jantar na taberna. Retornaram quando já fazia frio, e decidiram acender a lareira com pinhas. Logo depois concluíram que não haviam comido o suficiente, e pegaram o carro para ir até San Bernardino comprar filés. Ela se ofereceu para prepará-los. Chegaram bem tarde, mas com auxílio do farol do carro ele recolheu pinhas, que levaram para dentro e acenderam na lareira. Quando avermelharam, ela colocou os filés para grelhar, usando tenazes para segurá-los enquanto assavam. Ele pegou os pratos e os dois comeram com vontade, mordendo a carne com a disposição de um par de lobos. Ele ajudou a lavar a louça. Depois indagou solenemente se ela já queria voltar para casa, e ela disse solenemente que sim. Ele a carregou até o quarto, eles tiritaram de frio inesperado, mas em cinco minutos comentavam como os cobertores eram quentes.

Em seguida passaram a conversar, ela soube que ele tinha trinta e três anos, freqüentara a universidade da Califórnia em Los Angeles, residia em Pasadena, a família morava lá também, ou pelo menos a mãe e a irmã, que eram pelo jeito seus únicos parentes. Quando ela perguntou o que ele fazia, ele disse: "Ah, não sei bem. Frutas, creio. Laranja, grapefruit, essas coisas".

"Quer dizer que trabalha na Bolsa?"

"Não exatamente. A Bolsa dos fruticultores da Califórnia está tirando o pão da minha boca. Odeio *Sunkist, Sunmaid* e qualquer outro rótulo em que aparece uma moça bonita."

"Quer dizer que você é independente?"

"Ora, faz alguma diferença o que eu sou? Mas, sim, creio que sou independente. Tenho uma empresa. Exportação de frutas. Não *tenho* empresa. Sou dono de uma parte. E de algumas terras, parte de uma fazenda. Eles mandam um cheque a cada quatro meses, mas o valor vem diminuindo desde que a Sunkist se meteu na história. Não *faço* nada, se é o que você deseja saber."

"Então você vive na indolência?"

"Suponho que se possa falar assim.

"E não pretende fazer nada?"

"Por que deveria?"

Ele se exasperou um pouco, parou de falar no assunto, o que a perturbou. A questão da indolência a incomodava, ela odiava vagabundagem, mas percebeu que havia no ócio daquele homem algo diferente do ócio de Bert. Pelo menos Bert acalentava planos grandiosos, sonhos que ele pensava que se tornariam realidade. Mas este ócio não era uma fraqueza, e sim um modo de vida, provocando nela o mesmo efeito dos absurdos de Veda: sua mente o rejeitava, mas seu coração, por algum motivo, impressionava-se com ele; fazia com que se sentisse diminuída, mesquinha e vulgar. Descartar o assunto como irrelevante também a deixava na defensiva. Os homens que conhecia, em sua maioria, gostavam de falar do trabalho e levavam a sério a batalha pelo sucesso. Sua conversa podia ser cansativa, mas representava o que ela aceitava e acreditava. A suposição amena de que o tema era medíocre e insignificante estava além de seu horizonte. Entretanto, seu desconforto desapareceu na primeira carícia. De madrugada ela sentiu frio e aproximou-se dele. Quando ele a abraçou, Mildred aninhou-se em sua barriga, possessivamente, pegando no sono com um suspiro de puro contentamento.

No dia seguinte eles comeram, nadaram e cochilaram, e quando Mildred abriu os olhos após uma das sonecas, mal pôde acreditar que era final da tarde, hora de ir embora. Mesmo assim seguiram deitados, ele insistia para que ficassem mais um dia, completando o fim de semana. As tortas de segunda-feira, porém, não saíam da cabeça de Mildred, e ela sabia que precisava prepará-las. Seguiram para a taberna às seis horas, para um jantar antecipado, e pegaram a estrada às sete. Mas o Cord azul enorme voltou ainda mais depressa do que tinha ido, e um pouco antes das nove se aproximaram de Glendale. Ele perguntou onde ela morava, e Mildred contou. Em seguida, teve uma idéia. "Quer ver uma coisa, Monty?"

"O que é?"

"Vou lhe mostrar."

Ele seguiu pelo Colorado Boulevard, virando onde ela mandou, e pararam. "Espere aqui. Não demoro um minuto."

Ela pegou a chave e correu até a porta, ouvindo o ruído dos pés no cascalho espalhado no estacionamento grátis. Lá dentro, tateou até encontrar o interruptor e acendeu o luminoso de néon. Depois saiu para observar o efeito. Ele já estava debaixo do letreiro. Era realmente uma obra de arte, construído exatamente como ela dissera, com a exceção da flecha vermelha chamativa que o atravessava no meio. Monty olhou primeiro para o luminoso, depois para Mildred. "Minha nossa, o que é isso? Pertence a você?"

"Não viu o nome?"

"Espere um pouco. Pelo que sei, você trabalha no..."

"Não trabalho mais. Ontem foi meu último dia. Saí mais cedo para passear com você. De hoje em diante sou uma mulher de negócios."

"Por que não me contou?"

"Não tive chance."

Este elogio à sua competência como amante o fez sorrir, e ela o puxou para dentro, para ver o resto. Acendeu as luzes e percorreu o local, levantando os panos dos pintores para mostrar mesas novas de bordo, apontando o piso de linóleo, exigência do Departamento de Saúde. Na cozinha ela abriu o fogão enorme. Ele fazia perguntas sem parar, e ela contou a história inteira, excitada, orgulhosa de que um desocupado profissional se mostrasse interessado. Contudo, deu uma versão editada do caso. Wally quase não aparecia, nem Bert, nem as circunstâncias que realmente importaram, enfatizando suas ambições e a determinação de "ser alguém antes de morrer". No final ele perguntou quando seria a inauguração. "Quinta-feira. Dia de folga da cozinheira. Quer dizer, das cozinheiras de todo mundo."

"Na próxima quinta?"

"Sim, às seis da tarde."

"Estou convidado?"

"Claro que sim."

Ela apagou as luzes e por um momento os dois ficaram parados ali no escuro, cercados pelo cheiro de tinta. Ela o abraçou. "Beije-me, Monty. Acho que estou caidinha por você."

"Por que não me contou nada a respeito disso?"

"Não sei, pretendia contar, mas temia que você achasse engraçado."

"Virei aqui na quinta-feira. Com fogos."

"Por favor, venha. Seria horrível sem você."

Ele a levou para casa, acompanhou-a até a porta para ter certeza de que estava com a chave. Quando acenava para o Cord que se afastava, ela ouviu seu nome. Automaticamente olhou para a casa dos Gessler, mas viu tudo apagado. Depois viu uma senhora atravessar os gramados. Era a sra. Floyd, que vivia a duas casas da sua.

"Senhora Pierce?"

Havia aflição em sua voz, Mildred pressentiu logo que surgira algum problema. Então, num tom de indignação moralista, e bem alto para que a rua inteira pudesse ouvir, a sra. Floyd a questionou: "Por onde você andou? Eles estão tentando localizá-la desde ontem à noite. *Por onde andou?*".

Mildred reprimiu o impulso de dizer que não era da conta dela e conseguiu indagar, civilizadamente: "O que queriam comigo, senhora Floyd?".

"É sua filha."

"Minha..."

"Sua filha Ray. Ela pegou a gripe, eles a levaram para o hospital..."

"Qual hospital?"

"Não sei qual hospital, mas..."

Mildred correu para casa e foi até a saleta, acendendo as luzes ao passar. Quando pegou o telefone uma sensação horrível tomou conta dela, pois parecia que Deus tinha seu número, no final das contas.

8

Quando Vovó proferiu o décimo comentário sobre o desaparecimento de Mildred no fim de semana, ela perdeu a paciência. Passara um momento terrível. Ligara para uma dúzia de números, sem descobrir nada, enquanto a sra. Floyd, sentada na sua frente, desfiava uma interminável arenga sobre mães que somem com um homem e deixam outras pessoas cuidando dos filhos. Como último recurso ela ligou para a sra. Biederhof, e embora esta senhora tenha informado o nome do hospital para o qual Ray fora levada e mais alguns detalhes, seus melosos votos de recuperação imediata não melhoraram o humor de Mildred nem um pouco. Após a corrida até Los Angeles e uma rápida visita a Ray, ela estava sentada com Bert, Veda, Vovó e o sr. Pierce no final do corredor do hospital, esperando o médico, ouvindo Bert contar exatamente como tudo acontecera: Ray não estava bem na sexta-feira à noite, e no dia seguinte, na praia, parecia ter febre, por isso chamaram o dr. Gale, que indicou internação em um hospital. Vovó interrompeu Bert e o corrigiu: o médico não havia recomendado isso. Disse para levá-la para casa, e foi o que fizeram. Mas, quando chegaram lá, vendo a casa trancada, telefonaram para ele de novo. Só então ele sugeriu o hospital, pois não havia outro lugar para levá-la. Mildred sentiu vontade de perguntar qual era o problema com a casa dos Pierce, mas se conteve, calada.

Bert retomou o relato: não parecia ser nada sério, apenas um resfriado, não era gripe como disseram a Mildred. "Aquele curativo no lábio não significa nada. Eles tiraram uma espinha, só isso." Vovó voltou à carga, fazendo novas insinuações, até Mildred dizer: "Não creio que seja da sua conta onde eu estava, nem da conta de ninguém".

Vovó empalideceu, empertigou-se na poltrona, mas o sr. Pierce mandou que se calasse e ela se recostou outra vez, com os lábios apertados. Mildred, sem conseguir se conter, prosseguiu: "Fui para o lago Arrowhead, se querem mesmo saber. Umas amigas me convidaram para passar o dia no chalé que elas têm na beira do lago, e não vejo por que eu deveria ser a única pessoa na face da Terra a ficar trancada em casa. Claro que eu deveria ter ficado. Admito isso sem pestanejar. Mas eu não sabia naquele momento que meus parentes não eram capazes de arranjar um lugar para a filha que deixei aos cuidados deles. Pode deixar que da próxima vez será diferente".

"Creio que minha mãe tem toda a razão."

Até o momento Veda se mantivera fria, neutra, mas quando ouviu falar no chalé à beira do lago escolheu de que lado ia ficar. Bert, infeliz, não disse nada. O sr. Pierce emitiu um comentário solene: "Mildred, todos fizeram o possível, não vejo necessidade de críticas pessoais".

"Quem começou com as críticas pessoais?"

Ninguém teve resposta para a questão, e por um tempo mantiveram silêncio. Mildred sentia pouca disposição para bater boca, pois no fundo do coração ela guardava a premonição de que Ray estava muito doente. Após uma espera interminável o dr. Gale apareceu. Era um sujeito alto, meio encurvado, servia de médico da família desde o nascimento de Veda. Levou Mildred até a enfermaria, examinou Ray, conversou com a enfermeira da noite, sussurrando. Falou com segurança: "Temos muitos casos semelhantes, principalmente nesta época do ano. A temperatura sobe, o nariz escorre, recusam qualquer comida que oferecemos, e a gente pensa que estão realmente doentes. No dia seguinte levantam-se da cama e saem correndo. Mesmo as-

128

sim, saibam que prefiro que ela esteja internada aqui, e não em casa. Até com um caso de resfriado precisamos tomar muito cuidado".

"Fico feliz em saber que removeram aquela espinha. Eu ia fazer isso anteontem, mas esqueci."

"E eu fico feliz por você não ter feito isso. Nesses casos, a conduta é não mexer, especialmente no lábio superior. Eu não a removi. Pus o curativo para evitar que ela fique coçando o local, só isso."

Mildred levou Veda para casa, improvisando um relato sobre as pessoas que passaram lá no sábado para convidá-la a ir até o lago. Não deu nomes, mas criou personagens abastados e requintados. Tirou a roupa de luz apagada, e se lembrou das tortas. Só conseguiu ir para a cama depois das três, exausta.

No dia seguinte acordou com uma sensação irracional, histérica, de estar sendo privada de algo que sua natureza exigia: o direito de ficar com a filha, de permanecer a seu lado quando ela precisava. Contudo, o melhor que pôde fazer foi passar alguns minutos no hospital de manhã, uma hora após o café. Chegou cedo, e a conversa animada e otimista da enfermeira não a convenceu. Sentiu o coração apertado ao ver Ray sem o vigor de sempre, com o rosto afogueado e a respiração difícil. Mas ela não podia ficar. Precisava trabalhar, entregar as tortas, pagar os pintores, conferir a divulgação, comprar frango, preparar mais tortas. Ela estava inquieta enquanto Letty servia Veda, depois mandou Veda entrar no carro e seguiu para nova vigília. De volta à casa, pôs Veda na cama e foi deitar, mas não conseguiu dormir.

Ela telefonou para o hospital às oito da manhã, e após o relatório favorável continuou ligando, cuidando dos negócios durante duas horas. Por volta das dez carregou o carro com as tortas, fez as entregas e chegou ao hospital por volta das onze. Surpreendeu-se ao encontrar o dr. Gale lá, conversando no corredor em voz baixa com um homem grande, peludo, de camiseta e tatuagens nos braços. Ele chamou Mildred de lado. "Não precisa se assustar. Mas a febre dela aumentou. Passa de quarenta graus, e eu não estou gostando disso. E não gosto daquela espinha em seu lábio."

"O senhor acha que pode ter infeccionado?"

"Não sei, não há como saber. Recolhi uma amostra da espinha e outra do muco que sai do nariz, além de alguns centímetros cúbicos de sangue. Estão a caminho do laboratório no momento. Telefonarão de lá assim que for possível. Mas, Mildred, o caso é o seguinte. Temos um problema aqui, pois ela não pode esperar pelo resultado do laboratório. Precisa de uma transfusão imediata. Este senhor aqui é doador profissional, ganha a vida com isso, e só entrará na sala se receber vinte e cinco dólares. Depende de você, mas..."

Sem pensar na falta que os vinte e cinco dólares fariam a sua pequena reserva, Mildred fez o cheque enquanto ele terminava de falar. O sujeito exigiu um endosso. O dr. Gale assinou o cheque e Mildred, com as mãos suando de frio, entrou na enfermaria. Sentia a mesma sensação terrível nas entranhas daquele dia no bulevar. Os olhos da filha estavam baços, o rosto quente, os gemidos acompanhavam a respiração acelerada. Havia um novo curativo em seu lábio, maior, cobrindo um pedaço de gaze manchado pelo vermelho vivo do mercurocromo. A enfermeira ergueu a vista mas não parou de pôr gelo na boca trêmula. "Isso aconteceu depois que conversei com a senhora. Ela passou uma noite ótima, com temperatura constante, pensamos que se recuperaria em poucas horas. De repente, a febre voltou."

Ray começou a choramingar, a enfermeira a falar com ela, dizendo que era a mamãe, ela não reconhecia a mamãe? Mildred disse: "É a mamãe, querida".

"Mamãe!"

A voz chorosa de Ray fez com que Mildred desejasse

pegá-la nos braços, mas ela se contentou em segurar a mãozinha e acariciá-la. O dr. Gale entrou com outros médicos de jaleco branco e enfermeiras, além do doador com as mangas enroladas até em cima, a revelar uma verdadeira galeria de tatuagens. Ele sentou e Mildred assistiu a tudo como se fosse uma mulher de pedra, enquanto a enfermeira limpava o braço dele com algodão umedecido. Em seguida saiu e andou pelo corredor, de um lado para o outro, lenta e silenciosamente. Conseguiu, sem saber como, reunir força de vontade e fazer o tempo passar. Duas enfermeiras saíram do quarto, depois um dos médicos e o doador, e alguns atendentes. Ela entrou. A mesma enfermeira que conversara com ela antes estava na cabeceira da cama, com relógio e termômetro. O dr. Gale, debruçado, olhava atentamente para Ray. "A temperatura baixou, doutor."

"Ótimo."

"Trinta e oito e meio."

"Muito bom. E o pulso?"

"Também baixou, para noventa e seis."

"Isso é maravilhoso, Mildred. Provavelmente você gastou muito dinheiro à toa. Mesmo assim..."

Os dois saíram para o corredor, foram até um canto discreto, continuaram andando devagar. Ele retomou a conversa em tom informal. "Eu odiei fazer isso, Mildred, realmente detestei impingir aquele marginal a você — embora compreenda que o preço dele é razoável, nas circunstâncias. Mas, se tivesse que decidir outra vez, diria exatamente o que disse antes. Entenda nossa situação aqui. Qualquer infecção acima da boca vaza para o sínus da face, e isso significa atingir o cérebro. No caso daquela espinha no lábio, não dá para saber o que acontece. Todos os sintomas que ela apresentou indicam gripe, mesmo assim todos os sintomas *podem* ter sido causados por estreptococos, e, se tivéssemos esperado uma confirmação, poderia ser tarde demais. A maneira como ela reagiu à transfusão mostra que foi tudo um alarme falso — mas, estou dizendo, se a situação fosse outra e não tivéssemos agido depressa, eu nunca me perdoaria, nem você."

"Está tudo bem."

Uma campainha soou no andar inteiro, depois se repetiu, estridente, insistente. Mildred teve a impressão de que o dr. Gale voltava apressado, e que seu passo não era mais despreocupado. Quando se aproximavam do quarto, um atendente passou correndo por eles, carregando bolsas de água quente. Ele entrou no quarto. Quando se aproximaram do leito, a enfermeira estendia mais cobertores, apesar da pilha já existente. "Ela sofreu uma queda de temperatura, doutor."

"Atendente, chame o doutor Collins."

"Sim, senhor."

Pelo aperto que sentia no coração, Mildred soube que não era um alarme falso desta vez. Ela sentou e observou o rosto de Ray empalidecer e azular; quando os dentinhos começaram a bater, desviou a vista. Um atendente chegou com mais bolsas quentes, que a enfermeira enfiou debaixo das cobertas sem erguer os olhos. Em seguida chegou o dr. Collins, um sujeito baixo e pesado que se debruçou sobre Ray e examinou-a como se ela fosse um inseto. "É a espinha, doutor Gale."

"Não posso acreditar. Ela reagiu bem à transfusão..."

"Sei disso."

O dr. Collins virou-se para um atendente e deu ordens secas, com voz autoritária: oxigênio, adrenalina, gelo. O atendente saiu. Os dois médicos observavam Ray em silêncio, e o bater dos dentes tornou-se o único som audível no quarto. Depois de um longo intervalo a enfermeira olhou para cima. "O pulso aumentou, doutor Collins."

"Para quanto?"

"Cento e quatro."

"Tire as bolsas de água quente."

A enfermeira removeu as bolsas enquanto o quarto se enchia de gente. Outras enfermeiras surgiram, empurrando o equipamento de oxigênio e uma mesa branca cheia de frascos e seringas. Eles formaram uma roda, como se aguardassem. Ray parou de bater os dentes e o rosto perdeu a coloração azulada. Surgiram manchas vermelhas nas faces e a enfermeira tocou sua testa. "A temperatura está subindo, doutor Collins."

"Remova as cobertas."

Duas enfermeiras tiraram os cobertores e uma terceira aproximou-se com as bolsas de gelo, que foram dispostas em volta da cabeça de Ray. Por um longo tempo todos permaneceram imóveis, e não se ouvia som algum além da respiração entrecortada de Ray, e o relatório da primeira enfermeira sobre o pulso foi: "Cento e doze... cento e vinte e quatro... cento e trinta e dois...".

Ray passou a ofegar como um cachorrinho, seus gemidos davam dó, Mildred sentiu vontade de chorar com a injustiça de submeter uma menina tão pequena, tão indefesa, a tamanha agonia. Mas ficou sentada sem mexer um músculo, para não distrair com um gesto a atenção das pessoas de quem Ray dependia. O sofrimento da criança prosseguiu, e de repente Mildred sentiu o corpo enrijecer. A respiração parou por um segundo, depois voltou em três ou quatro soluços angustiados e parou totalmente. O dr. Collins gesticulou rapidamente e as duas enfermeiras se aproximaram. Mal haviam iniciado os movimentos com os braços de Ray, para cima e para baixo, quando o dr. Gale instalou a máscara do equipamento de oxigênio no rosto dela e Mildred sentiu o cheiro de tempestade do gás. O dr. Collins lixou o gargalo de uma ampola e a quebrou. Encheu a seringa rapidamente, ergueu as cobertas e aplicou a injeção na nádega de Ray. A primeira enfermeira segurava o pulso de Ray, e Mildred viu que trocava um olhar com o dr. Collins e balançava a cabeça, desanimada. A respiração artificial passou a funcionar ritmadamente. Passados uns dois minutos o dr. Collins encheu a seringa de novo e deu outra injeção na nádega de Ray. Mais um minuto, outros olhares trocados entre as enfermeiras. Quando o dr. Collins encheu outra seringa, ela se levantou. Sabia a verdade e também sabia que mais um golpe no corpinho inerte era mais do que poderia suportar. Ela ergueu a máscara de oxigênio, abaixou-se, beijou Ray na boca e ergueu o lençol para cobrir seu rosto.

Ela estava sentada na saleta novamente, mas foi o dr. Gale quem perdeu o controle, não ela. A rapidez cruel do desfecho a atordoara, como se lhe tirasse a capacidade de sentir, mas, quando ele se aproximou, ela percebeu que cambaleava. Sentou-se a seu lado, tirou os óculos, massageou o rosto para evitar tremores. "Eu sabia, percebi quando vi o atendente correr com as bolsas. Não havia mais esperança. Mesmo assim, fazemos tudo que é possível. Não podemos desistir."

Mildred olhava para a frente, e ele prosseguiu: "Eu a amava como se fosse minha filha. Só me resta dizer uma coisa. Fizemos o possível. Se algo pudesse salvá-la, seria a transfusão — e ela foi feita. Você também, Mildred. Nós dois fizemos tudo que podia ser feito".

Passaram alguns minutos sentados ali, os dois engolindo em seco, cerrando os dentes por trás dos lábios trêmulos. Então, em outro tom, ele perguntou: "Conhece algum agente funerário, Mildred?".

"Não conheço nenhum."

"Geralmente recomendo o senhor Murock, de Glendale, a poucas quadras de sua casa. Custo razoável, não se aproveitará de você, e cuidará de tudo da maneira que a maioria das pessoas prefere."

"Se o recomenda, pode ser."

"Vou ligar para ele."

"Onde tem um telefone, por aqui?"

"Vou procurar."

Ele a conduziu a um escritório pequeno, no mesmo andar, ela se sentou e telefonou para a sra. Biederhof. Pediu para falar com Bert, mas ele havia saído, e Mildred disse: "Senhora Biederhof, aqui quem fala é Mildred Pier-

134

ce. Poderia dizer a Bert que Ray acaba de falecer? No hospital. Gostaria que ele soubesse disso imediatamente".

Seguiu-se um longo silêncio, choro e depois: "Direi a ele, senhora Pierce, assim que o encontrar. Gostaria de lhe dizer que sinto muito, do fundo do coração. Posso ajudar em algo?".

"Não, obrigada."

"Posso cuidar de Veda?"

"Não será necessário, obrigada."

"Eu direi a ele."

"Obrigada, senhora Biederhof."

Ela foi para casa de carro, dirigia mecanicamente, mas após algumas quadras passou a temer os sinais fechados, pois ali parada, esperando o sinal abrir, teria tempo para pensar, e aí a garganta fecharia e a rua começaria a sair de foco. Quando chegou em casa, Bert saiu para recebê-la e a levou para a saleta, onde Letty tentava acalmar Veda. Letty voltou para a cozinha, e Veda passou a soluçar alto. Repetia, sem parar: "Eu devia um níquel a ela! Ai, mamãe, eu a enganei, ia pagar, mas... *eu devia um níquel!*".

Calma, Mildred explicou que o mais importante era que Veda realmente pretendia pagar a dívida, e depois de algum tempo a filha sossegou. Mas logo se mostrou inquieta. "Gostaria de ir para a casa de seu avô, querida? Pode estudar piano, tocar ou fazer outra coisa que desejar."

"Mãe, você acha que tudo bem?"

"Ray não se importaria."

Veda saiu de casa e Bert a olhou, chocado. "Ela não passa de um criança, Bert. Crianças não sentem as coisas como nós. E é melhor que ela não esteja por aqui enquanto... as providências são tomadas."

Bert balançou a cabeça e saiu da saleta. Um fósforo na lareira chamou sua atenção, e ele se abaixou para pegá-lo. Ao fazer isso, bateu com a cabeça. Se tivesse levado uma machadada não teria apagado tão profundamente. Por instinto, Mildred entendeu a razão: mexer na lareira trouxe de volta a brincadeira que fazia com Ray, todo o nonsense da folia do elefante e do macaco. Mildred o carregou até o sofá e o abraçou. Juntos, naquela sala escura, eles prantearam a filha. Quando conseguiu falar, ele lembrou a doçura perfeita de Ray. Disse que nenhuma criança merecia tanto ir para o céu quanto ela, e era lá que ela estava, sem dúvida. *Porra*, era lá que ela estava. Mildred compreendeu que era o consolo de uma dor forte demais para ele suportar: refugiava-se nesta crença para não admitir que ela estava morta. Realista e literal demais para se consolar com a idéia do paraíso, mesmo assim ela encontrou consolo no vazio doloroso que havia dentro de si, e pequenas fagulhas começaram a pipocar no vácuo. Elas continham uma implicação terrível, por isso as afastou.

O telefone tocou. Bert atendeu, disse severo que a sra. Pierce não poderia tratar de negócios no momento, pois ocorrera uma morte na família. Mildred mal o escutou. O restaurante parecia algo remoto, irreal, parte de um mundo que não mais lhe dizia respeito.

Por volta das três e meia o sr. Murock chegou. Era um sujeito baixo, rechonchudo, e após sete segundos de condolências murmuradas ele passou a tratar do serviço. Todas as providências referentes ao corpo haviam sido tomadas. Além disso, colocara anúncios nos jornais vespertinos, mas a divulgação nos jornais matinais aguardava a decisão de Mildred a respeito do momento do funeral, portanto esta talvez fosse a primeira questão a resolver. Mildred tentou pensar no caso, mas não conseguiu. Sentiu gratidão quando do Bert segurou sua mão e disse que cuidaria de tudo. "Meu pai vai cuidar das despesas, de todo modo. Ele e minha mãe queriam vir comigo, mas pedi que esperassem um pouco."

"Foi bom você ter vindo sozinho."

"Mas papai quer pagar as despesas."

"Então trate disso."

Bert conversou com o sr. Murock, sabendo por instinto o que ela desejava. Marcou o enterro para o meio-dia do dia seguinte. "Não adianta ficar adiando", disse, e o sr. Murock imediatamente concordou. A cova seria feita no jazigo da família Pierce no Forest Lawn Cemetery, que havia sido adquirido por ocasião da morte do tio que deixara a fazenda para Bert. A cerimônia seria realizada em casa, pelo reverendo dr. Aldous, que o sr. Murock disse conhecer muito bem, e se ofereceu para chamar. O dr. Aldous era o pastor de Bert, e por um momento Mildred sentiu vergonha por não ter um pastor. Quando pequena freqüentara a escola dominical da igreja metodista, mas depois a mãe passou a ir a diversas igrejas e acabou envolvida com os astrólogos que escolheram os nomes de Veda e Ray. Astrólogos, ela pensou infeliz, não ajudariam em nada naquele momento específico.

No tocante ao caixão, Bert regateou com insistência, usando de seu tino comercial, e acabou escolhendo um branco esmaltado com alças prateadas e forro de cetim, que seria fornecido completo por duzentos dólares, incluindo duas limusines e os carregadores. O sr. Murock levantou-se. O corpo, explicou, seria entregue às cinco, e eles o acompanharam até a porta, na qual dois assistentes já haviam pendurado o crepe branco. O sr. Murock parou um momento para inspecionar as armações brancas que montavam na sala para as coroas de flores. Depois, disse: "Ah, já ia me esquecendo. A roupa do enterro".

Mildred e Bert foram até o quarto das filhas. Escolheram o vestido branco usado por Ray no teatro da escola, com calcinha, sapato e meia, que guardaram numa malinha. A coroa dourada e a varinha de condão derrubaram Bert novamente, e mais uma vez Mildred precisou acalmá-lo com carinho. "Ela está no céu, lá é o lugar dela."

"Claro que é, Bert."

"Sei muito bem que ela não pode estar em outro lugar."

Minutos após a partida do sr. Murock, a sra. Gessler

chegou e reuniu-se a eles na saleta. Entrou sem cumprimentar, sentou-se ao lado de Mildred e segurou sua mão com o infinito tato que parecia ser a principal característica de sua personalidade extrovertida. Deixou passar alguns momentos antes de perguntar: "Aceita um drinque, Bert?".

"No momento não, Lucy."

"Está bem ali, e eu estou bem aqui."

"Não precisa."

E, para Mildred: "Amiga, pode falar".

"Preciso de algumas coisas, Lucy."

Mildred a levou para o quarto, onde anotou um número num pedaço de papel. "Poderia telefonar para minha mãe e contar a ela? Diga que estou bem, e que o enterro será amanhã ao meio-dia, e... seja gentil com ela."

"Vou ligar da minha casa. Mais alguma coisa?"

"Não tenho vestido preto."

"Consigo um para você. Quarenta e seis?"

"Quatro."

"Véu?"

"Acha que preciso?"

"Não precisa."

"Então, deixe de lado o véu. E o chapéu. Tenho um que serve. E sapato, também tenho. Mas não tenho luva. E preciso de um lenço."

"Tenho tudo. E..."

"O que é, Lucy?"

"Eles vão chegar. As visitas, sabe. Posso providenciar uma coisa. Achei melhor consultar você, primeiro."

Pouco tempo depois a sra. Gessler voltou, e sem dúvida providenciara alguma coisa. Várias pessoas já haviam chegado: a sra. Floyd, a sra. Harbaugh, a sra. Whitley, Wally e, para surpresa de Mildred, o inspetor federal de carnes, que vira a nota no jornal vespertino. A contribuição de Letty foi servir chá e sanduíches, que começara a oferecer quando a sra. Gessler entrou de chapéu e luva, carregando um ramalhete de lírios enorme. Com um gesto ela dispensou

138

o motorista da floricultura e leu o cartão: "Do sr. e sra. Otto Hildegarde — minha nossa, são lindas, simplesmente lindas!". Depois, para todos os presentes na sala: "É do casal que Mildred visitou no fim de semana, no lago. Eles são adoráveis. Gosto muito deles".

Então Mildred entendeu que andavam fazendo comentários venenosos. E também soube, olhando em torno, que haviam sido silenciados de uma vez por todas. Sentiu uma onda de gratidão pela sra. Gessler, por lidar com uma questão que sozinha ela jamais poderia resolver. Bert levou os lírios para fora e os espalhou no gramado. Depois pegou a mangueira, atarrachou o aspersor giratório e abriu a torneira, de modo que as flores foram suavemente regadas pelas gotículas. Outras flores chegaram, ele as pôs lá também, até haver uma profusão de botões na grama, reluzentes por causa da água. O Drop Inn mandou uma cesta de gladíolos, o que comoveu Mildred. Mas o que a fez engolir em seco foi uma coroa de gardênias brancas acompanhada de um cartão azul-claro com os nomes:

Ida	Anna	Chris Makadoulis
Ernestine	Maybelle	Archie
Ethel	Laura	Sam
Florence	Shirley	x (Fuji)

Enquanto ela acariciava as flores fez-se silêncio na sala, e ao se virar ela viu os assistentes do sr. Murock carregando Ray para dentro. Sob direção de Bert, montaram os cavaletes perto da janela, apoiaram o caixão e recuaram para a entrada das visitas. Mildred não conseguiu olhar. Mas a sra. Gessler a pegou pelo braço, e quando deu por si ela estava olhando. O sol se punha, um arco-íris se formou no aspersor, emoldurando a cabeça de Ray. Isso fez com que Bert chorasse novamente, e a maioria das pessoas saiu da sala na ponta dos pés. Mas Mildred não se descontrolou. Havia algo de irreal na aparência de Ray. O rubor intenso dos últimos minutos se fora, bem como a animação da vida e a espinha mortífera. Restou apenas uma palidez cerácea que só podia significar o céu, sobre o qual Bert falava pela quarta ou quinta vez.

Letty serviu o resto dos sanduíches no lanche, Bert e Mildred comeram com mãos trêmulas, em silêncio, quase sem sentir o gosto da comida que lhes ofereciam. O sr. Pierce e Vovó chegaram com Veda, e depois de ver Ray foram para a saleta. O dr. Aldous entrou, era um senhor alto, grisalho, gentil. Sentou-se ao lado de Mildred, sem deixá-la na defensiva por não pertencer à igreja dele. Vovó e o dr. Aldous começaram a discutir, ou melhor, Vovó falava, o dr. Aldous pouco se manifestava e o sr. Pierce a corrigia em relação a determinados aspectos do ritual. O problema era que Vovó, originalmente metodista, só entrara para a igreja Episcopal ao se casar com o sr. Pierce e se confundia em relação à cerimônia do dia seguinte. Como o sr. Pierce explicou, haveria a oração fúnebre, a oração comunitária, os salmos e talvez uma oração final, tudo misturado, de modo que seria meio difícil separar as partes. Vovó disse que não se importava, mas queria o Salmo Vinte e Três, era indispensável no caso de falecimento de criança, e não abria mão tampouco da oração pela alma da neta. O que estavam pretendendo, afinal? O sr. Pierce lembrou que a cerimônia fúnebre não tinha nada a ver com a alma. A questão era que a alma já havia partido, e o enterro era apenas a disposição do corpo. Bert ouvia tudo desconsolado, o sr. Pierce recorria sempre ao dr. Aldous, como se este fosse um árbitro. O pastor ouvia tudo de cabeça baixa, e por fim disse: "Como a criança não foi batizada, certas mudanças precisam ser feitas na cerimônia, de todo modo. Pequenas omissões que não posso evitar. Contudo, não há razão para não incluir o Salmo Vinte e Três, a passagem da comunhão que a senhora Pierce mencionou e o que mais desejarmos. No final do serviço orações especiais costumam ser feitas, e posso incluir as passagens solicitadas, caso a mãe as aprove, claro".

Ele olhou para Mildred, que balançou a cabeça. No

início, ressentiu a intromissão arrogante de Vovó como se fosse a dona, e sentiu vontade de fazer um comentário ferino. A tempo lembrou-se de que os Pierce estavam pagando tudo, e guardou suas opiniões para si. Levantou-se, foi até o quarto das meninas e preparou a roupa de Veda, para que os Pierce a trouxessem na manhã seguinte adequadamente trajada. Quando apareceu com a maleta, os Pierce decidiram que estava na hora de ir. O dr. Aldous, porém, ficou mais alguns minutos. Pegando a mão de Mildred, disse: "Com freqüência penso que a cerimônia fúnebre poderia ser um pouco mais íntima, um pouco mais voltada a nossas emoções do que costuma ser. Realmente, é verdade o que foi dito pelo senhor Pierce, trata-se da disposição do corpo e não da consagração da alma. Mesmo assim, a maioria das pessoas encontra dificuldade para estabelecer a distinção e o que vêem não é o corpo. É uma pessoa, não está mais viva, e mesmo assim continua sendo a mesma pessoa, amada e terrivelmente perdida... Bem, espero que eu possa conduzir uma cerimônia satisfatória para a avó, a mãe, o pai, enfim, para todos".

Assim que o dr. Aldous saiu, Bert e Mildred puderam conversar com mais naturalidade. Ela ainda precisava fazer as inexoráveis tortas, e ele lhe fez companhia na cozinha, dando detalhes do que ocorrera na praia, e ela retribuiu com a versão final do que acontecera no lago, de modo que correspondesse ao relato da sra. Gessler, embora não sentisse a menor vontade de enganar ninguém. Ela só queria ser gentil. Bert balançou a cabeça quando ela chegou na parte da sra. Floyd. "Que maneira terrível de terminar um fim de semana gostoso."

"Não me importei com o que ela pensava. Mas, em relação a Ray, eu pressenti tudo, antes mesmo de chegar ao hospital. Já sabia."

Quando as tortas estavam prontas eles sentaram na sala com Ray por um bom tempo, depois voltaram à saleta. Ela disse: "Não precisa se preocupar comigo, Bert. Se a senhora Biederhof estiver esperando você, por que não vai para lá?".

"Ela não está me esperando."

"Tem certeza?"

"Tenho."

"... Ela foi muito gentil comigo."

"Mildred, posso lhe dizer uma coisa? A respeito do que realmente aconteceu no sábado?"

"Claro."

"Minha mãe se apavorou, foi só isso. Ela nunca soube lidar com situações assim. E talvez eu tenha aprovado a atitude dela por estar com medo também. Por isso, quando o doutor Gale falou em hospital, topei na hora. Mas Maggie não se assustou. Precisamos parar lá, a caminho do hospital, pois eu ainda estava de short e precisava vestir uma calça. Maggie se opôs à idéia de internar Ray. Queria que ela ficasse lá. Era o que eu queria também. Foi pavoroso, uma criança doente, e ninguém tinha lugar para ela. Mas... eu não sabia como você ia se sentir a esse respeito."

"Se foi assim, ela merece crédito."

"É uma grande amiga."

"Se foi o que ela fez, por favor, agradeça em meu nome e diga que eu teria ficado contente. Foi melhor que Ray tenha sido levada ao hospital, mas se a senhora Biederhof tivesse cuidado dela, eu não teria nenhuma objeção. Sei que minha filha teria sido bem cuidada, *muito* bem cuidada."

"Ela ficou arrasada, como se fosse sua própria filha."

"Quero que você diga a ela."

"E ela ficará contente em saber."

Bert pegou lenha, encheu a lareira e acendeu o fogo. Quando Mildred se deu conta, o dia amanhecera, seu braço dormira e sua cabeça estava no ombro de Bert. Ele olhava as brasas finais do fogo. "Bert! Devo ter adormecido."

"Você dormiu umas três ou quatro horas."

"E você, dormiu?"

"Estou bem."

Eles passaram mais alguns minutos com Ray, e Bert saiu para olhar as flores. O aspersor ainda girava, ele contou que estavam "frescas como quando foram colhidas".

Ela pegou um pano de pó e circulou pela casa, limpando, espanando, pondo tudo em ordem. Ao final preparou o café-da-manhã, que eles comeram na cozinha. Depois ele foi embora, para trocar de roupa.

Por volta das dez a sra. Gessler entrou com o vestido preto e pegou as tortas, para cuidar das entregas. Depois chegaram os Pierce, com Bert de terno escuro e Veda de branco. Letty foi a seguinte, de vestido dominical de seda granada. Antes que pudesse pegar um avental novo para ela, Mildred viu os Engels chegarem com sua mãe e a despachou para recepcioná-los. Quando ouviu a voz deles na saleta pediu a Veda para dizer que estaria lá num minuto. Depois experimentou o vestido, aliviada ao perceber que servia bem. Rapidamente, completou seu traje. Levando a luva preta na mão, foi para a saleta.

Sua mãe, uma mulher miúda de ar preocupado, levantou-se para beijá-la, bem como a irmã, Blanche, vários anos mais velha que Mildred, com jeito de dona de casa e um toque da ineficácia que tanto caracterizava a mãe. Nenhuma delas exibia o menor traço do olhar decidido que era a principal característica na fisionomia de Mildred. Tampouco compartilhavam sua silhueta voluptuosa. Harry Engel, o desafortunado proprietário do estoque de âncoras, levantou-se e apertou a mão de Mildred, constrangido e envergonhado. Era um sujeito enorme, ossudo, bronzeado demais, com um quê de mar nos grandes olhos azuis. Então Mildred viu William, um menino de doze anos, evidentemente em sua primeira calça comprida. Apertou a mão dele e depois resolveu beijá-lo, o que fez com profundo embaraço. Sentou-se e voltou a encarar Veda sem piscar. Para Veda, os Engel eram a escória da

Terra, e William ainda mais desprezível que os pais, se é que isso era possível. Sob seu olhar ela se mostrou altiva e indiferente, cruzando a perna entediada, brincando com a pequena cruz que pendia numa corrente de ouro em seu pescoço. Mildred sentou-se e o sr. Pierce retomou seu relato da catástrofe, dando a versão justa desta vez, com plena fé e crédito à visita de Mildred aos Hildegarde, no lago Arrowhead. Mildred fechou os olhos e torceu para que ele contasse todos os detalhes, para que não precisasse falar. Bert aproximou-se e tirou o telefone do gancho para evitar a interrupção da campainha.

Mas quando Letty se aproximou para perguntar se alguém queria café, os Engel demonstraram tensão, e Mildred soube que algo saíra errado. Assim que a moça saiu, soube que eles a cumprimentaram com um aperto de mão, pensando que fosse "uma amiga". Mildred tentou minimizar o episódio, mas Blanche demonstrou profunda irritação, obviamente pensava que Letty comprometera sua posição social na frente dos Pierce. Mildred ficou incomodada, mas Veda encerrou a discussão. Com um gesto airoso disse: "Pessoalmente, não vejo por que você deveria ter objeção a apertar a mão de Letty. Ela é uma ótima menina".

Enquanto a frase delicadamente pronunciada de Veda calava, o som da mangueira cessou. Mildred foi espiar e viu o sr. Murock carregando as flores para a frente, para instalá-las nos suportes, enquanto os assistentes traziam cadeiras.

Eu sou a ressurreição e a vida, disse o Senhor; aquele que acreditar em mim, mesmo estando morto, viverá; e quem viver e acreditar em mim, jamais morrerá.

Não foram as palavras, foi a voz que atingiu Mildred como um golpe. Sentada no quarto com Bert e Veda, de porta aberta para poderem ouvir, ela esperava algo diferente, algo caloroso, consolador, particularmente após os comentários do dr. Aldous na noite anterior. Quando sua voz esganiçada e distante soou, iniciando o serviço, continha uma nota de frieza definitiva. Sem ser naturalmente religiosa, ela baixou a cabeça, talvez por um instinto ancestral, e começou a tremer com a opressão que se fechava sobre ela. Veda disse algo então. Trouxera um livro de orações de algum lugar, e Mildred precisou de um momento para perceber que ela estava lendo as respostas: *"Pois verão a face do Senhor... Doravante, um mundo sem fim... E que nossa voz chegue ao Senhor..."* Para um ouvido crítico, a fala de Veda poderia parecer um pouco alta, clara demais, como se tencionasse impressionar as pessoas na sala, e não a Deus. Para Mildred foi a pura reação de uma soprano infantil, e mais uma vez os relâmpagos faiscaram dentro dela, e mais uma vez ela os sufocou. Após um longo tempo, quando achava que ia gritar se não encontrasse algum consolo para sua aflição, a voz distante parou e o sr. Murock surgiu à porta. Ela pensou em andar até a calçada. Mas Bert segurou seu braço, Veda pegou sua mão e ela atravessou a sala lentamente. Havia muita gente ali, rostos meio esquecidos de sua juventude, grotescamente marcados pelo tempo.

E Jesus disse a seus discípulos, agora tendes o sofrimento.
Era a mesma voz fria, distante, e ao olhar para o outro lado da cova aberta, com o caixão sobre ela, Mildred viu que realmente provinha do dr. Aldous, embora ele parecesse velho e frágil em seu traje branco. Num momento, contudo, ele baixou a voz e adotou um tom mais suave, solidário, e quando ouviu as palavras familiares, "O Senhor é meu pastor; nada me faltará", Mildred soube que chegara o momento das orações especiais tornadas necessárias por determinação de Vovó, e para as preces íntimas. As pessoas começaram a murmurar, e seus lábios tremeram quando ela se deu conta de que rezavam principalmente por ela, pela superação da dor. Isso só a fez sentir-

se pior. Após uma espera interminável, ela ouviu: "*Ó Deus, cuja misericórdia não pode ser contada; Aceitai nossas preces em benefício da alma de Moire, tua serva que partiu, e garanti a ela acesso à terra da luz e da alegria, na comunhão dos santos, com Jesus Cristo nosso Senhor, Amém*".

Enquanto o corpo da criança era baixado pelas roldanas do sr. Murock, Mildred se deu conta, profundamente envergonhada, de que pela primeira vez, na morte, ela ouvira seu nome corretamente enunciado, de que passara sua vida fugaz sem saber sequer como se chamava.

O pior veio naquela noite, quando ela foi deixada sozinha, sem ninguém para consolar, sem ninguém para mostrar firmeza, sem ninguém a encarar, a não ser ela mesma. Os Pierce foram embora de tarde, levando Bert consigo, os Engel logo depois, com sua mãe, para chegarem a San Diego antes de escurecer. Após o jantar antecipado ela se viu numa casa exatamente igual ao que era antes, da qual todas as flores, cadeiras e armações haviam sido removidas. A desolação a inundou. Ela vagou pelos cômodos, trocou de roupa e foi fazer as tortas. Por volta das onze foi de carro até o cinema, levou Letty para a casa dela e segurou firme na mão de Veda, na volta. Veda tomou um copo de leite e falou animadamente sobre o filme. Chama-se *The Yellow Ticket*, e Mildred se assustou com o relato detalhado de como Elissa Landi sacou a arma e atirou no estômago de Lionel Barrymore. Quando Veda foi para a cama, Mildred a ajudou a se despir, sem conseguir sair de lá. Depois disse: "Você gostaria de dormir na minha cama esta noite, querida?".

"Sim, mamãe, *claro que sim!*"

Mildred fingia para si que fazia isso a Veda por carinho, mas Veda não permitiria que os holofotes focassem outra pessoa. Ela imediatamente passou a dar consolo, em doses generosas, claramente articuladas, gramaticalmente corretas. "Ah, mamãe, coitadinha! Imagino tudo que passou, hoje, e admiro o modo como cuidou de todos, sem pensar em si sequer por um momento! Claro que vou dormir com você, mamãe. Pobrezinha!"

Para Mildred foi um bálsamo fragrante, reconfortante, numa ferida exposta. Elas seguiram para o quarto, ela trocou de roupa e as duas entraram debaixo das cobertas. Mildred abraçou Veda. Por alguns minutos ofegou, trêmula, suspirando ao lacrimejar. Mas quando Veda aninhou a cabeça em seu pijama e soprou como costumava fazer no pijama de Ray, os relâmpagos pipocaram uma vez, iluminando agora sua dor com luz ofuscante. Veio a torrente de soluços convulsos, e finalmente ela cedeu ao sentimento ao qual vinha resistindo: o regozijo culpado irreprimível por sua outra filha ter sido levada, e não Veda.

9

Só o ato de se consagrar profundamente poderia expiar sua culpa, e nalgum momento durante aquela noite Mildred entendeu qual seria, e ao saber encontrou a paz. Talvez tenha encontrado mais do que paz. Havia algo de desnaturado e doentio no modo como inalava o cheiro de Veda ao decidir dedicar o resto da vida à filha que fora poupada, e resolveu que abriria o restaurante naquele dia, como anunciado, e que não fracassaria. Levantou-se ao amanhecer para pôr em prática sua resolução, separando formas de torta, farinha, utensílios, latas de mantimentos e tudo que precisava ser levado para a casa-modelo. Era muito material, ela carregou o automóvel com cuidado, e teve de fazer várias viagens. Na última encontrou a brigada a sua espera: uma garçonete chamada Arline, um filipino para a dupla função de lavar louça e descascar legumes, chamado Pancho. Ambos haviam sido contratados na semana anterior, por recomendação de Ida. Arline, uma moça miúda e bonitinha de vinte e cinco anos, não parecia muito promissora, mas Ida a recomendara enfaticamente. Pancho, pelo jeito, adorava roupas vistosas e por isso despertara a inimizade de Archie, mas assim que vestia o uniforme da cozinha tornava-se perfeitamente aceitável.

Mildred notou o conjunto creme de Pancho, mas não perdeu tempo com isso. Entregou os uniformes e instruiu os dois. Eles fizeram uma faxina completa no local, e assim que terminaram a limpeza do salão penduraram as cortinas de percal que estavam empilhadas no chão. Mildred mostrou como funcionavam os ganchos, e ao ouvir de Pancho a garantia de que ele era um gênio na chave de fenda voltou de carro para sua casa, onde pegou tortas para fazer as entregas.

Quando voltou ficou sem fôlego ao ver o que haviam feito. Pancho realmente trabalhara bem na instalação: os suportes estavam no lugar exato e ele pendurava as últimas cortinas. Arline distribuíra as mesas, de modo que a temível pilha de madeira, metal e pano do canto se transformara num restaurante acolhedor, quente e limpo. Mildred ainda precisava resolver muita coisa, mas quando a lavanderia entregou os guardanapos e porta-copos ela não resistiu, montou uma mesa para ver como ficaria. Em sua opinião, ficou lindo. O padrão quadriculado em vermelho e branco das toalhas combinava direitinho com a madeira e com o uniforme vermelho atijolado de Arline, exatamente como esperava. Mildred apreciou a cena por alguns minutos, devorando-a com olhos ávidos. Depois distribuiu tarefas da cozinha, entrou outra vez no carro e retomou as entregas.

No banco ela sacou trinta dólares, deu baixa no valor rapidamente e tentou não pensar no número 7 que teve de anotar em "Saldo Atual". Pediu dez dólares em troco para atender às necessidades da primeira noite, guardou os pacotes de moedas na bolsa e seguiu em frente. Na granja onde encomendara os frangos encontrou vinte e seis aves prontas, em vez das vinte solicitadas. O sr. Gurney, dono da granja, tratou o caso descontraidamente, dizendo que as aves estavam em condições ideais, odiaria que outro cliente as levasse. Mesmo assim, ela ficou brava. Ele criava ótimos frangos, honestamente alimentados com milho, e ela precisava de aves de primeira. Mesmo assim, não podia permitir que empurrasse mais do que o encomendado. Após verificar a condição dos frangos ela recusou dois que não haviam sido bem depenados e levou o resto, pagando oito dólares, uma vez que o preço combinado era três por um dólar. Assim que pôs tudo no carro ela seguiu para o mercado U-Bet, onde comprou vegetais, ovos, bacon, manteiga e outros ingredientes. Gastou onze dólares, ficando praticamente reduzida às moedas de troco.

De volta ao restaurante ela inspecionou a cozinha, considerando o serviço satisfatório. Arline passara pano no chão e Pancho lavara os pratos sem quebrar nenhum. Letty chegou e Mildred pediu a ela que preparasse o almoço para Arline e Pancho, depois passou a se dedicar ao que realmente gostava, ou seja, cozinhar. Pegou os frangos, procurou meticulosamente penas menores, e viu que o sr. Gurney as depenava muito melhor do que a maioria dos fornecedores. Com um cutelo pequeno ela as cortou. Pretendia servir meio frango com vegetais ou waffle, por oitenta e cinco centavos, mas odiava o meio frango servido na maioria dos restaurantes. Vinha para a mesa num pedaço só, deselegante, e ela não entendia como as pessoas conseguiam comer aquilo. Sua porção seria diferente. Primeiro ela removeu os pescoços, depois dividiu os frangos no meio. Em seguida, cortou asas e coxas. Separou as coxas das sobrecoxas, desossou os peitos de modo a deixar apenas um pedacinho de osso, sem costelas nem ossinho da sorte. Usou o sistema de empacotamento de Archie para esses casos, separando peitos, coxas, sobrecoxas e asas em quatro recipientes diferentes, que guardou na geladeira, pois isso permitiria que montasse uma porção num único movimento. Os pescoços e ossos virariam caldo de sopa. Picou os miúdos para fazer o molho, numa panela. E começou a preparar a outra sopa, creme de tomate, e pediu a Pancho que picasse os legumes e verduras.

Wally chegou por volta das quatro, para inspecionar as alterações e proferir seu relatório. Sua principal atividade, desde que o vira pela última vez, era a divulgação, e para tanto ele convocara sua secretária. Ela usou as listas de clientes da Pierce Homes, por isso todas as pessoas que compraram uma casa, ou pensaram em comprar, foram contatadas. Mildred ouviu, contente em saber que essa parte fora coberta com competência, mas ele continuou por ali, e ela preferia que fosse embora para poder trabalhar em paz. Mildred notou que ele observava o balcão envidraçado. Era a peça mais cara da decoração, a única feita sob medida. A base e o fundo eram de bordo, e as laterais, parte superior e prateleiras de vidro. Ali exibiria as tortas que esperava vender para viagem, e depois de um tempo, timidamente, Wally perguntou: "Então, gostou da surpresa que eu preparei para você?".

"Que surpresa?"

"Você ainda não viu?"

"Não vi nada."

"Ei, volte para a cozinha, espere um pouco e logo verá."

Intrigada, ela voltou para a cozinha, e ainda mais intrigada viu Wally entrar por um momento, localizar as tortas e levar duas para o restaurante, depois mais duas. Viu que ele arrumava as tortas no balcão. Depois viu que mexia na parede. De repente o balcão se iluminou, e ela soltou um gritinho antes de se aproximar correndo. Wally exultava. "E então, gostou?"

"Ora, Wally, é sensacional!"

"Fiz isso enquanto... fiz nos últimos dias. Vinha para cá de noite, trabalhar no projeto." Ele apontou para as lâmpadas pequenas parafusadas na madeira, quase invisíveis, a lançar sua luz para baixo, sobre as tortas; não eram maiores que um dedo; a fiação fora habilmente passada pela parte traseira, de modo que as portas continuavam deslizando livremente. "Sabe quando custou o serviço?"

"Não faço a menor idéia."

"Bem, vamos ver, os refletores saíram por sete centavos cada um, quarenta e dois no total. As lâmpadas, um níquel — sabe, são lâmpadas para árvore de Natal, não foi

151

boa idéia? Trinta centavos, total setenta e dois centavos. A fiação, dez centavos. Parafusos, soquetes e tomada, quase um dólar. Digamos dois dólares, por alto. Que tal?"

"Mal posso crer."

"E me custou uma hora de serviço. Mas ajudará a vender as tortas."

"Você ganhou um jantar por conta da casa."

"Ah, não precisa."

"Um jantar completo, com direito a repetir o prato."

Como o relógio avançava inexorável, ela correu de volta para o trabalho assim que ele saiu, sentindo um aconchego gostoso, pois sentia que todos queriam ajudá-la. Os vegetais, cujo preparo começara antes da saída de Wally, já estavam prontos, e ela os tirou do fogo. Transferiu tudo para os recipientes do réchaud banho-maria e aqueceu a água. Preparou a massa de waffle e posicionou a seu lado a concha na qual cabia a quantidade exata para uma unidade. Preparou pãezinhos de minuto com massa de torta. O sorvete chegou: chocolate, morango e baunilha. Ela pediu a Pancho que colocasse as três geladeiras num banco onde podiam ser facilmente acessadas, e mostrou a Arline como servir a porção, lembrando-a de que seria responsável pelas sobremesas, além do couvert. Preparou a salada e ligou a cafeteira.

Seguiu para o banheiro feminino às cinco e meia, para se arrumar para a abertura. Pensara com muito cuidado no que ia vestir. Optara pelo branco, mas não o branco encardido dos uniformes de enfermeira que se tornara tão batido. Foi até a Bullocks e comprou vestidos sintéticos lustrosos, quase brancos, ou brancos com uma nuance de creme, e mandou fazer touquinhas que combinavam com eles. Sempre orgulhosa das pernas, encurtou um pouco a barra. Vestiu um rapidamente, calçou os sapatos Tip-Top, ajeitou a touquinha. Ao sair correndo, levando o avental que usaria na cozinha e tiraria quando fosse rece-

152

ber os clientes no salão, ela mais parecia uma cozinheira de comédia musical.

Contudo, não começou a cantar. Reuniu Pancho, Letty e Arline para as instruções finais, prestando mais atenção em Arline. "Não espero muita gente, pois é a primeira noite e ainda não tivemos oportunidade de formar uma clientela. Mas, caso haja muita gente, *lembre-se*: tire os pedidos. Preciso saber se a pessoa quer vegetais ou waffle antes de começar, por isso, não me deixe esperando."

"Devo marcar as duas guarnições?"

"Marque só quando for waffle."

"E os pãezinhos?"

"Os pãezinhos sairão a todo momento, você mesma os pega. Sirva os pãezinhos de minuto e as fatias de pão de forma sempre em cestinhas diferentes, e não se esqueça que os pãezinhos precisam ficar dentro do guardanapo, para não esfriarem. Três pãezinhos por pessoa, mais se pedirem, não precisa economizar na porção nem perder tempo contando. Pegue alguns depressa, melhor a mais do que a menos."

Arline supervisionou o local com olhar treinado, contando as mesas. Havia oito mesas para dois, encostadas nas paredes, e duas mesas para quatro pessoas, no meio. Mildred notou seu olhar, e prosseguiu: "Você dará conta do serviço se anotar os pedidos. Tem muito espaço aqui, você poderá usar bandeja, isso ajuda. Se precisar de ajuda, Letty poderá sair para limpar as mesas, e...".

"Ela não pode assumir essa tarefa desde o começo? Se nos acostumarmos a trabalhar em dupla, não vamos ficar tropeçando uma na outra."

"Tudo bem."

Letty sorriu, meio encabulada. Já usava o uniforme vermelho tijolo, que caía bem nela, e obviamente queria participar da festa. Mildred retornou à cozinha, acendeu o forno, pôs as formas de waffle para esquentar. Usaria um equipamento a gás, em vez do normal elétrico, para os waffles, "pois as pessoas preferem os waffles redondos à moda antiga". Foi até o quadro e acendeu as luzes. O último interruptor acionava o luminoso externo, e ela saiu para vê-lo aceso. Estava lindo como sempre, lançando um reflexo azulado sobre as árvores. Ela tomou fôlego e entrou. Finalmente inaugurara o restaurante, finalmente tinha seu próprio negócio.

Seguiu-se uma longa espera. Sentada a uma das mesas para dois, nervosa, via Arline, Letty e Pancho reunidos no canto, cochichando. Quando começaram a rir, Mildred sentiu uma dor pavorosa. Pela primeira vez passou por sua cabeça que poderia ter inaugurado um restaurante para ninguém. Levantou-se de repente e foi até a cozinha. Tocava repetidamente as formas de waffle para ver se estavam quentes. Lá fora, uma porta de carro foi batida. Ela ergueu a vista. Um carro estacionou, quatro pessoas entraram no restaurante.

Saboreou um momento de satisfação consigo ao pegar o frango: agora colheria o resultado de sua observação, reflexão e planejamento. Posicionara o estacionamento nos fundos, para saber quantos clientes teria, exatamente, antes que entrassem; simplificara o menu, por isso podia começar a preparar o frango sem ter de esperar a comanda da garçonete; distribuíra refrigerador, fogão, ingredientes e utensílios de modo a trabalhar com o mínimo esforço. Sentindo que acionava uma máquina bem ajustada, apanhou quatro peitos, sobrecoxas, coxas e asas, passou os pedaços na cuba de farinha, situada ao lado do fogão, e esguichou um pouco de azeite de oliva da garrafa próxima à farinha. Levou as porções ao forno, para assarem por um momento, uma prévia para a fritura na manteiga. Antes de fechar o forno, introduziu uma assadeira de pães de minuto. Arline surgiu na porta. "Quatro para a mesa nove, sopa duas e duas, um waffle."

Ela lembrou Arline que não precisava pedir a sopa, pois deveria encher as tigelas e servi-la, e saiu para cum-

154

primentar os primeiros clientes. Eram desconhecidos, um homem, uma mulher, duas crianças, e mesmo assim ela proferiu um rápido discurso, dizendo que eram seus primeiros fregueses, esperava que gostassem da casa e voltassem sempre. Arline chegou com o couvert, a sopa, bolachas, manteiga, guardanapos, água e salada. A salada, por algum motivo, era servida primeiro na Califórnia. Os olhos de Mildred percorreram a bandeja, confirmando estar tudo em ordem. Entraram mais duas pessoas. Recordava-se delas vagamente, compradores de casas Pierce, de seis ou sete anos antes. Recorreu a seu treinamento de garçonete. Os nomes brotaram em sua boca antes que pudesse ver os rostos direito. "Como vai, senhora Sawyer. E o senhor? Fico muito feliz por terem vindo!"

Isso lhes agradou, e ela os acomodou numa mesa de canto. Assim que Arline se aproximou para tirar o pedido, ela voltou para a cozinha, iniciando o preparo de mais frango.

O primeiro pedido saiu perfeito, Letty recolheu os pratos sujos e os entregou a Pancho, que começou a lavar imediatamente. Mas logo Arline apareceu, preocupada. "Dois na mesa três, mas a menina não quer sopa. Ela pediu suco de tomate com uma rodela de limão e uma pitada de sal de aipo — eu disse que não tínhamos, mas ela insistiu, quer porque quer. O que é que eu faço agora?"

Não foi difícil adivinhar quem era.

Encontrou Bert e Veda numa das mesas para dois. Bert usava terno claro, caprichara no traje e no penteado, mas exibia uma fita negra no braço. Veda usava um vestido escolar pela primeira vez e o chapéu mole de Mildred. Os dois ergueram o rosto sorrindo, Veda disse que o vestido de Mildred era lindo, Bert balançou a cabeça, aprovando o restaurante. "Minha nossa, ficou realmente incrível. Você montou um belo negócio, desta vez, Mildred. Este lugar é o máximo."

Ele bateu o pé no chão. "Foi bem construído. Eu cuidei disso. Aposto que não teve nenhum problema com o

Departamento de Saúde quando eles inspecionaram este piso."

"Passaram direto, sem nem olhar."

"E quanto aos toaletes?"

"Aprovaram, também. Claro, precisamos abrir uma porta do outro lado, de modo que os dois banheiros dessem para a antiga sala da secretária. A lei proíbe porta virada para a cozinha. Mas isso, a pintura, o cascalho e as portas de vaivém, foi praticamente tudo que precisamos fazer. Mesmo assim, custou dinheiro. E como!"

"Aposto que sim."

"Quer dar uma olhada geral?"

"Adoraria."

Ela levou os dois para conhecer o restaurante e sentiu orgulho quando Bert elogiou profusamente as instalações, um orgulho diminuído pelo comentário de Veda: "Bem, mãe, até que você está indo bem, nessas condições". Ela ouviu outra porta bater e se virou para recepcionar mais um cliente. Era Wally, extremamente excitado. "Sabe, teremos uma multidão. Espere e verá uma multidão. É disso que precisamos lembrar na hora da mala direta. Não interessa o que você manda, interessa quando manda. Enviei o material de divulgação para as pessoas que conhecem você, e elas virão. Encontrei seis pessoas, e todas disseram que viriam — e foram só encontros por acaso. Vai lotar."

Wally puxou uma cadeira e sentou com Bert e Veda. Bert perguntou, ferino, se ele havia transferido o seguro contra incêndio para Mildred. Wally disse que ia esperar até o lugar pegar fogo. Bert respondeu que tudo bem, estava só perguntando.

Quando Mildred ergueu os olhos, Ida estava parada na porta. Ela se aproximou e a beijou, atenta enquanto ela explicava que o marido queria vir, mas fora chamado para fazer um serviço, e não podia deixar de atender. Mildred a conduziu até a mesa que agora só tinha uma cadeira, pois a outra acomodava Wally. Ida olhou em volta, avaliando tudo. "Mildred, é sensacional. Tem muito espaço. Você pode pôr mais duas mesas de quatro facilmente, basta mexer um pouquinho. E usar bandejas do tamanho que desejar. Você não faz idéia de quanto isso ajuda. Economiza pelo menos uma garçonete. No mínimo."

Era hora de Mildred voltar à cozinha, mas ela ficou mais um pouquinho, segurando a mão de Ida, desfrutando sua aprovação.

A máquina bem azeitada funcionava bem, zumbia suavemente, realizando sua tarefa. Até então Mildred conseguira dedicar alguns segundos a cada freguês que chegava, e em particular aos que iam embora, lembrando que fazia tortas caseiras para levar para casa, não gostariam de experimentar? Mas trabalhava freneticamente, fritando frango, virando waffles. Quando ouviu outra porta de carro bater não conseguiu olhar para fora e contar os clientes. Arline entrou. "Duas mesas de quatro chegando. Tenho uma mesa livre, mas o que faço com os outros? Só poderei juntar duas mesas de dois quando Ida for embora..."

"Não fale nada a ela!"

"E o que vamos fazer?"

"Acomode os quatro primeiros, os outros terão de esperar."

Apesar de tentar se controlar, sua voz saiu esganiçada. Ela pediu ao segundo grupo de quatro pessoas que esperassem um minuto. Disse que estavam lotados no momento, mas não demoraria nada. Um dos homens balançou a cabeça, e ela se afastou apressada, com vergonha de não ter pensado nisso, e providenciou cadeiras extras. Quando entrou na cozinha, Arline discutia com Pancho, e virou furiosa para Mildred: "Ele está lavando os pratos, mas as tigelas de sopa acabaram, se não tiver tigelas não posso servir as entradas. *Tigelas para sopa, estúpido, tigelas!*".

Arline gritava com Pancho, e enquanto Mildred tentava acalmá-la Letty entrou, arrastando os pés, desajeitada, desacostumada com aquele serviço, e colocou mais duas tigelas de sopa na pilha, que desabou com um estrondo. Três quebraram. Mildred tentou apanhá-las no ar, inutilmente, e ouviu outra porta de carro bater. De repente, viu que a máquina emperrara, que a cozinha estava uma confusão só, que perdera completamente a noção dos pedidos, que nem as entradas estavam sendo providenciadas. Por um momento pavoroso ela viu a inauguração se tornar um fiasco, viu seus sonhos todos fugirem para dar lugar a um pesadelo noturno. Então a seu lado surgiu Ida, que tirou o chapéu, guardou a bolsa ao lado da lata em que ficava o dinheiro e vestiu um avental. "Mildred, o problema está na louça. Como ela não faz nada direito lá fora, é melhor que enxugue enquanto ele lava. Assim vamos acelerar um pouco o serviço."

Mildred fez um gesto e entregou um pano de prato a Letty. Os olhos experientes de Ida viram tigelas para sobremesa, e ela as colocou numa bandeja. Disse então a Arline: "Peça a sopa".

"Quero direita e esquerda, para dois, três e uma, frango e tomate para quatro, eles estão esperando..."

Ida não esperou para saber quanto tempo haviam esperado. Serviu sopa nas tigelas de sobremesa com uma concha, enquanto distribuía bolachas com a outra, e saiu com a bandeja, deixando manteiga, salada e água por conta de Arline. Num minuto estava de volta. "Mildred, peça a sua família para sair um pouco, dar uma volta. Eles já acabaram de comer mesmo. Depois ponha dois na minha mesa, assim resolvemos o problema daqueles quatro. Assim que a primeira mesa de quatro pedir a conta, teremos lugar para mais quatro, e..."

A voz esganiçada que Mildred tanto odiara se impôs, Mildred reagiu com um tranco que começou no coração e se espalhou pelo corpo inteiro. Recuperou o controle dos nervos, e as mãos voltaram a ser ágeis à medida que as

158

coisas entravam nos eixos. Preparava waffles quando a sra. Gessler apareceu na porta e se aproximou dela apressada.

"Posso ajudar em algo, amiga?"

"Duvido muito, Lucy, mas obrigada mesmo assim..."

"Espere aí, pode sim."

Ida puxou a sra. Gessler pelo braço, como costumava fazer com a brigada sob seu comando. "Pode pendurar o chapéu ali e ir para fora vender tortas. Não se preocupe em oferecer nada enquanto as pessoas estão comendo, permaneça ao lado do balcão e, quando estiverem saindo, veja o que dá para conseguir."

"Vou fazer o possível."

"As embalagens estão na gaveta, sob o balcão, abertas, você precisa dobrar e prender as abas, depois colocar as alças. Se tiver algum problema, fale comigo ou com Mildred."

"Quanto custam, Mildred?"

"Oitenta e cinco centavos. Tudo é oitenta e cinco centavos."

A sra. Gessler deixou o chapéu ao lado do de Ida e saiu. Não demorou e Mildred a viu voltar para pôr um dólar na lata do dinheiro, pegar o troco e sair de novo. Em pouco tempo havia muitas notas na caixa. Ida entrava a toda hora, pegava o troco e despachava Arline para a menina ficar com a gorjeta. Quando tinha uma folga, tirava o avental e ia para o salão. Ninguém esperava em pé, mas todos os lugares estavam ocupados, e ela sentiu o que sentira na véspera, no enterro, quando atravessou a sala e viu rostos dos quais mal se lembrava. Aquelas pessoas que ela não via havia anos foram localizadas pelo sistema inteligente de mala direta de Wally. Conversou com eles, perguntando se estava tudo em ordem, ouvia elogios e de alguns palavras de consolo, por causa de Ray.

Passava bastante das oito quando ela ouviu outra porta de carro bater. Bert, Wally e Veda haviam transferido a festa para o capô do carro de Wally, a pedido de Ida, e por algum tempo ela ouviu as conversas deles lá fora, enquan-

159

to trabalhava. Mas agora passos ecoavam no cascalho e Veda entrou correndo pela porta dos fundos. "Mãe! Adivinhe quem acaba de chegar?"

"Quem, querida?"

"Monty Beragon!"

O coração de Mildred disparou, e ela olhou Veda com desconfiança. Mas os olhos flamejantes de Veda nem sequer insinuavam conhecimento do caso, e por isso ela perguntou, cautelosa: "E quem é Monty Beragon?".

"Ora, mãe, então você *não sabe*?"

"Acho que não."

"Ele joga pólo para Midwick, reside em Pasadena, é rico, bonito, todas as moças ficam esperando a foto dele sair no jornal. Ele é o *máximo*!"

Era a primeira vez que ela ouvia dizer que Monty era alguém especial, mas estava ocupada demais para se excitar com isso. Veda saiu saltitando e Bert entrou, acompanhado por Wally, que parecia ter acabado de ver Deus. "Minha n-o-o-o-s-s-a! Se este cara veio aqui, Mildred, então você está feita! Qualquer restaurante de Los Angeles pagaria para ele ir comer lá. Não é mesmo, Bert?"

"Ele é bem conhecido."

"Conhecido? Ele arrasa."

Arline entrou, vinda do salão. "Um waffle."

Veda empurrou a porta *Out*, espiou e desapareceu no salão. Wally passou a especular a respeito do que atraíra Monty à inauguração. Não constava de sua lista e dificilmente teria lido algum jornal de Glendale. Bert, com certa irritação, disse que Mildred era uma cozinheira famosa, sua reputação atravessara a cidade, isso lhe parecia motivo suficiente, sem que precisassem investigar mais nada. Wally disse que ia descobrir, mas de repente ficou ali de boca aberta, e Mildred se virou lentamente. Monty estava ali, olhando para ela com ar sério, intensamente.

"Por que você não me falou da menina?"

"Não sei. Eu não podia ligar para todo mundo."

"Só fiquei sabendo quando a irmã dela me contou, neste instante."

"Ela o admira muito."

"Ela é a criatura mais adorável que conheci em muito tempo, mas vamos deixar isso para depois. Eu gostaria de deixar claro que teria procurado você, caso tivesse sido informado."

Como a corroborar sua declaração, uma caixa de flores surgiu subitamente debaixo do nariz de Mildred, trazida por um mensageiro que lhe apresentou um recibo para assinar. Ela abriu a caixa e se deparou com duas orquídeas gigantescas. Monty pegou o cartão e o rasgou ao meio. "Duvido que você tenha disposição para piadas no momento."

Ela guardou as flores na geladeira e apresentou Bert e Wally. Sentiu alívio quando Ida a procurou, dizendo que precisavam dela na cozinha. Monty foi para o salão, depois de lhe dar um tapinha. Bert e Wally saíram, olhando para Mildred meio ressabiados.

Os dois últimos clientes do salão devoraram os derradeiros frangos às nove horas. Mildred foi até a caixa e desligou o luminoso. Em seguida, contou o dinheiro. Esperava trinta pessoas, pedira cinco frangos a mais por via das dúvidas. Por causa da pressão do fornecedor aceitara mais quatro, e quase foi pouco. Como Wally prometera, uma multidão havia comparecido, rendendo quarenta e seis dólares, dez além de seus delírios mais altos. Juntou todas as notas num maço, para sentir seu volume. Como teria pouco a fazer até Arline, Pancho e Letty terminarem, ela tirou o avental, prendeu com alfinete as orquídeas na roupa e foi para o salão.

Ida ainda estava atendendo os últimos clientes, mas Bert, Wally, Monty, Veda e a sra. Gessler conversavam amistosamente numa das mesas para quatro pessoas. Bert e Monty discutiam pôneis de pólo, um assunto no qual Bert parecia impressionantemente versado. Veda se aninhara em seu ombro e sorvia as divinas palavras sobre o único mundo que significava algo para ela. Mildred puxou uma cadeira e se sentou ao lado da sra. Gessler, que imediatamente passou a emitir ruídos estranhos. Olhando para os rostos de todos, repetia "H'm. H'm?" com insistência, provocando apenas olhares de surpresa. Foi Monty quem entendeu. Seu rosto se iluminou e ele gritou "Sim!".

Todos disseram sim, e a sra. Gessler foi até o carro dela. Voltou com Scotch e White Rock. Mildred e Arline providenciaram copos e abridor, e a sra. Gessler iniciou o ritual ancestral. Bert encarregou-se do drinque de Veda, mas Mildred proibiu a tradicional brincadeira de troca. Sabia que se lembraria de Ray, e não queria. Veda recebeu seu copo com gotas de Scotch, sem truques. Bert levantou subitamente. "Para a melhor mulherzinha que um sujeito só pode deixar ir embora se for louco."

"Você deve saber melhor que ninguém."

A sra. Gessler enfatizou bem a frase, todos riram e brindaram a Mildred. Ela não sabia se devia levantar o copo ou não, mas acabou por fazer isso. Ida, que já se livrara dos clientes, parou a seu lado e observou a comemoração com um sorriso torto que parecia estranho e patético em seu rosto extremamente sério. "*Agora* vou propor o brinde." Levantando o copo, ela entoou: "Para a melhor mulherzinha que alguém não seria louco de deixar ir embora". Wally disse: "Ray!". E todos disseram: "Ray!". Ida corou, riu baixinho, deu a impressão de que ia chorar e não prestou atenção em nada quando Mildred a apresentou aos outros. Largando o corpo numa cadeira, ela disse: "Mildred, foi uma pena você não ter ouvido os comentários. Não faz idéia de quanto gostaram do frango. E a surpresa de todos com os waffles. Puxa vida, diziam, eu não comia waffles assim desde que era criança, e não sabiam que ainda existia alguém capaz de prepará-los. Um sucesso, Mildred. Vai estourar". Mildred bebeu, trêmula, encabulada e insuportavelmente feliz.

Ela poderia ficar ali sentada para sempre, mas precisava cuidar de Veda e de Ida também, pois tinha de levá-la para casa, em reconhecimento à preciosa ajuda. Lembrou a Bert que Veda precisava ir para a escola, guardou a preciosa féria na bolsa e se preparou para trancar a casa. Apertou as mãos de todos, desviando a vista rapidamente ao chegar a Monty, e finalmente conseguiu que saíssem. No gramado, o grupo se reuniu em volta do carro da sra. Gessler, e Mildred suspeitou que estavam acabando com a garrafa de Scotch de modo informal, mas não esperou para confirmar. Lembrando a Bert que Veda não podia ficar na rua até muito tarde, mandou Ida subir no carro e acelerou firme na rua deserta.

Quando chegou em casa surpreendeu-se com a presença do Cord azul na porta. A casa estava escura, mas ela viu um lampejo de luz na saleta, e quando entrou lá viu Monty e Veda, no escuro a não ser pela luz da lareira que fora acesa por eles. Sem dúvida, eles se entendiam perfeitamente. Para Mildred, Monty explicou: "Tínhamos marcado um encontro".

"Tinham, é?"

"Sim, combinamos que eu a traria para casa, e foi o que fiz. Claro, precisamos levar o Papai para casa primeiro..."

"Ou pelo menos, para os B..."

Antes que Veda pudesse terminar a frase, lânguida, Monty e ela caíram na gargalhada, e quando recuperou o fôlego ela disse: "Ah, mãe! Vimos os Biederhof! Pela janela! E eles são caídos!".

Mildred pensou que deveria se sentir chocada, mas sem se dar conta começou a rir, e os três gargalharam até o estômago doer e as lágrimas rolarem pelo rosto, como se a sra. Biederhof e seus seios caídos fossem a coisa mais divertida do mundo. Mildred precisou de muito tempo para criar coragem e levar Veda para a cama. Queria que ela ficasse ali, para se aquecer num calor amigo solar e despreocupado que nunca vira antes na filha. Quando finalmente chegou a hora de dormir, ela levou Veda até o quarto, ajudou-a a se despir, ajeitou a cama e a abraçou com força por um momento, ainda extasiada pelo milagre que acabara de ocorrer. Veda sussurrou: "Mãe, ele não é *maravilhoso?*".

"Ele é muito gentil."

"Como o conheceu?"

Mildred murmurou algo a respeito de Monty ter ido uma ou duas vezes ao restaurante em Hollywood, depois perguntou: "E você, como o conheceu?".

"Ah, mãe, eu não fiz nada. Não lhe dirigi a palavra. Foi *ele* quem falou comigo. Disse que eu era tão parecida com você que percebeu quem eu era. Você falou de mim?"

"Claro que sim."

"Ele perguntou por Ray, quando contei ele empalideceu imediatamente, levantou-se e..."

"Sim, eu sei."

"Mãe, e as orquídeas!"

"Você as quer?"

"Mãe! Mãe!"

"Tudo bem, pode usar para ir à escola."

Do sofá veio uma voz um pouco hesitante, um pouco enrolada: "Passei a noite olhando para este maldito vestido, fazendo a maior força para não morder. Agora chega, tire logo isso".

"Eu não estou disposta para..."

"Tire logo."

E o vestido saiu, e ela se submeteu ao que, afinal, parecia ser o desfecho apropriado para aquela noite. Mas estava excitada demais para pensar em Monty. Quando foi para a cama estava exausta, feliz e chorosa. Bert, Wally, a sra. Gessler, Ida, Monty, o luminoso, o restaurante e os quarenta e seis dólares nadavam na piscina de lágrimas enluaradas. Mas o rosto que pairava acima de tudo, mais bonito que todo o resto, era o de Veda.

10

Certa manhã, alguns meses depois, Mildred dirigia o carro no rumo de Arrowhead, com Monty. Agora ele fazia parte de sua vida, embora no geral não fosse tão satisfatório quanto parecia que seria, a julgar pelas duas primeiras semanas. Para começar, descobrira que grande parte de sua atração por ele era física, algo que considerava perturbador. Até então, suas experiências sexuais haviam sido limitadas, rotineiras, tépidas, mesmo no início do relacionamento com Bert. Considerava vergonhosa aquela excitação febril devassa que Monty despertava nela. Além disso, temia que a sexualidade tomasse conta dela e interferisse no trabalho, que estava se tornando a razão de sua vida. Apesar dos erros, equívocos e catástrofes que a levavam às lágrimas amarguradas, o pequeno restaurante seguia prosperando. Seria difícil determinar se ela realmente possuía tino para os negócios, mas seu bom senso, reforçado por uma disposição incansável, dava conta do recado. Desde o início percebeu que a venda de tortas no atacado era a chave para todo o resto, e dedicou-se tenazmente a seu crescimento, até que o setor praticamente pagava todas as despesas, além do salário de Hans, o padeiro que havia contratado. A receita do restaurante representava o lucro líquido, ou o que se transformaria em lucro assim que terminasse de pagar as dívidas, ainda assustadoras. A possibilidade de Monty a desviar de sua preciosa carreira sem dúvida a assustava.

Além disso, ela sentia cada vez mais forte uma sensação de inferioridade que ele despertara desde aquela primeira noite na beira do lago. De algum modo, com sua vagabundagem elegante, ele fazia com que as conquistas dela parecessem pequenas, inconseqüentes. O restaurante, para ela uma espécie de Santo Graal, obtido após esforços e sacrifícios fabulosos, era para ele o Pie Wagon, um termo jocoso rapidamente assumido por Veda, que o abreviara para The Wagon. Embora ele levasse os amigos lá às vezes, sempre os apresentasse e a convidasse para sentar, ela notou que eram inevitavelmente homens. Nunca conhecera as amigas dele, nem a família. Certa vez, inesperadamente, ele virou o carro no sentido de Pasadena e disse que gostaria que ela conhecesse sua casa. Ela ficou nervosa com a possibilidade de conhecer a mãe dele, mas quando chegaram soube que a mãe e a irmã tinham viajado, e que os empregados estavam de licença naquela noite. De cara ela odiou a mansão enorme excessivamente mobiliada, odiou a sensação de ter entrado clandestinamente pela porta dos fundos, e quase o odiou. Não fez sexo naquela noite, e ele confessou sua surpresa e até mesmo mágoa com a conduta dela. Ela suspeitava cada vez mais de que para ele não passava de uma empregada desfrutável, de pernas bonitas e reação lisonjeira na cama, mas sempre e acima de tudo uma empregadinha.

Todavia ela nunca recusava os convites dele, nunca refreava sua avidez instintiva, nunca erguia a lâmina que um dia teria de cair. Pois havia uma coisa deliciosa que ele trouxera a sua vida, a intimidade com Veda que surgia quando ele a visitava, e que infelizmente desaparecia quando ele partia. Monty se mostrava muito dedicado a Veda. Levava-a a muitos lugares, jogos de pólo, exposições de cavalos, dando-lhe a igualdade social que negava a Mildred, de modo que a menina vivia num paraíso eqüestre, aerodinâmico. Mildred vivia no paraíso também, mais modesto, ligeiramente prejudicado pelo orgulho ferido, mas ainda assim um paraíso, com música de harpa. Ela se deleitava com a afeição pegajosa de Veda, e comprou sem

166

reclamar o material em geral caro que o paraíso exigia: trajes e equipamentos para equitação, natação, golfe e tênis; conjuntos para pernoite monogramados. Mildred não conhecia ninguém em Pasadena, mas servia de consolo o fato de Veda conhecer todo mundo e sair nas colunas sociais com tanta freqüência que passou a adotar um ar blasé em relação a isso. Enquanto a situação perdurasse, Mildred sabia que aturaria Monty, com seus pontos de vista irritantes, sua condescendência irônica, as omissões que a magoavam tanto — e não apenas o aturaria, como permaneceria agarrada a ele.

Naquela manhã específica, porém, ela estava de bom humor. Dormira bem, após uma noite romântica; era novamente o início do outono, as árvores das montanhas começavam a amarelar, ela discutia animada sobre o sr. Roosevelt. Pontificava um bocado agora, principalmente sobre política. Não precisara de muito tempo à frente dos negócios para se dar conta, furiosa, do peso dos impostos, e isso naturalmente conduziu à política e ao sr. Roosevelt. Ela pretendia votar nele, dizia, pois sua eleição poria um fim às extravagâncias de Hoover e equilibraria o orçamento. Não entendia a idéia de atender às exigências de auxílio de pessoas inúteis, nem que Hoover pensasse em fazer algo por elas. Não via nenhum problema com aquelas pessoas, exceto serem preguiçosas demais para trabalhar, e que não fossem dizer a ela que nem todos conseguiam serviço, mesmo em meio à Depressão, era só ter força de vontade. Monty deve ter notado um certo convencimento nisso, uma alusão ao que ela havia feito com sua força de vontade. De todo modo, ele a ouvia meio distraído, e perguntou abruptamente: "Posso lhe dizer uma coisa?".

"Se for a favor de Hoover, não quero nem ouvir."

"É sobre Veda."

"O que ela aprontou desta vez?"

"Música... Sabe, não cabe a mim dar conselhos. Só sei o que ela sente."

"Ela tem aulas de música."

"Ela estuda em um piano de armário vagabundo em Glendale, e tem voz esganiçada. Acho que não vai muito longe. Bem... não é da minha conta."

"Prossiga."

"Acho que ela tem talento."

"Eu sempre disse isso."

"Dizer que ela tem talento e tomar as devidas providências a respeito são duas coisas diferentes. Se não se importa, acho que você sabe mais sobre tortas do que sobre música. Creio que ela precisa ser orientada por alguém realmente capacitado a ensiná-la."

"Quem, por exemplo?"

"Bem, conheço um sujeito em Pasadena que poderia fazer maravilhas com ela. Você deve ter ouvido falar nele — Charlie Hannen, muito famoso, até há alguns anos, no circuito de concertos. Mas seu pulmão fraquejou e ele teve de vir para cá. Não faz muita coisa atualmente. Em nossa igreja serve de organista, maestro do coro, não sei o nome direito. Leva uma vida sossegada, e aceita alguns alunos. Aposto que se interessará por ela. Se a aceitar, ela terá chances de progredir."

"E você, quando foi que aprendeu tanta coisa a respeito de música?"

"Não sei absolutamente nada de música. Mas minha mãe sabe. Ela apóia a Filarmônica há anos e conhece tudo. Disse que a menina tem muito talento."

"É claro que eu nunca conheci sua mãe."

Monty deixou passar o comentário ferino sem dizer nada, e minutos depois retomou a conversa. "Outra coisa que me faz pensar que ela tem futuro é a dedicação nos estudos. Tudo bem, eu só entendo de cavalo, mas quando vejo um sujeito montado num pônei, de manhã bem cedo, quando não tem mais ninguém por ali, cavalgando com o taco na mão para melhorar seu backhand, penso sempre com meus botões, um dia, ele será jogador de pólo."

"O que *todo mundo* sonha."

"O mesmo vale para ela. Até onde eu sei, ela não deixa passar um dia sem ensaiar naquele caixote medonho do avô, e quando chega à casa de minha mãe ela ensaia por duas horas, todas as manhãs, antes mesmo de começar a falar em tênis, cavalos ou qualquer coisa que minha mãe tem em mente para ela. Ela *se dedica*, e ninguém precisa ser músico para entender isso."

Apesar da convicção quase religiosa de que Veda tinha talento, Mildred não se impressionou: conhecia Veda muito bem para dar um bom desconto na versão apresentada por Monty. O esforço de Veda para ensaiar na casa da sra. Beragon incluía uma paixão avassaladora pela música, combinada com a avassaladora necessidade de informar à casa inteira que ela estava lá. E o sr. Hannen podia ter sido um afamado pianista um dia, mas o fato de ser agora organista de uma das igrejas elitistas de Pasadena dava a sua qualidade como professor um tom familiar. No fundo, Mildred detectou um dos esquemas esnobes de Veda. Além disso, ressentia-se da inegável conspiração em andamento para lhe dizer como criar sua filha, e da insinuação de que seu esforço atual, pelos padrões de Pasadena, não satisfazia as mínimas exigências.

Por algum tempo ela evitou comentar a questão com Veda. Mas o caso não saía da sua cabeça, semeara o medo de que talvez estivesse negando à filha uma oportunidade que ela de fato deveria ter. Então, certa noite, Veda começou a se queixar violentamente da srta. Whitaker, a quem Mildred pagava cinqüenta centavos semanais pelas aulas a Veda; contudo, a cena não transmitia a impressão teatral de costume. Incomodada, Mildred perguntou sem rodeios se o sr. Hannen, de Pasadena, seria um professor melhor. A questão provocou um balé tão excitado pela sala que Mildred percebeu que teria de ceder. Telefonou, marcou um horário e na tarde marcada saiu correndo do serviço para passar em casa, pegar Veda e levá-la.

Para a ocasião ela separou um dos melhores trajes do novo guarda-roupa de Veda: vestido de seda marrom, chapéu marrom, sapato de crocodilo e meia de seda. Mas Veda, quando chegou em casa da escola, ao ver a pilha sobre a cama ergueu as mãos horrorizada: "Mãe! Não posso ir toda *arrumada*! Ai! Seria tão *provinciano*!". Mildred conhecia a voz da alta sociedade quando a ouvia, por isso suspirou e guardou a roupa enquanto Veda mostrava sua noção de traje apropriado: suéter castanho, saia xadrez, casaco pólo, boina de couro, meia de lã e sapato sem salto. Mas ela desviou os olhos quando Veda começou a se vestir. Um ano e meio realmente provocaram mudanças na aparência da filha. A estatura média permanecia, mas o porte altivo dava impressão de mais altura. Os quadris continuavam pequenos como antes, mas receberam um toque de voluptuosidade. Tinha as pernas de Mildred, com a plenitude de suas qualidades. A mudança mais notável, contudo, fora no que Monty chamava cruelmente de Leiteria: duas protuberâncias redondas, volumosas, que apareceram quase do dia para a noite no tórax alto, arqueado. Seriam grandes mesmo para uma mulher. Numa jovem de treze anos, eram definitivamente espantosos. Mildred os imbuía de características místicas: levavam-na a pensar em Amor, Maternidade e conceitos lácteos similares. Quando Monty os chamou de indecentes, e disse a Veda pelo amor de Deus arranje uma rede para guardar isso, Mildred ficou chocada, e corou, furiosa. Mas Veda riu, animada, e comprou seus sutiãs com a maior tranqüilidade. Seria difícil imaginá-la corando, por qualquer motivo que fosse. Com o peito erguido, a Leiteria e os quadris ligeiramente rebolantes, ela caminhava como uma pombinha altiva, com pedigree.

O sr. Hannen residia perto da rotatória de Pasadena, numa casa que de fora parecia comum, mas que, por dentro, fora transformada num estúdio gigantesco, ocupando o térreo inteiro e boa parte do andar superior. Surpreendeu Mildred não apenas pelo tamanho, mas pelo vazio incrível. Não havia nada no local, exceto um piano de cauda, longas estantes para partituras, um banco de madeira

170

encostado na parede do fundo e um busto de bronze no canto, com o nome BAUER. O sr. Hannen era um sujeito baixo e gordo, quarentão, de pernas arqueadas, peito amplo e mãos enormes, meio recurvado e ligeiramente grisalho, conseqüência da enfermidade mencionada por Monty. Era muito simpático e conversou com Mildred até ela se soltar e tagarelar um pouco. Quando ela mencionou o restaurante, Veda virou a cabeça, impaciente, mas o sr. Hannen disse "Ah!" em tom de aprovação, lembrou-se de ter ouvido falar no estabelecimento, anotou o endereço e prometeu aparecer. Então, descontraído, aproximou-se de Veda e olhou a partitura que ela trouxera, dizendo que era melhor passarem logo pela parte horrível. Veda demonstrou certa contrariedade com a observação, mas ele indicou o piano e disse a ela para tocar alguma coisa — qualquer peça, desde que fosse curta. Veda marchou garbosa até o piano, sentou-se na banqueta, distendeu as mãos como se fosse profissional e meditou. O sr. Hannen sentou-se no banco da parede, perto de Mildred, e meditou. Veda iniciou uma peça que Mildred conhecia pelo nome de Prelúdio de Rachmaninoff.

Foi a primeira vez que Mildred ouviu Veda tocar após vários meses, e ela se encantou com o resultado. Não tinha certeza quanto à parte musical, a não ser que era um som agradável. Mas não poderia haver engano quanto à competência com que Veda erguia a mão direita no ar, ou ao estilo com que cruzava a esquerda sobre ela. A peça cresceu até seu clímax ruidoso, e depois, inexplicavelmente, vacilou. Veda tocou um acorde petulante. "Sempre quis tocar *assim.*"

"Direi ao senhor Rachmaninoff quando estiver com ele."

O sr. Hannen foi meio irônico, mas cerrou o cenho e passou a observar Veda com atenção. Veda, um pouco constrangida, encerrou. Ele não fez nenhum comentário, mas levantou-se, pegou uma partitura e a colocou à frente dela. "Vamos tentar leitura de primeira."

Veda percorreu a peça como uma pianola humana,

171

enquanto o sr. Hannen retorcia o rosto como se sofresse uma dor intensa, ou olhava fixo para ela. Quando o silêncio abençoou a sala, ele foi até as estantes novamente, tirou uma caixa de violino, colocou-a ao lado de Mildred e começou a aplicar resina no arco. "Vamos tentar acompanhamento. Qual é seu nome, mesmo?"

"Senhorita Pierce."

"Como?"

"Veda."

"Já acompanhou alguém, Veda?"

"Um pouco."

"Um pouco o quê?"

"Como assim?"

"Devo alertá-la, Veda, que no caso de alunos jovens eu misturo a educação geral com a musical. Portanto, se não quer levar um tapa no ouvido, é bom me chamar de *senhor*."

"Sim, senhor."

Mildred sentiu vontade de levantar os pés e rir de Veda, subitamente humilde e obediente. Contudo, fingiu que não estava ouvindo, e passou os dedos na seda que forrava a tampa da caixa do violino do sr. Hannen, como se fosse o tecido mais interessante que já vira. Ele pegou o violino e se voltou para Veda. "Este não é o meu instrumento, mas você precisa acompanhar *alguma coisa*, portanto, servirá. Toque um lá."

Veda tocou a nota, ele afinou o violino e posicionou a partitura no piano. "Muito bem — toque rápido. Não tarde."

Veda olhou para a partitura, confusa. "É que... o senhor me deu a parte do violino."

"...?"

"Senhor."

"Ah, foi isso mesmo."

Ele examinou a estante por um momento e balançou a cabeça. "A parte do piano está por aí, em algum lugar, mas não consigo localizá-la no momento. Tudo bem, mantenha a parte do violino à sua frente e me acompanhe

172

como puder. Vamos ver — você tem quatro compassos antes de eu entrar. Conte o último em voz alta."

"Senhor, eu não saberia..."

"Comece."

Após uma olhada desesperada para a partitura, Veda tocou hesitante uma introdução longa que terminava em notas agudas. Depois, fazendo o baixo nas teclas graves, ela contou: "Um, dois, três, quatro, e...".

Até Mildred detectou que o violino certamente não era o instrumento do sr. Hannen. Mas Veda manteve o acompanhamento do baixo e quando ele parou repetiu a frase inicial, retomou o baixo e contou para ele entrar de novo. Tocaram por pouco tempo, e Mildred considerou que, pouco a pouco, o resultado melhorava. Uma vez, quando o sr. Hannen parou, Veda omitiu a frase da abertura. Em seu lugar, repetiu o último trecho da melodia que ele vinha tocando. Quando ele entrou novamente, as partes se encaixaram perfeitamente. Ao terminarem, o sr. Hannen pôs o violino de lado e voltou a encarar Veda. "Onde estudou harmonia?"

"Nunca estudei harmonia, senhor."

"Hum."

Ele andou de um lado para outro por algum tempo, e disse: "Certo", num tom reflexivo. Depois começou a falar. "A técnica é simplesmente medonha. Você toca como um xilofone apaixonado por um órgão, mas pode reagir a... ao que fizermos a respeito. E o conceito está abaixo da crítica. Este certamente reagirá bem. Já reagiu um pouquinho, não foi?"

"Sim, senhor."

"Mas... toque aquele trecho de Rachmaninoff outra vez, do jeito que sempre quis tocar."

Veda obedeceu, insegura. Ele se sentou na banqueta a seu lado e baixou a mão enorme sobre as teclas, tocando junto com ela. Mildred sentiu um arrepio pelo modo como ele parecia atingir o coração do piano, descobrindo sons ricos, sombrios, excitantes. Ela notou que ele não parecia mais grosso e peludo, e sim um instrumento de infinita graça. Ele estudou as teclas por um momento e disse: "Suponha que você toque desse jeito. Vai se meter numa encrenca, concorda?" Ele tocou mais alguns acordes. "Para onde iria, a partir daqui?"

Veda tocou mais alguns acordes, e ele cuidadosamente os repetiu. Depois balançou a cabeça. "Sim, poderia ter sido escrito assim. Creio que a versão do senhor Rachmaninoff é melhor — vejo um leve toque de banalidade em sua versão, não concorda?"

"O que é banalidade, senhor?"

"Soa vulgar, barato. Traz em si o cheiro do velho Poeta e Camponês. Toque uma oitava acima e ponha um tremolo aqui e ali, e chegará a *Listen to the Mocking Bird* sem nem se dar conta."

Veda tocou a peça numa oitava acima, incluiu os tremolos, tocou um compasso de *Listen to the Mocking Bird* e ficou muito vermelha. "Compreendo, senhor. Creio que tem razão."

"Mas faz sentido musicalmente."

Isso lhe pareceu tão incrível que ele sentou e permaneceu em silêncio por algum tempo, antes de prosseguir: "Tenho muitos alunos com talento dos dedos, poucos com alguma coisa dentro da cabeça. Sobre seus dedos, Veda, eu não tenho muita certeza. Há algo em seu modo de tocar que não é exatamente... mas vamos deixar isso de lado. Veremos o que pode ser feito. Mas sua cabeça é diferente. Sua leitura de primeira é notável, sinal inequívoco de um músico. E a graça que fiz com você, obrigando-a a improvisar o acompanhamento da gavota — claro, não saiu bom, mas o espantoso foi que você conseguiu fazer isso. Não sei o que me levou a imaginar que poderia, a não ser aquela variação ridícula que incluiu no Rachmaninoff. Sendo assim..."

Ele se voltou para Mildred: "Quero vê-la duas vezes por semana. Darei uma aula de piano — cobro dez dólares por hora, a aula tem meia hora, portanto, serão cinco dólares. E darei outra aula de teoria musical, que será gratuita. Não sei com certeza qual o resultado disso, e não seria justo fazer com que pagasse por meus experimentos. Mas ela vai aprender *alguma coisa*, e pelo menos eliminaremos parte de sua presunção".

Ao dizer isso ele deu um tapa amigável nas costelas de Veda. E acrescentou: "Suponho que não conseguiremos nada, para ser realmente honesto. Muitos são chamados, neste campo, e pouquíssimos são escolhidos, quase ninguém descobre quanto precisa ser bom para valer qualquer coisa. Mas, veremos... Bem, Veda, seu modo de tocar dá nojo. Eu deveria cobrar cem dólares a hora só para ouvir você tocar".

Veda começou a chorar, e Mildred a encarou atônita. Não vira aquela menina fria chorando mais do que três vezes na vida, e contudo lá estava ela, dois filetes escorriam de seus olhos e desciam pelo suéter castanho, onde formavam gotículas prateadas. O sr. Hannen descartou o pranto com um gesto de descaso. "Deixe que se esgoele. Isso não é nada, perto do que vai fazer até eu terminar com ela."

E Veda chorou, ainda se esgoelava quando entraram no carro e seguiram para casa. Mildred segurava sua mão e desistiu de fazer qualquer menção jocosa, por mais leve que fosse, ao problema do "Senhor". Entre soluços incontroláveis, Veda começou a falar. "Ah, mãe, eu temia tanto não ser aceita. E ele... me *quis*. Disse que tenho alguma coisa na minha cabeça. Mãe, na *cabeça!*"

Mildred notou que Veda despertara, que não estava fingindo nada, e que o despertar era precisamente do talento que ela em silêncio acreditara existir durante todos aqueles anos. Foi como se a estrela de Belém aparecesse de repente na sua frente.

Então Monty tinha razão, mas quando Mildred se aconchegou junto a ele certa noite, na saleta, e tentou conversar a respeito, o resultado deixou muito a desejar. Ele acendeu um cigarro e ensaiou seus motivos para acreditar que Veda tinha talento. Eram motivos excelentes, valorizavam Veda, mas de algum modo não acertavam no alvo. Quando ela tentava romper o hábito dele de tratar tudo com impessoalidade cordial, dizendo que era maravilhoso, e que não sabia como ele havia pensado nisso, ele parecia desconfortável com os carinhos dela e a cortava rudemente. Não foi nada, disse. Só fizera o que qualquer um faria se conhecesse a menina, para que dar crédito a ele? Então, como se o assunto o aborrecesse, começou a tirar a meia dela.

Restara porém uma imensa ansiedade no coração de Mildred: ela precisava compartilhar aquele milagre com alguém, e quando já não agüentava mais mandou chamar Bert. Ele foi ao restaurante na tarde seguinte, quando a casa estava deserta e eles puderam ficar sozinhos. Pediu para Arline servir o almoço e contou tudo. Ele já ouvira uma parte de Vovó, que ouvira a versão resumida de Veda, e ficou sabendo da história inteira, com todos os detalhes. Mildred falou sobre o estúdio, o prelúdio de Rachmaninoff, a leitura de primeira, o acompanhamento do violino. Ele ouviu com ar sério, só riu na hora do episódio do "senhor". Ficou pensativo por um longo tempo, quando Mildred terminou. Então, anunciou solenemente: "Ela é excepcional. Excepcional".

Mildred suspirou, contente. Era o tipo de conversa esperado, finalmente. Ele prosseguiu, reconhecendo que ela sempre considerara Veda "artística", e cavalheirescamente confessou que ele mesmo tinha lá suas dúvidas. Não que deixasse de valorizar Veda, claro que não, acrescentou de imediato. Era só que não conhecia ninguém com pendor musical do lado de Mildred ou do seu, e sempre considerara que esse tipo de coisa vinha de família. Bem, isso serve para mostrar que qualquer um de nós pode se equivocar, e, puxa vida, estava contente pelo rumo que o caso tomara. E como! Tendo enfeitado o passado, ele olhou para o futuro. Assegurou a Mildred que ela não precisava se preocupar com os dedos. Vamos supor que ela não se tornasse uma grande pianista. Pelo que ouvira, o mercado estava em baixa, de todo modo. Mas, se fosse como o professor dissera, e ela tivesse talento na cabeça, poderia *escrever* música, e era aí que se ganhava dinheiro de verdade, não fazendo a menor diferença se a pessoa sabia tocar piano ou não. Pense em Irving Berlin, declarou dramaticamente. Ele sabia de fonte autorizada que o sujeito era incapaz de tocar uma nota, mas tinha um milhão de dólares no banco e mais a entrar todos os dias, sem precisar tocar piano nenhum. Não, Mildred não precisava se preocupar com Veda. Pelo que *ele* entendia, a menina tinha tudo, e não tardaria para ela conquistar o estrelato.

Transformar Veda em Irving Berlin, com ou sem um milhão de dólares no banco, não era exatamente o que Mildred tinha em mente para a filha. Já imaginava Veda de vestido verde-claro a combinar com o cabelo ruivo, sentada na frente de um piano de cauda, com mil pessoas no teatro, cruzando com classe a mão direita por cima da esquerda, agradecendo os aplausos retumbantes — mas tudo bem. Era o espírito da coisa. Bert incentivava seus planos para Veda, e Mildred fechou os olhos, respirou fundo. Arline serviu mais café para ele, direto da cafeteira, como gostava. Assim chegaram ao meio da tarde, quando Mildred pôs os pés no chão e perguntou, subitamente: "Bert, posso lhe pedir um favor?".

"Qualquer coisa, Mildred."

"Não foi por isso que o chamei aqui. Mas queria lhe contar. Sabia que você ia gostar de saber."

"Se não foi por isso, por que me chamou?"

"Quero o piano da Vovó."

"Tudo bem. Eles adorarão..."

"Espere um pouco. Não quero de presente, não é nada disso. Só pegar emprestado por um tempo, até eu comprar um piano para Veda que..."

"Tudo bem. Eles..."

"Calma. Entenda bem, vou comprar um piano para ela. Mas um piano do tipo que ela precisa, ou seja, um piano de cauda de verdade, custa mil e cem dólares. Eles fazem a prazo, mas não posso assumir mais uma dívida no momento. O que pretendo fazer é abrir uma conta especial no banco, para economizar dinheiro, e tenho certeza de que no próximo Natal, quer dizer, daqui a um ano, eu poderei comprar o piano. Mas, no momento..."

"Eu gostaria de poder contribuir."

"Ninguém pediu nada."

Ela pegou a mão dele e a acariciou. "Você já fez muita coisa. Talvez tenha esquecido de que me deu a casa, e de tudo que veio antes, mas eu não esqueci. Você já fez a sua parte. Agora é a minha vez. Não me importo com isso, mas gostaria que eles soubessem, a Vovó e o senhor Pierce, que não estou tentando pegar nada deles. Só emprestar o piano, para Veda poder estudar em casa e..."

"Mildred."

"Sim?"

"Você poderia calar a boca?"

"Está bem."

"Está tudo sob controle. Deixe por minha conta."

O piano foi entregue, e no dia 2 de janeiro Mildred foi ao banco e depositou vinte e um dólares, após cálculos cuidadosos, pois aquele valor semanal depositado praticamente chegaria aos mil e cem dólares no final do ano.

Mildred entrou em tal pânico por causa do feriado bancário, bem como de outros projetos assustadores esperados do governo Roosevelt que se iniciava, que mal prestava atenção ao que não fosse imediato. Mas, quando sua apreensão diminuiu, ela percebeu que Monty andava distraído e mal-humorado, perdera a alegria de costume. Num bar, certa noite, o modo assustado como ele olhou para a conta indicou que não tinha muito dinheiro consigo. Numa outra ocasião, quando suspendeu um drinque

que obviamente desejava beber, ela concluiu que ele estava quebrado. Mas foi Veda quem deu o serviço. De volta do restaurante certa noite, ela perguntou a Mildred, de repente: "Já sabe das novidades?".

"Que novidades, querida?"

"A Casa de Beragon sucumbiu. Foi por água abaixo. Deu com os burros n'água."

"Eu já desconfiava de algo no gênero."

Mildred falou depressa, para ocultar o fato de que nada lhe fora dito, e, durante o restante do trajeto para casa, a pé, ficou deprimida por se dar conta de que Monty sofrera reveses financeiros de grande porte sem lhe dizer uma só palavra. Mas a curiosidade logo predominou. Ela acendeu a lareira na saleta, pediu a Veda que se sentasse e pediu detalhes. "Bem, mãe, eu realmente não sei muito a respeito, exceto o que se comenta por toda Pasadena, não se fala noutra coisa. Eles tinham ações, eram de Duenna, a mãe, e de Infanta, a filha. Ações de um banco da costa Leste. Quotas do capital, seja lá o que isso quer dizer. Quando o banco fechou as portas, deu-se a terrível tragédia. O que significa quota de capital?"

"Já ouvi falar nisso, quando os bancos fecharam. Se não houver dinheiro suficiente para honrar os depósitos dos clientes, os acionistas que têm quotas do capital devem se responsabilizar."

"*É isso mesmo*. Isso explica o fato de suas propriedades terem sido bloqueadas, e a viagem delas para Filadélfia, de Duenna e da Infanta, evitando assim a citação. Claro, quando Beragon Brothers, a tradicional Beragon Brothers, fundada em 1893, foi para o buraco, piorou ainda mais."

"Quando isso ocorreu?"

"Há três ou quatro meses. Os plantadores, os fazendeiros que cultivavam as frutas, assinaram contratos com a Bolsa, e foi isso que acabou com a vida de Monty. Ele não tinha ações do banco. Seu dinheiro estava na empresa que negociava frutas, e quando ela afundou a mãe o ajudou. Mas, quando o banco faliu, não sobrou ninguém para ajudar. Puseram um aviso enorme no gramado, 'Vende-se — Urgente'. Monty tem mostrado a casa aos possíveis compradores."

"Quer dizer a casa *deles*?"

"Refiro-me ao palacete residencial na Orange Grove Avenue, com os cães de ferro na entrada e o pavão nos fundos — mas é bom que apareça um comprador logo, ou Monty terá de comer o pavão. E pelo que tudo indica o veterano flanador terá de trabalhar."

Mildred não sabia se estava mais chocada com o que ouvia ou com a completa insensibilidade de Veda. Mas não restava dúvida: Monty não queria sua piedade, por isso durante algum tempo ela comeu com ele, bebeu com ele e dormiu com ele fingindo não saber de absolutamente nada. Contudo, o caso se tornou tão público, com as notícias de jornal sobre a venda de seus pôneis de pólo, o desaparecimento do Cord, trocado por um Chevrolet pequeno e velho, mais um detalhe aqui, outro ali, que ele passou a comentar o assunto. Mas sempre agia como se fosse um percalço momentâneo que logo se resolveria, um aborrecimento enquanto durasse, mas nada de real importância. Nem uma vez sequer permitiu que Mildred se aproximasse dele para consolá-lo, acariciar sua cabeça e lhe dizer que não importava, e fazer as coisas que uma mulher, segundo o esquema de vida dela, deveria fazer nesse momento. Ela sentia pena dele, preocupava-se enormemente com ele. Contudo, sentia também que estava sendo excluída e desprezada. E não conseguia se livrar da sensação de que ele agiria de modo diferente caso a aceitasse como igual, em termos sociais.

Uma noite ela chegou em casa e ele e Veda a esperavam. Estavam na saleta, travando uma discussão animada sobre pólo, que prosseguiu depois que ela se sentou. Pelo jeito um novo time havia sido formado, chamava-se The Ramblers: o primeiro jogo seria em San Diego, e Monty fora convidado para viajar com eles. Veda, especialista nesses assuntos, o estimulava a ir. "Acho melhor eles ar-

180

ranjarem um bom jogador para o time, ou podem parar de chamá-lo de The Ramblers e mudar o nome para Mussolini Inspecionando a Cavalaria, pois será só isso mesmo. Um desfile de cavalos, e eles só acordarão quando o placar estiver lá pelos quarenta a zero."

"Tenho muita coisa a fazer."

"Como, por exemplo?"

"Vários compromissos."

"Não tem nada, e sou boa para adivinhar. Monty, você precisa ir com eles. Se não for, eles perderão feio. Será constrangedor. E eles vão arruinar seus pôneis, simplesmente. Afinal de contas, *eles* têm certos direitos."

Pólo era um mistério para Mildred. Como Monty podia ter vendido seus pôneis e continuar a montá-los escapava a sua compreensão. E, principalmente, ela não entendia por que ele ou alguém os montava. De todo modo, partia seu coração saber que Monty queria ir mas não podia, e isso continuou a incomodá-la bem depois de Veda se recolher. Quando ele se levantou, ela o puxou para mais perto e indagou: "Você precisa de dinheiro?".

"Meu Deus, claro que não."

Sua voz, sua fisionomia e seus gestos indicavam um homem magoado e horrorizado por uma insinuação tão grotesca. Mas Mildred, depois de quase dois anos no ramo dos restaurantes, não era facilmente enganada. Ela disse: "Acho que precisa, sim".

"Mildred, nem sei o que posso lhe dizer... dei azar recentemente, é verdade. Minha mãe... todos nós. Mas envolve pequenas quantias. Ainda... posso me garantir... se é disso que você está falando."

"Quero que você dispute aquela partida."

"Não estou interessado."

"Espere um pouco."

Ela abriu a bolsa e tirou uma nota nova de vinte dólares. Aproximou-se dele e a guardou no bolso de cima do paletó. Ele a tirou, fez uma careta e a jogou de volta para ela. A nota caiu no chão. Ela a apanhou e colocou no colo dele. A careta demonstrou mais contrariedade desta vez, ele ergueu a nota e ia devolvê-la, mas hesitou, e parou, remexendo-a com os dedos, de modo a produzir estalidos secos como um tiro de pistola. Depois, sem olhar para ela, disse: "Tudo bem... vou pagar de volta".

"Como quiser."

"Não sei quando, preciso resolver umas coisinhas primeiro. Mas não demorará. Portanto, se ficar claro que se trata apenas de um empréstimo..."

"Se você prefere assim..."

Naquela semana, graças ao calor do mês de junho, o movimento caiu bastante. Pela primeira vez ela deixou de economizar uma prestação do piano de Veda.

Na semana seguinte, quando ele mudou de idéia e desistiu de ir a um bar clandestino de que gostava, ela pôs dez dólares em seu bolso, e eles saíram. Não demorou nada e ela passou a lhe dar notas de dez e vinte regularmente, quando se lembrava ou quando ele, gaguejando, perguntava se poderia fazer um pequeno empréstimo. O movimento continuava fraco, no final do verão ela conseguira fazer apenas três depósitos na conta da poupança, apesar de seu esforço para economizar. Espantou-se com a quantidade de dinheiro que ele consumia, e lutou contra a crescente irritação com isso. Tentou se convencer de que não era culpa dele, de que ele estava passando pela mesma situação que milhares de pessoas já haviam enfrentado, que continuavam enfrentando. Ela queria se convencer de que seu dever era ajudar alguém, e que seria melhor se esse alguém significasse algo para ela. Também se lembrava de que praticamente o forçara a aceitar dinheiro. Inutilmente. O piano tornara-se uma obsessão para ela, e a possibilidade de não poder adquiri-lo provocava uma frustração enorme que quase a sufocava.

Como ela também era humana, o menosprezo que sofrera pedia vingança. Passou a dar ordens a ele: pedidos tímidos para que levasse Veda até o sr. Hannen, para ela não precisar pegar ônibus, tornaram-se exigências; ela dizia lacônica quando ele podia aparecer e quando voltar, quando deveria jantar no restaurante e quando jantar em casa, e se iria encontrá-lo depois. Em centenas de pequenos gestos ela mostrava seu desprezo por ele aceitar dinheiro, e ele, de sua parte, pouco fazia para melhorar a situação. Monty, surpresa, era igual a Bert. Uma mudança catastrófica ocorrera em sua vida, e ele fora totalmente incapaz de se ajustar a ela. De certo modo, na verdade era pior que Bert, pois Bert vivia num mundo de sonhos, que pelo menos o mantinha cordial. Mas Monty era cínico amador, e os cínicos são cínicos demais para sonhar. Nascera para um modo de vida que incluía gosto, modos e um distanciamento charmoso do dinheiro, como se fosse algo indigno das atenções de um cavalheiro. Mas ele não se dava conta de que tudo isso se baseava em dinheiro: a posse do dinheiro lhe permitia não se preocupar com ele. No mais, seus dias eram dedicados a jogar pólo, uma atividade à qual os jornais davam uma certa importância superficial, e não passava disso. Agora que o dinheiro se fora, mostrava-se incapaz de abandonar o estilo de vida antigo ou descobrir um novo. Tornou-se um depósito de lixo de ficções patéticas, adotando uma postura que por trás só tinha pretensão. Manteve um pouco do que julgava ser seu orgulho, mas esse orgulho não significava nada, e se revelava principalmente no ressentimento cada vez maior contra Mildred. Ele a criticava sempre, zombava de sua lealdade ao sr. Roosevelt, contando que sua mãe conhecia a família Roosevelt inteira, e que considerava Franklin Delano um picareta, uma piada. As brincadeiras sobre o Pie Wagon, antes alegres e ocasionalmente divertidas, ganharam um toque de maldade, e Veda, sempre a reboque, arrematava os comentários com insolência descarada. O trio alegre não era mais alegre.

Então, certa noite, na saleta, quando Mildred colocou mais vinte dólares em seu bolso, ele omitiu a costumeira arenga de pagar um dia. Em vez disso puxou a nota, tocou a testa com ela e disse: "Seu gigolô agradece o pagamento".

"Não achei graça."

"Mas é verdade, certo?"

"Esta é a única razão que o traz aqui?"

"Absolutamente, não. Seja lá como for, na riqueza ou na pobreza, na alegria ou na tristeza, você ainda é a mulher mais gostosa que já comi."

Ele disse isso e soltou uma risada curta, rouca, e por alguns segundos Mildred sentiu um arrepio no corpo inteiro, como se o sangue lhe fugisse. Então seu rosto enrubesceu, ela se deu conta do silêncio pesado que desabara sobre os dois. Seu orgulho exacerbado exigia que respondesse, mas por um bom tempo ela não conseguiu dizer nada. Depois, em voz baixa e trêmula, falou: "Monty, acho melhor você ir embora".

"Qual é o problema?"

"Você sabe muito bem."

"Ora, por tudo que é mais sagrado, eu não sei!"

"Já lhe disse para ir embora."

Em vez de ir, ele balançou a cabeça e iniciou uma dissertação sobre o relacionamento entre os sexos. O conceito principal era que tudo estava bem enquanto houvesse atração; que esse era o vínculo mais forte que poderia haver, e que ele havia feito um elogio a ela, não era difícil de entender isso. Seria alguma objeção a sua linguagem? Se ele dissesse a mesma coisa com floreios, se soasse poético, ela não se incomodaria?

Mas, a cada frase, ele soltava a mesma risadinha rouca, e ela não conseguia dizer nada. Recuperando o controle com muito esforço, ela se levantou para um de seus raros momentos eloqüentes: "Se você me falou isso com a intenção de elogiar, tudo bem. Mas não sei, não. Tudo pode ser elogio, se a pessoa é sincera. Mas, quando me diz isso, e é a única coisa que tem a dizer, não é elogio coisa nenhuma. Foi a pior coisa que já me disseram na vida".

"Ah, então você quer uma cena do tipo eu te amo?"

"Eu quero que você vá embora."

Lágrimas surgiram em seus olhos, mas ela as afastou, piscando. Ele balançou a cabeça, virou-se para ela como se fosse explicar algo a uma criança. "Não estamos falando das coisas. Estamos falando de palavras. Não sou poeta. Não quero ser poeta. Para mim, é tudo brincadeira. Quando digo uma coisa para você do meu jeito, pronto, lá vem a lição de moral. E agora, o que eu faço? Não passa de uma questão de melindre puritano, e..."

"Mentira!"

Seus pulmões estavam cheios de ar agora, tanto que ela temia sufocar. Seu rosto se contraiu num ricto, e os olhos brilhantes lhe davam um ar duro, frio e felino. Sentada, completamente rígida, de pernas cruzadas, ela o encarou enquanto ele a observava, do outro lado da sala. Após uma longa pausa ela prosseguiu, com voz trêmula, passional. "Desde que você me conheceu eu fui apenas uma boa trepada. Você me levou para chalés na montanha e bares clandestinos, mas nunca me apresentou a seus amigos — exceto pelos raros homens que trouxe para jantar algumas vezes — ou a sua mãe, sua irmã ou qualquer membro de sua família. Você se envergonha de mim, e agora que está em dívida comigo tem de dizer o que acabou de dizer, só para não ficar por baixo. Não me surpreende. Eu sempre soube. Agora, pode ir."

"Nada disso é verdade."

"Cada palavra do que eu disse é verdade."

"No que diz respeito aos meus amigos..."

"Eles não significam nada para mim."

"Não me ocorreu que quisesse conhecê-los. Em sua maioria são maçantes, mas, se encontrá-los é tão importante, posso providenciar. No que diz respeito a minha mãe..."

"Ela também não significa nada para mim."

"...No que diz respeito a minha mãe, não posso fazer nada por enquanto, pois ela está fora, assim como minha irmã. Mas você talvez tenha esquecido que seu restaurante a mantém ocupada dia e noite. Marcar uma visita teria sido terrivelmente complicado, por isso fiz o melhor que pude. Levei sua filha a minha casa, e, se souber alguma coisa a respeito de convenções sociais, entenderá que lidei com isso a meu modo, para evitar uma situação incômoda. Sem dúvida minha mãe interessou-se por Veda quanto seria de se esperar — um pouco mais de interesse do que você parece ter, chego a pensar às vezes."

"Não reclamei disso."

No fundo, Mildred sabia que Monty estava sendo tão desonesto com referência a Veda quanto era em relação ao resto. Obviamente ele gostava de Veda, e a considerava uma figura divertida para exibir por aí, sem dúvida por ela ser uma esnobe do mesmo tipo que ele e seus amigos. Além disso, ao fazer essas coisas pela filha, podia evitar tranqüilamente fazer qualquer coisa pela mãe. Mas discutir o caso seria ameaçar a vida encantadora que Veda levava atualmente, e Mildred desviou a discussão para outro lado. "Monty, por que não diz a verdade? Você me despreza por eu trabalhar."

"Ficou louca?"

"Não. Você despreza qualquer um que trabalhe, como praticamente admitiu na primeira noite que passei com você. Tudo bem, eu trabalho. Não é um serviço elegante, mas é o único que sei fazer. Preparo e vendo comida. Mas acho melhor enfiar na sua cabeça que mais cedo ou mais tarde você terá de trabalhar e..."

"Claro que vou trabalhar!"

"Sei. Quando?"

"Assim que conseguir vender a casa e sair do buraco em que nos metemos. Até isso terminar, para mim o trabalho está fora de cogitação. Mas, assim que..."

"Monty, você me dá vontade de rir. Já fui casada com uma incorporadora, não adianta tentar me iludir com essa história de casa e quando vender. Não há nada na transação que a impeça de ser conduzida por um corretor, como qualquer imóvel. Não é por aí. Você prefere morar lá, para ter um endereço na Orange Grove Avenue, preparar seu ovo cozido de manhã, ir de carro até o clube de tarde, jantar aqui com Veda *e pegar o dinheiro de suas despesas comigo* a trabalhar. Resolveu tudo, não é?"

"Claro."

Seu rosto abriu um sorriso amplo, e ele se aproximou, puxando-a com força para abraçá-la. "Prefiro tomar dinheiro de você a tomá-lo de qualquer outra pessoa. Seu gigolô está profundamente satisfeito."

Ela o empurrou, tentou afastá-lo. Mas fora apanhada de surpresa e sua reação não convenceu. Por mais que tentasse, não conseguia resistir à atração física que ele exercia, e quando finalmente cedeu, desfrutou uma hora de prazer vergonhoso e excitante, superior a qualquer outro de que se recordava. Mesmo assim, pela primeira vez sentiu uma pontada de repulsa. Não se esqueceu por um momento sequer de que ele não se oferecera para devolver os vinte dólares, desde que o dinheiro fora mencionado. Eles se despediram amigavelmente, ele pediu desculpa pelo comentário ofensivo, ela disse para ele esquecer o que havia dito, pois estava nervosa e não fizera por querer. Mas os dois fizeram por querer sim, e nenhum dos dois esqueceria.

11

"Amiga, o que você vai fazer a respeito da Revogação?"

"Você fala da Revogação da Proibição?"

"Sim, isso mesmo."

"Ora, não vejo como isso possa me afetar."

"Afeta, e muito."

A sra. Gessler tomava café com Mildred pouco antes da hora de fechar, e começou a falar com muita animação. A Revogação, explicou, era questão de semanas, uma onda que ia carregar todo o ramo de restaurantes na sua crista. "As pessoas andam loucas por um drinque, por uma bebida decente, sem fumaça, éter ou formaldeído, um drinque que possa ser tomado em público, sem precisar dar a senha a um bandido numa portinhola. Os estabelecimentos que saírem na frente vão se dar bem, e quem não se mexer vai ficar para trás. Você acha que tem um belo negócio aqui, certo? Acha que a clientela permanecerá fiel por gostar de você e do frango, por querer ajudar uma mulher batalhadora a se dar bem. Uma ova. Quando descobrirem que você não vai servir o que desejam beber, vão fugir correndo e ficar longe. Vão considerar isso tudo ultrapassado e correr para um lugar onde possam pedir o que desejam. Sua sorte vai acabar."

"Você está querendo dizer que eu devo vender *bebidas*?"

"Qual é o problema? Vai ser legalizado, certo?"

"Eu nunca poderia fazer uma coisa dessas."

"Por que não?"

"Você acha que eu quero ter um *saloon*?"

A sra. Gessler acendeu o cigarro e ficou batendo a cinza no cinzeiro mexicano de Mildred, impaciente. Depois passou a acusar Mildred de preconceito, de estupidez, de ficar para trás e não aproveitar a onda. Mildred, incomodada por alguém lhe dizer como dirigir seu negócio, rebatia tudo, mas para cada argumento seu a sra. Gessler tinha dois outros. Insistia que a bebida, quando voltasse, não seria igual ao esquema antigo. Seria respeitável, faria com que o ramo de restaurantes decolasse. "Isso está prejudicando os restaurantes desde a guerra. Você acha que tem sorte de faturar oitenta e cinco centavos por um jantar, mas se pudesse servir um drinque ganharia um dólar, talvez mais. Amiga, você não está sendo razoável, e está me deixando preocupada."

"Mas eu não entendo nada de bebida."

"Eu entendo."

O jeito de falar da sra. Gessler sugeria que era aí que ela queria chegar desde o começo, pois acendeu outro cigarro, olhou firme para Mildred e prosseguiu: "Agora escute: você sabe, eu sei e todo mundo sabe que Ike é motorista de caminhão, e pau para toda obra. Mesmo assim, a Revogação vai atingi-lo em cheio. Precisamos arranjar alguma coisa para fazer, e logo, até ele se reorganizar. Ou seja, eu vou ter de tomar providências. Como vai ser? Você compra a bebida e eu tomo conta para você, levo dez por cento das vendas que eu fizer, mais gorjetas, se e quando deixarem gorjeta, se e quando eu não estiver orgulhosa demais para pegá-las — e isso é improvável, amiga. Impossível, na verdade".

"Você? Cuidando do bar?"

"Por que não? Sou boa demais nisso."

Mildred achou tão engraçado que riu até uma costura do corpete abrir. Apesar de tanto trabalho e das preocupações e dos cuidados, ela estava engordando um pouco. Mas a sra. Gessler não riu. Estava falando sério, e nos dias seguintes atormentou Mildred ininterruptamente. Mildred ainda considerava a idéia absurda, mas nas idas ao centro para entregar tortas ela passou a prestar atenção no que ouvia. E, à medida que os estados, um a um, aprovavam a Revogação, ela não escutava nada além disso: todos os proprietários, do sr. Chris aos donos das grandes cafeterias, se perguntavam atônitos o que fazer, e ela começou a sentir medo. Precisava conversar com alguém, e nesses assuntos não confiava muito em Bert e nem um pouco em Monty. Por súbita inspiração, telefonou para Wally. Ela o via sempre, por causa das questões referentes ao imóvel que ocupava, mas o relacionamento anterior, graças ao desvios curiosos da mente humana, fora completamente apagado por consenso tácito, de modo que jamais existira. Wally apareceu certa tarde, ouviu Mildred explicar seu dilema, e balançou a cabeça. "Não sei por que você está tão preocupada e receosa. Claro que vai vender bebida."

"Você acha que serei obrigada, para não perder meu negócio?"

"Eu quero dizer que *tem dinheiro grosso* aí."

Ele a olhou com aquele ar familiar, ao mesmo tempo vago e ganancioso, e o coração dela disparou. Era a primeira vez, por algum motivo, que esse aspecto do problema surgia para ela. Ele prosseguiu, meio contrariado com tanta estupidez: "Mas que diacho! Cada dose que você servir dará um lucro aproximado de oitenta por cento, mesmo pagando caro pela bebida. E atrairá mais gente para as refeições. Se Lucy Gessler quer assumir essa parte, tudo bem. Se ela não conhece bebida, então ninguém conhece. Pode começar, e logo. Vai ser muito rápido. E acrescente logo ao seu luminoso a palavra *Coquetéis*. É só o que estão esperando. Ponha uma estrela vermelha na frente, para todos saberem que *você* sabe quanto a bebida é importante".

"Vou precisar de algum tipo de licença?"

"Pode deixar que eu cuido disso para você."

Quando a sra. Gessler a procurou novamente, o estado de espírito de Mildred era outro. Ela aprovou a sugestão de Wally para o luminoso, e passou a tratar com frieza dos preparativos obrigatórios. "Vou precisar de um bar, mas não há espaço para montar um até fazermos a reforma, por isso terei de me virar com um portátil. Será um carrinho que eu possa levar de mesa em mesa — igual ao que os outros estabelecimentos usarão temporariamente. Precisará ser feito sob medida e custará uns trezentos dólares. Precisarei de uns duzentos dólares para o estoque das bebidas. Deveria pegar mais, no entanto não conseguirei muita coisa no começo. Depois quero duas poltronas de couro e uma mesinha na entrada. Entre as visitas às mesas poderei atender o pessoal ali, servirei muitos drinques a quem estiver esperando mesa no salão. Vou precisar de um cumim só para mim. Pancho, seu funcionário, tem um amigo que talvez sirva, chamado Josie. Ele não estará disponível para serviços gerais, pois precisará lavar copos para mim o tempo inteiro, e lavar do jeito que eu quero que sejam lavados, além de pegar cerveja na geladeira quando eu pedir, pôr o vinho que a gente conseguir para gelar, não vai ter tempo para mais nada, só para me ajudar. Preciso também de um jogo de copos altos para drinques, outro de vinho. Aí veremos. Você precisará de comandas especiais para a conta do bar, separadas das outras. É o único jeito de controlar o movimento. Por enquanto, creio que é tudo."

"Quanto, no total?"

"Uns quinhentos dólares, para começar — bar, copos, mobília, comandas. A bebida sairá por mais de quinhentos, mas você só precisará pagar na segunda-feira seguinte à entrega, quando já terá um bocado de dinheiro em caixa."

Mildred engoliu em seco, disse à sra. Gessler que daria uma resposta no dia seguinte. Passou a noite em claro, e sua mente analisou a proposta, pensando em como conseguir quinhentos dólares. Mantinha uma pequena reserva de duzentos ou trezentos dólares, mas não queria mexer nela, pois a experiência mostrava, infelizmente, que as emergências surgiam constantemente, sempre a exigir dinheiro vivo. Pensou muito até que sua mente levou em conta o único jeito de conseguir o dinheiro: roubar a conta especial para o piano de Veda. Tinha atualmente quinhentos e sessenta e sete dólares, e no momento em que pensou nisso tentou não pensar, e voltou aos esquemas absurdos para arranjar dinheiro. Mas logo percebeu o que teria de fazer. Veda não ganharia o piano naquele Natal. Uma vez mais, a raiva a sufocou — não da sra. Gessler, nem da Revogação ou das circunstâncias que tornavam aquele investimento necessário, mas de Monty, do dinheiro que ele custava, dos infinitos dez e vinte dólares que poderiam ter resolvido o problema dela. Chegou a tal ponto de ansiedade que precisou se levantar, vestir um quimono e preparar uma xícara de chá para se acalmar um pouco.

Mildred acordou na manhã de Natal com uma excepcional ressaca. Fora uma noite muito boa para seu pequeno restaurante, pois o bar, inaugurado no dia 6 de dezembro, superara todas as expectativas. Não apenas faturava somas consideráveis como atraíra mais e melhores clientes para o jantar. A sra. Gessler, de calça comprida de gabardine do mesmo vermelho atijolado do uniforme das garçonetes e jaqueta branca com botões de latão, usando fita vermelha no cabelo, parecia atrair a simpatia da clientela, e certamente sua habilidade atendia aos mais exigentes. As gorjetas aumentaram, e quando a comemoração começou na cozinha foi inigualavelmente animada. Hans, o padeiro, estava em sua noite de folga, mas apareceu e decretou o início da festa ao apalpar a perna de Sigrid, a moça sueca que Mildred contratara por causa da boa aparência, acima de tudo, para descobrir que ela era uma das melhores garçonetes que já vira. Depois, por uma questão de imparcialidade, ele alisara as pernas de Arline, Emma e Audrey. As duas últimas haviam sido contratadas no dia

192

seguinte à inauguração, para evitar a possibilidade de outra sobrecarga. Pancho e Josie se uniram ao grupo, mas sentaram um pouco afastados, nem muito dentro nem muito fora da farra; e a sra. Kramer, a assistente de cozinheira que Mildred estava treinando. Carl fez questão de não participar, era um adolescente de dezessete anos que guiava a perua de entrega de segunda mão que Mildred adquirira e pintara de cor creme, com os dizeres "*Mildred Pierce — Tortas*" em grossas letras vermelhas na lateral. Ele se concentrou nos sorvetes e bolos, olhando os esforços de Hans com profunda desaprovação, para imenso delírio de Arline, que gritava repetidamente que ele estava aprendendo "os fatos da vida".

Mildred sentou-se com eles, ofereceu vinho e uísque e tomou duas ou três doses. Graças à bebida e aos agradecimentos pelos dez dólares que dera a cada um, ela se tornou tão sentimental que a decisão de não dar absolutamente nada a Monty de presente de Natal arrefeceu. Primeiro ela tirou as orquídeas da geladeira e as colocou, sob aplausos entusiasmados. Depois tomou outra dose, foi até o caixa e pegou quatro notas de dez. Guardou-as num envelope e escreveu na frente "Feliz Natal, Monty". Depois, ao saber que a sra. Gessler havia chegado, foi até o salão, cambaleando de leve, e o chamou para conversar lá fora, ostensivamente. Sob as árvores ela pôs o envelope no bolso dele e agradeceu as orquídeas, dizendo que eram as mais lindas que já ganhara. Convidou-o a sentir seu perfume. Rindo um pouco, obviamente animado com a condição dela, ele explicou que as orquídeas não tinham cheiro. "Mas cheire, de qualquer maneira." E ele as cheirou, reiterando que as orquídeas não possuíam perfume, mas que seu cheiro era ótimo. Ela balançou a cabeça, satisfeita, e o beijou. Levou-o em seguida para dentro, onde Bert, Wally, a sra. Gessler e Veda ocupavam uma mesa, fazendo sua própria celebração.

Contudo, a noite terminou com uma nota desagradável: Monty e Veda começaram a cochichar e caíram na gargalhada por causa de uma piada que só eles sabiam. Mildred ouviu as palavras "chinfrinice dos serviçais" e concluiu, provavelmente com razão, que riam da comemoração na cozinha. Ela despejou uma longa arenga embriagada sobre os direitos dos trabalhadores, e como quem trabalhava para viver era tão bom quanto qualquer outra pessoa. Wally tentou acalmá-la e a sra. Gessler também, mas não adiantou nada. Ela prosseguiu até cansar, revoltada. Então, contraditoriamente, foi até a cozinha e perguntou como as pessoas conseguiam se divertir com tamanha gritaria. O resultado foi cair a cortina, na frente e nos fundos.

Pela manhã ela se levantou e se vestiu, lamentando amargamente a bronca e mais ainda as quatro notas de dez que seguiram as predecessoras no rumo do ralo sem fundo. Concedera o dia de folga a Letty, por isso foi para a cozinha e preparou um café preto. Ao ouvir o ruído de água corrente no banheiro de Veda, percebeu que precisava correr. Entrou no quarto, pegou uma pilha de pacotes no armário e os levou para a sala. Rapidamente os distribuiu em volta da base da árvore, que já havia sido montada e decorada. Pegou seu presente para a filha e o admirou. Era um relógio de pulso. Adiara sua compra até o último momento, torcendo para que os lucros do bar lhe permitissem comprar o piano de cauda. Mas o imprevisto não tardou. Durante os primeiros dias confusos da Revogação a sra. Gessler encontrou muita dificuldade para comprar bebida, e precisou pagar à vista pela maior parte. A esperança se foi e no último minuto Mildred correu até o centro para comprar o mimo por setenta e cinco dólares. Ela o aproximou do ouvido e ouviu o tiquetaque suave, que não soava como um piano de cauda. Desolada, embrulhou o relógio, acrescentou um cartão sob a fita e o colocou ao lado do presente de Bert, debaixo da árvore.

Ela mal havia se levantado para observar o efeito geral quando ouviu uma batida na porta e Veda perguntou, na mais melosa das vozes natalinas: "Posso entrar?". Mildred conseguiu sorrir de leve e abrir a porta. Veda pulou em cima dela e a cobriu de beijos, desejando um feliz Natal "à minha mamãe querida!". Tão subitamente como começaram os beijos cessaram, bem como os cumprimentos. Veda olhava para o piano dos Pierce, e pela expressão em seu rosto Mildred percebeu que alguém lhe falara do piano de cauda. Bert, Monty ou o caixa do banco. E ela esperava encontrá-lo ali, como a grande surpresa da manhã de Natal.

Mildred umedeceu os lábios, abriu a boca e tentou explicar, mas viu que não conseguiria, pela frieza do olhar de Veda. Nervosa, disse algo sobre haver muitos presentes, seria melhor que Veda fizesse uma lista para saber quem havia dado o quê. Veda não respondeu, abaixou-se e passou a tirar as fitas. Quando chegou ao relógio de pulso, ela o examinou com desinteresse e o pôs de lado sem comentários. Mildred voltou ao quarto, deitou-se na cama e tentou parar de tremer. Mas o tremor não passou. A campainha tocou após algum tempo e ela ouviu a voz de Bert. Ao voltar para a sala ouviu Veda agradecer com entusiasmo a bota de montaria que ganhara dele, e chamá-lo de "papai querido". Seguiu-se uma cena familiar melosa, na qual Bert dizia que a bota poderia ser trocada se não fosse do tamanho certo, enquanto Veda a experimentava. Ficaram perfeitas, Veda disse, e afirmou que não as tiraria mais o dia inteiro. Que ia até dormir com elas.

Mas Veda nem olhava para Mildred, que continuava a tremer. Em poucos minutos Mildred já perguntava se Bert estava pronto, e ele disse que estava às ordens. Foram até a cozinha pegar as flores que levariam ao túmulo de Ray, mas Bert fechou a porta rapidamente. Apontou o polegar para a sala e perguntou: "Qual é o problema? Ela está doente?".

"É por causa do piano. Não consegui comprá-lo para este Natal, pois investi no bar e tive muitas despesas. E alguém fez o favor de dizer a ela."

"Não fui eu."

"Não o acusei."

"O que você deu a ela?"

"Um relógio de pulso, pequeno, do tipo que estão usando agora, mas ela nem sequer..."

O tremor chegara à boca de Mildred, e ela não conseguiu terminar. Bert a abraçou, passou-lhe a mão na cabeça. E quis saber: "Ela vai conosco?".

"Não sei."

Eles saíram pela porta dos fundos, para pegar o carro na garagem, e Mildred foi dirigindo. Enquanto davam ré, no acesso, Bert pediu que esperasse um pouco. Tocou a buzina, e após alguns segundos tocou de novo. Não houve resposta de dentro da casa. Mildred recuou até a rua e eles seguiram para o cemitério. Mildred circulou com cuidado, lá dentro, para não incomodar as centenas de pessoas que também estavam no local. Quando chegaram ao jazigo dos Pierce, ela parou e os dois desceram. Pegaram as flores e caminharam até a pequena lápide que fora colocada pelos Pierce pouco tempo antes. Era de mármore branco, com o nome e as datas da breve vida. Bert resmungou: "Eles queriam incluir uma citação, 'Vinde a mim as criancinhas', algo assim, mas eu me lembrei de que você prefere as coisas mais simples".

"Gostei do jeito que ficou."

"Outra coisa que eles queriam pôr era 'Homenagem de seus avós adorados, Adrian e Sarah', mas eu cortei a idéia. 'Ei, tenham calma. O nome de vocês constará desta floresta de mármore logo mais, não precisam pegar carona na lápide alheia'."

Mildred riu da idéia, e um pouco à frente uma criança começou a rir também. Ela sentiu um nó na garganta, e Bert se afastou rapidamente. Ali parada Mildred percebia sua presença atrás de si, andando de um lado para o outro. Ela passou muito tempo no local. Depositou as flores no túmulo, olhou pela última vez, virou e pegou no braço dele. Bert segurou sua mão e a apertou com força.

Quando Mildred chegou em casa encontrou Veda exatamente onde a deixara: na poltrona ao lado da árvore-de-natal, de bota, olhando com raiva para o piano de armário dos Pierce. Mildred sentou-se e abriu o presente que Bert trouxera, um vidro de geléia de morango da sra. Biederhof. Por um momento, exceto pelo farfalhar do papel, reinou o silêncio. Então, com sua voz mais clara e afetada, Veda disse: "Meu Deus, como odeio este chiqueiro".

"Alguma objeção em particular?"

"Ora, minha mãe, claro que não, absolutamente — espero que não comece a mudar a mobília de lugar para me agradar. Não há nada em particular. Apenas odeio cada detalhe medonho, cada peça ridícula, e se esta casa pegasse fogo amanhã, eu não derramaria uma lágrima furtiva do Elixir do Amor, de Gaetano Donizetti, mil e setecentos e noventa oito, mil oitocentos e quarenta e oito."

"Compreendo."

Veda pegou o maço de cigarro que Mildred mantinha à vista para Monty, acendeu um e jogou o fósforo no chão. Mildred fechou a cara. "Apague este cigarro e pegue o fósforo do chão."

"Pego coisa nenhuma."

Mildred levantou-se, mirou cuidadosamente e deu um tabefe na cara de Veda, com força. Quando se deu conta estava tonta, dos pés à cabeça, e precisou de alguns segundos para entender que o zumbido no ouvido resultava de um tapa de Veda, que revidara. Soprando fumaça na cara de Mildred, Veda prosseguiu em seu tom frio insolente: "Glendale, Califórnia, terra das laranjeiras, de Mignon, por Ambroise Thomas, mil oitocentos e onze, mil oitocentos e noventa e seis. Sessenta quilômetros quadrados de absolutamente nada. Um refúgio de alta classe para pessoas seletas, donos de postos de gasolina, fábricas de móveis, mercadinhos e carrinhos de torta. O jardim do mundo, aos olhos dos porcos. Um buraco para bóias-frias!".

"Onde você ouviu isso?"

Mildred se sentou, erguendo os olhos ao escutar as últimas palavras. Conhecia o vocabulário de Veda, e sabia que a expressão não fazia parte dele. Como resposta, Veda aproximou-se e disse em seu ouvido: "Pobre coitada. Acha que ele se casaria com você, idiota?".

"Se eu quisesse, casaria."

"Ah! Macacos me mordam, e que os céus ecoem meu riso cínico, de Pagliacci, de Ruggiero Leoncavallo, mil oitocentos e cinqüenta e oito, mil novecentos e dezenove. Se você quisesse! Perdoe-me enquanto recupero minha compostura abalada. Estúpida, não sabe o que ele vê em você?"

"A mesma coisa que você, suponho."

"Não — são suas pernas."

"Ele lhe disse isso?"

"Com toda a certeza."

Os modos de Veda indicavam que saboreava a consternação de Mildred. "Claro que ele me disse isso. Somos amigos íntimos, e tenho uma visão madura a respeito do assunto. Realmente, ele fala muito bem de suas pernas. Desenvolveu uma teoria a respeito delas. Diz que o avental listrado foi a maior provocação já inventada pelas mulheres para torturar os homens, e que as melhores pernas são encontradas nas cozinhas, e não nas salas. 'Nunca pegue a patroa, se puder agarrar a empregada', como ele costuma dizer. E outra coisa, ele disse que uma subalterna é sempre agradavelmente grata, não exige muito e não tem sonhos absurdos de casamento e outras atividades exasperantes. Devo dizer que considero suas teorias sociais fascinantes."

Veda prosseguiu no mesmo tom por algum tempo, batendo a cinza do cigarro, e quando este terminou, acendeu outro e jogou o fósforo no chão. Mildred considerava aqueles insultos um monte de lixo. Estava abismada com a noção de que aquele homem, a quem aturava por aproximá-la de Veda, zombava dela pelas costas o tempo inteiro, escarnecendo de seu relacionamento mais íntimo com ele, pondo a filha contra ela. Mildred sentia que se desmanchava, como se fosse feita de gelatina. Finalmente as palavras adquiriram sentido e ela ouviu Veda dizer: "Afinal de contas, minha mãe, mesmo em seu momento mais sombrio, Monty continua exigindo sapatos sob medida".

"Só podiam ser, pago uma fortuna por eles."

Mildred disse isso com rancor, e por um segundo arrependeu-se. Mas o cigarro, subitamente parado no ar, revelou que isso era novidade para Veda, uma notícia horrível, e sem maiores arrependimentos ela desfrutou sua vantagem: "Você não sabia disso, não é mesmo?".

Veda a encarou, incrédula, e resolveu levar na brincadeira. "Você paga os sapatos dele? Macacos me mordam...".

"Paguei sapato, camisa, bebida e tudo que ele consumiu nos últimos meses, inclusive a inscrição nas partidas de pólo. E você não precisa mais falar em macacos que mordem nem recitar datas de óperas. Se quiser ver datas, tenho tudo anotado, com o valor exato ao lado de cada uma. Senhorita Pierce, você cometeu um pequeno erro. Não são minhas pernas que o atraem, é o meu dinheiro. E, enquanto for assim, veremos quem é o serviçal e quem é o patrão. Vale a pena você saber que é por isso que ele se mostra tão seu amigo. Ele não a leva para as aulas de música porque quer. Na verdade, vive reclamando disso. Ele leva porque eu mando. E, por mais surpreendente que lhe possa parecer, ele se casaria comigo sim, ou faria qualquer coisa que eu ordenasse, para que sua aristocrática e orgulhosa barriga não roncasse de fome."

Mildred levantou, e seu jeito altivo por um instante lembrou Veda. "Portanto, como pode ver, o que ele vê em mim é a mesma coisa que você vê, certo? E, infelizmente, você está exatamente na posição em que ele está. Precisa fazer o que eu mando. A mão que segura o dinheiro também empunha o chicote. Não haverá mais dinheiro para você, nem um centavo, enquanto não se desculpar por tudo que disse e fez."

Veda reagiu abandonando a pose arrogante para se tornar uma adolescente escandalosa de catorze anos, e abrir o berreiro. Mildred ouviu friamente a gritaria, observou os chutes que ela deu no piano dos Pierce, com a bota de montaria. "E você vai estudar neste piano até eu resolver quando comprar outro."

Veda gritou até não mais poder, depois se sentou ao

piano e começou a tocar o Can-Can do Orfeu. Mildred não sabia o que era, mas compreendeu que era um trecho obsceno, vulgar. Pegou o casaco, saiu de casa e rumou para o restaurante.

No que dizia respeito a Monty, Mildred sabia que chegara ao final do relacionamento, mas não fez nada a respeito de imediato. Ela o recebeu como sempre, quando ele passou pelo restaurante naquela noite, e nas duas ou três noites seguintes. Chegou a aceitar seus abraços, desfrutando uma curiosa satisfação da idéia de que o acesso dele às melhores pernas logo ia acabar. A interrupção do fornecimento de dinheiro abriu os olhos de Veda como nenhuma surra fora capaz, e Mildred a perdoou com toda a sinceridade, após uma cena lacrimosa três dias depois do Natal. Tornara-se quase automático para ela justificar qualquer maldade de Veda, por mais flagrante que fosse a afronta. Em sua concepção, a culpa cabia apenas a Monty, e ela sabia exatamente como lidar com ele, e quando. Seria na festa de Ano-Novo para a qual ele a convidara uma semana antes. "Pensei em convidar Paul e Louise Ewing, jogadores de pólo, acho que vai gostar deles. Podemos nos encontrar em minha casa por volta das dez, tomar um drinque e depois ir ao Biltmore para a comemoração."

Era um esforço óbvio de matar dois coelhos com uma cajadada só, tornando relativamente plausível o que ele dissera a respeito da falta de tempo de Mildred, e ao mesmo tempo apresentá-la a amigos, como se quisesse dizer que poderia ter feito isso antes se a noitada oportuna tivesse surgido. Ela considerou a atitude uma mudança de postura, e a aceitou. Na verdade, fez mais do que aceitar. Consultou a sra. Gessler a respeito do traje adequado, ansiosa, foi ao Bullock's e comprou um vestido de noite. Depois enfrentou uma verdadeira agonia por causa do casaco. Ela não tinha casaco de pele, e a perspectiva de debutar no mundo do mink com seu desbotado capo azul a assombrava pavorosamente. Mas a sra. Gessler, como sempre, resolveu o problema. Conhecia uma senhora que possuía um casaco de brocado. "Uma peça espetacular, amiga, rosa acinzentado, combina perfeitamente com seu cabelo. Na verdade, é um casaco chinês de mandarim, mas foi refeito, não tem preço. Não se pode comprar nada assim por aqui. Será a maior sensação da festa, mesmo no Biltmore. E ela está dura. Precisa de dinheiro. Vamos ver o que se pode fazer."

Por vinte e cinco dólares Mildred conseguiu o casaco, e quando o vestido chegou ela perdeu o fôlego ao ver o efeito geral. O vestido era azul-claro, refletia um pouco no rosa do casaco, ela brilhou com as cores delicadas que sua cútis clara pedia. Comprou meia dourada e sapato dourado, seu pânico transformou-se em complacência presunçosa. Tudo isso aconteceu antes do Natal, e a escolha da festa de Ano-Novo para romper com Monty talvez tenha sido provocada pela determinação pragmática de não desperdiçar um traje tão bonito, bem como a plena noção dos quarenta dólares gastos na brincadeira. Contudo, nenhum desses motivos práticos toldou sua consciência virtuosa. Uma decisão precisava ser tomada, apenas, e o Ano-Novo era um bom momento para ela. Enquanto ensaiava mentalmente a cena, ela se tornou clara, detalhada, e Mildred soube com exatidão como deveria conduzi-la. No Biltmore ela se mostraria animada, dançaria, mostraria seu entusiasmo, contaria a história de Harry Engel e das âncoras. De volta à casa de Monty, esperaria até que os Ewing fossem embora, e então, quando ele a convidasse para entrar, ela recusaria e entraria no carro. Quando ele a olhasse surpreso, proferiria um rápido discurso. Não mencionaria Veda, dinheiro ou pernas. Apenas diria que tudo acaba um dia, e o encararia como se esse momento tivesse chegado. Fora agradável, ela apreciara sua companhia, cada minuto que passaram juntos, desejava-lhe tudo de bom neste mundo, e certamente esperava que ele a considerasse uma amiga. Nesse momento ela se via estendendo a mão, graciosamente, e, se ele ficasse lá parado sem saber o que fazer, daria a partida no motor.

A idéia toda era meio exagerada, e por certo idealizada, mas ela continuava a imaginar. Afinal de contas era sua vingança, e sem dúvida tinha direito de conduzi-la a seu bel-prazer.

O dia amanheceu nublado na Califórnia, em 31 de dezembro de 1933, e antes de a manhã terminar já chovia de leve. No meio da tarde relatos urgentes interromperam o noticiário: deslizamentos nos morros, famílias inteiras evacuadas de vilarejos, aqui e ali, estradas bloqueadas, trens presos no Arizona, esperando a liberação da ferrovia. Mas em Glendale, exceto pela água que caía e pelos detritos carregados pela enxurrada, nada de assustador acontecia, e Mildred considerou a tempestade um empecilho, algo prejudicial ao movimento, mas nada digno de preocupação. Por volta das cinco da tarde, como a chuva não parava, ela disse à sra. Kramer que parasse de cortar os frangos, pois ninguém apareceria para jantar, e que eles poderiam esperar até o dia seguinte. Quando Arline, Emma e Audrey ligaram, sucessivamente, para dizer que não iam trabalhar, ela não deu importância. Quando Sigrid chegou, pediulhe que lavasse os talheres.

Monty ligou por volta das seis, para saber se ela estava pensando em desistir. Rindo, Mildred perguntou: "Por quê?".

"Bem, está chovendo um pouquinho."

"Você está querendo dizer que desistiu?"

"Não, de jeito nenhum. Só estou bancando o perfeito anfitrião, dando a última chance de você mudar de idéia."

"Imagine, este chuvisco não é nada."

"Então estou esperando você."

"Por volta das dez."

Nenhum cliente apareceu até as sete e meia. A sra. Gessler sugeriu abruptamente que fechassem as portas, e passou a ajudar Mildred a se vestir, como se ela fosse maluca o bastante para ir à tal festa. Mildred concordou e dedicou-se aos preparativos para fechar as portas. Ela, a sra. Gessler, a sra. Kramer, Pancho, Josie e Sigrid riram ao descobrir que não havia preparativos — nenhuma louça para lavar, nenhuma garrafa para descartar, nenhum dinheiro para contar. Mildred simplesmente apagou a luz e trancou a porta, os outros se espalharam pela noite, lentamente, enquanto ela e a sra. Gessler pegavam o carro e seguiam para Pierce Drive. Soprava um vento forte, havia pedras na rua, mas não passava disso. Mildred estacionou perto da porta da cozinha e correu para dentro, depois estendeu a mão para a sra. Gessler.

Surpresa, encontrou Letty e Veda ali. Letty estava com medo de voltar para casa, e timidamente perguntou a Mildred se podia passar a noite com ela. Veda, que deveria ter ido havia muito para a festa dos Hannen, onde jantaria e dormiria, disse que a sra. Hannen telefonara avisando que a festa fora adiada. A sra. Gessler olhou firme para Mildred, que seguiu calmamente para o quarto e começou a tirar o uniforme.

Mildred, às nove horas, já estava maquiada, perfumada e arrumada até atingir o estado de semitransparência que uma mulher parece atingir quando se arruma para sair. O cabelo, após a escova da véspera, estava suave e macio; o vestido, ajustado até a última dobra e prega; o rosto assumira a aparência de peixe que caracteriza o estágio final de tais ritos. Letty ficou abismada, e até Veda admitiu que "você está realmente linda, mãe". Mildred parou na frente do espelho grande, para a crítica inspeção final, mas a sra. Gessler saíra para dar uma espiada definitiva na noite. Quando voltou, sentou-se na cama e olhou desanimada para Mildred. "Odeio dizer isso, depois de todo o trabalho que tivemos, mas você não deveria ir à tal festa."

"Por quê?"

"Porque chove demais. Ligue para aquele idiota e avise que não vai mais."

"Não posso."

"Ele compreenderá. Vai dar graças a Deus."

"O telefone foi cortado."

"Não admira. Mande um telegrama. Só entregarão amanhã, mas provará que você tem bons modos."

"Eu vou."

"Amiga, não dá!"

"Já falei que vou."

Irritada, a sra. Gessler ordenou a Veda que buscasse a capa de chuva que usava para ir à escola e a galocha. Mildred protestou, mas quando Veda surgiu com a capa, a sra. Gessler entrou em ação. Prendeu o vestido de Mildred com alfinetes de segurança, ficou parecendo uma faixa na altura dos quadris, com um pouco de pano branco da combinação aparecendo. Depois fez com que calçasse a galocha por cima do sapatinho dourado, vestisse o casaco e a capa de chuva. Arranjou um lenço, com o qual cobriu a cabeça de Mildred. De repente, Mildred fora transformada numa imitação de Topsy,* e despediu-se carinhosamente de todos. Foi até a porta da cozinha, saiu na chuva para abrir o carro. Entrou, ligou o motor e acionou o limpador de pára-brisa. Ajeitou o vestido. Acenando alegremente para os três rostos ansiosos à porta, engatou a marcha e deu ré até chegar à rua.

Ela ria, percorrendo Colorado Boulevard. Protegida por dois casacos, com o motor a roncar suavemente e o limpador tiquetaqueando no vidro, ela achava divertido as pessoas se incomodarem tanto por causa de uma chuvinha.

No rumo de Eagle Rock ela foi parada por dois homens com lanternas na mão. Um deles se aproximou e perguntou com voz rouca: "Pasadena?".

"Sim."

"Não vai conseguir passar. Só se desviar."

(*) Jovem escrava de *A cabana do Pai Tomás*, novela de Harriet Beecher Stowe, 1852. (N. T.)

"É mesmo? E por onde devo ir?"

Ele tirou o chapéu, bateu na aba para tirar a água e o colocou novamente antes de dar instruções complicadas de um caminho até o alto do morro, seguindo pela parte alta até retornar ao Colorado Boulevard. "Tomara que não pegue nenhuma queda de barreira. Mas, se me permite dizer, senhora, se não precisar ir até lá esta noite, o melhor é dar meia-volta."

Mildred, perfeitamente familiarizada com o caminho, retomou sua jornada. Chegou a um deslizamento onde parte do morro cobrira a rua, mas uma pista ainda estava desobstruída e ela conseguiu passar com facilidade. Retornou à Colorado Road num ponto próximo à ponte alta, muito popular entre os suicidas na época, e a atravessou espalhando água. Na rotatória ela entrou à direita na Orange Grove Avenue. Exceto por alguns galhos caídos na pista, e muitas folhas, dava para passar. Ao percorrer as vias naquela noite escura, riu mais uma vez da preocupação descabida das pessoas.

No pórtico da mansão dos Beragon havia uma luz acesa. Ela passou pelos pilares e seguiu pelo acesso ladeado de árvores frondosas, cães de ferro e uma urna de mármore. Estacionou na porta, e mal desligara o motor quando Monty saiu de smoking, olhando-a como se não acreditasse no que via. Depois gritou-lhe algo, entrou em casa e saiu carregando um guarda-chuva de porteiro enorme numa das mãos e um oleado gigantesco na outra. Jogou o oleado por cima do capô, para evitar que a chuva molhasse o motor. Abriu o guarda-chuva para ela, que saltou para o pórtico. Ele disse: "Meu Deus, eu não imaginava que você viria. Nem me passou pela cabeça".

"Você acendeu a luz e se arrumou. Se não aparecesse eu ia querer saber quem você estava esperando."

"Isso foi antes de eu ligar o rádio e ouvir as notícias. As coisas estão péssimas. Afinal, como você chegou aqui?

Faz uma hora que não ouço nada além de histórias de pontes interditadas, ruas bloqueadas, cidades inteiras inundadas, e mesmo assim você conseguiu chegar."

"Não acredite em tudo que ouve."

Lá dentro Mildred entendeu a razão para o oleado que surgira tão rapidamente, como se o mantivesse à mão em caso de necessidade. A casa inteira estava coberta por panos grossos que cobriam a mobília e até os quadros. Ela sentiu um arrepio ao olhar para a sala enorme escura, e ele riu. "Assustador, não é? Lá em cima não está tão ruim." Ele a levou para o andar superior pela escada monumental, acendendo as luzes, que apagava assim que ela passava. Nos quartos amplos a mobília estava coberta também, como na sala, e no final do longo corredor havia um pequeno apartamento onde ele vivia. "Eis meu humilde abrigo. Que tal?"

"Bem... parece gostoso."

"Dependências dos empregados, na verdade, mas mudei-me para cá para ter uma lareira. E parece mais aconchegante."

A mobília tinha o ar velho e gasto dos móveis destinados aos empregados, mas o fogo era amistoso. Mildred sentou-se na frente da lareira e tirou a galocha. Depois removeu o lenço e a capa de chuva, e retirou os alfinetes do vestido. O rosto dele iluminou-se quando ela emergiu feito uma borboleta do casulo cinzento, e ele fez com que Mildred desse uma volta, examinando cada detalhe de seu traje. Beijou-a. Por um momento ele exibiu seu jeito antigo, radiante, e ela precisou se concentrar para lembrar dos ressentimentos. Ele disse que tamanha elegância merecia um drinque. Ela temia que a bebida a fizesse esquecer completamente seus ressentimentos, e perguntou se não seria melhor esperar a chegada dos Ewing. "Quem? Como assim?"

"Não é este o nome deles?"

"Minha nossa, eles não podem vir aqui."

"Por que não?"

"Eles vivem do outro lado da Huntington Avenue, tem quase um metro de água. Afinal, como você chegou até aqui? Não sabe que estamos no meio de uma tempestade? Acho que você estava escondida a duas quadras, e só fingiu que veio guiando desde Glendale."

"Eu não vi nenhuma tempestade."

Ela o seguiu até o quarto, para ver se podia ajudar com as bebidas, e levou um susto. Era um cubículo com uma janela e uma cama de armar em cima da qual estavam seu casaco e uma bandeja de coquetel, com uma coqueteleira de prata com um B enorme na lateral e lindos copos de cristal. A menos de dois metros de distância, porém, situava-se o menor banheiro que já vira, onde ele picava um pedaço de gelo que evidentemente providenciara antes. Perto dele, numa mesinha, havia um fogão de duas bocas, a gás, uma dúzia de ovos, um pacote de bacon e uma lata de café. Ela voltou, arrependida de ter ido lá, e reassumiu seu lugar na frente da lareira.

Ele serviu as bebidas, ela tomou duas doses. Quando ele quis pegar a coqueteleira para servir a terceira, ela o impediu. "Preciso dirigir, acho que já bebi bastante."

"Dirigir? Para onde?"

"Ora, não vamos ao Biltmore?"

"Mildred, não vamos a lugar algum."

"Vamos sim, claro que vamos."

"Espere..."

Ele se levantou e ligou um rádio pequeno. Um locutor ansioso falava de pontes caídas entre Glendale e Burbank, de um acidente automobilístico na San Fernando Road, no qual se temia que uma família inteira estivesse dentro do carro arrastado pela enxurrada. Ela ergueu a cabeça, petulante. "Ainda bem que o Biltmore não fica em Burbank."

"Não importa onde fica, para chegar a qualquer lugar precisamos cruzar o rio Los Angeles, e, segundo as últimas notícias, o rio se tornou uma torrente furiosa, metade das pontes caiu e as outras têm um metro de água em cima. Não vamos. A festa de Ano-Novo será aqui."

Ele encheu o copo e ela fechou a cara. Apesar da bebida, o principal objetivo da noitada ainda estava claro em sua mente, e a mudança de situação interferia bastante em seus planos. Quando ele passou o braço pelo ombro dela, Mildred não reagiu. Afetuoso, ele disse que ela era uma bêbada problemática. Com duas doses discutia com Jesus Cristo, com três concordava com Judas Iscariotes. Então era bom tomar logo a terceira para entrar no espírito da festa e comemorar o novo ano como merecido. Ela não tocou no copo e ele pediu a chave para guardar o carro na garagem. Como ela não quis entregar a chave, ele desceu.

A água pingava em algum lugar da casa. Ela tremia, pela primeira vez tomou consciência da chuva que fustigava janelas e batia no teto com força. Passou a culpá-lo também por isso. Quando ele voltou e olhou fixo para seu rosto, parecia entediado. "Bem, se você ainda está assim, suponho que só nos resta ir para a cama... estendi o oleado por cima do carro, provavelmente não haverá problema. Tenho pijama vermelho e verde, qual deles prefere?"

"Não vou dormir."

"Não estamos nos divertindo muito aqui."

"Vou para casa."

"Então boa noite. Caso mude de idéia, eu vestirei o pijama verde, e..."

"Ainda não fui embora."

"Claro que não. Estou convidando você..."

"Por que você foi dizer aquilo para ela?"

Com a bebida, a chuva e o jeito dele, seu ressentimento pesava demais em cima dos dois, e ela explodiu com um grito que eliminou todas as pequenas ironias reservadas para o momento. Ele a encarou, atônito. "Dizer o quê? Para quem? Se você não se importa de eu perguntar."

"Você sabe perfeitamente bem do que estou falando. Como pôde dizer aquelas coisas a uma criança? E quem lhe deu o direito de falar de minhas pernas, a quem quer que seja?"

"Todo mundo fala. Por que eu não posso falar?"

"Como é?"

"Vamos lá, deixe disso. Suas pernas são a paixão da sua vida. Quase são aplaudidas quando você entra no Pie Wagon, e, se não quer que falem nelas, devia usar uma saia mais comprida. Mas você quer que comentem suas pernas, que olhem para elas e as invejem. Então, por que esta gritaria? Afinal de contas, elas são muito bonitas."

"Estamos falando de uma criança, de minha filha."

"Ah, pelo amor de Deus, o que você quer dizer com isso? Que criança? Para uma criança, ela sabe mais dessas coisas do que você imagina. Você precisa se adaptar aos novos tempos. Não sei como era antes — talvez os fatos da vida fossem revelados pela mamãe quando elas fizessem dezessete anos e fossem uma tremenda surpresa. Mas hoje em dia elas aprendem tudo antes de descobrir que Papai Noel não existe. De todo modo, ela sabe. O que eu deveria fazer? Bancar o palhaço quando saio com você de noite e só a levo de volta no dia seguinte? Acha que ela não sabe onde você vai? Ora, ela até me pergunta quantas vezes."

"E você conta?"

"Claro. Ela admira muito minha capacidade, e a sua. No seu caso, demorou a acreditar. 'Quem diria que a pobre coitada tinha tanto fogo?'"

Quando Monty imitou Veda, Mildred entendeu que ele não estava inventando nada em contra-ofensiva. Sua raiva aumentou ainda mais. Ela disse "Já entendi", e repetiu a expressão três ou quatro vezes. Depois, levantando-se para ir até ele, perguntou: "E quanto ao fato de as melhores pernas estarem na cozinha, e não na sala?".

"Do que você está falando, diacho?"

"Você sabe muito bem do que estou falando."

Monty a encarou, levou a mão à testa como se estivesse fazendo um esforço enorme para se lembrar. Depois, estalando os dedos rapidamente, disse: "Ah, eu sabia que já tinha ouvido isso antes. Sim, eu fiz uma pequena dissertação nessa linha, certa tarde. Passamos por uma moça que usava um uniforme qualquer, com avental, uma gracinha mesmo, especialmente no tornozelo. E eu falei isso que você acaba de repetir. Nada original, posso garantir. Já tinha esquecido... E o que isso tem a ver conosco?"

Ele parecia convincente, circunstancial, descontraído, mas o leve tremor nas pálpebras o denunciava. Mildred não respondeu à pergunta. Chegou mais perto, sibilava feito uma cobra ao dizer: "Mentira. Você não estava falando de nenhuma moça que viu na rua. Estava falando de mim".

Monty deu de ombros e Mildred voltou à cadeira e sentou. Começou a falar devagar, com voz cada vez mais estridente. Acusou-o de deliberadamente jogar Veda contra ela, de expô-la ao ridículo, de induzir a filha a vê-la como uma pessoa inferior, de quem deveria se envergonhar. "Agora eu entendo tudo. Sempre pensei que era estranho ela nunca convidar pessoas aqui de Pasadena para visitá-la de vez em quando. Não que tenha faltado oportunidade. Não que eu deixasse de lembrar que não se pode aceitar convites sem retribuir um dia. Não que eu tenha deixado de fazer a minha parte. Mas não, você encheu a cabeça dela de besteira, e ela sentiu vergonha de convidar as pessoas. Ela realmente acredita que Glendale não serve para elas. Acha que eu não presto. Ela..."

"Pelo amor de Deus, cale a boca."

Os olhos de Monty estavam escuros, com pequenos pontos luminosos. "Para começo de conversa, que convites ela aceitou? Da minha mãe, aqui nesta casa. Bem, já passamos por isso antes, e não vamos repassar a questão. Restam os Hannen. Pelo que sei, o único convite que Charlie e Roberta receberam de você foi para um jantar pago no Pie Wagon, e eles foram..."

"Não receberam a conta."

"Tudo bem, então empatou. Quanto ao resto, quem esperaria que uma menina de catorze anos fizesse algo a respeito das inúmeras festas para as quais a arrastei? Ela perguntou, e eu disse que seria ridículo. Diga, o que mais?"

"Talvez isso valha para pessoas mais velhas. No entanto, ela deve ter conhecido muitas moças da mesma idade..."

"Não conheceu. Acho que você devia tentar conhecer melhor sua filha. Ela é uma pessoa estranha. Meninas da idade dela não a interessam. Ela prefere mulheres mais velhas..."

"Se forem ricas."

"De todo modo, é muito gentil com elas. Isso é extremamente incomum. Não posso culpá-las por gostar de atenção. E de gostarem dela. Quanto a dar uma festa para as velhas, tenha dó, você deve estar brincando."

De um modo ardiloso ele fazia com que os argumentos lhe fugissem feito mercúrio, Mildred pensou, e como Veda ela abandonou a lógica e começou a gritar: "Você a fez ficar contra mim! Não me interessa sua conversa mole! Você a fez ficar contra mim!".

Monty acendeu um cigarro, fumou emburrado por alguns minutos, sem dizer nada. Depois ergueu os olhos. "Ah! Então foi por isso que você veio. Que estupidez da minha parte não ter percebido antes."

"Vim porque fui convidada."

"Numa noite como esta?"

"Uma noite como qualquer outra."

"Mas que bela companhia você me saiu... Gozado, eu também tenho algo a dizer."

Ele olhou para a lareira com um sorriso complacente, evidentemente decidido a guardar para si sua opinião, mas mudou de idéia. "Eu ia dizer que você daria uma boa esposa para qualquer um — se não morasse em Glendale."

Ela se sentia derrotada na discussão, mas neste momento sua revolta voltou a crescer. Debruçando-se, ela o encarou. "Monty, você ainda é capaz de dizer isso? Depois de tudo que lhe falei? É capaz de me pedir em casamento só para ter alguém cuidando de você? Seu amor-próprio só dá para isso?"

"Bem, era o que eu ia dizer."

"Monty, não torne as coisas piores do que já são. Se

eu me animasse, você ia deixar isso no ar. Caso contrário, fingiria que não pretendia dizer nada. Puxa vida, Monty, você é um homem e tanto, né?"

"Bem, e que tal você ouvir o que tenho a dizer?"

"Não, vou para casa."

Mildred se levantou, mas ele saltou sobre ela, segurou-a pelos braços e a atirou de volta à cadeira. Os pontinhos luminosos de seus olhos agora dançavam, seu rosto contraído transmitia dureza. "Sabe por que Veda nunca convida ninguém para ir a sua casa? Sabe por que ninguém vai lá, a não ser sua vizinha fofoqueira?"

"Porque você pôs minha filha contra mim e..."

"Porque você é uma tremenda jeca e tem medo que as pessoas a visitem, pois não sabe o que fazer com elas. Você não tem o menor traquejo."

Ao olhar para o rosto contorcido de Monty ela sentiu subitamente a mesma paralisia e humilhação da manhã em que a srta. Turner a mandara para a entrevista de emprego como governanta, pois não havia mais nada que pudesse fazer. E continuou a afundar enquanto Monty despejava uma torrente de insultos amargurados e veementes. "O problema não é com ela, nem comigo. É com você. Não acha isso engraçado? Veda tem centenas de amigos aqui e aonde quer que vá, mas você não tem nenhum. Não, estou enganado, você tem uma amiga, a mulher do bar. E acabou. Não convida ninguém para ir a sua casa e ninguém..."

"Do que você está falando? Eu poderia dar festas ou convidar pessoas, tendo de trabalhar para ganhar a vida? Ora, você..."

"Ganhar a vida uma ova! Isso é álibi, não razão. Você não passa de uma ajudante de cozinha de segunda linha, e vem me dizer que estou pondo sua filha contra você? Logo eu? Entenda uma coisa, Mildred, só alguém muito vulgar guardaria o ressentimento que você está mostrando hoje. Realmente esta é a diferença. Uma dama não se importaria. Uma mulher cafona, sim."

Ele andava de um lado para outro, ofegante. "E eu

bancando o tolo, o completo idiota, pois um dia cheguei a pensar que talvez estivesse enganado, que você fosse uma dama, e não uma jeca. Por isso aceitei os vinte dólares que você me deu naquela noite. E depois peguei mais. Eu lhe dei crédito por uma coisa. Só Deus sabe o que era, um senso de humor que somente um aristocrata teria, pois até lhe pedi dinheiro. E daí? Você poderia seguir adiante? Continuar aquilo que você mesma começou? Uma dama cortaria os pulsos antes de jogar na minha cara que dava importância ao dinheiro. Mas você, antes de eu pegar cinqüenta dólares de você, precisava me transformar em chofer, não é? Para receber seu dinheiro em serviços, certo? Precisava de um lacaio, de um cachorrinho poodle. Precisava jogar na cara. Bem, agora chega. Não aceitarei mais um centavo seu, e, se Deus quiser, antes de minha hora chegar pagarei tudo. Você é uma ordinária, uma garçonete. Acho que gosto de Veda por isso. Ela jamais aceitaria uma gorjeta. Eis uma coisa que ela nunca faria, nem eu."

"Só se fosse de mim."

Lívida de raiva, ela abriu a bolsa, tirou uma nota nova de dez dólares e a atirou aos pés dele. Ele ergueu um ferro da lareira, pegou a nota e a atirou no fogo. Quando as chamas a devoraram ele limpou o rosto com um lenço.

Por um tempo nada foi dito pelos dois, e quando pararam de ofegar Mildred começou a se sentir envergonhada, derrotada, miserável. Havia dito tudo, provocado Monty para que ele também falasse todas as coisas que reprimia, e isso a arrasou, deixando-a incapaz de responder. Contudo, nada fora resolvido: lá estavam, ele e ela. Quando olhou para ele, viu pela primeira vez um sujeito cansado, gasto, derrubado, com sinais de meia-idade aparecendo num rosto que sempre considerara juvenil. Uma onda de terrível afeição a engolfou, composta de piedade, desprezo e instinto maternal. Queria chorar, e subitamente estendeu a mão e acariciou a parte calva da cabeça dele. Por muito tempo fora uma brincadeira entre eles. Monty não se mexeu, mas também não a afastou, e quando se recostou na cadeira ela se sentia melhor. Ouviu o barulho da chuva, e pela primeira vez sentiu medo. Jogou o casaco por cima do ombro. Depois pegou o Manhattan Número 3, bebeu metade da dose e devolveu o copo à mesinha. Sem olhar para ela, ele encheu o copo. Passaram um longo tempo sentados ali, um sem olhar para o outro.

Abruptamente, como se tivesse resolvido um problema difícil, ele deu um soco no braço de sua poltrona e disse: "Droga, o que a situação exige é o crime do estupro!".

Ele se aproximou, passou um braço por cima do ombro dela, outro pelo meio das pernas, e a carregou para o quarto. Uma mistura de risada e gemido escapou quando ele a jogou em cima da cama de armar. Mildred estava fraca, tonta. Num momento o casaco de brocado caiu, deslizando para o chão. Ela pensou no vestido, mas não fez nada: queria que ele o rasgasse, reduzisse a tiras se fosse preciso para tirá-lo. Mas ele não rasgou nada, atrapalhou-se com o zíper, e por um momento os dedos dela se juntaram aos dele, para ajudar. Algo se manifestou dentro dela, então, uma lembrança infeliz do motivo de sua vinda, do que se acumulara dentro dela nos últimos meses. Ela lutou contra a sensação, tentou fazer com que afundasse no efeito acumulado da bebida e da chuva. Mas não sumiu. Se tivesse escalado uma montanha não teria sido tão difícil quanto levantar as duas mãos para empurrar o rosto de Monty, tirá-lo de cima dela, esgueirar-se para fora da cama e se levantar. Ela pegou os dois casacos e correu para o outro quarto. Ele foi atrás, tentou puxá-la de volta, mas ela se debateu enquanto apanhava a galocha e corria pelo corredor escuro.

Ela conseguiu, sem saber como, passar pelos quartos fantasmagóricos, descer a escadaria e chegar à porta da frente. Estava trancada. Ela girou a chave de latão enorme e chegou ao pórtico, ao ar frio e úmido da noite. Vestiu os dois casacos e calçou a galocha. A luz foi acendida de repente, ele surgiu a seu lado, tentou pegá-la, puxá-la de volta. Ela correu na chuva, arrancou o oleado, deixou-o cair na lama e entrou no carro. Acendeu os faróis e ligou o motor, e o viu, iluminado pelos faróis, a gesticular, implorar. Não havia desejo em seu rosto agora. Ele estava furioso, tentava impedir que ela bancasse a maluca e saísse com aquela tempestade.

Ela engatou a marcha e partiu. Encontrou mais galhos caídos na Orange Grove Avenue, não mais finos e inofensivos. Parou, pegou o lenço no bolso da capa de chuva e amarrou na cabeça. Depois, cautelosamente, sentindo uma pontada de medo a cada vez que o carro balançava por causa da ventania, seguiu em frente. Ao chegar à rotatória percebeu as luzes de outro carro atrás dela.

Não havia mais homens com lanternas, não havia nada além da noite negra, terrível, indômita. Ela atravessou a ponte sem dificuldade, mas, quando chegou ao desvio, sentiu medo e esperou até que o outro carro a alcançasse. Prosseguiu, notando aliviada que o outro carro também pegara o desvio. Não teve problemas nos dois quilômetros seguintes, até chegar ao alagamento. Para seu desespero, era grande: bloqueara a rua completamente. A coragem a abandonou, ela parou, esperou para ver o que o outro carro faria. Ele parou, e Mildred ficou olhando. Uma porta bateu, ela franziu os olhos para ver melhor. O rosto de Monty surgiu na janela, a centímetros do seu. A água escorria pelo velho chapéu de feltro e pela capa fechada até a orelha. Furioso, ele apontou para o alagamento. "Olha aí! Não lhe ocorreu que aconteceria isso, não é? Droga, olha a encrenca que você me arrumou!"

Por um momento ele gesticulou freneticamente para que ela destrancasse o carro e descesse, voltasse com ele, e ela sentiu contentamento, felicidade, como se ele fosse um pai a cuidar da filha rebelde. Mas, de novo, a teimosia imperou. Ela engatou a ré e recuou. Passou pelo carro dele, chegou à esquina, entrou na outra rua. Percorreu um trecho e viu que a rua dava em Eagle Rock. Estava cheia de detritos, e ela avançava aos poucos, freava, avançava mais. Adiante, percebeu, os detritos sumiam e o asfalto brilhava negro. Acelerou. O balanço do carro indicou que o brilho negro era água. Quando pisou no freio o carro derrapou. O farol apagou. O motor morreu. O carro parou. Estava sozinha numa poça que ia até onde alcançava a vista. Quando tirou o pé do freio e pisou no chão do carro, chafurdou na água e gritou.

A chuva a fustigava, por isso ergueu o vidro da janela. Lá fora, ouvia o ruído da correnteza nas rodas, e em pouco tempo o carro começou a se mover. Ela o levou para a direita e para a esquerda, até sentir que encostara na calçada, e puxou o freio de mão. Esperou. Em minutos seu hálito embaçou o vidro, de modo que não conseguia ver mais nada. A porta do passageiro foi aberta com violência, e novamente Monty surgiu. Ele voltara ao carro para tirar a calça, pois a capa flutuava na água e ela viu que ele usava short. Monty se apoiou na porta com o braço direito. "Passe as pernas por cima do meu braço e ponha o braço em torno do meu pescoço. Segure firme, acho que consigo carregar você até a subida do morro."

Ela ergueu os pés do chão, tirou o sapato dourado e a meia, que guardou no porta-luvas. Calçou a galocha no pé descalço. Tirou o casaco e o vestido. Guardou o casaco de brocado com o sapato, fechou o porta-luvas e o trancou. Depois ordenou a Monty que levantasse a mão, com um gesto. Quando ele fez isso, ela puxou a porta e a trancou. Então saiu pela porta do motorista e a trancou. Soltou um grito ao tirar o pé do estribo e sentir a água quase na altura da coxa. A correnteza quase arrastava seus pés. Mas ela segurou firme na maçaneta da porta e agüentou a pressão. Acima dela havia uma elevação com uma espécie de calçada no topo. Sem dar atenção a Monty e a seus gritos quase inaudíveis, ela avançou, escorregou, cambaleou para casa em meio à pior tempestade registrada nos anais do serviço meteorológico de Los Angeles, ou de qualquer outro.

Passou por muitos carros inundados como o dela, alguns vazios, outros cheios de gente. Um deles, apanhado entre dois enormes lagos, parado perto da calçada de faróis acesos, estava cheio de pessoas com trajes de noite, incapazes de fazer nada além de esperar. Ela seguiu adiante, subiu o morro enorme até Glendale, quadra após quadra cheia de lixo, na correnteza, num mar de água. A galocha se enchia seguidamente, ela precisava parar para escorrer a água, levantando primeiro um pé, para trás, depois o outro. Mas não conseguia remover a areia e as pedrinhas, que cortaram cruelmente a carne. Sofreu histericamente com a fraqueza, o frio e a dor até por fim chegar a Pierce Drive e meio correr, meio mancar durante o resto do caminho para casa.

Veda e Letty, as duas meninas assustadas, não haviam dormido bem naquela noite, e quando as luzes foram acesas na casa e uma figura surgiu à porta, soluçando, cheia de lama, cambaleante, elas gritaram de terror. Quando se deram conta de que era Mildred, seguiram-na até o quarto, mas precisaram de alguns segundos até conseguirem recuperar o controle e ajudá-la a tirar a roupa e deitar na cama. Letty superou o medo e logo corria freneticamente para pegar o que Mildred precisava, principalmente uísque, café e uma bolsa de água quente. Veda, sentada na cama, esfregava as mãos de Mildred e despejava café quente em sua boca, mantendo-a bem agasalhada. Após algum tempo, balançou a cabeça. "Minha mãe, eu simplesmente não posso compreender. Por que não ficou lá com ele? Afinal de contas, não seria nenhuma novidade."

"Não importa. Amanhã você terá seu piano."

Ao ouvir o uivo de regozijo de Veda, sentir seus braços em volta do pescoço e os beijos melados que começaram pelos olhos e terminaram abaixo da garganta, Mildred relaxou, desfrutando aquele momento de felicidade. Enquanto o dia raiava ela pegou num sono profundo.

12

Por algum tempo Mildred andou ocupada demais para prestar muita atenção em Veda. Livre de Monty, passou a ter dinheiro, guardava para comprar o piano e ainda sobrava. Apesar da época difícil, os negócios prosperaram; o bar acabou por se revelar um complemento rendoso; mais importante que tudo, ela conseguiu pagar os últimos quatro mil dólares da dívida do imóvel, e todas as parcelas do equipamento para o restaurante. Agora o lugar lhe pertencia, e isso permitiu que desse o passo que andava cogitando havia algum tempo. As tortas exigiam demais da cozinha, por isso montou um anexo, nos fundos do estacionamento, para prepará-las de forma independente. Encontrou dificuldade por causa das leis de zoneamento. Mas, quando apresentou um projeto aceitável para a parte externa, dando ao prédio o aspecto de uma garagem particular ampla, e se comprometeu a não colocar luminosos, exceto pelo néon que já possuía, a dificuldade foi superada. Quando terminou a obra, acrescentou outras sobremesas à lista, ótimos itens para os carrinhos de sobremesa dos restaurantes, e não teve problemas para vendê-las. Hans precisou de um assistente, depois de outro. Ela comprou mais uma perua para entregas, uma nova, bonita. Mais ou menos na mesma época ela trocou o carro, que nunca se recuperara totalmente da inundação na tempestade, por um elegante Buick castanho com pneus de faixa branca, que Veda beijou quando a concessionária o entregou.

Quando Ida, que se tornara visita regular, viu o anexo, passou a ter idéias e iniciou uma campanha para Mildred montar uma filial em Beverly, na qual ela seria gerente. "Mildred, sei do que estou falando. Aquela cidade anseia por um estabelecimento que ofereça uma boa linha de sobremesas prontas. Pense na vida noturna de lá. Artistas de cinema dão festas todas as noites, e a sobremesa é a pior dor de cabeça para as mulheres. Entenda que é muito fácil dar a eles o que desejam, pois você já está fabricando tudo. Pense nos preços que poderá cobrar. E nos complementos para faturar mais. Pode vender refrigerantes e sanduíches. E eu consigo tocar tudo com quatro moças, um balconista para os refrigerantes, um chapeiro e um lavador de pratos."

Mildred não queria assumir riscos num momento de certezas, e por isso não se apressou. Mas passou a ir de carro até Beverly, indagar um pouco, e começou a acreditar que Ida tinha razão. Certa tarde, quando perambulava pela região, viu um imóvel vazio que considerou um ponto perfeito. Quando descobriu que poderia alugá-lo por um valor ínfimo, tomou a decisão. Embarcou em mais um mês frenético de mobília, decoração e reforma. Queria decorar tudo em bordo, mas Ida insistiu com obstinação em pintar as paredes de verde-claro e instalar reservados de encosto alto e estofamento macio onde as pessoas poderiam sentar confortavelmente. Mildred cedeu, mas no dia da abertura quase desmaiou. Sem consultá-la, Ida encomendara um estoque imenso de geléias, bolos, pães integrais e outras mercadorias que ela desconhecia. Ida, porém, disse que ela conhecia o ramo, ou pelo menos o que precisava saber a respeito. No final da semana Mildred ainda não havia sido convencida, e continuava espantada. Veio o relatório entusiasmado de Ida: "Mildred, deu certo. Para começar, temos um movimento no almoço quase igual ao do Brown Derby. Pessoas que não querem peixe branco grelhado e hambúrgueres especiais. Querem os sanduíches pequenos que faço e salada de frutas. Você precisava ouvir os comentários. E eu mal consigo limpar tudo, o pessoal da tarde, universitários refinados a caminho de casa, vindos de Westwood, loucos por uma vaca-preta ou um chocolate maltado antes do jogo de tênis. Quando eles saem, chega a turma do chá, e ainda há um pouco de movimento no jantar, pessoas que querem um prato leve antes de ir a uma pré-estréia ou algo assim. Para encerrar, aparecem alguns clientes que pedem chocolate quente e ficam conversando um pouco. Tenho movimento do meio-dia à meia-noite. E o que essa gente compra para levar para casa é de tirar o fôlego". As notas confirmavam seu relato. Ida ganhava trinta dólares por semana, mais dois por cento do movimento bruto. Esperava faturar cinqüenta dólares semanais a médio prazo. Na primeira noite de sábado Mildred fez para ela um cheque de cinqüenta e três dólares e setenta e um centavos.

Mas nem tudo eram rosas. A sra. Gessler, ao saber dos planos de Mildred, sofreu um ataque de fúria, querendo saber por que Ida fora escolhida para gerenciar a filial de Beverly, e não ela. Mildred tentou, sem sucesso, explicar que a idéia partira de Ida, que certas pessoas se dão bem em determinada atividade, e não em outras. A sra. Gessler ficou ressentida, e Mildred preocupada. Passara a depender da amiga alta, magra e blasfema como jamais dependera de alguém, não só para o bar e aconselhamento comercial ladino, também para o apoio emocional que sua natureza exigia. Perdê-la seria uma calamidade, e Mildred passou a procurar uma saída.

Naquela época falava-se muito no desenvolvimento de Laguna Beach, uma estância balneária a poucos quilômetros de Long Beach. Mildred concluiu que seria um bom lugar para outra filial, com a sra. Gessler no comando. Foi até lá de carro várias vezes, para aprimorar a idéia. Não viu restaurantes capazes de impressioná-la, com exceção de um lugar, e sem dúvida a área crescia, além dos veranistas, aumentava o número de residentes fixos. Mais uma vez, foi o aluguel que a fez tomar a decisão. Achou uma casa grande, com bastante terreno em volta, numa costeira que dava vista para o mar. Seus olhos já tarimbados registraram o que precisava ser feito, imaginando que o aluguel da casa seria caro. Quando soube das condições, um aluguel muito barato, viu que poderia ter bom lucro se tivesse um mínimo de movimento. Custaria tão pouco que por um tempo ela desconfiou da história, mas o corretor disse que a explicação era bem simples. Era um imóvel residencial, mas não conseguiram alugar porque as pessoas que vinham da cidade para se bronzear na praia o consideravam grande demais. Além disso, a praia em frente era de pedra e impraticável para nadar. Sob todos os ângulos era um mico, seria dela pelo valor informado, se ela estivesse interessada. Mildred levou em conta a vista, a casa, o terreno e sentiu um arrepio. Abruptamente, pagou vinte e cinco dólares em dinheiro como depósito, pedindo dez dias para dar uma resposta definitiva. Naquela noite ela segurou a sra. Gessler até depois do fechamento, para uma conversa. Mas ela havia começado quando a sra. Gessler a interrompeu. "Ah, já chega. Quer calar a boca, pelo amor de Deus?"

"Você não está interessada?"

"Um pato gosta de água? Bem, fica no meio do caminho entre Los Angeles e San Diego, certo? Bem na beira da estrada principal, e Ike ainda tem os caminhões. É a primeira chance real e honesta para ele recomeçar legalmente, desde... você sabe. Isso o tira deste buraco nojento. Quer que eu chore no seu ombro?"

"Qual é o problema com sua casa?"

"O problema não é a casa, é ele. Estou trabalhando, certo? Ele precisa arranjar alguma coisa para fazer à noite. Já arranjou. Diz que joga bilhar, e volta para casa sujo de giz. Mas mente, ele anda com uma loura de cabelo esfiapado que trabalha numa daquelas fábricas de móveis antigos em Los Feliz. Nada sério, provavelmente, mas ele sai com ela. Por isso ando tão nervosa ultimamente, e você precisava saber. Agora, se eu conseguir tirá-lo daqui e arranjar serviço para ele novamente, ele poderá andar de cabeça erguida e talvez isso resolva tudo. Vamos lá, pode contar o resto."

Mais uma vez Mildred se enrolou com uma série de compras, reformas e discussões sobre o tipo de estabelecimento. Ela queria uma réplica do restaurante de Glendale, especializado em frango, waffles e tortas, com um pequeno bar de apoio. A sra. Gessler, porém, tinha outras idéias. "Você acha que alguém virá até a beira do mar para comer frango? Ninguém que conheço. Querem um jantar praiano — peixe, lagosta, caranguejo —, e é isso que vamos oferecer. Ganharemos muito dinheiro. Não se esqueça, peixe custa barato. E precisamos ter uma certa variedade, portanto teremos no cardápio carnes grelhadas, direto de nossa churrasqueira a carvão."

Quando Mildred argumentou que não sabia nada de carne, peixe, lagosta ou caranguejo, e que não seria capaz de fazer as compras, a sra. Gessler retrucou que ela poderia aprender. Só quando conversou com o sr. Otis, o inspetor federal de carnes, seu sobressalto diminuiu. Ele apareceu certa noite no restaurante de Glendale e confirmou sua suspeita de que havia cem maneiras de perder dinheiro com carne. Depois que ele conversou com a sra. Gessler, porém, mostrou-se impressionado. Disse a Mildred que ela era "capaz", e era provável que soubesse o que estava fazendo. O sucesso dependia basicamente do cozinheiro, e para surpresa de Mildred ele recomendou Archie, do estabelecimento do sr. Chris. Archie, garantiu-lhe, desperdiçara anos numa casa de segunda linha, mas "ainda é o melhor assador da cidade, disparado. Qualquer idiota prepara peixe e ganha dinheiro com isso, não se preocupe. Mas, no caso das carnes grelhadas, é preciso alguém que conheça o serviço. Com Archie você estará segura".

Sendo assim, Mildred roubou Archie do sr. Chris, e sob sua supervisão rígida instalou a grelha a carvão. Passado algum tempo, e depois que os cartazes foram afixados ao longo da estrada e os anúncios publicados nos jornais de Los Angeles, a casa abriu. Nunca chegou a ser a pequena mina de ouro de Ida, pois a sra. Gessler não controlava despesas e tendia a desprezar a cozinha em favor do bar. Mas seu talento em transformar qualquer lugar numa espécie de clube gerava um movimento enorme onde quer que estivesse. A engenhosidade com que resolvia tudo provocou a admiração relutante de Mildred. O salão da casa foi convertido num bar com lambris de bordo, com iluminação indireta. Os quartos atrás da sala viraram diversos ambientes para jantar, cada um transmitia uma sensação de agradável intimidade. Um dos quartos dava para a varanda que circundava a casa, e ela espalhou mesas lá para quem gostava de beber ao ar livre, veranistas em trajes de banho e fregueses a esperar mesa. Entretanto, mais que tudo, o jardim surpreendeu Mildred. Jamais suspeitara de um pendor para jardinagem na sra. Gessler, mas em poucas semanas a área em torno da costeira foi plantada, e pelo jeito ela passava as manhãs por lá, cavando, podando e ralhando com o jardineiro japonês. O custo era alto, por causa da água e do jardineiro, mas a sra. Gessler dava de ombros. "Temos uma espelunca de alta classe, amiga, e precisamos de atrativos. Por algum motivo que me escapa, um sujeito à mesa com um drinque na mão adora ouvir o zumbido das abelhas." E, quando as flores começaram a desabrochar, Mildred pagou a conta sem reclamar, pois gostou muito delas. Ao entardecer, pouco antes do movimento do jantar, ela passeava pelo jardim, sentia seu perfume e estava orgulhosa e feliz. Numa das caminhadas a sra. Gessler a acompanhou, e a levou duas quadras adiante, na estrada que cortava a cidade. Parou e apontou para uma placa do outro lado da rua. Mildred leu:

GESSLER

LONGAS E CURTAS DISTÂNCIAS

GUINCHO

SERVIÇO DIA E NOITE

A sra. Gessler olhava fixo para a placa. "Ele é chamado a todo momento. Só precisava de uma chance. Na semana que vem chega o novo caminhão, mais moderno."

"E está tudo bem no andar de cima?"

Mildred se referia ao contrato de trabalho da sra. Gessler. Ela não recebia trinta dólares por semana e dois por cento da renda bruta, como Ida. Ganhava os trinta dólares e um por cento, o resto do pagamento consistia nos aposentos gratuitos no andar superior da casa, com água, luz, aquecimento, comida, roupa lavada e mobília. A sra. Gessler fez que sim. "Tudo bem. Ike gosta de quartos grandes, do mar, dos filés — e, acredite se quiser, aprecia até as flores. 'Serviço com gardênias', ele anda pensando em escrever na lateral do caminhão novo. Revivemos, esta é a palavra."

Mildred não cozinhava mais nem usava uniforme. Em Glendale a sra. Kramer fora promovida a cozinheira, com uma assistente chamada Bella; o estabelecimento da sra. Gessler ficava por conta de um barman chamado Jake; nas noites em que Mildred estava em Beverly ou Laguna, Sigrid servia de recepcionista, usando uniforme branco. Mildred trabalhava desde que raiava o dia, quando o mercado abria, até tarde da noite; trabalhava tanto que começou a se sentir cansada e passou a delegar o máximo de tarefas menores aos outros. Continuava a ganhar peso. Ainda possuía uma silhueta voluptuosa, mas inegavelmente rechonchuda. O rosto perdera a pouca cor que exibia, e ela deixou de aparentar menos idade. Na verdade, adquirira um ar matronal. O carro, descobriu, a cansava muito, por isso contratou um motorista chamado Tommy, irmão mais velho de Carl, que dirigia o caminhão. Após longa reflexão ela o levou até o Bullock's e comprou um uniforme, para que pudesse ajudar no estacionamento. Quando Veda o viu pela primeira vez paramentado, não o beijou, como fizera com o carro. Olhou longamente para a mãe, pensativa, com um sentimento que quase se poderia chamar de respeito.

224

Apesar das despesas crescentes com o chofer e a moça que Mildred contratara para cuidar da contabilidade, o dinheiro continuava entrando. Mildred pagou o piano, pagou as hipotecas que Bert fizera na casa; reformou, pintou e continuou comprando equipamento para os restaurantes, e mesmo assim conseguia economizar. Em 1936, quando o sr. Roosevelt se candidatou à reeleição, ela ainda sofria pelos impostos pagos sobre a renda de 1935, e por algumas semanas sua lealdade balançou. Mas os negócios iam bem, e quando ele disse que "planejara tudo desse jeito", ela concluiu que eram duas faces da mesma moeda e votou nele. Passou a comprar roupas caras, principalmente cintas que a deixavam mais magra. Comprou um carro pequeno para Veda, um Packard 120 verde-escuro, "para combinar com o cabelo dela". Aconselhada por Wally, constituiu uma empresa com Ida e a sra. Gessler como diretoras e ela como responsável. O maior perigo, segundo Wally, era a velhinha de Long Beach. "Veja bem, ela atravessa a rua com o sinal fechado, Tommy consegue frear a tempo, mas toca nela, que não se machuca nadinha. Mas, quando descobrir que você tem três restaurantes, vai avançar para cima de você. E funciona de outras maneiras também. Mais cedo ou mais tarde você terá de enfrentar cinco pessoas que sofreram intoxicação alimentar por causa do peixe podre, ou pelo menos alegam isso. Espere para ver o que essas harpias farão a você, quando a processarem será puro homicídio. Se você tem uma empresa, seus bens pessoais estão a salvo." A velhinha de Long Beach, para não mencionar as cinco harpias em sua mesa, assustaram Mildred terrivelmente, como muitas coisas. Ela fez um seguro fantástico do carro, da fábrica de tortas e dos restaurantes. Era absurdamente caro, mas valia a pena, para garantir a segurança.

Apesar de tanto trabalho, das viagens intermináveis de carro, das preocupações e da sensação de não haver horas suficientes no dia para tudo que precisava fazer, ela se permitia um luxo. Não importava como o dia transcorria, ela passava em casa às três da tarde para o que chamava de seu "descanso". Descansava, sem dúvida, mas essa não era a principal intenção. Principalmente, ouvia um concerto como única platéia. Quando Veda completou dezesseis anos, persuadiu Mildred a deixá-la abandonar o colegial para se dedicar à música em tempo integral. Pelas manhãs estudava harmonia e fazia o que chamava de "trabalhos burocráticos". De tarde, estudava. Por duas horas ela realizava exercícios, e às três começava a tocar algumas peças, e Mildred chegava neste momento. Entrava pelos fundos, na ponta dos pés, atravessava o corredor e parava por um momento na entrada da sala onde Veda estudava, sentada na frente do piano de cauda preto acetinado. Era uma cena que jamais deixava de emocioná-la: o magnífico instrumento pelo qual trabalhara tanto, e que pagara, a filha tão bela quanto a que trouxera ao mundo; uma cena que realmente podia chamar de sua. Depois de um suave "Cheguei, querida", ela seguia na ponta dos pés para seu quarto, deitava na cama e escutava. Não sabia o nome da maioria das músicas, mas preferia algumas, e Veda costumava tocar pelo menos uma de suas prediletas. Uma em particular, de Chopin, a agradava mais que todas as outras, "pois me lembrava daquela canção sobre arco-íris". Veda, ironicamente, disse: "Claro, mãe, há um motivo"; mesmo assim, ela a tocava. Mildred se encantava com o modo como a filha se comportava; a intimidade calorosa mas contida se estabelecera, e Mildred ria ao pensar que certa vez imaginara que Monty teria algo a ver com isso. O que via, dizia com seus botões, fazia a vida valer a pena.

Certa tarde o concerto foi interrompido por um telefonema. Veda atendeu e, por seu tom de voz, Mildred percebeu que havia algo errado. Entrou e se sentou na cama, mas a pergunta "O que foi, meu bem?" ficou sem resposta imediata. Após um momento de silêncio sofrido, ela disse: "Hannen sofreu uma hemorragia".

"Minha nossa, que horror!"

"Ele já esperava. Teve duas ou três menores. Esta o pegou na rua, quando voltava para casa do correio. O médico da ambulância fez besteira, mandou que o erguessem pelos ombros ou algo assim, e seu estado é pior do que deveria ser. A senhora Hannen ficou praticamente histérica."

"Você precisa ir até lá imediatamente."

"Hoje, não. Ele está numa cama rodeado de bolsas de gelo, inalando um gás qualquer. Coisa horrível."

"Posso ajudar em algo? Se ele precisar de dieta especial, posso providenciar qualquer coisa que deseje, quente, pronta para servir..."

"Vou ver."

Veda olhou para a casa dos Gessler, que estava para alugar. E disse: "Puxa vida, vou sentir falta daquele urso".

"Calma, ele *ainda* não morreu."

A frase de Mildred saiu agressiva. Ela pertencia à grande tradição otimista da Califórnia, nesses casos; para ela, beirava a blasfêmia não contar com o melhor desfecho. Mas Veda se levantou, desolada, e falou com voz calma. "Minha mãe, é sério. Eu soube pelo modo como ele vinha agindo ultimamente que tinha consciência da gravidade do caso. E posso afirmar que, pelo modo como ela berrava ao telefone, que é muito sério... e eu não sei o que vou fazer agora."

Pratos especiais, afinal, eram uma necessidade premente, para a eventualidade de o doente sentir vontade de comer, e assim recobrar as forças. Portanto, diariamente, durante uma semana, um cesto enorme era entregue lá por Tommy, cheio de frango preparado pela própria Mildred, sanduíches pequenos feitos por Ida, caranguejo catado em cama de gelo de Archie, cerejas selecionadas pela sra. Gessler. A Mildred Pierce, Inc., se virou pelo avesso para mostrar do que era capaz. Um dia Mildred e Veda levaram o cesto pessoalmente, e um enorme ramalhete de rosas vermelhas. Quando chegaram à casa o jornal matinal ainda estava na entrada, e havia uma mala direta debaixo da porta. Tocaram, ninguém atendeu. Veda olhou para Mildred e Tommy levou tudo de volta para o carro. Naquela tarde um telegrama longo e incoerente chegou para Mildred, enviado pela sra. Hannen de Phoenix, no Arizona. Contava a viagem alucinada até o sanatório de lá, e pedia a Mildred que desligasse o gás.

Três dias depois, enquanto Mildred ajudava Ida a se preparar para o almoço de Beverly, o carro de Veda parou na frente. Veda desceu com ar estranho, meio despenteada. Quando Mildred abriu a porta ela entregou um papel sem dizer nada, foi até um reservado e se sentou. Mildred olhou para a foto em que mal reconhecia o sr. Hannen, tirada antes de seu cabelo embranquecer, e leu a notícia de sua morte com uma sensação de perda, de vazio. Vendo que o funeral ocorreria em Nova York, pegou o telefone e encomendou flores. Depois chamou a Western Union e ditou um longo telegrama para a sra. Hannen, cheio de "solidariedade de minha parte e de Veda". Depois, ainda sob a compulsão confusa de fazer algo, ela parou e tentou pensar. Mas parecia ter providenciado tudo. Foi até a mesa e sentou-se com Veda, que esperou um pouco e pediu café a uma das moças. Mildred disse: "Você gostaria de ir até Laguna comigo, querida?".

"Tudo bem."

Veda seguiu os passos de Mildred pelo resto do dia, sem comentar nada a respeito do sr. Hannen, mas receosa de ficar sozinha, pelo jeito. No dia seguinte permaneceu em casa, e, quando Mildred voltou às três horas, o piano estava em silêncio. No outro dia, quando ela ainda se mostrava deprimida, Mildred achou que estava na hora de animá-la um pouco. Ao encontrá-la na saleta, disse: "Querida, sei que ele era um bom sujeito, e que você gostava muito dele, mas você fez o possível, e essas coisas acontecem...".

"Mãe."

Veda falou em voz baixa, calma, como quem se dirige a uma criança. "Não importa se eu gostava dele. Não que eu não amasse aquele bruto desgrenhado. Para mim ele será o único para sempre, e... bom, deixa para lá. Mas ele me ensinava *música*, e..."

"Mas, querida, há outros professores."

"Sei. Cerca de setecentos picaretas e enganadores somente em Los Angeles, e eu não consigo distinguir um do outro, e além disso..."

Veda parou, pretendia dizer algo, mas mudou de idéia. Mildred pressentiu e esperou. Veda, evidentemente, desistiu de falar, e Mildred perguntou: "Você não pode pesquisar?".

"Sei de um sujeito lá, apenas um pelo qual Hannen demonstrava algum respeito. Seu nome é Treviso, Carlo Treviso. É maestro. Costuma reger óperas e concertos no Hollywood Bowl. Não sei se aceita alunos de piano ou não, mas talvez ele recomende alguém."

"Quer que eu fale com ele?"

Veda demorou tanto a responder que impacientou Mildred. Além disso, ela queria saber o que Veda evitava dizer. "É algum problema com dinheiro? Você sabe que não nego nada para sua formação, e..."

"Então ligue."

O estúdio do sr. Treviso localizava-se no centro de Los Angeles, num prédio com diversas placas ao lado da entrada, e, enquanto Mildred e Veda subiam ao segundo andar, uma confusão de ruídos invadiu seus ouvidos: tenores fazendo vocalises, pianistas executando escalas estonteantes, violinistas uma oitava abaixo, a tocar com disposição. Elas não foram atendidas pelo sr. Treviso pessoalmente. Bateram à porta e uma senhora baixa, gorda, com sotaque italiano as deixou esperando numa saleta sem janelas e voltou ao estúdio. Elas ouviam os sons lá dentro. Um barítono cantou uma frase e parou. Seguiu-se um diálogo em voz baixa. E ele cantou a mesma frase de novo, e houve outra conversa. Aquilo prosseguiu por um longo tempo, até Mildred se irritar. Veda, contudo, mostrava-se relativamente interessada. "É o final do prólogo do Pagliacci, e ele não alcança o sol. Bem, não há nada que se possa fazer com *ele*. Treviso poderia muito bem ter poupado seu tempo."

"Para não falar do meu."

"Mãe, ele é italiano. Vamos esperar."

O barítono finalmente abriu a porta e saiu, constrangido. Era um rapaz de rosto vermelho, parrudo. A mulher surgiu e ordenou que entrassem com um gesto. Mildred viu um estúdio diferente do que o sr. Hannen possuía. Era quase tão grande quanto, mas não tinha nada de austero. O imenso piano de cauda ficava junto à janela, e a decoração combinava com ele, tanto em tamanho quanto em elegância. Havia centenas de fotografias, cobrindo praticamente todas as paredes, com celebridades tão importantes que até Mildred conhecia algumas, sempre autografadas e dedicadas ao sr. Treviso. O cavalheiro propriamente dito, de terno cinza com colete de barra preta, as recebeu como se fosse um conselheiro ducal a atender um par de senhoras plebéias. Italiano alto, magro, cinquentão, de cara ossuda e olhos sombrios, ouviu Mildred explicar o motivo de sua visita, depois fez uma mesura fria e indicou cadeiras para elas. Quando Veda interferiu para dizer o que Mildred deixara de mencionar, que estudava com o sr. Hannen, ele abandonou um pouco a formalidade, fez pose trágica e disse: "Charl, coitado. Ah, coitadinho do Charl". Depois rendeu homenagem ao vigor de Hannen, disse que era um grande artista, e não mero pianista. Sorrindo levemente, permitiu-se uma reminiscência. "Conheci Charl em 1922. Empreendemos uma excursão pela Itália, juntos. Eu fazia o programa de Respighi com orquestra, e Charl tocava o concerto de Tchaikóvski. Foi logo após a ascensão de Mussolini, e Charl temia que alguém o obrigasse a tomar óleo de rícino. Morreu de medo. Comprou polaina cinza, chapéu preto, aprendeu Giovenazaz, mudou de nome para Annino, fez todo o possível para parecer italiano. O último concerto foi em Turim. Depois do concerto fomos para um pequeno café, comemorar, tomar o último drin-

230

que. E o primeiro violino fez um rápido discurso, dizendo que Charl tocou muito bem o concerto de Tchaikóvski, disse que a orquestra inteira queria homenagear Charl com um presente, em sinal de reconhecimento. E deu a Charl uma caixa grande de mogno, parecia haver um troféu lá dentro, uma taça de ouro, algo muito bonito. Charl fez discurso para agradecer, disse obrigado pessoal, foi uma grata surpresa. E abriu a caixa — era papel higiênico!"

O sorriso do sr. Treviso se abriu, os olhos negros brilharam tanto que pareciam luminosos. Mildred, fosse por causa do relato ou da morte recente da pessoa citada, percebeu que estava na presença de alguém cujo ponto de vista era completamente impenetrável para ela, que não achou a menor graça mas sorriu de leve, por educação. Mas Veda reagiu como se fosse a coisa mais engraçada que escutara na vida, e extraiu mais duas histórias do sr. Treviso. Ele consultou o relógio e disse que estava na hora de ouvi-la tocar.

A Veda que sentou ao piano era uma pessoa bem diferente da menina que tocara alegremente para o sr. Hannen, três anos antes. Estava mesmo nervosa, e a Mildred ocorreu que o estímulo ao sr. Treviso, para que contasse outros casos, podia ter sido um truque para ganhar tempo. Refletiu por um momento, depois iniciou com ar sério uma peça que Mildred conhecia como a rapsódia de Brahms. Mildred não apreciava muito aquela música. Era muito rápida para seu gosto, exceto pela parte lenta do meio, que soava quase feito um hino. Contudo, ela se ajeitou confortavelmente e aguardou os elogios que o sr. Treviso faria, e que transmitiria a Ida naquela noite.

O sr. Treviso seguiu até a janela e parou, olhando para a rua. Quando Veda chegou à parte lenta ele deu meiavolta, como se fosse dizer algo, mas não disse. Durante a apresentação inteira ele olhou para a rua. Quando Veda retornou à parte rápida, ele se aproximou e fechou o piano, dando ostensivamente tempo a Veda de tirar as mãos do caminho. No silêncio constrangedor que se seguiu ele foi até o outro canto do estúdio e sentou com um sorriso pavoroso no rosto, como se um agente funerário especializado em expressões agradáveis o houvesse preparado.

Seguiu-se um intervalo apreciável até Mildred se dar conta do que ele havia feito, e do motivo. Ela olhou para o piano, para sugerir a Veda que tocasse peças mais tranqüilas. Veda, porém, não estava mais lá. Fora até a porta, calçava as luvas e, antes que Mildred pudesse dizer qualquer coisa, saiu. Mildred pulou da cadeira e a chamou, do corredor. Mas Veda descia as escadas correndo, sem olhar para trás. A lembrança seguinte de Mildred foi que Tommy as levava para casa, e que Veda olhava para o chão, com ar tenso e mãos fechadas, desolada. Enquanto Mildred olhava surgiu uma linha branca nas costas da mão de uma das luvas, que arrebentou.

No caminho de casa Mildred reclamou do modo como o sr. Treviso as tratara. Disse que nunca vira algo assim na vida. Se ele não tinha gostado do jeito como Veda tocara a peça, poderia ter agido como cavalheiro em vez de tratá-las daquele jeito. Era o fim da picada marcar hora para duas senhoras às quatro, fazer com que esperassem até quinze para as cinco e depois que elas mal haviam passado pela porta contar uma história sobre *papel higiênico*. Se aquele era o único professor de Los Angeles a quem o sr. Hannen respeitava, ela certamente tinha opinião formada sobre o gosto do sr. Hannen. Grande parte do discurso transmitia a indignação real de Mildred, mas um pouco se destinava a consolar Veda, ficando do lado dela naquele episódio revoltante. Veda não disse nada, quando chegaram em casa desceu do carro e correu para dentro. Mildred a seguiu, mas quando chegou ao quarto de Veda viu que a porta estava trancada. Bateu, e bateu de novo com força. Depois ordenou a Veda que abrisse a porta. Não foi obedecida, e o silêncio reinava lá dentro. Letty surgiu, perguntando assustada qual era o problema. Sem dar atenção a Letty, Mildred foi até a cozinha, pegou uma cadeira e saiu. De repente o medo do que Veda poderia estar fazendo lá dentro a invadiu. Encostando a cadeira na parede externa da casa, subiu e ergueu a tela. Depois entrou no quarto. Veda, deitada na cama, olhava para o teto sem ver, do mesmo modo que olhara para o chão do carro. Suas mãos ainda se fechavam e abriam, e sua fisionomia era tensa. Mildred, que esperava pelo menos ver um frasco vazio de tintura de iodo por perto, primeiro sentiu alívio, depois dúvida. Destrancando a porta, disse: "Minha nossa, você também não precisa matar todo mundo de medo".

"Mãe, se você disser minha nossa mais uma vez, vou sair por aí gritando. Gritando!"

Veda falou num sussurro rascante terrível, depois fechou os olhos. Estendendo os braços rigidamente, como se fosse uma figura crucificada, ela passou a falar sozinha, num tom amargo, por entre os dentes cerrados. "Você pode matar isso, pode matar agora, pode cravar uma faca em seu coração, para que morra, morra, morra, pode esquecer que um dia tentou tocar piano, pode esquecer que existe um instrumento chamado piano, pode..."

"Minha n... Bem, pelo amor de Deus, o piano não é a única coisa no mundo. Você pode *compor* música." Fazendo uma pausa, Mildred tentou se lembrar do que Bert havia dito naquele dia sobre Irving Berlin, mas Veda abriu os olhos. "Sua galinha velha desgraçada ridícula, o que está tentando fazer, me deixar louca? Claro que posso compor música. Posso fazer um moteto, uma valsa, um solo para corneta com variações, qualquer coisa que desejar. E, nota por nota, valerá no máximo o fósforo usado para queimar a partitura. Você me acha o máximo, não é? Você, que vive aqui todos os dias, sonhando com arco-íris. Bem, não sou o máximo. Sou apenas a pequena maravilha de Glendale. Sei tudo que se pode saber de música, mas existe uma menina como eu em cada Glendale da face da Terra, em cada um dos conservatórios obscuros, em cada uma das universidades dos cafundós, em cada fanfarra de parquinho. Sabemos ler qualquer peça, tocar qualquer peça, arranjar qualquer peça, mas não servimos para nada. Lixo. Como você. Meu Deus, agora sei de onde veio isso. Não é engraçado? Você também era uma menina-prodígio, depois descobriu que não valia nada."

"Bem, se for este o caso, certamente parece estranho que ele não tenha percebido isso. O sr. Hannen, digo. E dito isso. Mas não, ele..."

"Você acha que ele não sabia? Acha que ele não me disse? Ele me dizia sempre que me encontrava — minhas canções eram medonhas, meu jeito de tocar era medonho. Mas ele gostava de mim. E sabia como eu me sentia a respeito. Puxa, foi um avanço, depois de passar a vida inteira a seu lado. Por isso ele insistiu, pensando que talvez, no Inevitável Amadurecimento, como chamava, fosse ajudar um dia. Uma ova. Nesse ramo, ou você tem o dom ou não tem. *Quer parar de fazer cara de idiota e de agir como se a culpa fosse toda das outras pessoas?*"

"É o que me parece, depois de tanto esforço..."

"Será que você nunca consegue entender nada? Ninguém está interessado em esforço, só o que conta é o talento! *E eu não presto para nada!* NÃO SOU BOA E NINGUÉM PODE FAZER NADA A RESPEITO!"

Quando um pé de sapato zumbiu perto de sua cabeça, Mildred saiu do quarto, pegou a bolsa e seguiu para Beverly. A atitude de Veda não a magoou. Finalmente entrou na sua cabeça que algo catastrófico acontecera a Veda, e que era algo completamente além de sua capacidade de compreensão. Mas isso não a impediria de pensar no que poderia ser feito a respeito, a sua moda.

13

Nos dias seguintes, acreditando que Veda fora vítima de uma injustiça, Mildred concluiu que os senhores Hannen e Treviso não eram os únicos professores de Los Angeles. As batalhas não eram vencidas com retiradas, e sim com disposição; Veda precisava prosseguir com seus estudos musicais, quer os grandes mestres gostassem, quer não. Mas, quando esboçou a idéia para Veda, seu olhar a partir da cama a paralisou no meio da frase. Incapaz de abrir mão da idéia de que Veda era "talentosa", decidiu que a dança clássica seria a opção. Havia uma famosa bailarina russa que costumava jantar em Laguna, e ela tinha certeza de que a boa aparência de Veda e a instrução russa adequada mudariam o cenário. Mas Veda apenas bocejou ao ouvir a proposta. Então Mildred decidiu que Veda deveria freqüentar uma escola local, possivelmente Malborough, e se preparar para a faculdade. Mas a idéia pareceu ridícula quando Veda disse: "Mas, mãe, eu não sei mais rolar um arco".

E Veda continuou reclusa no quarto até Mildred ficar de fato apavorada e resolver que, independentemente do que o futuro lhes reservava, algo precisava ser feito no presente. Um dia, portanto, sugeriu a Veda que chamasse algumas amigas e desse uma festa. Contando com sua lealdade para com a casa, convencida de que seria adequada para qualquer atividade que Veda quisesse promover ali, até sugeriu: "Se não quiser convidá-las para vir aqui, por que não em Laguna? Vocês podem ficar numa sala reservada. Mando Lucy montar uma mesa especial, contratamos um conjunto musical e depois do jantar vocês podem dançar ou fazer o que quiserem".

"Não, mãe, obrigada."

Mildred teria insistido se não fosse por Letty, que ouviu parte da conversa. Na cozinha, ela disse a Mildred: "Ela não quer ver ninguém. Pelo menos, não quer saber das pessoas de Pasadena".

"Por que não?"

"A senhora *não sabe*? Depois de ter sido a menina-prodígio do senhor Hannen? Que ia para Nova York tocar piano, fazer sucesso e ser aplaudida? A senhora acha que ela vai querer ver aquelas pessoas agora, sendo simplesmente Veda? Ela não aceita. Ou é a rainha, ou não brinca. Ela não vai dar nenhuma festa, e a senhora também não."

"Eu preciso fazer alguma coisa."

"Não podia deixar ela em paz?"

Letty, a esta altura adoradora devota de Veda, falou incisivamente. Mildred saiu da cozinha com medo de perder a paciência. Deixar Veda em paz era algo que não passara por sua mente, mas assim que se acalmou refletiu a respeito. Contudo, seria incapaz de deixar Veda sossegada. Para começo de conversa, sua preocupação em relação à filha tinha embasamento. Em segundo lugar, acostumara-se a controlar a vida das pessoas que dependiam dela, de modo que paciência, sabedoria e tolerância praticamente deixaram de fazer parte de sua pessoa. Em terceiro, havia a sensação sobre Veda que permeava todos os aspectos de sua vida e coloria tudo que ela fazia. Ter Veda para tocar a música do arco-íris só para ela era delicioso. Ouvir seus gritos era doloroso mas suportável, pelo menos ela gritava com Mildred. Mas deixá-la ali, deitada na cama, olhando para o teto, sem pensar nela, era uma agonia grande demais para suportar. Mesmo tentando se manter distante, levando em conta o comentário de Veda, ela já estava decidindo que o negócio de Veda era realmente o cinema, e pensando no jeito de fazer um diretor, clien-

236

te de Ida, se interessar por ela. O esquema brilhante, contudo, nunca foi testado. Veda superou a crise. Apareceu em Laguna certa noite, pediu um coquetel, alegre, devorou um filé de três dólares e meio e se relacionou socialmente com os presentes. Ao sair, perguntou a Mildred de um jeito distraído se poderia comprar roupas novas, explicando que se sentia embaraçada em sair por aí vestindo "aqueles trapos". Mildred, deleitada com os sinais de interesse pela vida, ignorou o coquetel e disse a ela para comprar o que bem entendesse.

Ficou abismada quando as contas começaram a chegar e somaram mais de mil e trezentos dólares. Incomodou-se quando viu as roupas. Até então Veda usava as peças comportadas, discretas, bem-feitas e assexuadas prescritas para Pasadena como adequadas a moças de sua idade. Agora, escolhera chapéus caros enormes e vestidos vistosos, passava pó-de-arroz, ruge e batom no rosto, nem parecia a mesma moça. O cabelo, ainda macio e vermelho acobreado, foi cortado e caía em cascata pelo ombro. As sardas haviam sumido, tornando a parte superior da face, que tanto lembrava Bert, ainda mais bonita que antes: as sombras sob os olhos destacavam sua beleza real, e o azul-claro dos olhos com a boca bem delineada e decidida também refletia o mundo moderno de bulevares, teatros e carros aerodinâmicos. Crescera pouco nos três últimos anos. Seu porte altivo compensava a altura, pois era só pouca coisa mais alta que Mildred. Seu corpo se equilibrara, assumira nova forma ou passara por alguma mudança ardilosa, de modo que a Leiteria não era mais uma assimetria chocante, como nos tempos em que Monty zombava dela. Combinava de modo agradável, sedutor até, com o resto do corpo. Mas o que abalou Mildred, quando o novo guarda-roupa chegou, foi a percepção de que aquela menina não era mais criança. Aos dezessete anos ela se transformara numa mulher, e anormalmente esperta para a idade. Mildred tentou gostar das roupas, mas não conseguiu. Incapaz de criticá-las, implicou com o casaco de mink, modelo exatamente igual ao que escolhera para si poucos anos antes, e que nunca chegara a adquirir. Lamuriante, disse que a compra jamais deveria ter sido feita "sem consultá-la". Mas, quando Veda o vestiu e a chamou de "mamãe querida", implorando para ficar com o casaco, ela cedeu.

Dali para a frente ela mal via Veda. Pela manhã, quando saía, Veda ainda estava dormindo, e de noite, quando voltava, Veda não estava em casa e só costumava voltar depois das duas ou três da madrugada. Certa noite, quando o carro de Veda avançou e recuou diversas vezes, até acertar a porta da garagem, e os passos soaram pesados no corredor, Mildred percebeu que Veda estava embriagada. Mas quando bateu na porta trancada de Veda não recebeu resposta alguma. Certa tarde, quando voltou para casa na hora de seu descanso, o carro de Veda estava lá e uma moça horrível chamada Elaine acompanhava a filha. Seu local de residência, descobriu, era Beverly, e a ocupação, atriz, embora a resposta à pergunta de Mildred sobre os filmes em que atuara tenha sido "figurante". Era alta, bonita e vulgar, Mildred instintivamente antipatizou com ela. Mas era a primeira moça que Veda levava lá, como amiga, e ela tentou "ser gentil com ela". Depois, Mildred começou a ouvir comentários. Certa noite Ida a encostou na parede e iniciou uma arenga longa, sussurrada. "Mildred, embora não seja da minha conta, está na hora de você saber o que anda acontecendo com Veda. Ela esteve aqui dúzias de vezes com aquela moça horrível com quem costuma andar, e não só aqui, pois freqüenta o Eddie's, do outro lado da rua, e diversos lugares semelhantes. Só o que interessa para elas é pegar homens. E pegam cada um! Saem por aí no carro de Veda, às vezes há um homem com elas, às vezes há cinco. Cinco, Mildred. Um dia havia três dentro do carro, no colo delas, e mais dois nos estribos. E no Eddie's ela *bebem...*"

Mildred resolveu conversar com Veda, e num domingo pela manhã juntou coragem para começar. Mas Veda bancou a magoada. "Afinal de contas, mãe, foi você quem disse que eu não devia passar o dia largada na cama. E só porque aquela abelhuda da Ida disse... Ah, não quero nem falar nesse assunto. Não há motivo algum para alarme, mãe. Vou ao cinema, mais nada. E Elaine pode ser vagabunda, admito, não precisamos ser falsas neste caso. Concordo plenamente que ela não vale nada. Mas ela conhece diretores. Um monte. E a gente *precisa* conhecer diretores para conseguir um teste."

Mildred tentou aceitar a versão com muita boa vontade, ressaltando que a idéia de carreira no cinema fora sua. Mas continuou sofrendo muito, e quase ficou doente.

Certa tarde, no restaurante de Glendale, Mildred conferia o estoque com a sra. Kramer quando Arline entrou na cozinha e disse que a sra. Lenhardt estava ali para vê-la. Baixando a voz, Arline acrescentou, excitada: "Acho que é a esposa daquele diretor".

Mildred lavou e enxugou as mãos depressa para sair. De repente, sentiu o rosto quente. Arline dissera sra. Lenhardt, mas a mulher perto da porta era a sra. Forrester, com quem conversara, anos antes, sobre o emprego de governanta. Ela mal teve tempo de lembrar que a sra. Forrester ia se casar de novo quando a mulher se virou e aproximou-se grandiosa, estendendo a mão enluvada com estonteante elegância. "Senhora Pierce? Estava tão ansiosa para conhecê-la. Sou a senhora Lenhardt, esposa de John Lenhardt, e tenho *certeza* de que resolveremos nosso probleminha *esplendidamente.*"

O cumprimento deixou Mildred bastante ressabiada, e ela conduziu a sra. Lenhardt a uma mesa enquanto especulava freneticamente sobre o que suas palavras significavam. Sentiu uma onda de pânico ao pensar que a visita estaria relacionada com a entrevista anterior, temendo que Veda descobrisse que ela chegara a se candidatar a um emprego doméstico, pois as conseqüências seriam medonhas. Ao encarar a visita, ela decidiu que ia negar tudo, fosse qual fosse o probleminha, negaria conhecer a

239

sra. Forrester e a ida à casa dela, ou mesmo que pensara em aceitar o emprego de governanta. Mal tomara sua decisão, viu que a sra. Forrester a encarava atentamente. "Já nos encontramos antes, senhora Pierce?"

"Provavelmente em um dos meus restaurantes."

"Mas eu não freqüento restaurantes, senhora Pierce."

"Tenho uma filial em Beverly, talvez tenha passado por lá para tomar um chocolate, muita gente faz isso. Provavelmente me viu. Claro, se eu a tivesse visto, não me esqueceria."

"Claro, só pode ser isso."

A sra. Lenhardt continuou a encará-la, Arline entrou e começou a tirar o pó das mesas. Para Mildred as orelhas de Arline pareciam maiores que o normal. Ela a chamou e perguntou à sra. Lenhardt se ela queria alguma coisa. Como a sra. Lenhardt recusou, ela disse a Arline que podia deixar as mesas para mais tarde. A sra. Lenhardt sentou sobre o casaco como uma galinha no ninho, e despejou: "Vim para falar de nossos filhos, senhora Pierce — de nossos *bebês*, sou quase tentada a dizer, pois é assim que me sinto em relação a eles".

"Nossos...?"

"Sua filhinha, Veda — ela é uma moça adorável, senhora Pierce. Não me lembro de ter gostado tanto de uma menina como gostei de Veda. E... meu filho."

Mildred, nervosa e assustada, encarou-a por um momento e disse: "Senhora Lenhardt, não faço a menor idéia do que está falando".

"Ora, tenha dó, senhora Pierce."

"Não sei aonde quer chegar."

O tom de voz de Mildred foi firme, e a sra. Lenhardt a olhou com intensidade, os lábios sorriam sob os olhos incrédulos. Então ela soltou uma risada aguda, penetrante. "Mas é claro que não! Como fui estúpida, senhora Pierce. Eu deveria ter explicado que meu menino, meu *bebê*, é Sam Forrester."

Como Mildred continuou a encará-la, a sra. Lenhardt

percebeu finalmente que ela não estava fingindo. Mudou os modos, debruçando-se para perguntar, ansiosa: "Quer dizer que Veda não lhe contou nada?".

"Nem uma só palavra."

"Ah!"

A sra. Forrester excitou-se, obviamente feliz com a vantagem de poder dar a Mildred sua própria versão do caso em primeira mão, fosse qual fosse. Tirou a luva e lançou um olhar de avaliação sobre Mildred antes de prosseguir. "Podemos começar, senhora Pierce?"

"Por gentileza."

"Eles se conheceram — bem, parece que foi ontem, mas aconteceu há várias semanas, em minha casa. Meu marido — sem dúvida já ouviu falar nele — é diretor, e estava avaliando Veda para um papel. Como costumamos fazer com esses jovens, quando demos uma festa restrita a convidamos — Veda e sua amiguinha Elaine, outra menina encantadora, senhora Pierce. Meu marido a conhece há anos, e..."

"Eu também a conheço."

"Então, foi em minha própria casa, senhora Pierce, que Veda e Sam se conheceram. Foi *simplesmente* amor à primeira vista. Só pode ter sido, senhora Pierce, pois meu menino é tão sincero..."

"Quer dizer que estão *comprometidos?*"

"Eu ia chegar lá. Não posso dizer que estejam comprometidos. Na verdade, sei que Sam não tinha esta intenção em mente. Mas Veda desenvolveu a noção de que — bem, eu *compreendo*, é claro. Qualquer moça deseja se casar. Mas Sam nunca pensou na possibilidade, e quero deixar isso bem claro."

A voz da sra. Lenhardt foi ficando meio esganiçada, meio estridente, e ela apontou um dedo rígido para Mildred, ao prosseguir. "E tenho absoluta certeza de que concordará comigo, senhora Pierce, que qualquer discussão sobre a possibilidade de casamento entre eles seria *absolutamente* indesejável."

241

"Por quê?"

Até então, no que dizia respeito a Mildred, o casamento de Veda consistiria numa enorme calamidade, mas ela reagiu de modo protetor à colocação da sra. Lenhardt, que rebateu: "Porque eles não passam de crianças! Veda não pode ter mais de dezenove anos...".

"Ela tem dezessete."

"E meu menino, vinte. São muito novos, senhora Pierce, jovens demais. Além disso, vivem em mundos diferentes..."

"Que mundos diferentes?"

Os olhos de Mildred faiscavam, e a sra. Lenhardt imediatamente recuou. "Eu não quis dizer isso, senhora Pierce, é claro. Vamos dizer *comunidades*. Eles têm formação diferente, ideais diferentes, amigos diferentes. E, claro, Sam cresceu acostumado a ter muito dinheiro..."

"E acha que Veda não?"

"Tenho certeza de que ela tem tudo que a senhora pode lhe dar..."

"Talvez ela esteja acostumada a ter o mesmo que seu filho, ou mais. Não estou exatamente na miséria, como pode ver."

"Por favor, deixe que eu termine, senhora Pierce. Se Veda está acostumada a riqueza e posição social, há ainda mais razão para que esta possibilidade não seja levada em consideração por um segundo sequer. Quero deixar claro: Se Sammy casar estará *totalmente* por sua própria conta, e certamente será duro para dois jovens, ambos criados em berço de ouro, viver do que *ele* pode ganhar."

Tendo deixado isso bem claro, a sra. Lenhardt tentou se acalmar, e Mildred também tentou se acalmar. Disse que estava ouvindo aquilo pela primeira vez, e que precisaria conversar com Veda antes de dar sua opinião. Como a sra. Lenhardt declarou polidamente que era uma idéia excelente, Mildred começou a suspeitar de que ainda não sabia toda a verdade. De repente, perguntou, ressabiada: "E por que Veda deveria ser favorável ao casamento, e seu filho não?".

"Senhora Pierce, não sei ler pensamentos."

A sra. Lenhardt falou com raiva, e seu rosto avermelhou. Logo acrescentou: "Mas posso lhe dizer uma coisa. Se a senhora, aquela menina ou qualquer pessoa tentar mais algum *truque* para chantagear meu filho para...".

"Tentar o quê?"

A voz de Mildred estalou como um chicote, e por um momento a sra. Lenhardt não falou nada. Pelo jeito, percebera que já havia falado demais, e tentava ser discreta. Seu esforço fracassou. As narinas se dilataram e fecharam várias vezes, antes que explodisse: "Acho bom entender aqui e agora, senhora Pierce, que impedirei esse casamento. Farei o que for preciso para impedi-lo, usando meios legais se necessário". O modo como pronunciou "necessário" deu um tom macabro à palavra.

Naquela altura o motivo da visita estava claro para Mildred, e ela se acalmou, adotando uma postura cautelosa, fria, calculista. Ergueu os olhos e viu Arline tirando o pó outra vez, orelhas maiores do que nunca. Chamou-a e pediu que ajeitasse as cadeiras da mesa ao lado, e, quando ela se aproximou, voltou-se delicada para a sra. Lenhardt. "Perdão, por um momento eu me distraí."

A sra. Lenhardt levantou a voz, e começou a gritar. "Estou dizendo que se houver mais ameaças, mais policiais à minha porta ou qualquer outro truque que ela anda armando, farei com que seja presa, e pessoalmente a denunciarei por chantagem, não hesitarei um minuto, pois cheguei ao limite de minha paciência."

A sra. Lenhardt, após ofegar por alguns instantes, levantou-se e saiu. Mildred olhou para Arline. "Ouviu o que ela disse?"

"Eu não estava escutando, senhora Pierce."

"Eu perguntei se ouviu o que ela disse!"

Arline estudou Mildred, em busca de uma pista. Depois: "Ela disse que Veda estava tentando chantagear o filho dela para casar, e se insistir ela vai chamar a polícia".

"Não se esqueça disso, caso eu precise de você."

"Sim, senhora."

Naquela noite Mildred não foi a Laguna ou Beverly. Ficou em casa, andando para lá e para cá, torturada pelo temor de que Arline fosse contar a todo mundo do restaurante a encrenca medonha em que Veda se metera. Sentia uma aflição física, doentia, nauseante, que não conseguia sufocar. Foi para o quarto e se deitou às onze, estendendo um cobertor por cima do corpo vestido. Por volta da uma o carro de Veda entrou no acesso, e ela não correu o risco de se deparar com a porta do quarto trancada. Pulou da cama e encontrou Veda na cozinha. "Mãe... você me assustou!"

"Lamento, querida. Mas preciso falar com você. Aconteceu uma coisa."

"Bem... espere ao menos eu tirar o chapéu."

Mildred foi para a saleta, aliviada por não ter sentido cheiro de bebida. Em poucos minutos Veda apareceu, sentou-se, acendeu um cigarro e bocejou. "Pessoalmente considero filmes uma chateação, não acha? Pelo menos os filmes de Nelson Eddy. Bem, suponho que não seja culpa dele, pois não é o modo como canta, e sim o que canta. E calculo que ele não tenha responsabilidade alguma pelo fato de serem insuportavelmente longos."

Desanimada, Mildred procurava um modo de começar. Em voz baixa, tímida, ela disse: "A senhora Lenhardt veio me visitar hoje. A senhora John Lenhardt".

"Ah, é mesmo?"

"Ela alega que você está tentando casar com o filho dela, ou pelo menos alimenta este sonho, ou algo assim."

"Ela fala um bocado. O que mais?"

"Ela se opõe."

Apesar do esforço, Mildred não conseguia falar. Então despejou: "Querida, do que ela estava falando? De que se trata, afinal?".

Veda fumou meditativa, esperou um momento e disse de um jeito suave, claro: "Bem, seria ir longe demais dizer que foi minha a idéia do casamento com Sam. Depois da onda que fizeram comigo, com papai se virando para me conseguir um teste no cinema e a mamãe do meu lado de manhã, tarde e noite, além do Sonny a telefonar e escrever, mandando telegramas dizendo que, se eu não casasse com ele, terminaria sua jovem vida — pode-se dizer que houve uma conspiração. Eu certamente não disse nada, nem pensei a respeito, até que se tornou aconselhável".

"O que quer dizer aconselhável?"

"Bem, mãe, ele era muito doce, ou parecia ser, e todos me estimularam, e eu não era feliz desde que... Hannen faleceu. E Elaine tem um apartamento lindo, pequeno. Fui realmente muito indiscreta. Depois da grande farra a atitude dele mudou completamente, quem diria. E eu estou aqui, de chapéu na mão. Pode-se dizer que banquei a idiota."

Se havia alguma dor ou um tom trágico no relato, não era audível ao ouvido normal. Traía o arrependimento por irresponsabilidade, talvez até autocompaixão, mas sempre em tom informal. Mildred, contudo, não se interessava por sutilezas. Chegara ao ponto em que precisava esclarecer um fato básico, fundamental. Sentada ao lado de Veda, segurou sua mão e disse: "Querida, preciso perguntar uma coisa. É preciso. Você... vai ter um bebê?".

"Sim, mãe, receio que sim."

Por um segundo sua aflição foi tão grande que Mildred teve a impressão de que ia vomitar. Mas ao ver o olhar carente e contrito de Veda, que havia pecado e tinha certeza da absolvição, a náusea passou e Mildred sentiu um formigamento percorrer seu corpo. Veda pousou a cabeça em seu ombro e Mildred a abraçou, acariciou seus cabelos, chorou um pouquinho. "Por que não me contou nada?"

"Fiquei com medo."

"De mim? De sua mãe?"

"Não, não! Do sofrimento que eu ia lhe causar, minha mãe querida. Não sabe que não suporto vê-la infeliz?"

Mildred fechou os olhos por um momento, saboreando as palavras lisonjeiras. Ao se lembrar do caso, perguntou: "O que ela quis dizer com policiais?".

"Ela falou em polícia?"

"Acho que sim. Batendo na porta dela."

"Puxa, isso é curioso."

Veda sentou-se, acendeu outro cigarro e riu com ironia. "Pelo que descobri a respeito do rapaz desde que isso aconteceu, eu diria que qualquer moça da Central Casting, aproximadamente oito mil no total, poderia ter mandado a polícia bater lá. Ele tem um gosto muito abrangente. Bem, chega a ser engraçado, quando a gente pensa melhor, não acha?"

Ansiosa por novas demonstrações de carinho, Mildred perguntou a Veda se gostaria de dormir com ela, "só por esta noite". Mas Veda disse que era uma situação que precisava enfrentar sozinha e foi para seu quarto. Durante a noite Mildred acordou várias vezes, atormentada pela inquietude. Pela manhã foi ao restaurante de Glendale e ligou para Bert. Dispensou Tommy, foi até a casa da sra. Biederhof e o apanhou. Na subida para casa começou a contar. Relatou tudo que considerava relevante, a começar pela hemorragia do sr. Hannen, ressaltando o pressentimento de Veda a respeito dele. Quando chegou ao sr. Treviso, a fisionomia de Bert anuviou-se e ele reclamou da "falta de caráter" de um carcamano sujo que tratava uma jovem daquela maneira. Encontrando dificuldade para prosseguir, Mildred falou de Elaine, das bebedeiras e das histórias escabrosas de Ida. Desconexa, quase incapaz de continuar conversando ou dirigindo, ela falou do encontro com a sra. Lenhardt. Então, ao tentar reproduzir seu diálogo com Veda, ela perdeu completamente o controle e despejou: "Bert! Ela vai ter um bebê! Vai ser mãe!".

Bert segurou o braço dela com força. "Espere um pouco! Pare o carro! Preciso... ir para algum lugar onde eu possa me mexer."

Ela estacionou em Foothill Boulevard. Ele desceu e ficou andando de um lado para o outro, perto do carro, batendo os pés. Disse alguns palavrões. Falou que ia matar o filho-da-mãe nem que fosse a última coisa que faria na face da Terra. Disse que ia matá-lo mesmo sabendo que o enforcariam e que sua alma apodreceria no inferno. Enfeitando a ameaça com detalhes pavorosos, descreveu até onde compraria a arma, o modo como pegaria o rapaz e o que diria quando estivesse frente a frente com ele, e como daria fim a sua vida. Mildred observou a figura miúda irracional andando para lá e para cá, e um orgulho feroz, impávido, começou a confortá-la. Até as ameaças lhe davam uma satisfação estranha, mórbida. Esperou mais um tempo e disse: "Entre no carro, Bert".

Ele sentou-se a seu lado, levou as mãos ao rosto e por um momento deu a impressão de que iria chorar. Como não chorou, ela ligou o carro e falou: "Sei que você o mataria, Bert. Sei que seria capaz disso e admiro sua coragem. Eu o amo por isso". Ela pegou na mão dele, segurou-a com força e as lágrimas escorreram por seu rosto, pois ele chegara ao fundo de sua dor e, de algum modo, a aliviara com sua ferocidade. "Mas isso não traria nenhum benefício a Veda. Se ele morrer, não vai ajudar em nada."

"Tem razão."

"E o que vamos fazer?"

Gaguejando, Mildred conseguiu mencionar a possibilidade de uma operação. Sabia pouco a respeito, odiava a idéia não somente pelo aspecto físico, mas principalmente por ir contra o instinto de sua natureza feminina. Bert a interrompeu com um gesto. "Mildred, muitas moças morrem nessas operações. Elas morrem. Não vamos deixar nossa filha morrer. Perdemos uma, e já chega. Meu Deus, não permitirei que ela faça nenhuma operação, não facilitarei a vida daquele rato sujo que se aproveitou dela e agora quer cair fora."

Bert virou-se para Mildred, com olhos faiscantes. "Ele vai se casar com ela, é o que deve fazer. E depois que der um nome à criança pode sumir para sempre. Aliás, é melhor ele sumir e depressa, antes que eu possa pegá-lo. Por mim ele pode ir para o inferno, não me importo, mas antes de fazer isso ele vai ficar ao lado dela na igreja e dizer 'sim'. Vou providenciar para que isso aconteça."

"É o único jeito, Bert."

Mildred seguiu em frente, mas acabou sentindo um vazio, uma impressão de que haviam voltado ao ponto de partida. Não custava nada dizer que o rapaz tinha de casar com Veda, o problema era como obrigá-lo a fazer isso. De repente, ela disse: "Bert, precisamos de um advogado".

"Era nisso que eu estava pensando."

"Você e eu não podemos fazer nada. Estamos perdendo um tempo precioso, é preciso tomar providências. A primeira coisa é contratar um advogado."

"Certo. E depressa."

Quando Mildred chegou em casa, Veda estava acordando. Fechando a porta, ela dirigiu-se à moça de cabelo despenteado e quimono verde. "Contei para seu pai. Tivemos uma conversa. Ele também acha que precisamos de um advogado. Vou falar com Wally Burgan."

"Mãe, creio que é uma excelente idéia... mas, a bem da verdade, já falei com ele."

"Você... *o quê?*"

Veda falou, sonolenta e meio impaciente. "Mãe, você não consegue entender que estou tentando resolver as coisas sozinha, sem envolver você nos meus problemas? Procuro poupá-la. Quero tornar tudo mais fácil para você."

Mildred piscou e tentou se ajustar àquela revelação assustadora.

Wally chegou por volta das três. Mildred o conduziu à saleta por uma questão de privacidade, e mandou Letty fazer um serviço externo que lhe tomaria a tarde inteira. Quando voltou à saleta, encontrou Veda com o vestidinho azul simples que custara setenta e cinco dólares a Mildred e Wally a observar fotos de Bert em banquetes. Disse que essas coisas lhe eram familiares e entrou direto no caso. Explicou ter realizado uma pesquisa rápida e que a situação era realmente como esperava. "O rapaz recebe uma fortuna ao completar vinte e um anos, isso é o mais importante. Não sei exatamente quanto, mas chega aos seis dígitos. Seu direito à herança é líquido e certo. Não há meio de a mãe, o padrasto ou qualquer um alterar o que está escrito e tirá-lo da jogada. Quando ele morrer, quem estiver casada com ele leva uma parte da fortuna familiar. É disso que estamos falando, e mais nada. Por isso estão desesperados para resolver tudo. Não tem a ver com ele ser jovem, ou os dois estarem apaixonados ou não, ou com a forma como foram criados, ou qualquer argumento usado pela mãe. Interessa apenas o pote de ouro no fim do arco-íris."

Quando Wally parou, Mildred tomou fôlego e falou devagar, erguendo ligeiramente a voz: "Wally, não estou interessada em saber se ele vai herdar nem quanto vai herdar ou qualquer coisa do gênero. Enquanto eu estiver por aqui Veda não passará necessidade. Mas existe uma situação delicada. Uma situação terrível para Veda, e a única coisa que o rapaz pode fazer é casar com ela. Trata-se de um rapaz decente, ele tomará a atitude correta por sua própria iniciativa, independentemente do que a família disse. Se não agir assim, precisará ser incentivado. Wally, aquela mulher disse um monte de coisas que eu não contei a Veda, mas tenho uma testemunha para comprovar legalmente as ameaças e outras coisas. *Estou disposta a ir tão longe quanto ela.* Se for a única saída, quero ver o rapaz preso — e pode dizer a ele que será uma sorte enfrentar apenas a polícia, em vez de Bert".

"Detenção pode ser bem difícil."

"Não temos leis?"

"Ele fugiu."

Wally olhou de esguelha para Veda, que ponderou por um momento e disse: "Acho melhor contar a ela".

"Sabe, Mildred, acontece que já pensamos nisso. Dois ou três dias atrás, ou na semana passada, levei Veda à delegacia e fiz com que ela desse queixa de Sam. Nada de estupro ou crimes revoltantes. Apenas uma acusação leve de danos morais, e na mesma tarde dois policiais foram entregar a intimação. Ele não estava em casa. Pelo que sabemos..."

"Então foi isso que ela quis dizer com polícia!"

Veda ajeitou o corpo na poltrona, desconfortável com o olhar acusador de Mildred. "Bem, mãe, se está pensando em nossa conversa de ontem à noite, naquele momento eu não sabia que a polícia tinha realmente ido lá."

Mildred voltou-se para Wally. "Não tenho a menor dúvida de que num caso como este, tão sério, eu deveria ter sido a primeira pessoa com quem falar. Como tomaram medidas legais sem que eu tivesse conhecimento disso?"

"Bem, acho melhor você se controlar um pouco."

Os olhos de Wally gelaram quando ele se levantou e passou a andar de um lado para outro na frente de Mildred, antes de prosseguir. "Você deve levar em conta um aspecto: tenho de considerar um detalhe chamado ética profissional. Claro, eu teria conversado com você. Já conversamos muito antes, certo? No entanto, se minha cliente estipula expressamente que eu não devo dizer nada a você, então..."

Quando Mildred se virou, Veda estava pronta. "Mãe, já está na hora de você enfiar na cabeça que eu, e não você, ocupo a posição central nesta situação, como a chama. Não me orgulho disso. Admito sem rodeios que a culpa é minha, e que agi estupidamente. Mas, quando ajo com este pressuposto, quando tentei aliviar sua responsabilidade, quando tentei evitar sua infelicidade, parece-me que você deveria me conceder algum crédito e motivação decente, em vez de bancar a histérica desse jeito."

"*Nunca em toda a minha vida...!*"

"Calma, mãe, ninguém está pedindo sua ajuda, e Wally aceitou o caso como um grande favor para mim, e creio que o mínimo que você pode fazer é deixá-lo nos dizer o que devemos fazer, pois imagino que ele saiba muito mais a respeito do assunto do que você."

Mildred recuou, um pouco assustada com o tom de voz de Veda, e Wally retomou sua fala com a mesma tranqüilidade de antes. "Bem, pelo jeito que as coisas estão, eu diria que o próximo movimento cabe a eles. No meu modo de ver, ganhamos o primeiro assalto. Quando a intimação foi emitida, mostramos que não estamos para brincadeiras. Em questão de danos morais, o júri só quer saber da idade da moça. O caso é aberto e encerrado. Como eles o esconderam rapidamente, já sabem com o que estão lidando. E o que têm pela frente é pesado. Enquanto houver a intimação, ele não ousará pisar no estado da Califórnia, não poderá voltar à faculdade nem mesmo usar seu nome verdadeiro. Claro, podemos tomar outras iniciativas, como processar a mãe, mas apareceremos nos jornais, o que não é bom. Sugiro deixar as coisas como estão. Mais cedo ou mais tarde eles virão a nós, e quanto mais dermos a impressão de que não damos a mínima, melhor a nossa situação."

"Mas, Wally!"

A voz de Mildred era um uivo desesperado. "*Wally!* O tempo está passando! Os dias vão passando, e veja a condição desta menina! Não podemos esperar. Temos..."

"Creio que devemos confiar em Wally."

O corte frio de Veda encerrou a discussão, mas Mildred passou o dia e a noite inteira agitada, e na manhã seguinte chegou ao ponto de saturação. Quando Tommy chegou para trabalhar, ao meio-dia, fez com que a levasse até a casa da sra. Lenhardt, "para tirar isso a limpo" com ela. Quando iam entrar no acesso, porém, ela viu o empregado que lhe abrira a porta, naquela manhã distante no tempo, a conversar com o motorista de uma perua de entrega. Sabia perfeitamente bem que ele se recordaria dela, e gritou agitada para Tommy seguir em frente, pois mudara de idéia. Enquanto o carro transitava pela rotatória em frente à casa, ela afundou no banco para não ser reconhecida. Pediu a Tommy que a levasse até a casa de Ida e telefonou para Bert. Deixou Tommy em Beverly, pegou Bert novamente e seguiu morro acima.

251

Bert ouviu tudo e começou a balançar a cabeça. "Puxa vida, Mildred, eu gostaria que você tivesse dito que pretendia chamar Wally Burgham. Você sabe que não gosto desse sujeito, e muito menos do jeito como ele atua profissionalmente. Pedir a ele que faça alguma coisa logo é... bem, ele está liquidando a Pierce Homes há oito anos, certo? E ainda não liquidou nada. Não vai tentar arranjar um casamento para Veda. Está só engordando a conta."

Eles seguiram adiante, cada um pensando numa coisa, e de repente Bert achou a saída. "Ele que se dane! O que queremos é encontrar o rapaz, certo? Não é isso? Não tenho razão?"

"Claro que tem. Em vez de..."

"Este caso pede um detetive particular."

Mildred sentiu uma excitação selvagem, quente. Afinal iam tomar providências. Animados, conversaram a respeito e Bert pediu-lhe que o levasse até uma drogaria ou outro lugar onde houvesse uma lista telefônica. Pararam em San Fernando e Bert desceu do carro antes que parasse completamente. Voltou em dois minutos com um pedaço de papel na mão. "Consegui três nomes, com telefone e endereço. Sugiro passar primeiro na agência Simons. Já ouvi falar neles, e fica aqui em Hollywood, não muito longe."

A Agência de Detetives Simons localizava-se numa sala térrea pequena em Vine Street, e o sr. Simons era um sujeito miúdo e simpático de cabelo preto eriçado. Ouviu atentamente Bert relatar o problema e evitou fazer perguntas constrangedoras. Depois reclinou a cadeira e disse que não via dificuldades maiores no caso. Fazia esse tipo de serviço com freqüência, e na maioria dos casos obtinha resultados positivos. Contudo, como a rapidez parecia ser essencial, haveria muitas despesas e ele precisava de um adiantamento. "Necessito de duzentos e cinqüenta para começar. E do retrato do rapaz, bem como das informações adicionais disponíveis, para pôr um agente em campo, o que me custa dez dólares por dia. Será preciso oferecer uma recompensa, e..."

252

"Recompensa?"

Mildred teve a súbita visão de um retrato medonho espalhado pelas agências de correio. "Ora, não se preocupe, senhora Pierce." O sr. Simons parecia adivinhar seu medo. "Trata-se de uma iniciativa estritamente confidencial, ninguém saberá de nada. Procure entender que trabalhamos com diversos colaboradores, e eles não fazem isso por amor à arte. Digamos que, no caso, uma recompensa de cinqüenta dólares seja suficiente. Resta ainda o custo de impressão dos panfletos, o pagamento da moça que endereçará uns dois mil envelopes e..."

Bert sugeriu que metade do adiantamento fosse pago agora, e o restante quando localizassem o rapaz, mas o sr. Simons fez que não com a cabeça. "Preciso deste valor para fazer os pagamentos antes de começar o serviço. E ainda não falei nada sobre minha remuneração. Claro, há outros lugares mais baratos, sintam-se à vontade para procurálos, se quiserem. Mas, como sempre digo, quanto mais barato, mais lento neste ramo. E mais arriscado."

Mildred preencheu o cheque. A caminho de casa, os dois se elogiaram pela bela jogada, combinando de não contar nada a Wally ou Veda até terem "fisgado o peixe", como disse Bert. Por vários dias Mildred se refugiava em cabines telefônicas e conversava em sussurros com o sr. Simons. Certa tarde, ele lhe pediu que fosse a seu escritório. Ela apanhou Bert e foram juntos à sala do detetive. O sr. Simons era só sorrisos. "Tivemos um pouco de sorte. Claro, esse negócio de sorte não existe. Neste ramo o que interessa é não deixar nada para trás. Descobrimos que o rapaz deixou a cidade dirigindo um dos carros do padrasto, e a decisão de incluir esta informação no folheto se mostrou acertada. Resolvemos o caso. Eis a conta detalhada, e agradeceria se fizessem o cheque enquanto a secretária datilografa o endereço..."

Mildred preencheu o cheque de cento e vinte e cinco dólares, em grande parte referentes a "serviços". O sr. Simons entregou-lhe o cartão com o desejado endereço.

"Trata-se de uma fazenda chique perto de Winslow, no Arizona. O jovem está usando seu próprio nome, e não creio que haja nenhum problema para localizá-lo."

Na volta eles examinaram o folheto do sr. Simons, no qual estava o rosto débil e formoso do rapaz que escolheram para genro. Nervosos, discutiram os próximos procedimentos, e chegaram à conclusão, nas palavras de Bert, de que deveriam "acabar logo com isso". Quando Mildred o deixou, eles concordaram que estava na hora de exigir que Wally agisse logo. Mildred chegou em casa, foi para a cozinha e despachou Letty para outra missão demorada. Após a saída da empregada ela correu para a saleta e ligou para Wally. Excitada, contou o que havia feito e leu o endereço fornecido pelo sr. Simons. Ele disse "espere um pouco até eu pegar um lápis". Fez com que repetisse o endereço bem devagar e falou: "Beleza. Vai ajudar. É bom contar com isso, por via das dúvidas".

"Como assim, por via das dúvidas?"

"Caso eles resolvam endurecer."

"Não vai ligar para a delegacia?"

"Não adianta querer precipitar as coisas. Eles estão exatamente onde queremos, e, como eu disse antes, nossa estratégia é fazer com que venham a nós. Vamos esperar e..."

"Wally, quero ver aquele rapaz preso."

"Mildred, por que não me deixa resolver..."

Mildred bateu o telefone e levantou-se num salto, com os olhos faiscantes e o chapéu meio torto. Quando deu meia-volta para sair correndo, deparou-se com Veda à porta. Não esperou nada para começar a criticar Wally. "Aquele sujeito não está nem tentando resolver o caso. Contei para ele onde o rapaz se escondeu. Contratei um detetive para descobrir, e mesmo assim ele não quer fazer nada. Bem, foi a última vez que contei com ele. Eu vou pessoalmente à delegacia."

Trêmula de indignação virtuosa, Mildred disparou em direção à porta. Colidiu com Veda, que aparentemente se deslocara para bloquear o caminho da mãe. Seu pulso foi agarrado com força descomunal, e o aperto férreo a obrigou a recuar, implacavelmente, até cair no sofá. "Você não vai fazer nada disso."

"Solte-me! Por que quer me punir assim? Como não vou fazer nada?"

"Se for até a delegacia, eles vão trazer de volta o jovem senhor Forrester. E, se ele voltar, vai querer casar comigo, e acontece que esse desfecho não me convém. Talvez lhe interesse saber que ele voltou. Chegou à cidade de fininho, e eu me diverti muito, pois o forcei a ser um bom menino e fazer tudo que a mamãe mandava. Ele é louco por mim. Eu me certifiquei disso. Todavia, no que diz respeito ao matrimônio, peço que me escuse. Prefiro minha parte em dinheiro."

Mildred tirou o chapéu e olhou para a fria e linda criatura que estava sentada na sua frente, e que bocejava como se o assunto fosse aborrecido. Os eventos dos últimos dias passaram por sua mente, principalmente o estranho relacionamento cúmplice entre Veda e Wally. Fechou um pouco os olhos e seu rosto endureceu. "Agora entendo o que aquela mulher quis dizer com chantagem. Vocês só estão tentando dar um golpe, tomar dinheiro da família inteira. Você não está grávida coisa nenhuma!"

"Mãe, a esta altura trata-se de uma questão de opinião, e na minha opinião, estou sim."

Os olhos de Veda brilhavam enquanto ela falava, e Mildred quis recuar para evitar uma daquelas cenas das quais sempre saía derrotada, humilhada e magoada. Mas uma coisa inchava dentro dela, algo que começara com a preocupação extrema de algumas noites atrás e parecia que ia acabar por sufocá-la. Sua voz tremia quando falou: "Como você foi capaz de fazer uma coisa dessas? Se amasse o tal rapaz, eu não diria nada. Enquanto pensei que você gostava dele, não falei nada, não a culpei de nada. O amor é um direito da mulher, e, quando a gente ama, dá tudo que tem sem pensar nas conseqüências. Mas você apenas fingiu amá-lo para dar um golpe, tirar dinheiro dele. Como foi capaz?".

"Apenas segui os passos de minha mãe."

"O que você disse?"

"Ora, não seja tão maçante. Sei a data de seu casamento, e a data do meu nascimento. Conclua você mesma. A única diferença é que você era um pouco mais nova do que sou agora — um ou dois meses apenas. Suponho que seja uma coisa assim de família."

"Por que você acha que me casei com seu pai?"

"Bem, imagino que foi ele quem se casou com você. Se está se referindo ao motivo pelo qual foi para a cama com ele, suponho que tenha feito isso pelo mesmo motivo que eu fiz — pelo dinheiro."

"Que dinheiro?"

"Mãe, em menos de um minuto ficarei irritada. Claro que ele não tem nenhum dinheiro agora, mas na época era muito rico, e aposto que você sabia disso. Quando o dinheiro acabou, você o mandou embora. E quando se divorciou, e ele estava tão por baixo que a Biederhof teve de sustentá-lo, você generosamente tomou dele a única coisa que restava, ou seja, esta vivenda adorável, incomparável, paradisíaca, na qual residimos."

"Foi idéia dele, e não minha. Ele queria fazer sua parte, contribuir com um bem para você e Ray. E o imóvel estava coberto de hipotecas, ele não poderia pagar nem os juros..."

"De todo modo, você aceitou."

Àquela altura Mildred já percebera que o tédio de Veda era pura afetação. Na verdade, ela se regozijava com a infelicidade que provocava, e provavelmente ensaiara seus principais argumentos com antecedência. Isso, ordinariamente, teria bastado para provocar o recuo de Mildred, levá-la a uma reconciliação. Mas a impressão continuava a atormentá-la. Após um período de silêncio, ela perguntou: "Mas por quê? Por quê, poderia me contar? Não lhe dei tudo que o dinheiro pode comprar? Por acaso recusei qualquer coisa a você? Se desejava adquirir algo, deveria ter falado comigo, em vez de recorrer à chantagem. Pois aquela mulher tinha razão. É isso mesmo! Chantagem! Chantagem! *Chantagem!*".

No silêncio que se seguiu Mildred sentiu primeiro medo, depois uma coragem fria, e a fúria interna a impeliu. Veda fumava o cigarro, pensativa, e perguntou: "Tem certeza que quer mesmo saber?".

"Quero sim. Desafio você a me contar!"

"Então saiba que, com bastante dinheiro, eu poderia escapar de você, sua palerma débil mental. Fugir de você, das tortas, dos frangos, dos waffles, das cozinhas e de tudo que cheira a gordura. Deste barraco que você arrancou do meu pai com chantagem e ameaças por causa da Biederhof, desta garagenzinha para dois carros, desta mobília cafona. E de Glendale, das promoções tudo por um dólar, das fábricas de móveis, das mulheres que usam uniforme e dos homens que usam macacão. De todos os aspectos podres, fedorentos que me fazem lembrar deste lugar e de você."

"Entendo."

Mildred levantou-se e pegou o chapéu. "Foi bom saber o que você pretendia a tempo. Pois posso adiantar que você, se levasse isso adiante, ou sequer tentasse, estaria fora daqui um pouco antes do que esperava."

Ela seguiu para a porta, mas Veda chegou lá primeiro. Mildred riu, e rasgou o cartão que o sr. Simons havia dado a ela. "Não precisa se preocupar, não pretendo mais ir à delegacia. Vai levar muito tempo até você ou eles descobrirem onde o rapaz está escondido."

Ela tentou de novo sair, mas Veda não se moveu. Mildred recuou e sentou. Se Veda pensava que ela ia desistir, estava muito enganada. Mildred permaneceu sentada com o rosto impassível, duro, implacável. O longo silêncio foi rompido pelo telefone. Veda correu para atender. Após quatro ou cinco monossílabos cifrados, ela desligou e se virou para Mildred com um sorriso malicioso. "Era

Wally. Talvez interesse a você saber que eles estão prontos a negociar."

"E você?"

"Vou encontrá-los no escritório dele."

"Então saia. Agora."

"Eu decidirei se. E decidirei quando."

"Você vai pegar suas coisas e sair desta casa imediatamente, ou encontrará tudo no meio de Pierce Drive quando voltar."

Veda despejou insultos em cima de Mildred, mas acabou metendo na cabeça que daquela vez, por algum motivo, o desfecho seria diferente das outras vezes. Ela saiu, deu ré no carro até chegar à porta da cozinha e começou a carregar suas coisas, que punha no porta-malas. Mildred continuou sentada, imóvel, e, quando ouviu o barulho do carro de Veda se perder ao longe, foi consumida por uma fúria tão fria que parecia que não estava sentindo absolutamente nada. Não lhe ocorreu que agia menos como mãe e mais como amante que inesperadamente descobriu uma traição e se vingou.

14

Passaram-se seis meses pelo menos até Bert telefonar para convidá-la para a transmissão. Para ela, haviam sido seis meses sinistros. Não tardou a descobrir onde Veda estava morando. Era num apartamento pequeno e pretensioso na Franklin Avenue, em Hollywood. Cada fibra do seu ser desejava fazer uma visita à filha, retirar tudo que havia dito, fazer com que tudo voltasse ao que era antes, ou pelo menos tentar. Mas, quando a idéia surgia em sua mente, ou melhor, invadia seu coração como uma seta em chamas, ela fechava a cara, como se fosse feita de metal, e nunca passava pela porta da casa de Veda. Mesmo assim, em sua solidão, o relacionamento com Veda prosseguia, atormentando-a dolorosamente, como um câncer. Ela descobriu o uísque de centeio, e nos sonhos embriagados da tarde via Veda indo de mal a pior, faminta, cerzindo roupas finas e gastas, até voltar, arrependida e chorosa, pedindo perdão. Essa visão do futuro era comprometida pela circunstância de Mildred não saber quanto exatamente Veda conseguira dos Lenhardt, o que a impedia de calcular com alguma exatidão quando a privação a abateria. Mas Bert colaborou com um pensamento que ajudou mais o drama que a verdade. Ele tentara sem sucesso recorrer a seus direitos de pai para extrair informação de Wally, ameaçando mesmo "impedir o acordo" até que todos os detalhes fossem revelados. Soube que seu consentimento não era exigido para o acordo; os Lenhardt queriam somente a declaração de Veda, uma carta negando promessas, intimidação e gravidez. Saiu do episódio com uma opinião pior ainda a respeito da honestidade de Wally, se é que era possível, e formulou a teoria de que "Wally vai meter a mão no dinheiro, pegar até o último centavo antes do final do ano, portanto não faz diferença o que eles pagaram, quanto ela levou e quanto ele levou". Mildred agarrou-se com fervor à teoria, e imaginou Veda trapaceada, além de gelada, faminta e maltrapilha, com seu espírito terrivelmente ferido, a voltar rastejando para a mãe forte e silenciosa que enfrentaria Wally ou quem quer que fosse. Quando a cena se materializava quase diariamente perante seus olhos, com uma centena de variações e acréscimos, ela sempre experimentava o êxtase fugaz dos momentos em que pegara Veda no colo, acariciava-a e sorvia a suave fragrância dos cabelos ruivos macios, oferecendo amor, compreensão e perdão. Deixou de lado uma pequena incongruência: na vida real, Veda raramente chorava.

Quando Bert mencionou transmissão ela precisou de um momento para recuperar o controle. "Que transmissão?"

"Ora, de Veda."

"Quer dizer que ela vai tocar na rádio?"

"Cantar, pelo que sei."

"*Cantar*? Veda canta?"

"Acho melhor eu ir até aí."

Quando ele chegou lá, Mildred tremia de excitação. Abrira a página de rádio do *Times*, e sem dúvida lá estava o retrato de Veda, com a notícia: "A popular cantora pode ser ouvida esta noite, às 8:30, no programa de Hank Somerville (Snack-O-Ham)". Bert lera o *Examiner* mas não vira o *Times*, e juntos eles apreciaram a foto, comentando que Veda estava linda. Quando Mildred quis saber se aquilo estava acontecendo fazia muito tempo, as apresentações como cantora, Bert retrucou de pronto que não sabia de nada, como se quisesse negar conhecimento de segredos inacessíveis a Mildred. Depois acrescentou que, pelo que sabia, Veda já se apresentava em rádios havia algum tempo, nos programas vespertinos aos quais ninguém dava muita atenção, e assim conseguira a oportunidade de cantar numa emissora de alcance nacional. Mildred pegou o uísque de centeio que estava bebendo, serviu duas doses e Bert revelou que o convite fora na verdade uma idéia da sra. Biederhof. "Ela imaginou que seria muito mais importante para você do que para ela, por isso resolvi convidá-la."

"Foi muita gentileza da parte dela, sem dúvida."

"Ela é uma boa amiga."

"Quer dizer que vamos ao *estúdio*?"

"Exatamente. O programa é feito no estúdio da NBC, aqui mesmo em Hollywood. Vamos poder assistir e ouvir tudo."

"Não precisamos de ingressos?"

"Tenho dois."

"Como conseguiu?"

"Dei um jeito."

"Com Veda?"

"Não importa. Estão comigo."

Ao ver a expressão no rosto de Mildred, Bert aproximou-se e pegou sua mão. "De que adianta ficar assim? Certo, ela me telefonou, e os convites estão à minha espera. Ela ia ligar para você, com certeza. Mas como poderia fazer isso de manhã, como no meu caso? Ela sabe que você nunca está em casa de manhã. E tem mais, provavelmente ela anda muito ocupada. Eu soube que eles maltratam demais as cantoras no dia da apresentação, com ensaios. Ela fica presa lá dentro, não pode telefonar nem fazer nada, não é culpa dela. Veda vai ligar. Claro que vai."

"Ah, não. Ela não vai ligar para mim."

Como Bert não conhecia os detalhes do dia em que Veda saíra de casa, seu otimismo era compreensível. Era evidente que ele considerava a questão como de menor importância, pois passou a conversar amigavelmente, bebericando o uísque de centeio. Disse que sem dúvida ficaria provado que a filha tinha talento sim, pois conseguira uma oportunidade com uma orquestra de jazz importante, sem a ajuda de ninguém, a não ser dela mesma. Disse que entendia o modo como Mildred se sentia, e que ela sem dúvida lamentaria depois se permitisse que um detalhe como esse a impedisse de estar lá na grande chance da vida de sua filha. Pois era uma grande chance, com certeza. As cantoras das grandes orquestras nadavam em dinheiro, não era segredo. E, por vezes, se pegavam as canções certas na primeira apresentação, despontavam para o estrelato da noite para o dia.

Mildred exibia no rosto um sorriso cansado, lamentável. Se Veda chegara até ali, disse, por ela tudo bem. De todo modo, era engraçada a diferença entre o que Veda poderia ser e o que era. "Faz um ano ou dois era um prazer ouvi-la. Ela tocava todos os compositores clássicos, os melhores. Seus amigos eram o máximo. Não eram meus amigos, mas eram o máximo. Ela sonhava alto. Depois da morte do senhor Hannen, não sei o que deu nela. Começou a sair com gente baixa, ordinária. Conheceu o tal rapaz. Deixou que Wally Burgan envenenasse sua mente contra mim. E agora, Hank Somerville. Bem, eis a história inteira: de Beethoven a Hank Somerville em menos de um ano. Não, eu não quero ir ao programa. Seria muito triste."

A bem da verdade, Mildred não nutria tamanho preconceito crítico contra o sr. Somerville ou cantoras românticas populares, como seus comentários sugeriam. Se Veda tivesse ligado para ela, consideraria aquilo o "primeiro passo" e adoraria ir ao programa. Mas Veda convidara Bert, não telefonara para ela, que se sentia mal, sofria de um ataque agudo de envenenamento por uvas verdes: no que lhe dizia respeito, a canção romântica popular era a forma mais degradante de entretenimento humano. Além disso, odiava a idéia de que Bert pudesse ir sem sua companhia. Insistiu para que ele levasse a sra. Biederhof, mas ele entendeu o recado e resmungou, desolado, que assim era melhor nem ir. De repente, ela perguntou qual a graça de ir ao estúdio. Ele poderia ouvi-la no rádio. Por que não pegava uma carona com ela até Laguna, para ouvir o programa lá? Ele podia jantar, comer um belo filé se quisesse, e mais tarde pediriam à sra. Gessler que pusesse um rádio na varanda, para ouvirem Veda cantar sem ter de enfrentar uma confusão enorme. Quando ouviu falar em filé Bert se animou, coitado, e declarou que sempre quisera conhecer o restaurante de Laguna. Ela disse "então vamos logo", estaria pronta assim que Tommy trouxesse o carro. Ele concordou e foi a pé para casa trocar de roupa, vestir algo adequado a um lugar de classe.

Em Laguna, Mildred se mostrou indiferente ao evento, e nada disse aos cozinheiros, garçonetes e clientes que mencionavam a apresentação e a foto de Veda no jornal e perguntavam se não estava excitada com a apresentação da filha. Bert, contudo, não se mostrou tão reticente. Enquanto seu filé grelhava, ele recebia os cumprimentos no bar, contando tudo sobre Veda, dizendo que a filha tinha talento de sobra. Quando a hora se aproximou, a sra. Gessler ligou o rádio grande na varanda para ele e para a platéia de doze pessoas que se reuniu ali, exigindo cadeiras extras do salão. Havia duas ou três moças, dois casais e vários homens. Mildred pretendia não dar a menor atenção ao evento, mas a curiosidade venceu sua resistência às oito e vinte e cinco. Saiu acompanhada pela sra. Gessler, e muita gente se levantou para ceder um lugar. Alguns homens ouviram o programa encostados no corrimão.

O primeiro indício de que a performance de Veda talvez não fosse o acontecimento explosivo que Bert dava como certo partiu, no início do programa, do sr. Somerville, que fingiu desmaiar e precisou ser reanimado ruidosamente pelos membros da orquestra. O programa começou do modo costumeiro, com a sirene dos aspirantes da Marinha Krazy Kaydets e a rápida passagem para Anchors Aweigh. O sr. Somerville cumprimentou os ouvintes e apresentou Veda. Quando perguntou a Veda Pierce qual era seu verdadeiro nome, ela disse que este mesmo, e ele quis saber se a voz dela era excessivamente penetrante.*

(*) Do inglês peirce, penetrar, perfurar. (N. T.)

Nesse momento os kaydets tocaram o gongo do navio, e Veda disse que não, mas que seu grito era, e que ele poderia verificar pessoalmente se fizesse mais alguma gracinha. A platéia do estúdio riu, o grupo da varanda riu, com destaque para Bert, que deu um tapa na perna. Um sujeito de casaco azul, sentado no corrimão, balançou a cabeça em sinal de aprovação. "Ela encaixou um belo golpe."

Em seguida o sr. Somerville perguntou a Veda o que ela ia cantar. Ela respondeu que era a Polonaise de Mignon, e foi aí que ele desmaiou. Enquanto os kaydets cuidavam de reanimá-lo, e a platéia do estúdio ria, o gongo do navio tocava. Bert perguntou ao sujeito de casaco azul. "O que foi?"

"Uma ária de ópera. A idéia é que está fora do alcance dos kaydets."

"Ah, compreendo."

"Não se preocupe. Eles vão dar a volta por cima."

Mildred considerou a comédia revoltante, e não prestou muita atenção. Os kaydets atacaram a introdução. Veda começou a cantar. Um arrepio inesperado percorreu a espinha de Mildred. Não conhecia a canção, e Veda cantava numa língua estrangeira que ela não compreendia. Mas a voz era rica, calorosa, vibrante, e ela tentou combater o efeito que provocava. Enquanto procurava se recuperar da surpresa, Veda emitiu uma série de notas curtas e parou. O sujeito de casaco azul depositou o drinque na mesa e disse: "Ei, ei, ei!".

Após alguns compassos da orquestra Veda voltou e outro arrepio percorreu as costas de Mildred. À medida que o formigamento tomava conta de seu corpo, ela começava a lutar contra seus sentimentos. Um sentimento de monstruosa injustiça a assolava: era errado que Veda, em vez de ser castigada pela adversidade, estivesse ali, na frente de todo mundo, cantando sem nenhuma ajuda sua. Todas as deduções emocionais dos últimos meses passaram por sua cabeça, e Mildred se sentiu mesquinha e medíocre por reagir assim, embora não pudesse evitar.

264

Veda parou logo, a música mudou um pouco e o sujeito de casaco azul voltou a seu drinque. "Tudo bem, até agora. Vamos ser o trapézio voador." Quando Veda recomeçou, Mildred segurou a cadeira, tomada pelo pânico. Era impossível alguém alcançar notas tão altas, estonteantes, tentar malabarismos vocais tão ousados sem vacilar, sem cometer um erro terrível que lançaria todo o esforço ladeira abaixo. Mas Veda não vacilou. Prosseguiu impávida, e o sujeito de casaco azul pulou do corrimão e se agachou ao lado do rádio, esquecido do drinque, distante de tudo menos do som que enchia a noite. Bert e os outros o observavam com uma espécie de expectativa fascinada. No final, quando a última nota inacreditavelmente alta flutuou sobre os acordes finais da orquestra, ele ergueu os olhos para Mildred. "Jesus Cristo, você ouviu isso? Você..."

Mas Mildred não esperou até que ele terminasse. Levantou-se abruptamente e desceu na direção das flores da sra. Gessler, dispensando Bert e a sra. Gessler com um gesto. Mas eles a seguiram. Varando os arbustos ela chegou até a costeira que dava para o mar, e parou ali, remexendo os dedos juntos, cerrando os lábios numa linha fina, tensa. Aquilo, e não precisava que ninguém lhe explicasse, não era a descida de Beethoven a Hank Somerville, não era um apelo vulgar da música romântica. Era a realização de tudo que sonhara para Veda, de tudo em que acreditara tanto, de tudo por que trabalhara e a que dedicara sua vida inteira. A única diferença no sonho que se realizara era ser mil vezes mais róseo que o sonhado. E, acontecesse o que acontecesse, fossem quais fossem os meios necessários, ela entendeu que teria de conseguir Veda de volta.

A decisão pesou quente em sua boca, mas no fundo da garganta, feito um espinho de peixe, estava a determinação de que Veda, e não ela, deveria dar o primeiro passo. Tentou deixar isso de lado, e foi de carro até a casa de

Veda certa manhã, decidida a parar, tocar a campainha e entrar. Mas ao se aproximar do pequeno prédio de apartamentos ela disse a Tommy, repentinamente, que passasse em frente sem parar, e se recostou no banco para evitar que a vissem, como fizera naquela manhã na casa da sra. Lenhardt. Sentia-se ruborizada e tola, e na ocasião seguinte em que resolveu visitar Veda, ela mesma foi dirigindo, sozinha. Mais uma vez, passou sem parar. Depois ia até lá de noite, espiava, esperando vê-la. Uma vez a viu e rapidamente parou no meio-fio. Com cuidado, sem bater a porta do carro, desceu e aproximou-se da janela. Veda tocava piano. De repente, a voz milagrosa encheu tudo, atravessou paredes e vidros como se fossem feitos de ar. Mildred esperou, trêmula, até que a canção terminasse, voltou ao carro e foi embora.

As apresentações na rádio continuaram, e a sensação de ter sido deixada de fora cresceu em Mildred até se tornar intolerável. Veda não voltou ao programa Snack-O-Ham. Para surpresa de Mildred, sua presença no ar ocorria às quartas-feiras, às três e quinze, como uma das atrações da Treviso Hour, estrelada pelos alunos mais promissores do mesmo Carlo Treviso que um dia fechara o piano sumariamente em cima da mão de Veda. Depois de acompanhar dois programas e sorver o canto de Veda, bem como tudo que o locutor disse a respeito dela, Mildred teve uma idéia. Recorrendo ao sr. Treviso, poderia compelir Veda a telefonar para ela e agradecer favores recebidos. Depois disso seu orgulho seria satisfeito e tudo poderia acontecer.

Por isso um dia ela se viu na mesma ante-sala com os mesmos vocalises executados lá dentro, e sua impaciência foi crescendo, crescendo. Mas, quando o sr. Treviso finalmente a recebeu, ela se considerava sob perfeito controle. Como ele não deu sinal de reconhecê-la, ela se apresentou de novo. Ele a olhou com intensidade, fez uma mesura e nenhum comentário. Ela iniciou um pequeno discurso, que soou forçado, sem dúvida só podia soar forçado. "Senhor Treviso, resolvi procurá-lo por causa de um assunto que deve ser mantido confidencial, e quando eu lhe disser o motivo tenho certeza de que compreenderá e guardará segredo. Minha filha Veda, creio, está tendo aulas com o senhor. Por razões que só ela poderia explicar, Veda prefere não manter contato comigo no momento, e eu não gostaria de me intrometer em sua vida ou tirar satisfações. Mesmo assim, tenho um dever para com ela, no que diz respeito às despesas de sua educação musical. Fui eu, senhor Treviso, a responsável por ela estudar música seriamente, e mesmo que ela tenha escolhido viver distante de mim, eu continuo sentindo que sua música é minha responsabilidade, e no futuro, sem que ela saiba, sem que uma única palavra seja dita, eu gostaria que o senhor enviasse a conta das aulas para mim e não para ela. Espero que não considere minha solicitação descabida."

O sr. Treviso sentou, ouvindo tudo com seu sorriso fúnebre, e por um tempo estudou suas unhas atentamente. Depois levantou. "Lamento, madame, mas não posso discutir esse assunto com a senhora."

"Também sinto muito, senhor Treviso, mas será obrigado a discuti-lo comigo. Veda é minha filha e..."

"Madame, se me permite, tenho outro compromisso."

Com passos largos ele foi até a porta e a abriu como se Mildred fosse a rainha de Nápoles. Nada aconteceu. Mildred continuou sentada, cruzando as belas pernas de modo a indicar claramente que não tinha a menor intenção de sair dali até resolver a questão. Ele franziu o cenho e consultou o relógio. "Sim, encontro importante. Por favore."

Ele saiu e deixou Mildred sozinha. Alguns minutos depois a senhora corpulenta entrou, pegou uma partitura, sentou-se ao piano e começou a tocar. Tocava alto, e repetiu o trecho várias vezes, sempre mais alto, mais alto. Isso durou aproximadamente meia hora, e Mildred continuou sentada. O sr. Treviso voltou e dispensou a mulher com um gesto. Andou de um lado para o outro por alguns minutos, de testa franzida, depois fechou a porta. Sentou-se ao lado de Mildred e tocou seu joelho com um dedo comprido e ossudo. "Por que deseja a moça de volta? Explique para mim."

"Senhor Treviso, engana-se a respeito de meus motivos..."

"Não engano, nenhum engano. Eu digo a Veda, 'você deu sorte, menina, alguém vai pagar a conta agora'. E ela não vai desconfiar de nada, né? Vai acabar telefonando para agradecer, e que tal a gente se encontrar, né?"

"Bem, não era essa a minha idéia, senhor Treviso, mas tenho certeza de que, se Veda um dia adivinhar quem está pagando a conta e ligar para mim, eu posso arranjar forças no fundo do coração para..."

"Espere um pouco. Vou lhe dizer uma coisa. Para mim não faz diferença quem paga a conta. Mas entenda bem: se quiser ouvir essa moça cantar, compre o ingresso. Custa um dólar. Dois dólares. Se um ingresso custar oitenta e oito, tudo bem, pague oitenta e oito, mas não tente ouvir a moça de graça. Pode custar mais caro do que a lotação inteira do Metropolitan Grand Opera."

"Não é uma questão de dinheiro."

"Não, por Deus, claro que não. Você vai ao zoológico? Viu a pequena serpente? Vem da Índia, é vermelha, amarela, preta, muito bonitinha. Vai levar uma para casa, é? Para servir de mascote, como um cachorrinho? Não, você tem um pouco de bom senso. Então, estou dizendo, é a mesma coisa com Veda. Você compra o ingresso, vê a pequena serpente, mas não leva para casa. Não."

"Está insinuando que minha filha é uma cobra?"

"Não, ela é soprano coloratura, muito pior. Uma pequena serpente gosta da mamãe, faz o que o papai manda, mas uma soprano coloratura não ama ninguém, só a si mesma. É uma figlia da puta pior que qualquer cobra deste mundo. Madame, deixe essa moça em paz."

Mildred piscava sem parar, tentando se ajustar ao rumo totalmente inesperado que a conversa havia tomado, enquanto o sr. Treviso dava outra volta na sala, evidentemente mais interessado no assunto do que pretendia. Sentou outra vez, os olhos a brilhar com o fulgor latino que tanto a incomodara na primeira visita. Dando mais um tapinha no joelho dela, ele disse: "A moça é coloratura por dentro, por fora, por inteiro".

"O que é uma soprano coloratura?"

"Madame, é uma criatura especial, como um gato persa azul. Aparece uma na vida outra na morte, consegue cantar tudo, staccato há-há-há, cadenza, o mais difícil..."

"Compreendo."

"Custa uma fortuna. Se for coloratura real, dá mais bilheteria num grande teatro de ópera do que um tenor italiano genial. Esta moça é coloratura até nos ossos. Primeiro, precisa conhecer gente rica. Não é rica, não serve."

"Ela sempre procurou pessoas de alto nível."

"Alto nível, talvez, ricas, sempre. Todas as coloraturas têm — como dizer? — o capeta. Sempre tomam, nunca dão. Sim, gastou muito dinheiro com essa moça, e o que ela fez por você?"

"Ela não passa de uma criança. Não se pode esperar que..."

"Ela não fez nada por você."

O sr. Treviso deu outro tapinha no joelho de Mildred, sorrindo. "A coloratura até brinca com a valiere, senta feito uma duquesa e brinca com a valiere." Ele fez uma imitação impressionante de Veda, sentada na poltrona, empertigada, brincando com a cruz da correntinha que usava no pescoço.

"Ela faz isso desde pequena!"

"Sim, não é engraçado?"

Animado, o sr. Treviso prosseguiu: "Coloratura é louca por gente rica. Pega tudo, não dá nada, age feito duquesa, brinca com a valiere, tudo igual, todas. Pegam dez mil emprestado, vão para a Itália, estudam voz, nunca pagam a dívida, acham que foi tudo por amizade. Cantam na grande ópera, casam com banqueiro, pegam o dinheiro, chutam o banqueiro, casam com barão, pegam o título. Sempre com um amiguinho secreto, o rapaz com quem gostam de dormir. Viajam todos juntos pela Europa, de ópera em ópera. O barão viaja na cabine C, cuida do cachorrinho. O banqueiro viaja na cabine B, cuida da bagagem. O namorado viaja na cabine A, cuida da coloratura — fazem uma grande família feliz. Ganha condecoração do rei da Bélgica — primeiro uma performance estupenda no Theatre de la Monnaie, depois a condecoração. Todas as coloraturas ganham condecoração do rei da Bélgica, passam o resto da vida brincando com a valiere, falam da condecoração.

"Bem... Los Angeles fica meio longe da Bélgica."

"Nenhuma distância. Não se iluda, esta moça é o máximo. Sabe o que faz uma cantora? Primeiro a voz, segundo a voz, terceiro a voz — todo mundo conhece esta frase. Foi uma brincadeira de Rossini, mas vai ver Rossini estava errado. Precisa da voz, claro. Mas precisa também ter música lá dentro. Caruso não conseguia ler uma nota, mas tinha a música na alma, fazia qualquer nota, cantava. Precisa ter ritmo, sentir a pulsação da música antes do maestro levantar a batuta. Especialmente na coloratura — sem ritmo não há música, os há-há-há se tornam apenas vocalises, mais nada. E sua Veda? Trabalhei com a moça uma semana. Canta de peito, soa muito ruim, soa feito homem. Muda para voz de cabeça, soa bem, sim, penso, eis a voz. Uma voz em um milhão. Então eu falo. Música, música, música. Digo onde estudar para ler de prima, onde estudar harmonia, piano. Ela ri, diz que talvez possa ler alguma coisa de prima. No piano tem a Stabat Mater, difícil, complicada, é Rossini, ela vai ver, cantar sem acompanhamento destrói uma cantora. Eu digo, então tenho uma peça que você pode ler. Começo a tocar Inflammatus, do Stabat Master de Rossini. Madame, a moça chega ao sol sem piscar, lê o Inflammatus inteiro de prima, passa pelo dó como se não fosse nada — não perde uma única nota. Eu dou um pulo, pergunto Jesus Cristo, de onde você veio? Ela ri à beça. Pergunta se quero ouvir um pouco de harmonia. Depois fala de Charl, aí lembro dela. Madame, passando duas horas com a moça naquela tarde, descubro que ela sabe mais música do que eu. Aí eu realmente quis aquela moça. Vejo seu colo farto, vejo o peito grande, o nariz empinado, as narinas enormes no meio da cara. Então eu reconheço o que estou vendo. Vejo o que só aparece uma vez na vida da gente — uma grande coloratura. Trabalho em cima. Uma aula por dia, cobro como se fosse uma por semana. Faço a moça aprender rápido, muito rápido. Ela aprende em seis meses o que a maioria das cantoras aprende em cinco, sete anos. Depressa, muito depressa. Eu me lembro de Malibran, artista aos quinze. Eu me lembro de Melba, artista aos dezesseis. Essa moça nasceu com a música na alma, acompanha qualquer curso. Ouviu o programa Snack-O-Ham?"

"Sim, ouvi."

"Uma Polonaise de Mignon, é duro. Ela canta como Tetrazini. Não, madame, Los Angeles não é longe da Bélgica para esta moça. Não é boa cantora. É uma grande cantora. Pergunte a todos. Pergunte ao povo que a ouviu no Snack-O-Ham."

Mildred, que escutava aquele elogio como alguém nutre a alma com música de órgão, voltou a si atrapalhada e murmurou: "Ela é uma moça maravilhosa".

"Não — uma cantora maravilhosa."

Enquanto olhava para ele magoada e intrigada, o sr. Treviso deu um passo e se aproximou dela, para deixar claro o que dizia. "A moça é horrível. Ela é uma cadela. A cantora, não."

Mildred não precisava de mais nada. Levantou-se. "Bem, cada um tem direito a sua opinião. Mas, se não se importa, eu gostaria que mandasse a conta para mim..."

"Não, madame."

"O senhor tem alguma objeção *específica* a isso?"

"Sim, madame. Não gosto de picada de cobra. A senhora chega aqui, tenta fazer com que eu participe de uma pequena intriga para conseguir a filha de volta..."

"Senhor Treviso, isso é dedução sua."

"Não é dedução. Faz duas semanas, desde o programa Snack-O-Ham, a cadelinha me disse que a mãe, uma pobre coitada, vai tentar ter a filha de volta, e a primeira coisa que ela faz é vir aqui e se oferecer para pagar as lições de canto."

"Ela...!"

"Sim, esta moça vive para duas coisas. Uma é fazer a mãe sofrer, outra é ser aceita pelos ricos que conheceu antigamente em Pasadena. Tome cuidado, a cadela é uma cobra, é coloratura. Quer Veda de volta, fale com Veda. Eu não posso me meter nessas intrigas. Se ela me perguntar, digo que você não esteve aqui. Pelo menos, eu não vi nada."

Mildred ficou tão abalada com a revelação final do sr. Treviso que não foi capaz de fazer planos e bolar esquemas ou intrigas pelo resto do dia. Sentia que fora flagrada num ato vergonhoso, e mergulhou no trabalho para não pensar no caso. Mais tarde, porém, naquela noite, as coisas começaram a se encaixar nos devidos lugares. Ela encontrou consolo na certeza de que pelo menos Veda não sabia o que ela havia feito. E, finalmente, sentou-se na cama sentindo o corpo inteiro vibrar. Finalmente ela sabia, pela informação de que Veda desejava se relacionar de novo com os ricos de Pasadena, como a pegaria, como faria com que até uma coloratura viesse implorar perdão de joelhos.

Ela pegaria Veda por meio de Monty.

15

Sem realizar um esforço específico, Mildred acompanhara a trajetória de Monty nos últimos três anos, chegara até a vê-lo de relance uma ou duas vezes, indo ou voltando de Laguna. Ele continuava exatamente onde ela o deixara: na mansão ancestral, tentando vender o imóvel. O local, tão vendável quanto um elefante branco, mesmo nos dias de maior glória e palmeiras, agora exibia um ar decadente. A grama amarelara por falta de água; na extremidade do gramado, numa fileira melancólica, alinhavam-se as placas de uma dúzia de imobiliárias; os cães de ferro enferrujaram; um dos pilares da frente sofrera uma batida de caminhão, evidentemente, pois faltava um pedaço razoável da argamassa, e dava para ver os tijolos por baixo. No entanto, embora soubesse onde encontrá-lo, Mildred não procurou Monty de imediato. Foi ao banco, abriu a caixa de depósitos e fez uma lista precisa dos títulos que possuía. Consultou o saldo da conta corrente e da poupança. Comprou vestido, sapato e chapéu novos na Bullock's. O vestido era simples mas suave, escuro. Chamou um corretor e, sem informar seu nome, descobriu o preço pedido no momento pela mansão Beragon.

Tudo isso exigiu uns três dias. Seria difícil dizer qual era seu plano exatamente. Ela era toda feminina, e parece fazer parte da mente feminina bordejar indefinidamente, cada bordejo em ângulo incerto, mas sempre a conduzir inexoravelmente para a bóia. Talvez ela mesma não soubesse quantas vezes teria de bordejar para chegar à bóia, que era Veda, e não Monty. De todo modo, chegara a hora de mandar um telegrama para ele, dizendo que precisava de ajuda para escolher uma casa em Pasadena, e se ele poderia fazer a gentileza de passar "no Pie Wagon" às oito horas, naquela noite.

Estava um pouco nervosa naquela noite, mas o recebeu com a naturalidade de quem não tem bóias aonde chegar na vida. Descontraída, explicou que precisava mudar logo, morar em um lugar mais central; Pasadena seria muito conveniente, e ficaria contente se ele fizesse a gentileza de circular com ela e ajudá-la a se situar melhor antes de escolher uma casa. Ele pareceu meio intrigado, disse que faria o que pudesse. Perguntou se não seria bom contatar alguns corretores, eles poderiam circular com ela também e mostrar o que tinham. Corretores, ela retrucou, eram justamente as pessoas que desejava evitar. Queria sentir a pulsação de uma cidade que ele conhecia muito melhor do que ela, quem sabe dar uma espiada em alguns lugares, ter uma idéia melhor de onde poderia residir. Monty disse que estava sem carro no momento, ela poderia buscá-lo? Ela respondeu que era exatamente o que pretendia fazer, que tal amanhã às três da tarde?

Ela se vestiu com muito cuidado na tarde seguinte, e quando se olhou no espelho grande ficou bastante satisfeita. Nos últimos meses, talvez como resultado da aflição que a derrubara, não ganhara mais peso. E a cinta especial sem dúvida disfarçava bem a barriga. O vestido novo tinha um ar informal, elegante, e não era comprido, de modo que boa parte das pernas ficava exposta, mas sem exagero. O sapato valorizava seu pé, dando ao conjunto uma certa energia. Experimentou uma estola de raposa prateada, achou que tinha ficado bom e foi com ela. Na verdade, embora não estivesse tão bem quanto imaginava, era uma figura interessante. Parecia uma empresária bem-sucedida que exibia os remanescentes de um corpo sedutor, um rosto pouco chamativo mas de considerável autoridade, um crédito para o curioso mundo que a produzira, o sul da Califórnia.

A presença de Tommy não combinava com seu plano, por isso entrou sozinha no carro e sentiu prazer pelo modo competente como dirigia. Cruzou a ponte para Pasadena velozmente, pegou a rotatória e seguiu pela Orange Grove Avenue. Quando chegou à mansão Beragon, Monty a esperava, sentado nos degraus. Ela subiu acelerando pelo acesso e parou na frente dele, dizendo "Oi!" ao estender a mão. Ele a cumprimentou e entrou no carro a seu lado. Os dois sorriam, mas ela sofreu um baque com as mudanças ocorridas nele. Usava calça esporte ordinária, sem passar. A calva aumentara; crescera de um quarto para um dólar de prata enorme. Estava magro e enrugado, seu ar de pobre-diabo era muito diferente da antiga pose desafiadora. Quanto ao aspecto dela, Monty não comentou nada, na verdade não entabulou nenhuma conversa de caráter pessoal. Disse que gostaria de mostrar a ela um lugar em Oak Knoll, muito decente, muito razoável. Gostaria de dar um pulo lá? Ela disse que adoraria.

Quando já haviam olhado casas em Oak Knoll, Altadena e South Pasadena, sem achar nada que agradasse a Mildred, ele ficou meio irritado. Pelo modo fluente de recitar os preços ela deduziu que ele havia ligado para os corretores, apesar da recomendação de não o fazer, e que ganharia uma comissão caso ela comprasse um imóvel. Mas ela não deu atenção a isso, e por volta das cinco horas seguiu de novo para a Orange Grove Avenue, para deixá-lo em casa. Ele se despediu secamente, disse até logo e desceu do carro, seguindo para dentro de casa. Pensando melhor, parou e esperou que ela partisse. Pensativa, ao volante, olhando para a casa, ela desligou o motor, desceu e passou a olhar atentamente. Deixou escapar um ligeiro suspiro e disse: "Linda, linda!".

"Poderia ficar, com um pequeno investimento em reformas."

"Sim, foi o que eu quis dizer... quanto estão pedindo por ela, Monty?"

Pela primeira vez naquela tarde Monty a olhou para

valer. Todos os lugares que visitaram custavam em torno de dez mil dólares; evidentemente, não lhe ocorrera que ela pudesse estar interessada naquele formidável monstro. Ele a encarou e disse: "No ano retrasado, setenta e cinco, e vale cada centavo. No ano passado, cinqüenta. Este ano, trinta e uma dívida de três mil de impostos atrasados — no total, trinta e três mil dólares."

Mildred fora informada que poderia adquirir o imóvel por vinte e oito e quinhentos, mais impostos atrasados, e pensou que, ironicamente, ele era um vendedor bem melhor do que imaginava. Contudo, só disse: "Linda! Linda!". Depois seguiu até a porta e olhou para dentro.

Mudara bastante desde a última visita sua, na noite da tempestade. Toda a mobília, todos os tapetes, todos os quadros, todos os panos que os cobriam haviam sumido, e em alguns pontos o papel de parede descolara, caindo em longas tiras. Quando ela entrou o sapato rangeu no piso, e ela ouviu ecos hesitantes de seus passos. Fazendo apenas alguns comentários constrangidos, ele a levou até o primeiro andar, e depois ao segundo. Por fim chegaram aos aposentos que ele ocupava, o mesmo apartamento para empregados em que estava antes. A mobília dos empregados fora retirada, em seu lugar havia alguns móveis de carvalho com assento de couro, que ela logo identificou como provenientes do chalé do lago Arrowhead. Ela sentou, suspirou, disse que seria ótimo se pudesse descansar por um minuto. Ele ofereceu chá, e quando ela aceitou, desapareceu do quarto. Mas voltou e disse: "Prefere algo mais forte? Tenho uma garrafa pela metade".

"Prefiro algo mais forte."

"Estou sem gelo e club soda..."

"Prefiro puro."

"Desde quando?"

"Ah, mudei muito."

A garrafa era de Scotch, para ela o sabor era muito diferente do uísque de centeio. Quando ela engasgou no primeiro gole, ele riu e disse: "Você não mudou tanto assim. Em matéria de bebida, eu diria que continua a mesma".

"Isso é o que você pensa."

Ele conteve o lapso na área pessoal e retomou os elogios à casa. Ela disse: "Bem, você não precisa vender a casa para mim. Já está vendida, se a *vontade* conta alguma coisa. E não precisa ficar aí sentado gritando comigo como se eu fosse surda. Tem lugar aqui, não é?".

Meio ressabiado, ele sentou ao lado dela no sofá. Ela pegou o dedo mínimo dele e o torceu de leve. "Ainda não me perguntou se estou bem."

"Você está bem?"

"Sim."

"Então tá."

"E você, como está?"

"Bem."

"Então tá."

Ela torceu o dedinho dele de novo. Monty o puxou e disse? "Sabe, cavalheiros que se encontram nessas circunstâncias não têm muito romance em sua vida. Se continuar assim, pode acabar sendo atacada por algum solitário desesperado, e não gostaria disso, certo?"

"Ah, ser atacada não é tão ruim."

Ele desviou a vista e disse: "Creio que é melhor falar da casa".

"Tem uma coisa nela que me incomoda."

"O que seria?"

"Eu deveria comprar, estou quase decidida, mas penso no que seria de você. Vai haver um solitário desesperado em algum lugar, ou a terei inteirinha para mim?"

"Será toda sua."

"Entendo."

Ela tentou pegar o dedo dele de novo. Ele o puxou antes que conseguisse, demonstrando irritação. Então, num gesto afoito, passou o braço em torno dela. "É isso que você quer?"

"Hum hum."

"Então tá."

Mas ela mal havia se recostado quando ele tirou o braço. "Cometi um pequeno engano a respeito da casa. No seu caso, custa vinte e nove mil, quinhentos e oitenta dólares. Assim pago o pequeno débito que tenho com você, de quinhentos e vinte dólares, e que vem me incomodando há algum tempo."

"Você me deve?"

"Se tentar, tenho certeza de que se lembrará."

Ele parecia ávido, e ela disse: "Bu!". Ele riu, abraçou-a, tocou no zíper na frente do vestido. Um momento passou, metade dele sem dúvida lhe dizia para deixar o zíper em paz, e a outra metade lhe dizia que seria muito agradável dar uma puxada. Então ela sentiu o vestido deslizar e o zíper abrir. Sentiu que estava sendo carregada. Depois sentiu que estava sendo jogada na mesma cama de armar de antes, com a esperada rudeza, caindo na mesma coberta manchada de cigarro da qual chutara a sacola de praia, anos antes, no lago Arrowhead.

"Puxa vida, suas pernas continuam imorais."

"Você acha que são arqueadas?"

"Devia parar de mostrá-las por aí."

"Eu perguntei se..."

"Não."

Quando escureceu ela se tornou chorosa, sentimental. "Monty, eu não posso viver sem você. Não consigo, simplesmente."

Monty permaneceu deitado, fumando por um longo tempo. Depois, com voz trêmula, incerta, disse: "Eu sempre disse que você daria uma ótima esposa para qualquer sujeito, se não morasse em Glendale".

"Está me pedindo em casamento?"

"Se mudar para Pasadena, sim."

"Quer dizer, se eu comprar esta casa."

"Não. É três vezes maior do que a casa que você precisa, e não vou insistir nisso. Mas eu não vou morar em Glendale."

"Então, tudo bem!"

Ela se aconchegou, tentou ser carinhosa, mas, embora mantivesse o braço em torno de seu ombro, ele continuava sombrio, sem olhar para ela. Mildred pensou que Monty poderia estar com fome, e perguntou se ele queria ir até Laguna jantar com ela. Ele pensou um pouco e riu. "Acho melhor você ir sozinha para Laguna, abrirei mais uma lata de feijão. Minhas roupas, no momento, não são adequadas para um jantar fino. A não ser, claro, que você queira que eu vista um smoking. Esse arremedo de elegância foi só o que me restou."

"Ainda não fizemos nossa festa de Ano-Novo."

"Não, é?"

"E não precisamos ir a Laguna... amo você de smoking, Monty. Se vesti-lo agora, e me acompanhar para que eu vista meu arremedo de elegância, podemos sair. Comemorar nosso noivado. Isto é, se estivermos realmente noivos."

"Tudo bem, vamos lá."

Ela deu um tapa no traseiro de Monty e o expulsou da cama, saltando atrás dele. Era muito charmosa nesses momentos, quando tomava liberdades absurdas com ele, e por um momento o rosto de Monty se desanuviou e ele a beijou antes que começassem a se vestir. Mas ficou carrancudo de novo quando chegaram à casa dela. Mildred trouxe uísque, club soda e gelo, e ele preparou as bebidas. Enquanto ela se vestia, ele andava de um lado para o outro, inquieto, e pôs a cabeça na porta do quarto para perguntar se podia mandar um telegrama por telefone. "Quero que minha mãe saiba."

"Gostaria de falar com ela?"

"Está na Filadélfia."

"Minha nossa, você fala como se fosse na Europa. Claro que pode ligar para ela. E dizer que está tudo resolvido, no que diz respeito à casa, por trinta mil, sem deduções ridículas de quinhentos e vinte dólares, ou qualquer outro valor. Se era isso que a incomodava, diga-lhe que não precisa mais se preocupar."

"Vou adorar fazer isso."

Ele foi para a saleta e ela continuou a se vestir. O vestido de noite azul estava fora de moda, mas ela tinha outro, preto, do qual gostava muito e que estava tirando do armário quando ele entrou. "Ela quer falar com você."

"Quem?"

"Minha mãe."

Apesar do sucesso, da fortuna e da longa experiência em tratar com as pessoas, Mildred tremia quando sentou para falar ao telefone com aquela mulher que não conhecia, vestindo um quimono apressadamente. Mas, quando pegou o fone e disse um alô envergonhado, a voz culta do outro lado da linha era a gentileza em pessoa. "Senhora Pierce?"

"Sim, senhora Beragon."

"Ou prefere que eu a chame de Mildred?"

"Eu adoraria senhora Beragon."

"Eu gostaria apenas de dizer que Monty contou a respeito da vontade que vocês têm de casar, e que eu acho esplêndido. Não tive oportunidade de conhecê-la ainda, mas por tudo que ouvi a seu respeito de muita gente, sempre achei que daria uma ótima esposa para Monty, e torcia secretamente, como as mães costumam fazer, para que um dia isso acontecesse."

"É muita gentileza sua, senhora Beragon. Monty falou da casa?"

"Sim, e quero que sejam muito felizes aí, tenho certeza que serão. Monty é tão ligado a ela, e me disse que você também — trata-se de um passo inicial importante para a felicidade, não é?"

"Concordo plenamente. E espero que possa vir nos visitar em breve, e..."

"Será um prazer. Como vai minha querida Veda?"

"Muito bem. Está cantando, como sabe."

"Minha cara, eu a ouvi e fiquei impressionada — não que duvidasse das qualidades de Veda, sempre soube que ela ia longe. Mesmo assim, ela me surpreendeu. Tem uma filha muito talentosa, Mildred."

"Fico contente em saber que pensa assim, senhora Beragon."

"Dará minhas lembranças a ela?"

"Com certeza, senhora Beragon."

Ela desligou corada, animada, certa de que se saíra muito bem, mas a expressão no rosto de Monty era tão estranha que ela perguntou: "Qual é o problema?".

"Onde está Veda?"

"Ela alugou um apartamento, foi morar sozinha há alguns meses. Não gostava muito que os vizinhos a ouvissem quando estudava."

"Deve ser chato."

"Era terrível."

Em uma semana a mansão Beragon parecia ter sido bombardeada. A principal idéia das alterações, realizadas sob supervisão de Monty, era restaurar o projeto original de uma casa grande e agradável que fora transformada numa pequena mansão medonha. Para atingir o objetivo o pórtico foi arrancado junto com os cães de ferro, as palmeiras foram removidas para que os carvalhos originais recuperassem sua posição, sem incongruências tropicais. O que restou após as remoções era tão reduzido em tamanho que Mildred subitamente passou a sentir certa identificação com o local. Quando a forma que teria o lugar começou a surgir por entre os andaimes, quando a pintura amarela foi removida com maçarico e substituída por uma tinta branca suave, quando as janelas verdes foram instaladas, quando uma entrada pequena e simpática substituiu o antigo efeito Monticello, ela começou a se apaixonar pela casa e mal podia esperar até o final da obra. Seu deleite aumentou quando Monty julgou a parte externa suficientemente avançada para iniciar a reforma do interior e da mobília. Seu humor continuava sombrio, ele não fez mais alusões a Glendale, nem aos quinhentos e vinte dólares ou a outras questões pessoais. Mas parecia dedicado a agradar Mildred e a surpreendia constantemente com sua capacidade de traduzir as idéias dela em tinta, madeira e massa.

Ela só conseguiu dizer a ele que "gostava de bordô", e com essa única informação como guia ele reconstruiu seu gosto com admirável competência. Dispensou o papel de parede e mandou caiar a parte interna. Comprou tapetes de cores sólidas, leves, de modo que a casa assumiu um ar informal. Para os móveis estofados ele escolheu tecidos vivos, baratos, enunciando sua teoria para Mildred: "No que diz respeito ao conforto, não economize. Um cômodo não parecerá confortável a não ser que esteja confortável, e o conforto custa dinheiro. Todavia, no que diz respeito ao efeito, à decoração apenas, seja comedida. As pessoas vão gostar mais de você se não for tão absurdamente rica". O conceito, novo para Mildred, a convenceu tanto que ela passou a meditar a respeito, pensando em como poderia aplicá-lo nos restaurantes.

Ele pediu permissão para pendurar quadros de seus ancestrais, bem como outras pinturas pequenas que amigos guardavam para ele. Contudo, não deu grande destaque às telas. No que fora o escritório e agora fazia parte da sala de estar imensa, ele achou lugar para a coleção da Mildred Pierce, Inc.: o primeiro cardápio de Mildred, os primeiros panfletos, uma fotografia do restaurante de Glendale, um retrato de Mildred de uniforme branco e outras coisas que ela nem sabia que ele havia guardado. Os impressos foram ampliados e emoldurados, e juntos formavam uma pequena exposição. No início, Mildred sentira vergonha do material, temia que ele tivesse pendurado os quadros apenas para agradar-lhe. Quando disse algo nessa linha, porém, ele deixou de lado o martelo e o arame e a olhou por um momento, antes de lhe dar um tapinha solidário condescendente. "Sente-se por um minuto e aproveite uma lição sobre decoração de interiores."

"Adoro aulas de decoração."

"Sabe qual foi a melhor sala em que já estive?"

"Não faço idéia."

"A saleta de sua casa, ou melhor, de Bert, em Glendale. Tudo ali significava algo para ele. As banquetas, os projetos deslocados de casas que jamais serão construídas, tudo faz parte da vida dele. Essas coisas afetam a gente. Por isso a saleta é tão boa. E você quer saber qual foi a pior sala em que já estive?"

"Prossiga, estou aprendendo."

"Sua sala de estar, na mesma casa. Nada ali — até o piano chegar, o que ocorreu recentemente — representa nada para você, ele ou qualquer pessoa. Não passa de uma sala, suponho que seja a mais pavorosa do mundo... Uma casa não é um museu. Não precisa ser decorada com quadros de Picasso, conjuntos Sheraton, tapetes orientais e porcelana chinesa. Mas exige peças que signifiquem algo para a pessoa. Se forem compradas às pressas, apenas pela aparência, para preencher um vazio, darão ao local um ar igual ao daquela sala ou do jardim desta casa quando meu pai resolveu mostrar que tinha muito dinheiro... Vamos deixar este lugar do jeito que nós o queremos. Se não gosta do cantinho do Pie Wagon, eu gosto."

"Eu adoro."

"Então ficará assim."

A partir dali Mildred passou a sentir satisfação e orgulho da casa, desfrutando especialmente a semana final alucinada, quando martelo, serra, campainha do telefone e aspirador de pó uniram seus cantos distintos numa adorável cacofonia de preparações. Providenciou a mudança de Letty e Tommy, que teriam quarto e banheiro privativos. Por sugestão de Monty, contratou Kurt e Frieda, o casal que trabalhava para a sra. Beragon antes de ela "es went kaput", como disse Kurt. Foi a Phoenix com Monty, e eles se casaram.

Por uma semana após a cerimônia reservada no cartório ela ficou quase frenética. Endereçara pessoalmente o convite de Veda, divulgara nos jornais seu casamento, com retratos e relatos longos de sua carreira, fotos de Monty e relatos igualmente longos da carreira dele. Mas nada disso resultou em telefonema ou visita de Veda, nem em telegrama ou cartão. Nada. Muita gente apareceu: amigos de Monty, principalmente, que a trataram com muito carinho e não se mostravam ofendidos quando ela pedia licença à tarde, para trabalhar. Bert a visitou, para desejar muitas felicidades e elogiar Monty, a quem chamou de "puro-sangue". Mildred ficou surpresa ao saber que ele estava morando com Vovó e o sr. Pierce. O marido da sra. Biederhof encontrara petróleo no Texas, e ela fora para lá encontrá-lo. Mildred sempre supusera que a sra. Biederhof fosse viúva, assim como Bert, pelo jeito. Contudo, o contato que Mildred ansiava não ocorreu. Monty, àquela altura consciente de que havia uma situação delicada em relação a Veda, fez questão de não notar seu estado de espírito ou indagar a respeito.

Então, certa noite em Laguna, a sra. Gessler apareceu num vestido de noite vermelho exuberante e ordenou a Mildred peremptoriamente que fechasse o restaurante, pois havia sido convidada para sair. Mildred irritou-se e seu estado de espírito não melhorou quando Archie encerrou as atividades às nove em ponto e foi embora logo depois. Na volta para casa esbanjou mau humor, ralhou com Tommy várias vezes por dirigir muito depressa. Até chegar à porta de sua nova casa não notara a quantidade de carros estacionados em frente, e mesmo isso não lhe causou nenhuma impressão especial. Tommy, em vez de abrir a porta para ela, tocou a campainha duas vezes, depois mais duas vezes. Ela ia abrir a boca para reclamar das pessoas que vivem esquecendo a chave quando as luzes do andar superior foram acesas e a porta, como por vontade própria, se abriu lentamente, até escancarar. Lá dentro uma voz, a única voz no mundo que importava a Mildred, começou a cantar. Após um longo período Mildred ouviu o piano e se deu conta de que Veda cantava o Coro Nupcial de Lohengrin. "Lá vem a noiva", cantou Veda, mas "vem" não era a palavra certa, pois Mildred flutuou casa adentro, passando por rostos, flores, pessoas em traje a rigor, chapéus de festa, risos, aplausos, cumprimentos, como se fosse um sonho. Quando Veda, sem parar de cantar, se aproximou e a abraçou, foi mais do que pôde suportar, e Mildred saiu apressada, pedindo a Monty que a levasse para cima, com o pretexto de pôr um vestido adequado para a ocasião.

Alguns anos antes Mildred teria sido incapaz de conduzir uma festa: sua formação suburbana, seu complexo de inferioridade na presença de pessoas "da sociedade" se combinariam para fazer dela uma pessoa acuada, assustada, absolutamente incompetente. Naquela noite, porém, ela foi uma anfitriã encantadora e convidada de honra, providenciando para que as pessoas tivessem o que desejavam. Supervisionou Archie, responsável pela cozinha, e Kurt, Frieda e Letty, auxiliados por Arline e Sigrid, do Pie Wagon, de modo a garantir que tudo corresse bem. A maioria dos convidados era de Pasadena, amigos de Veda e Monty, mas seu treinamento de garçonete, somado aos anos no comando de Mildred Pierce, Inc., lhe dera uma boa base. Treinara a memória até que se tornasse um arquivo vivo, e guardava o nome de uma pessoa assim que o ouvia, fazendo com que Monty a olhasse com admiração sincera. E ficou contente por seus poucos amigos terem sido convidados: a sra. Gessler, Ida e em especial Bert, que estava surpreendentemente elegante de smoking e ajudou a servir as bebidas, acionando a música para o sr. Treviso quando do Veda, após insistentes apelos de todos, concordou em cantar.

Mildred despediu-se das pessoas com um nó na garganta, só para descobrir que a noitada mal havia começado. A melhor parte aconteceu quando ela, Veda e Monty sentaram no pequeno escritório, do outro lado da sala grande, resolveram que Veda ficaria para dormir e conversaram. Monty, irreverente na presença da grande artista, quis saber: "Caramba, como você virou cantora? Quando eu a descobri, e praticamente a tirei da sarjeta, você era pianista, ou queria ser. Mas bastou eu dar as costas para você se tornar canário".

"Bem, foi por acidente."

"Conte logo."

"Eu estava na Filarmônica."

"Conheço bem."

"Ouvindo um concerto. Eles tocaram a Inacabada de Schubert. Após o concerto, quando cruzava o parque para chegar ao meu carro, cantarolei um trecho. Na minha frente vi que ele estava caminhando..."

"Ele quem?"

"*Treviso.*"

"Ah, o Stokowski napolitano."

"Sobravam razões para eu não querer cumprimentar o honrado senhor, pois tocara para ele uma vez, obtendo uma reação péssima. Reduzi o passo, deixei que se afastasse. Mas ele parou, deu meia-volta, olhou para mim e se aproximou, dizendo: 'Era você, cantando?'. Bem, devo dizer que não me orgulhava de minha voz na época. Costumava interpretar canções de Hannen para ele, sempre que compunha uma nova, mas ele sempre zombava de mim dizendo que meu canto de peito soava igual ao de um homem. E me chamava de Barítono de Glendale. Charlie era assim mesmo, e tudo bem. Mas eu não tinha de suportar gracinhas de Treviso. Por isso disse que não lhe interessava se era eu cantando ou não. Mas ele me agarrou pelo braço e disse que o interessava e muito, e também a mim. Tirou um cartão do bolso e correu até um poste de luz para anotar seu endereço e dizer que me esperava no dia seguinte às quatro horas, e que era importante. Naquela noite, pensei no caso. Percebi, quando ele me entregou o cartão, que não se lembrava de ter me conhecido, portanto não era nenhuma gracinha. No entanto, será que eu queria destrancar aquela porta outra vez ou não?"

"Que porta?"

Monty ficou intrigado, mas Mildred sabia qual era a

porta antes de Veda explicar: "Da música. Eu havia cravado um punhal em seu coração, e a trancara, jogando a chave fora. Agora lá vinha Treviso, pedindo para eu ir ter com ele no dia seguinte, às quatro horas. Sabem por que fui?".

Veda falava em tom sério, olhando para os dois como se quisesse garantir que compreendessem tudo direito. "Foi por ele ter me dito a verdade um dia. Eu o odiei por isso e pelo modo como fechou o piano sem dizer uma única palavra, mas foi seu modo de me revelar a verdade, na ocasião. Por isso fui vê-lo. Ele trabalhou comigo uma semana, para me fazer cantar como mulher, e saiu como deveria. Consegui ouvir o que ele havia ouvido naquela noite no parque. Ele passou a me convencer de quanto era importante ser cantora. Eu teria a voz, disse, se dominasse a música. Ele me deu nomes, falou em fulano e beltrano que poderiam me ensinar teoria, leitura de primeira e piano, e não sei mais o quê."

"E então?"

"Então tive minha vingança pelo dia em que ele fechou o piano na minha mão. Perguntei se queria testar minha capacidade de leitura. Ele passou o Inflammatus da Stabat Mater de Rossini. Passei pela peça feito faca na manteiga, e ele começou a se excitar. Depois perguntei se queria ver um arranjo, contei a respeito de Charlie, mencionei que já estivera ali antes. Bem, se ele tivesse encontrado ouro à flor da terra não teria ficado mais desconcertado. Passou a me examinar com diversos instrumentos, batendo nas juntas com martelinhos de madeira, enfiando paquímetros no nariz e aparelhos com luzinhas na garganta. Ele chegou ao ponto de..."

Veda fez gestos curiosos na altura do peito, como se apalpasse, o que levou Monty a franzir o cenho, incrédulo. "Sim! Acreditem se quiserem, ele enfiou os dedos na Leiteria. Ora! Eu não soube exatamente o que pensar ou fazer naquele momento."

Veda sabia fazer uma cara engraçada quando queria, e Monty começou a rir. Mildred também, a contragosto.

Veda prosseguiu: "Mas na verdade ele não estava interessado no amor. Estava interessado na carne. Disse que enriquecia o tom".

"Como é?"

A voz de Monty saiu como um grito, quando perguntou, e em seguida os três caíram na gargalhada, rindo por causa da Leiteria de Veda como riram dos seios caídos da sra. Biederhof anos antes.

Quando Mildred foi dormir, seu estômago doía de tanto rir, e o coração doía de tanta felicidade. Então lembrou-se de que Veda a beijara no momento em que entrara em casa, mas que ainda não havia dado um beijo em Veda. Na ponta dos pés foi até o quarto que Veda ocupava, ajoelhou-se a seu lado na cama, como fizera tantas vezes em Glendale, abraçou a adorável criatura e a beijou com força, na boca. Não queria ir embora. Queria ficar, penetrar pelos vãos do pijama de Veda. Quando retornou a seu quarto não pôde suportar a presença de Monty. Queria ficar sozinha, soltar o riso que brotava nela e pensar em Veda.

Monty concordou em dormir na estrebaria, como chamava o local onde guardava selas, arreios e mobília do chalé, com talvez maior boa vontade do que deveria ter um marido ao ouvir um pedido desses.

16

Mildred vivia os dias de sua apoteose. A guerra assolava a Europa, mas ela pouco sabia a respeito, e se importava menos ainda. Vivia embriagada pelas glórias do Valhalla onde entrara: a casa entre os carvalhos onde se abrigava a moça de cabelos vermelhos, de voz adorável, acompanhada de uma legião de admiradores, professores, instrutores, agentes e vigaristas que tornavam a vida tão excitante. Pela primeira vez Mildred se familiarizou com teatros, casas de ópera, estúdios de transmissão e similares, sentindo um pouco do encanto que transmitem. Por exemplo, houve a ocasião em que Veda cantou numa versão local da Traviata, realizada na Filarmônica sob a direção do sr. Treviso. Ela acabara de ter a sensação maravilhosa de ver Veda sendo aplaudida por dez minutos, sozinha no palco, e saiu para sorver os comentários extasiados do público. Para sua furiosa surpresa uma voz atrás dela, de homem, com entonação feminina, começou: "Então esta é La Pierce, a dádiva das rádios à música lírica. Bem, não adianta tentar, não se pode criar cantoras em Glendale. A moça é simplesmente nauseante. Gargareja pela amígdalas do modo medonho da Califórnia, passa metade do tempo fora do tom, e quanto à atuação — viram sua rotina, após a saída de Alfredo? Não tinha nenhuma rotina. Ela plantou um calcanhar no assoalho, cerrou as mãos postas na frente e ficou ali até...".

As têmporas de Mildred latejavam de raiva impotente enquanto a voz se afastava e outra se tornava audível, a seu lado: "Bem, espero que tenham prestado atenção a esta crítica da atuação operística, por uma pessoa que não sabe nada a respeito — alguém devia contar àquela bicha que o verdadeiro teste de interpretação para um *cantor* de ópera é fazer o mínimo de movimentos para transmitir seu recado. John Charles Thomas faz com que todos esperem até o momento certo para seu gesto. E Flagstad parece uma estátua da Liberdade animada! E Scotti, para ele, deve ser revoltante. Mas creio que é o maior de todos. Sabe quantos gestos ele faz enquanto canta o Prólogo do Pagliacci? Um, apenas um. Quando chega ao fá — pobre coitado, nunca consegue emitir o lá bemol —, ergue a mão e a vira de palma para cima. Só isso, mas basta para fazer a gente chorar... Esta menina é o máximo, nunca vi uma estréia assim. Ela mantém as mãos postas na frente, certo? Vejam bem, quando ela põe sua delicada mãozinha em cima da outra delicada mãozinha, e vira a cara num ângulo de quarenta e cinco graus, para começar a falar da deliciosa agonia do amor — eu vi Scotti na menina. Senti um nó na garganta. Creiam em mim, está é milionária, ou logo o será. Bem, que diacho, foi para isso que compraram ingresso, certo?"

Mildred queria correr até o primeiro sujeito, mostrar a língua para ele e rir. Ela tentava não pensar em certas coisas, como o relacionamento com Monty. Desde a noite em que Veda voltara para casa Mildred não conseguia ficar perto dele, ou permitir que ele se aproximasse. Ela continuou dormindo sozinha e ele, por alguns dias, na selaria. Depois ela acabou destinando um quarto com banheiro, quarto de vestir e extensão telefônica para ele. Apenas num único momento a relação deles foi discutida, quando Monty pediu para escolher seus próprios móveis; naquela oportunidade ela tentou tratar da questão com humor, e disse algo a respeito de serem um casal "de meia-idade". Para seu imenso alívio ele concordou e olhou para o outro lado, mudando de assunto. Dali em diante ele servia de anfitrião aos numerosos convidados, cuidava da casa, escoltava Mildred quando ela queria ouvir Veda cantar — mas não era seu marido. Ela se sentiu melhor quando notou que boa parte de sua descontração voltara. De certo modo, ela o usara. Se, como conseqüência, ele estava se divertindo, ela não podia querer nada melhor.

Havia certos aspectos perturbadores da vida com Veda, como o conflito com seu agente, o sr. Levinson, por exemplo. O sr. Levinson assinara um contrato com uma emissora de rádio para Veda cantar para o Pleasant, uma nova marca de cigarro mentolado que acabara de chegar ao mercado. Por uma apresentação semanal no rádio Veda recebia quinhentos dólares, e estava "presa" por um ano, como dizia o sr. Levinson. Isso significava que não poderia aparecer em outro programa de rádio. Mildred considerava quinhentos dólares semanais um valor fabuloso por tão pouco trabalho, e pelo jeito Veda também, até Monty aparecer em casa com o sr. Hobey, presidente da Consolidated Foods, que decidira passar uma parte do ano em Pasadena. Estavam animados, haviam sido colegas de faculdade. A figura enorme e disforme do sr. Hobey lembrou a Mildred que Monty chegara à casa dos quarenta. O sr. Hobey conheceu Veda. E o sr. Hobey ouviu Veda cantar. E o sr. Hobey sofreu um momentâneo lapso dos sentidos, pois ofereceu a ela dois mil e quinhentos por semana, contrato de dois anos e garantia de menção em vinte e cinco por cento da campanha nacional da Consol, se ela cantasse no Sunbake, um novo pão vitaminado que estavam promovendo. Veda, presa ao outro contrato, não poderia aceitar, e por alguns dias seus insultos cruéis deliberados ao sr. Levinson, os palavrões, as queixas a qualquer hora do dia e da noite, e sua monomania em relação ao assunto foram até um pouco além do que Mildred podia suportar sem se irritar. Enquanto Mildred pensava no que fazer, o sr. Levinson revelou uma inesperada capacidade para lidar com situações do gênero. Ele esperou a hora certa, um domingo à tarde, quando tomavam highballs no gramado dos fundos, e Veda trouxe o assunto à tona novamente, na frente de Mildred, Monty, o sr. Hobey e o sr. Treviso. O sr. Levinson, um sujeito pálido e sensato, acendeu um charuto e ouviu tudo de olhos semicerrados. Depois disse: "Tudo bem, sua ratazana suja. Vamos supor que recue. Vamos supor que peça desculpas. Vamos supor que diga que sente muito".

"Eu? Pedir desculpas a você?"

"Tenho uma oferta para você.

"Que oferta?"

"Bowl."

"Então eu aceito... se as condições forem razoáveis."

O sr. Levinson evidentemente notou quanto foi difícil para Veda mencionar as condições, pois o Hollywood Bowl era o sonho de qualquer cantora. Ele sorriu um pouco e disse: "Não tão depressa. Trata-se de uma oferta dupla. Querem Pierce ou Opie Lucas. Deixaram a escolha por minha conta. Eu cuido das duas, e Opie não vai me passar para trás. Ela é decente".

"Uma contralto não atrai público."

"Contralto pega contrato se você não se desculpar."

Seguiu-se um longo silêncio sob o sol, a boca de Veda cresceu, úmida, e o sr. Treviso sorriu para uma mariposa que voava, parecendo um cadáver simpático. Mais algum tempo e Veda disse: "Está bem. Peço desculpa".

O sr. Levinson se levantou, foi até Veda e lhe deu um tapa no rosto, com força. Monty e o sr. Hobey se levantaram, mas o sr. Levinson não lhes deu atenção. Com o lábio inferior flácido a pender na boca, falou gentilmente para Veda: "O que tem a dizer agora?".

O rosto de Veda ficou rosado, depois roxo, depois púrpura, e seus olhos azuis fixaram-se no sr. Levinson com uma intensidade característica de certas espécies de tubarão. Seguiu-se outra pausa constrangedora, e Veda disse: "Tudo bem".

"Então tudo bem. Vou lhe dar um aviso, Pierce. Não arranje encrenca com Moe Levinson. Você não sabe onde vai parar." Antes de sentar o sr. Levinson virou-se para o sr. Hobey. "Opie Lucas está disponível. Ela é muito boa. Quer contratá-la? Pelos dois mil e quinhentos?"

"... Não."

"Foi o que pensei."

O sr. Levinson retomou seu lugar. Monty e o sr. Hobey retomaram seus lugares. O sr. Treviso serviu-se de uma colher do vinho tinto que escolhera no lugar dos highballs e acrescentou club soda.

Pelo resto do verão Mildred não fez mais nada, e Veda não fez mais nada além de se dedicar aos preparativos para a apresentação no Bowl. Houve inúmeras saídas para comprar roupas: pelo jeito, uma coloratura não podia simplesmente comprar um vestido e deixar por isso mesmo. Todos os tipos de questões precisavam ser levados em conta, como o efeito do tecido na luz dos refletores, se refletia ou absorvia a luz. Depois foi preciso resolver o problema do chapéu. Veda estava decidida a usar chapéu, uma peça noturna pequena que pudesse remover após o intervalo, "para transmitir uma sensação de avanço, um ganho em intimidade". Os pontos citados estavam além da compreensão de Mildred, mas ela foi de bom grado de um canto a outro, até achar um costureiro em Sunset Strip, perto de Beverly Hills, que parecia adequado, e fez o vestido. Ficou incomparavelmente lindo, Mildred pensou. Era verde garrafa, com a parte de cima rosa-claro, e um corpete rendado na frente. Com a boina verde dava a impressão de um traje para piquenique na França. Mas Veda o experimentou uma dúzia de vezes, incapaz de decidir se servia ou não. A questão, pelo jeito, era que "parecia coisa de vaudeville". "Não posso entrar parecendo as irmãs Gish", Veda disse, e Mildred retrucou que nem as irmãs Gish faziam vaudeville, pelo que sabia. Veda olhou no espelho e disse que dava na mesma. No final, concluiu que o bordado era "excessivo" e o tirou. Na verdade, Mildred pensou, o vestido ficou mais leve, mais simples, mais adequado a uma moça de vinte anos do que antes. Ainda insatisfeita, Veda resolveu usar uma sombrinha. Quando a sombrinha chegou, Veda entrou na sala certa noite, como pretendia entrar no Bowl, e arrasou. Mildred percebeu, e todos perceberam, que era isso aí.

Surgiu então a questão dos jornais e como deveriam ser tratados. Mais uma vez parecia fora de cogitação simplesmente ligar para os editores e dizer que uma artista local ia se apresentar, deixando o resto por conta de seu julgamento. Veda gastou inúmeros telefonemas sobre as "matérias", como dizia, e quando a primeira reportagem foi publicada sofreu um ataque de fúria quase tão formidável quanto o provocado pelo sr. Hobey. No final da tarde tentou em vão localizar o sr. Levinson, o cavalheiro apareceu em pessoa, e Veda dava voltas, abalada: "Você precisa acabar com isso, Levy, tem de matar esse negócio de moça da sociedade no ato! E a história de Pasadena! O que eles querem fazer, afugentar meu público? Que me expulsem do palco com uma vaia? Quantas pessoas de sociedade há nesta cidade, afinal? E quantas pessoas de Pasadena vão a concertos? Glendale! E rádio! Eu estudei aqui mesmo em Los Angeles! Há vinte e cinco mil lugares naquele anfiteatro, Levy, e os broncos precisam sentir que sou cria deles, que sou igual a eles, assim eles vão lá me aplaudir".

O sr. Levinson concordou e parecia considerar o assunto importante. Mildred, apesar de idolatrar Veda, sentiu indignação quando Veda reivindicou Glendale como sua origem, depois de todas as coisas que falara de lá. Mas a revolta passou e ela se dedicou totalmente aos últimos dias que restavam para o concerto. Comprou três camarotes de quatro lugares cada um, certa de que seria o suficiente para ela, Monty e os convidados dele. Mas, quando o pessoal do Bowl começou a ligar, dizendo que havia um camarote especial disponível, ela se lembrou de pessoas em que não pensara antes. Em poucos dias convidou a Vovó e o sr. Pierce, Harry Engel e William, Ida e a sra. Gessler, e Bert. Todos aceitaram, exceto a sra. Gessler, que gentilmente recusou o convite. Mildred tinha seis camarotes, esperava mais de vinte convidados, e mais ainda para o jantar que daria após o espetáculo.

* * *

De acordo com Bert, sentado na beirada do camarote, segurando sua mão descaradamente, o trabalho de promoção fora magnífico e os ingressos se esgotaram. Pelo jeito o povo entrava por todos os lados, e Bert apontava para os assentos superiores, já ocupados, dizendo: "Veja ali, já dá uma idéia". Mildred chegara cedo, para "não perder nada", principalmente a chegada da multidão, sabendo que toda aquela gente viera apenas para ver sua filha cantar. Escurecia quando Monty, que trouxera Veda de carro, entrou no camarote e apertou a mão de Bert. A orquestra ocupou seu lugar na concha, e por alguns minutos os sons de afinação encheram o ar. As luzes se acenderam e a orquestra ficou visível. Mildred olhou em torno, pela primeira vez sentiu toda a imensidão do local, com milhares de pessoas sentadas ali, esperando, e outros milhares a correr pelas rampas e corredores, para chegarem a seus assentos. Ouviu alguns aplausos e olhou a tempo de ver o sr. Treviso, que ia reger, subir em sua pequena plataforma, curvar-se para a platéia e para a orquestra. Todos se levantaram. Sem olhar para trás, o sr. Treviso ergueu a mão. Bert e Monty, empertigados, firmes, exibiam um olhar de nobreza. Deslumbrada, Mildred também se levantou. A orquestra iniciou *The Star-Splanged Banner* e a multidão começou a cantar o hino.

O primeiro número, chamado *O Pássaro de Fogo*, não queria dizer nada para Mildred. Ela não conseguiu entender, lendo o programa, se era um balé ou não, e não teve certeza, no final, se houvera dança ou não. Concluiu, enquanto o sr. Treviso ainda agradecia os aplausos, que teria notado se houvesse balé. Ele saiu, as luzes se acenderam e por um bom tempo ouviu-se um murmúrio como o do oceano, e os atrasados correram para seus lugares, seguindo lanterninhas apressados. O murmúrio praticamente cessou, as luzes se apagaram, o estômago de Mildred se encolheu todo.

* * *

A sombrinha, aberta para emoldurar a boina num círculo rosado luminoso, pegou a platéia de surpresa, e Veda chegou ao centro do palco antes que as pessoas se recuperassem. Elas gostaram e aplaudiram com entusiasmo. Por um momento Veda ficou ali parada, sorrindo para elas, sorrindo para a orquestra, sorrindo para o sr. Treviso. Então, com gestos hábeis, fechou a sombrinha, tocou o piso com sua ponta e a segurou no cabo alto com as duas mãos. Mildred, tendo aprendido a notar essas coisas, percebeu que a sombrinha dava um toque picante, estrangeiro, e também servia para que Veda ocupasse as mãos. O primeiro número, "Caro Nonne", do *Rigoletto*, foi muito bom, Veda voltou várias vezes para agradecer os aplausos. O segundo, "Una Voce Poco Fa", do *Barbeiro de Sevilha*, encerrou a primeira parte do concerto. As luzes foram acesas. As pessoas se espalharam pelos corredores, fumando, passeando, conversando e rindo. Bert, sentado no camarote, disse que não era da sua conta, mas o maestro bem que poderia ter deixado Veda dar um bis, depois de tantos aplausos. Meu Deus, foi uma verdadeira ovação. Monty, quase tão pouco familiarizado quanto Bert com espetáculos do gênero, disse que nunca ouvira falar em bis no final da primeira metade do programa. Isso ficava sempre para o fim, pelo que sabia. Mildred confirmou, tinha certeza. Bert concordou que cometera um engano, e tudo bem. Mas as pessoas estavam adorando, e parecia que Treviso teria dado uma chance a ela, se pudesse. Todos concordaram que as pessoas estavam adorando.

A Sinfonia do Novo Mundo pouco impressionou Mildred, exceto quando três aviões sobrevoaram o local durante sua execução, e ela temeu, horrorizada, que algum outro sobrevoasse o anfiteatro enquanto Veda estivesse cantando e arruinasse tudo. Mas o céu estava claro quando ela reapareceu, parecendo menor do que na primeira parte, quase infantil, patética. A sombrinha se fora, e a boina passara da cabeça para as mãos de Veda. Uma única orquídea a enfeitava, presa ao ombro, e Mildred torceu fervorosamente para que fosse uma das seis que *ela* havia mandado. O programa dizia apenas "Cena de Loucura", de *Lucia de Lammermoor*, mas parecia haver mais tensão do que o habitual quando o sr. Treviso ergueu a batuta, e Mildred logo entendeu que estava perante um esforço vocal tremendo. Nunca ouvira uma única nota daquela música antes, pelo que se recordava; devia ter sido ensaiada no estúdio, e não em casa. Após os primeiros compassos, quando sentiu que Veda estava segura, que não iria cometer nenhum erro, que chegaria ao final, Mildred relaxou um pouco, permitindo-se adorar a figura miúda, patética, modesta, lançando aqueles trinados elaborados na direção das estrelas. Deram um tapinha em seu ombro, e o sr. Pierce entregou-lhe um binóculo. Ela o pegou ansiosa, ajustou o foco e apontou para Veda. Minutos depois, porém, baixou o binóculo. De perto ela percebia a expressão profissional e sem brilho que Veda lançava à platéia, bem como os olhares frios, críticos, que lançava seguidamente ao sr. Treviso, particularmente quando havia uma pausa e ela ficava esperando sua vez de entrar. Aquilo estraçalhou as ilusões de Mildred. Ela preferia ver de longe, apreciar a filha pelo que ela parecia, não pelo que era.

O número foi longo, a bem da verdade o mais longo que Mildred já ouvira, mas quando terminou o som que tomou conta do anfiteatro parecia de trovão. Veda voltou seguidamente, agradecendo os aplausos com mesuras, e após uma dúzia de aparições ela entrou acompanhada pelo sr. Treviso, e sem chapéu nem adereços não passava de uma menina simples, simpática, que desejava ser amada. Um senhor com a flauta deu um passo à frente, carregando uma cadeira, e sentou perto de Veda. Quando ela o viu, foi até onde estava e apertou sua mão. O sr. Treviso conduziu a orquestra pela introdução de "Lo, Hear the Gentle Lark", em meio a uma onda de aplausos, pois era uma das canções popularizadas por Veda no rádio. Quando ela terminou, algumas pessoas deram vivas, e ela iniciou uma seqüência com seus sucessos no rádio: "Love's Old Sweet Song", a "Ave-Maria" de Schubert, um arranjo da valsa "Danúbio Azul" que lhe permitia cantar vistosamente, enquanto a orquestra tocava, e uma valsa de Waldteufel que o sr. Treviso descobrira para ela, chamada "Estudantina".

Muitas dessas canções haviam sido pedidas pela platéia, em gritos insistentes, e perto do final a orquestra ouvia sentada enquanto o sr. Treviso a acompanhava no piano que fora instalado no palco durante o intervalo. Veda dirigiu-se à platéia, dizendo: "Mesmo que não seja uma canção feita para um concerto, posso cantá-la porque sinto vontade?". A platéia irrompeu em aplausos solidários, Monty olhou para Mildred e ela sentiu que aconteceria algo. O sr. Treviso tocou uma introdução curta, e Veda começou a canção sobre arco-íris favorita de Mildred nos dias felizes em que ela costumava ir descansar em casa, e Veda tocava as peças de seu agrado.

Era para ela.

Veda começou a cantar, mas quando acabou, se é que acabou, Mildred nunca soube. Arrepios percorreram seu corpo, e continuaram a percorrer pelo resto da noite, durante o banquete festivo, ao qual Veda compareceu com um lenço branco em volta do pescoço, durante a rápida meia hora em que Mildred a ajudou a se despir e guardar o vestido; no escuro, enquanto ela estava deitada sozinha na cama, tentando dormir, sem querer dormir.

Foi o clímax da vida de Mildred.

Teria sido também o clímax de uma catástrofe financeira se ela não tivesse conseguido adiar um pouco o problema que se agravava desde a noite em que aceitara adquirir a casa da sra. Beragon por trinta mil dólares, mais os impostos atrasados no valor de três mil e cem dólares. Esperava, quando fechou negócio, obter a maior parte do financiamento por meio da Administração Federal de Imóveis, de que tanto ouvira falar. Tomou o primeiro susto quando visitou o escritório da agência e descobriu que o empréstimo máximo era de dezesseis mil. Precisava de no mínimo vinte mil, e queria vinte e cinco. Levou outro susto quando foi ao banco. Eles se dispunham a emprestar quando ela quisesse, pelo jeito a consideravam um risco baixíssimo, mas se recusaram a emprestar qualquer valor até a realização de reparos na propriedade, a começar por um telhado novo.

Ela sabia que haveria despesas, mas pensava nelas vagamente como "uns poucos milhares de dólares para reformar a casa, outro tanto para a mobília". Depois da recusa do banco, porém, ela teve de considerar se não seria melhor uma reforma completa, para ter um imóvel que alguém pudesse comprar, em vez de uma monstruosidade. Foi aí que chamou Monty para aconselhá-la. Ela não mencionou o problema financeiro, mas adorou quando ele apresentou o plano de restaurar a casa a sua condição anterior à da mudança feita pelo sr. Beragon, o pai, com suas idéias bizarras a respeito de benfeitorias. Embora satisfizesse o banco, e a qualificasse ao empréstimo de vinte e cinco mil, a reforma custou mais de cinco mil e levou todas as suas economias pessoais. Para a mobília ela precisou se desfazer de aplicações. Quando casou com Monty imaginou que ele precisaria de um carro. Isso lhe custou mais mil e duzentos. Para obter dinheiro e cobrir algumas despesas que foram surgindo, ela recorreu às reservas da corporação. Fez um cheque de dois mil e quinhentos dólares para si, marcando a retirada como "bônus". Mas não usou o talão grosso que ficava com a srta. Jaeckel, contratada para fazer a contabilidade. Usou um dos cheques avulsos que levava na bolsa para emergências. Pensava sempre em falar a respeito do cheque com a srta. Jaeckel, mas se esquecia. Então, em dezembro de 1939, para enfrentar as despesas de Natal, ela se concedeu outro bônus de dois mil e quinhentos, de modo que, ao final do ano, havia uma diferença de cinco mil entre os valores que constavam dos livros da srta. Jaeckel e o saldo real no banco.

Mas essas despesas altas constituíam apenas uma parte de suas dificuldades. O banco, para sua surpresa, insistiu na amortização do empréstimo, além do pagamento dos juros, de modo que aos cento e vinte e cinco dólares mensais de juros foram acrescentados mais duzentos e cinqüenta, um total bem maior do que ela esperava. Monty, quando a convencera a contratar Kurt e Frieda por cento e cinqüenta dólares por mês, criara uma despesa de comida bem maior do que ela esperava. Os convidados sucessivos, todos com mais sede que uma caravana de camelos, levaram a conta doméstica a um valor assustador. O resultado foi ela aumentar sua retirada na empresa. Até então, pegava setenta e cinco dólares por semana de cada uma das quatro operações da corporação: o Pie Wagon, a fábrica de tortas, o restaurante em Beverly e o de Laguna, num total de trezentos dólares por semana. Era muito mais do que precisava para suas despesas cotidianas, de modo que o dinheiro se acumulou na conta, e muito menos do que rendia a empresa, de modo que a reserva corporativa também cresceu. Mas, quando ela passou a quatrocentos dólares, a reserva parou de crescer. Na verdade, a srta. Jaeckel, com ar preocupado, a alertou em diversas oportunidades para o fato de que seria necessário transferir dinheiro da *Reserva*, que ficava numa conta especial, para a *Conta-Corrente*, mantida em separado. As transferências de quinhentos em quinhentos dólares eram assinadas rapidamente por Mildred, desviando a vista, sentindo-se como uma ladra.

A *Reserva*, uma espécie de vaca sagrada desvinculada da rotina contábil da srta. Jaeckel, não recebia acompanhamento sistemático, e não havia perigo imediato de a srta. Jaeckel descobrir as retiradas de Mildred. Mas em março de 1940, quando a srta. Jaeckel preparou as declarações de renda e as levou ao cartório para registro, trazendo-as depois para Mildred assinar, juntamente com os cheques do imposto de renda, Mildred suou frio. Não poderia encarar a srta. Jaecklel agora e contar o que havia feito. Por isso

300

levou a declaração a um contador, pediu que guardasse segredo e que preparasse um novo documento que ela pudesse assinar, compatível com o saldo no banco. Ele ficou nervoso, fez muitas perguntas, passou uma semana até decidir que não havia nada de ilegal no caso, até o momento. Mas enfatizava sempre o até o momento, e olhava para Mildred com ar acusador. Cobrou cem dólares pelo serviço, uma soma absurda para copiar algumas cifras, com pequenas mudanças. Ela pagou, fez com que ele enviasse os cheques e disse à srta. Jaeckel que os despachara ela mesma. A srta. Jaeckel a olhou intrigada, mas voltou a seu pequeno escritório na fábrica de torta sem dizer nada.

Na quinzena seguinte duas coisas aconteceram, incompreensíveis, espantosas, e seria difícil dizer qual foi a causa e qual o efeito, mas o restaurante de Laguna sofreu uma queda bruta de faturamento e não se recuperou mais. O Victor Hugo, um dos melhores e mais tradicionais restaurantes de Los Angeles, abriu uma filial perto da casa da sra. Gessler, e imediatamente se encheu de gente. A sra. Gessler, tensa, mordendo os lábios, informou a Mildred certa noite que "a vaca, a vagabunda de Los Feliz Boulevard, mudou para cá".

"Ike anda saindo com ela?"

"Como vou saber com quem Ike anda saindo? Ele passa a maior parte do tempo viajando, ninguém sabe para onde ele vai, nem quando volta."

"Você não tem como descobrir?"

"Eu descobri, ou tentei, ao menos. Não, ele não sai com ela, pelo que sei. Ike é legal, se não cair em tentação. Mas ela está aqui. Trabalha naquela cerâmica, a uns cinco quilômetros daqui, de macacão, e..."

Depois disso Mildred ficou com a impressão de que a sra. Gessler não estava mais com a cabeça no trabalho. O movimento caiu, Mildred não conseguia pensar num jeito de levantar a casa. Reduziu os preços, não ajudou em nada. Teria fechado a filial, mas tinha um contrato de locação para passar adiante primeiro, os outros três estabelecimentos não rendiam o suficiente para bancar o aluguel e manter sua casa em Pasadena. A srta. Jaeckel a procurava semanalmente agora, pedindo mais dinheiro, e as transferências da *Reserva*, em vez de quinhentos dólares, baixaram para duzentos, cem, cinqüenta, e a espiral descendente prosseguia. Mildred vivia uma existência estranha, artificial. De dia passava nervoso, preocupava-se com a situação, evitava olhar a srta. Jaeckel no olho, certa de que os empregados já comentavam o problema, suspeitando dela, acusando-a. De noite, ao voltar para casa e encontrar Veda e Monty, além dos inevitáveis convidados, ela não se permitia pensamentos ansiosos, e olhava para Veda, respirando fundo.

Mas chegou o dia em que a *Reserva*, pelos livros, era de cinco mil e três dólares e sessenta e um centavos e no banco, de três dólares e sessenta e um centavos. Ela teve de contar uma longa história para a srta. Jaeckel, para ocultar sua incapacidade de realizar outra transferência. Dois dias depois ela não conseguiu pagar a conta da carne. As contas de todos os tipos, no ramo dos restaurantes, são pagas às segundas, e deixar de honrar uma conta é um golpe fatal no crédito. O sr. Eckstein, da Snyder Bros. & Co., ouviu Mildred com olhar inexpressivo, e concordou em continuar entregando a carne até ela "resolver seus probleminhas". Mas, na semana seguinte, Archie se queixou da qualidade inferior dos filés, e a sra. Gessler queria telefonar pessoalmente para o sr. Eckstein, sendo impedida. A Snyder Bros. foi paga na segunda-feira, mas Mildred já estava pedindo prazo para outras contas, principalmente das bebidas, em sua maioria fornecidas pela Bodega Inc. Um dia Wally Burgan apareceu no Pie Wagon e revelou que havia sido contratado por diversos credores. Sugeriu uma pequena conferência. Como a maior parte dos problemas parecia se restringir a Laguna, que tal encontrar o pessoal lá, na noite seguinte? Eles poderiam jantar e resolver tudo. A noite seguinte era a da apresentação de Veda no Bowl. Mildred, agitada, disse que era impossível, pois precisaria ir ao Bowl. Nada impediria isso. Então Wally disse: "que tal uma noite na próxima semana? Que tal na segunda?".

A demora fez com que a situação piorasse, pois na segunda havia mais contas a pagar. Além das dívidas com os srs. Eckstein, Rossi, da Bodga, e representantes de três atacadistas de alimentos, havia o sr. Gurney e diversos pequenos fornecedores que antes se sentiam lisonjeados quando ela lhes dava bom dia. Wally, contudo, manteve tudo num patamar cordial. Não falou sobre o caso enquanto o jantar estava sendo servido, para evitar que as garçonetes ouvissem tudo. Insistiu para Mildred apresentar a conta pelo jantar dos credores, o que ela aceitou de bom grado. Encorajou-a a falar, pôr as cartas na mesa, para procurarem uma saída. Repetia continuamente que ninguém queria criar problemas. Era do interesse geral que ela andasse de novo com os próprios pés, que voltasse a ser a cliente especial de antigamente.

Contudo, ao final de duas ou três horas de questionamentos, respostas, explicações e números, a verdade surgiu clara, e nem mesmo as desculpas gaguejadas por Mildred podiam ocultá-la: as quatro unidades da corporação, até mesmo o restaurante de Laguna, apresentariam lucro se não fossem as retiradas seguidas de Mildred para manter a casa em Pasadena. Uma vez que isso ficou claro, seguiu-se uma longa pausa, e Wally disse: "Mildred, importa-se se fizermos algumas perguntas sobre suas finanças domésticas? Para deixar tudo claro".

"Isso não é da conta de ninguém, só da minha."

"Nada disso é da conta de ninguém, que fique bem claro. Se fôssemos cuidar apenas do que é da nossa conta teríamos entrado com uma ação de cobrança, exigindo garantias, e guardaríamos nossas dúvidas para nós mesmos. Não agimos assim. Queremos lhe dar uma chance.

Mas merecemos uma certa consideração também, não acha? Pelo jeito, teremos de tratar do que *nós* consideramos importante. Talvez não seja a sua opinião. Talvez o problema seja exatamente este. Mas é você quem está encrencada, e não nós."

"...O que desejam saber?"

"Quanto é a contribuição de Veda?"

"Eu não cobro diária de minha filha, ora."

"Mas ela dá muita despesa, não é?"

"Não faço a contabilidade de quanto ela me custa."

"Mas veja bem, Veda ganha muito dinheiro. Ela recebeu uma bolada que consegui para ela, e investiu com sabedoria. Ganha quinhentos por semana da Pleasant, e mesmo depois de pagar agente, professor e vigaristas, ainda deve sobrar um monte. Bem, não seria justo ela separar algum e contribuir para as despesas? Se fizesse isso, aliviaria bastante a pressão no caixa."

Mildred abriu a boca para explicar que não podia cobrar nada da filha, que não tinha nada a ver com a renda de Veda. Então, sob os modos gentis de Wally ela notou algo familiar, frio. Seu coração disparou, ela percebeu que não poderia cair numa armadilha e revelar seus acertos com Veda. Precisava enrolar, dizer que não pensara nisso antes, insistir que havia aspectos legais a considerar antes de saber como agir. Gaguejando, observou a troca de olhares entre o sr. Rossi e o sr. Eckstein. Então entendeu qual era a jogada. Wally estava articulando um acordo. Os credores receberiam seu dinheiro, a corporação voltaria a ser administrada com cautela, e Veda pagaria a conta em aberto. Não lhe ocorreu que havia uma base justa para o acordo: os credores haviam fornecido as mercadorias e tinham direito ao pagamento; Veda ganhara muito dinheiro, e gastava uma fortuna. Ela só pensou que as hienas queriam avançar sobre sua cria, e seu talento, sua capacidade de postergar, a abandonou. Ficou excitada, disse que sua filha não ia ser vítima de um esquema ladino, que não queria ter nada a ver com isso. Então, olhando Wally no olho, prosseguiu: "E tem mais, eu não creio que você ou qualquer outro tenha o direito, nem mesmo legal, de tomar o que me pertence, ou o que pertence a minha filha, para pagar as contas dos meus negócios. Talvez tenha esquecido, senhor Wally Burgan, que foi sua a idéia de eu montar uma corporação. Foi você quem providenciou os documentos e explicou a lei para mim. E seu principal argumento foi que, se eu abrisse uma empresa, minha propriedade pessoal estaria livre de todos os credores da corporação. Talvez tenha esquecido isso, mas eu não esqueci."

"Não, eu não esqueci."

A cadeira de Wally fez um ruído estridente quando ele a virou para ficar de frente para Mildred, que já estava em pé, a um metro da mesa redonda grande. "Não esqueci, e você tem razão, ninguém aqui pode pegar um centavo sequer do seu dinheiro, nem propriedades pessoais suas e de Veda para honrar compromissos assumidos, por mais razoáveis que sejam as demandas. Não podem tocar em nada, tudo lhe pertence e está fora do alcance. Só o que podem fazer é ir à Justiça, declarar sua falência e assumir. O juiz nomeará um síndico da massa falida, que cuidará de tudo. Você ficará de fora."

"Tudo bem, ficarei de fora."

"Você sai, Ida entra."

"...*Quem?*"

"Você não sabia disso, não é?"

"Isso é mentira. Ela não iria..."

"Sim, iria. Ida chorou e no início disse que não queria nem ouvir falar numa coisa dessas, pois era sua amiga. Mas ela não conseguiu marcar uma conversa com você na semana passada. Você estava ocupada demais com o concerto. Talvez a tenha magoado. De todo modo, ela se mostrará razoável, e calculamos que possa conduzir os negócios tão bem quanto qualquer outra pessoa. Talvez não tão bem quanto você, quando se dedica realmente. Mas será melhor que uma senhora que prefere ir a concertos a trabalhar, e gastar todo o dinheiro com a filha em vez de pagar os credores."

Ao ouvir a revelação a respeito de Ida, Mildred sentiu os olhos marejarem e virou de costas enquanto Wally prosseguia, em tom frio, distante: "Mildred, acho bom você enfiar na cabeça que precisa tomar providências. Cortar despesas e viver do que ganha. Levantar dinheiro com Veda, ou com a casa de Pierce Drive, ou em algum lugar, para acertar as pendências e recomeçar. Precisa largar a farra e voltar ao trabalho. Todos nós queremos o melhor para você. No entanto, queremos nosso dinheiro também. Tome atitudes positivas em uma semana, a partir desta noite, e pode esquecer tudo que foi dito aqui. Se não se mexer, seremos forçados a tomar a iniciativa".

Por volta das onze ela voltou para casa, mas bateu no ombro de Tommy quando viu o andar superior profusamente iluminado, cinco ou seis carros parados na porta. Estava à beira da histeria e não podia encarar Monty e meia dúzia de jogadores de pólo com suas esposas. Disse a Tommy para chamar o sr. Beragon de lado, dizer que ela estaria ocupada com o trabalho e só voltaria bem tarde. Depois passou para o banco da frente, assumiu o volante e pegou de novo a Orange Grove Avenue. Foi quase automático para ela entrar à esquerda na rotatória, cruzar a ponte e seguir para Glendale e Bert. Não havia luzes acesas na casa da Vovó, mas ela sabia que ele estava em casa, pois viu o carro na garagem e ele era o único que o usava atualmente. Bateu de leve na janela e ele a abriu, dizendo que sairia num minuto. Ao ver seu rosto ele parou um momento, usando um roupão velho, segurou sua mão, disse que ali não era lugar para uma conversa. Vovó ia gritar, querer saber o que estava acontecendo, e Vovô ia gritar, dizendo para ela ficar quieta. Não ia dar certo. Pediu a Mildred que esperasse até que vestisse uma roupa, e ela passou alguns minutos no carro, sentindo-se um pouco reconfortada. Quando ele saiu, ela perguntou se preferia dirigir, e gostou de passar para o lado do passageiro enquanto ele saía em grande estilo, um estilo que mais ninguém sabia exibir. Disse que era mesmo um tremendo carro, especialmente em termos de aderência. Ela segurou seu braço.

"Veda tem de ajudar."

Eles haviam ido até San Fernando, Van Nuys, Beverly, até o mar, e estava num pequeno bar noturno em Santa Monica. Mildred, chorosa, contou a história inteira, desde o retorno de Veda para casa. Ela deixou de fora, convenientemente, a participação singular de Monty no caso e as circunstâncias exóticas de seu casamento. Ou talvez tenha esquecido. Mas quanto aos eventos recentes ela foi direta e franca, e contou até a respeito dos dois cheques de dois e quinhentos que escondera da srta. Jaeckel. Bert assobiou e houve um intervalo de meia hora, no qual ele pediu detalhes dessa transação, e ela os revelou em sussurros assustados, obtendo porém um curioso alívio espiritual, como se falasse através da treliça de um confessionário. Seguiu-se um silêncio longo, aliviado, quando Bert disse que, até o momento, nenhuma lei fora desobedecida, pelo que sabia. Depois, acrescentou em tom solene: "Mas vale dizer que foi uma tremenda burrada".

"Sei que fiz besteira."

"Então..."

"Você não precisa ficar me criticando."

Ela ergueu a mão dele e a beijou, depois voltaram à questão da empresa e do problema da dívida. Isso só poderia ser resolvido, insistiu, com ajuda de Veda. No segundo highball ele estava mais seguro de sua opinião. "Ela está custando muito dinheiro, e está ganhando muito dinheiro. Precisa pagar sua parte."

"Não quero que ela saiba de nada."

"Eu também não queria que ela soubesse de nada, mas ela descobriu tudo quando fiquei na lona. Se ela tivesse algum dinheiro quando a Pierce Homes começou a

307

balançar, eu teria aceito, e se a Pierce Homes ainda pertencesse a nós ela estaria bem de vida, certo?"

Mildred apertou a mão de Bert, tomou um gole de uísque de centeio e, segurando a mão dele, passou alguns minutos ouvindo o rádio e choramingando baixinho. Não se dera conta até o momento de tudo que Bert passara, de que ela não fora a única a sofrer. Bert, em voz tão baixa que não interferia na transmissão do rádio, debruçou-se e disse: "Afinal, quem pôs aquela menina onde ela está hoje? Quem pagou as aulas de música? E o piano? E o carro? E as roupas? E...".

"Você fez a sua parte."

"Pequena parte."

"Você fez muita coisa." Misturando Pierce Homes, Inc. com Mildred Pierce, Inc., mais um pouco de uísque de centeio e club soda, ela trouxe Bert para mais perto de si do que jamais estivera, e decidiu que era preciso fazer justiça a ele. "Você fez muita coisa. Vivemos muito bem antes da Depressão, Bert, tão bem ou melhor que qualquer família deste país ou de qualquer outro. Por um longo tempo. Veda tinha onze anos quando nos separamos, e tem apenas vinte agora. Eu cuidei dela por nove anos, mas você cuidou por onze."

"Onze anos e oito meses."

Bert piscou, Mildred levou a mão dele ao rosto. "Isso mesmo, onze anos e oito meses, se prefere voltar a essa questão. E fico *contente* que tenham sido apenas oito meses, entende? Qualquer idiota pode ter uma filha nove anos após o casamento. Mas, como foram apenas oito, isso prova que eu amava você, certo?"

"E que eu também a amava, Mildred."

Mildred cobriu a mão dele de beijos, e por muito tempo eles não disseram nada, deixando que o rádio tocasse. Então Bert disse: "Quer que eu fale com nossa filha?".

"Não posso pedir dinheiro a ela, Bert."

"Então eu faço isso. Passo lá de tarde, comento o caso amigavelmente, digo a ela o que deve fazer. É ridículo botarem você contra a parede, enquanto ela vive às suas custas, cheia de dinheiro."

"Não, prefiro hipotecar a casa de Glendale."

"E de que adiantaria? Você consegue cinco mil com a casa, adia o desfecho por algumas semanas e acaba no mesmo lugar. Ela precisa contribuir agora e sempre."

Percorreram a costa até Sunset Boulevard e seguiram no rumo de casa em silêncio. De repente, Bert parou o carro no acostamento e olhou para ela. "Mildred, você mesma tem de fazer isso."

"Por quê?"

"Porque é preciso resolver o caso esta noite."

"Não posso, é tarde, ela já foi dormir."

"Não interessa se é tarde, se ela já dormiu ou não. Você precisa falar com ela. Pois está esquecendo, e eu também, de quem temos de enfrentar. Mildred, não podemos confiar em Wally Burgan, nem esperar até que o sol nasça de novo. Ele é um vigarista mesquinho, sabemos disso muito bem. Era meu amigo e me passou para trás, era seu amigo e passou você para trás. Entenda bem, Mildred: ele é amigo de Veda. Talvez esteja querendo passá-la para trás também. Talvez seu plano seja meter a mão no dinheiro dela..."

"Ele não pode, não tem como, no caso das dívidas da empresa..."

"*Como você sabe?*"

"Bem, ele..."

"Exatamente, ele lhe disse. Wally Burgan disse. Acredita no que ele diz? Você acredita em *alguma coisa* que o sujeito diz? Talvez a reunião desta noite tenha sido só para despistar. Talvez ele esteja preparando tudo para dar o bote no dinheiro de Veda, tornar-se seu procurador para ter acesso a ele. Ela ainda é menor, não se esqueça. Talvez chegue uma intimação para você, para Veda e para mim hoje mesmo. Mildred, você precisa falar com ela esta noite. Vocês vão me encontrar no Brown Derby de Hollywood para o café-da-manhã, e até lá estarei muito ocupa-

309

do. Haverá quatro pessoas à mesa, e uma delas será um advogado."

A excitação conspiratória levou Mildred ao quarto de Veda, um lugar para onde a necessidade jamais a teria conduzido. Passava das três quando ela entrou na garagem, a casa estava escura, exceto pela luz na entrada. Ela guardou o carro, caminhou pela grama para não fazer barulho e entrou pela porta da frente. Apagou a luz, subiu tateando no escuro, pisando sempre nos tapetes para evitar o ruído do salto no assoalho. Foi na ponta dos pés até o quarto de Veda e bateu na porta. Ninguém respondeu. Bateu de novo com a ponta dos dedos, fazendo o mínimo de barulho. Nada de resposta. Girou a maçaneta e entrou. Sem acionar o interruptor da luz, seguiu até a cama e se abaixou para acariciar Veda, falar com ela delicadamente, para não assustar a filha. Mas Veda não estava na cama. Ela acendeu a luz da cabeceira, olhou em torno. Ninguém se deitara ali. Foi até o quarto de vestir, depois ao banheiro, chamando-a em voz baixa. Abriu o closet. As coisas de Veda estavam ali, até o vestido que usara naquela noite, antes de Mildred ir a Laguna. Intrigada, um pouco assustada, Mildred foi para seu quarto, supondo que Veda poderia ter ido lá esperar por ela e dormido, ou algo assim. Nenhum sinal de Veda. Mildred foi até o quarto de Monty e bateu na porta. Sua ansiedade crescia, não bateu com a ponta dos dedos, desta vez. Bateu com força, com os nós. Ninguém respondeu. Bateu de novo, insistentemente. Monty respondeu com voz sonolenta e irritada. Mildred disse que era ela, para ele abrir a porta, precisavam se falar. Ele quis saber qual era o assunto, por que ela não ia para a cama e o deixava dormir em paz? Ela bateu de novo, imperativa agora, e ordenou que ele abrisse a porta. Era a respeito de Veda.

Quando ele finalmente entreabriu a porta e soube o que Mildred queria, ficou ainda mais revoltado. "Pelo amor

310

de Deus, por acaso ela ainda é criança? Vamos dizer que não esteja em casa. O que posso fazer? Fui dormir, não sei o que ela fez. Talvez tenha saído. Talvez tenha ido a uma festa. Talvez tenha ido ver a lua. Este é um país livre."

"Ela não foi a lugar algum."

"Como você sabe?"

"O vestido dela está aqui."

"Ela não poderia ter trocado?"

"O carro também está aqui."

"Não poderia ter ido no carro de alguém?"

Esta possibilidade simples não ocorrera a Mildred, e ela estava a ponto de se desculpar e voltar para o quarto quando se deu conta do braço de Monty. Ele se apoiava no braço atravessado na porta, como se quisesse evitar que ela olhasse para dentro do quarto.

A mão de Mildred, pousada no batente, deslizou para dentro e acendeu a luz. Veda olhava para ela, na cama.

Monty, com a voz emasculada, transformada em gritos andróginos, socou toda a sua amargura, toda a futilidade de sua vida, numa longa e histérica acusação contra Mildred. Disse que ela o usara para seus objetivos ocultos desde que o conhecera. Que ela era incapaz de ter honra, e que não sabia o significado de honrar seus compromissos. Ele citou os primeiros vinte dólares que ela lhe deu, e como depois se arrependeu. Chegou até o casamento, acusando-a corretamente de usá-lo como isca para atrair Veda, que se distanciara. Mas, perguntou, teria ela percebido que ele era uma isca viva, e que a isca e o peixe se apaixonaram? O que achava disso? E o que faria a respeito? Ele falou muito em dinheiro, no meio das acusações, concluindo que mostrara sua independência de uma mulher que o sustentava com uma fábrica de tortas, trocando de lado, permitindo que outra mulher o sustentasse com a voz.

Mildred, contudo, mal o escutava. Sentou-se na pol-

311

trona pequena estofada, perto da porta, com o chapéu de lado na cabeça, a bolsa no colo e os dedos os pés absurdamente voltados para dentro. Enquanto os olhos se mantinham fixos no chão, sua mente estava na criatura adorável na cama, e de novo ela sentiu um incômodo físico com o significado de sua presença ali. Quando Monty já havia falado por um bom tempo, parado na sua frente de pijama, Veda o interrompeu com petulância afetada. "Querido! Faz alguma diferença como uma idiota dessas age, se paga ou sabe o que é honrar um compromisso? Você não percebe que ela me atormenta? Literalmente, não posso abrir a boca num teatro, num estúdio de rádio ou em qualquer outro lugar, que ela está lá, agitando nos corredores, causando embaraço para mim na frente das pessoas, só para conseguir seu quinhão da glória. Mas o que eu faço? Certamente não saio por aí gritando como você. Seria indigno. E muito..." Veda ergueu a mão para bocejar ostensivamente "ruim para minha garganta... Vista-se, por favor, vamos embora daqui, ela que se console com as formas de torta, na hora do almoço já estaremos rindo de tudo isso".

Monty foi para o quarto de vestir, e por um tempo permaneceram em silêncio, exceto pela respiração de Mildred, que estava curiosamente pesada. Veda pegou o maço de cigarros no chão, acendeu um e ficou fumando na cama do modo preferido ultimamente, sugando a fumaça para soltá-la em baforadas cheias, de maneira que passava pela boca sem chegar à garganta. A respiração de Mildred tornou-se ofegante, como se fosse um animal depois de correr uma longa distância. Monty surgiu de tweed, camisa azul e sapato marrom claro, chapéu numa das mãos, maleta na outra. Veda balançou a cabeça e apagou o cigarro. Levantou-se, foi até o espelho de Monty e começou a escovar o cabelo, enquanto cadenzas distraidamente cascateavam de sua garganta, e gotas frias cascateavam pelo coração de Mildred. Porque Veda estava completamente nua. Do torso maciço de cantora lírica, com a Leiteria à frente, até os quadris pequenos e as pernas lindas, não havia um único lenço a cobrir um pedaço do corpo.

Veda, ainda a cantarolar, seguiu para o quarto de vestir, e Monty passou-lhe o quimono que estava ao pé da cama. Foi então que Mildred saltou. Mas ela não pulou em cima de Monty, seu marido, o homem que a traíra. Foi para cima de Veda, a filha que fizera apenas o que Mildred um dia dissera ser direito da mulher. Era uma criatura implacável, dezessete anos mais nova que ela, com dedos de aço de tocar piano, pernas de borracha de cavalgar, nadar e todas as atividades recreativas que Mildred possibilitara. Contudo, a atleta desabou como uma água-viva perante uma senhora ofegante e miúda de vestido preto, com o chapéu meio caído sobre a orelha, e as contas do colar que se rompeu a se espalharem pelo chão. Em algum lugar distante Mildred ouvia Monty gritar com ela, sentia sua força a puxá-la. Sentia Veda visar seus olhos com as unhas, arranhar seu rosto, sentia o gosto de sangue na boca. Nada disso a deteve. Ela levou uma das mãos à garganta da moça nua debaixo dela, e apertou com força. Liberou a outra mão do aperto de Monty e passou a apertar com as duas mãos. Viu o rosto de Veda avermelhar, arroxear. Viu a língua de Veda sair para fora da boca e os olhos azuis ardósia perderem a expressão. E apertou com mais força.

De repente ela estava no chão, a cabeça doía por causa dos golpes fortes. Do outro lado do quarto, já de quimono, encolhida na poltrona com as mãos na garganta, estava Veda. Soluçava, e Monty falava com ela, dizendo para relaxar, deitar, ficar calma. Mas Veda se levantou e saiu do quarto. Mildred, percebendo um propósito nessa saída, e conhecendo a natureza maldosa da filha, levantou-se com esforço e foi atrás dela. Monty, implorando que encerrassem "este absurdo", seguiu Mildred. Letty e Frieda, em roupa de dormir, evidentemente acordadas pela gritaria, olhavam para os três apavoradas, enquanto Veda descia a escadaria. Formavam um cortejo medonho, e a luz cinza que penetrava na casa era a única iluminação concebível para o ódio que deformava suas faces.

313

Veda foi até a sala, sentou-se ao piano e percutiu uma tecla. Sua respiração se acelerou, como se ela fosse vomitar. Mildred, atacada por uma intuição terrível, percebeu que ela estava tentando cantar. Nenhum som saiu. Ela tocou outra vez, mas não conseguiu emitir som algum. Na terceira tentativa um ronco horrível, parecido com uma voz masculina, mas que não era uma voz masculina, saiu de sua boca. Com um grito terrível ela caiu no chão e ficou lá, deitada, sofrendo o que parecia ser uma convulsão. Mildred sentou no banco, atordoada pela noção do que havia feito. Monty começou a chorar histericamente, e a gritar para Mildred: "Está amanhecendo!... Amanhecendo! Meus Deus, que dia!".

17

Era Natal novamente em Pierce Drive, um suave Natal dourado à Califórnia. Mildred, após o período mais arrasador de sua vida, recomeçava a viver, esperando que o futuro lhe poupasse mais sofrimento ou, pior ainda, vergonha. Não fora o colapso alucinado de seu mundo que paralisara sua vontade, deixando uma vontade de usar véu na rua para não olhar as pessoas nos olhos. A perda da Mildred Pierce, Inc., fora um duro golpe. Duplamente duro por ela saber que, se Wally Burgan não tivesse sido tão brutal, ou a sra. Gessler tivesse sido um pouco mais leal, e não se descontrolasse numa bebedeira de quatro dias, contando as novidades de Ike e da loura de hora em hora, ligando a cobrar de Santa Barbara a San Francisco, ela teria superado a tempestade. Os telefonemas foram um dos pontos altos de sua estada em Reno, no sonho febril de seis semanas em que ouvia constantemente o sr. Roosevelt e não conseguia enfiar na cabeça que não poderia votar nele este ano, pois seria residente de Nevada, e não da Califórnia. Sofreu muito ao descobrir, desolada, que não poderia mais usar seu próprio nome nos negócios. Ele pertencia à empresa, e ela pensou amargurada nas dívidas que ainda tinha com Wally.

Mas o que lhe deixou uma cicatriz na alma que nada poderia apagar foi uma pequena sessão que durou pouco mais de uma hora, com uma estenógrafa e um par de advogados. Veda, ao que parece, no dia seguinte à alta no hospital, compareceu como de costume ao estúdio da rádio para um ensaio com a Pleasant Orchestra. A voz grossa, masculina, que saiu pelos alto-falantes não era exatamente o que Pleasant havia contratado, e o maestro cancelou o ensaio. Veda, naquele dia e nos seguintes, declarou que estava disposta a cumprir seu contrato. Por isso Pleasant levou o caso à Justiça, pedindo cancelamento do contrato, alegando incapacidade de Veda para cumpri-lo.

O advogado de Veda, irmão do sr. Levinson, seu agente, considerou necessário provar que a condição vocal de Veda não se devia a falha da parte dela. Por isso Mildred, antes de deixar a mansão Beragon e colocá-la para alugar, antes de ir a Reno para o divórcio, antes mesmo de tirar as bolsas de gelo da cabeça, teve de dar um depoimento relatando a briga, e como esganara Veda, fazendo com que perdesse a voz. Foi muito doloroso, embora nenhum dos advogados a pressionasse por um relato exato do motivo da briga, deixando que ela a atribuísse a "uma questão de disciplina". No dia seguinte, porém, os jornais resolveram que a história estranha, excitante, de interesse humano, seria publicada com títulos enormes, fotos de Mildred e Veda, menções a Monty e alusões a ele estar por trás das questões de disciplina. Foi aí que o urubu pousou publicamente na sorte de Mildred. Ela havia destruído a coisa mais linda e adorável do mundo, sofreu outro colapso e não conseguiu sair da cama por vários dias.

Contudo, quando Veda foi a Reno e a perdoou teatralmente, tiraram novas fotos, a história voltou aos jornais, e Mildred chorou, agradecida. Uma Veda estranha, artificial, conviveu com ela no hotel, com um sorriso forçado, a falar sussurrando, por causa de sua garganta. Mais parecia o espectro de Veda do que a própria Veda. Mas, de noite, quando ela pensou melhor no caso, tudo se esclareceu para Mildred. Ela fizera mal a Veda, e só havia um modo de compensar isso. Uma vez que privara Veda dos "meios de sustento", ela precisava arranjar uma casa para a filha, garantir que jamais passasse necessidade. Mais uma vez o padrão familiar se repetiu, com novas desculpas. Mas Bert sentia o mesmo que ela. Mildred enviou cinqüenta dólares para ele, pedindo que fosse vê-la em Nevada, pois não permitiam sua saída do estado até a aprovação do divórcio. Ele apareceu no fim de semana seguinte, ela o levou a um longo passeio, até Tonopah, e eles discutiram tudo. Bert ficou muito comovido com os detalhes da chegada de Veda, e seu perdão. Puxa vida, disse, aquilo fazia com que se sentisse melhor. Provava que a filha, quando convivia com o tipo certo de pessoa, era um anjo por dentro, do jeito que eles esperavam que ela fosse. Ele concordou que o mínimo que Mildred poderia fazer seria dar uma casa a Veda. A pergunta dela, gaguejada, foi se ele a ajudaria a fazer isso, e Bert respondeu sério que não sabia de nada que lhe desse maior prazer. Ele passou duas semanas lá, e depois do divórcio eles realizaram um casamento discreto no cartório. Para surpresa de Mildred, Veda não foi a única a comparecer. O sr. Levinson foi também, dizendo que estava na cidade a negócios, por coincidência, e que não perdia um casamento por nada.

Os dias seguintes ao dia de Ação de Graças foram vazios e desanimadores para Mildred: ela não conseguia se acostumar ao fato de que o Pie Wagon não mais lhe pertencia, e de que não tinha nada a fazer. Não conseguia se acostumar com a idéia de que tinha pouco dinheiro. Hipotecara a casa de Pierce Drive, onde voltara a residir, e conseguira cinco mil dólares. Mas a maior parte do dinheiro havia sido gasta em Reno, e o resto estava sumindo depressa. Mesmo assim ela decidiu que comemorariam o Natal e comprou um terno novo para Bert, um desses fonógrafos modernos enormes automáticos para Veda e vários discos. A agitação devolveu um pouco de sua antiga energia, e ela estava contente quando Letty anunciou que o jantar estava servido. Bert preparara eggnog, quente e agradável. Quando os três foram para a sala de jantar ela se lembrou subitamente de ter encontrado o sr. Chris no dia anterior, no Tip-Top, e soubera que ele estava furioso com as tortas que a Mildred Pierce, Inc., andava entregando. "Ele não acreditou quando contei que não tinha mais nada a ver com a firma, mas quando perguntei se gostaria de ter *minhas* tortas de volta, ele quase me beijou. 'Tudo bem, tudo bem, pode trazer, maçã, limão e abóbora!'"

Ela ficou tão contente com sua imitação do sr. Chris que começou a rir, e logo todos estavam rindo. Bert disse que bastava ela recomeçar a fazer as tortas, podia deixar o resto com ele. Venderia tudo. Veda riu, apontou para a boca, significando que as comeria. Mildred sentiu vontade de pular e beijá-la, mas se conteve.

A campainha da porta tocou. Letty foi atender, voltando em seguida com olhar intrigado. "O táxi chegou, senhora Pierce."

"Táxi? Eu não chamei nenhum táxi."

"Vou dizer a ele."

Veda deteve Letty com um gesto. "Eu chamei."

"*Você* chamou."

"Sim, mãe."

Veda levantou-se sem tocar no peru, e calmamente encarou Mildred. "Decidi há algum tempo que o melhor lugar para mim é Nova York, então estou indo daqui a pouco para o terminal da Union Air, em Burbank. Eu pretendia lhe contar antes."

Atônita, Mildred fitou os olhos cruéis e frios de Veda, percebendo que ela falava com sua voz natural. "E você vai com quem?"

"Monty."

"Ah."

Pensamentos de todos os tipos passaram pela mente de Mildred, que foi montando o quebra-cabeça: comentários do sr. Hobey, o anunciante do Sunbake, a cena exagerada de perdão em Reno, publicada pelos jornais, a curiosa aparição do sr. Levinson em seu casamento. Enquanto Veda continuava a sorrir friamente, Mildred começou a falar, a língua a umedecer os lábios em movimentos rápidos, como uma língua de serpente. "Agora entendo... você não perdeu a voz, só pensou mais depressa que todos, naquela noite... Se conseguisse me fazer declarar que a esganei, então poderia romper o contrato com a Pleasant, a companhia que lhe deu sua primeira grande chance. Costumava cantar de peito, como homem, e resolveu fazer isso de novo, pois achou necessário. Agindo assim, obrigou-me a declarar tudo no depoimento, para que os jornais publicassem. Os jornais descobriram seu caso com Monty, e isso não era bom para o público do rádio. Por isso foi a Reno, providenciou para que tirassem fotos abraçada comigo. E ficou para o casamento meu com seu pai. Até convidou Levinson para o casamento, como se isso fosse importante para mim. Uma cortina de fumaça para encobrir o que havia realmente feito, para esconder seu caso amoroso com o marido de sua mãe, com seu próprio padrasto."

"Bem, já vou indo."

"E sei perfeitamente por que está indo embora. Agora a publicidade baixou um pouco, e você pode cantar para Sunbake por dois mil e quinhentos por semana. Tudo bem — mas, desta vez, não precisa voltar."

A voz de Mildred elevou-se quando disse isso, e a mão de Veda involuntariamente subiu à garganta. Veda aproximou-se do pai e o beijou. Ele a beijou, acariciou, mas desviou os olhos e agiu friamente. Então ela foi embora. Quando a porta do táxi bateu e o carro se afastou barulhento, Mildred foi para o quarto, deitou-se e começou a chorar. Tinha trinta e sete anos, estava gorda, velha, fora de forma. Perdera tudo por que batalhara durante longos e duros anos. O único ser vivo que realmente amara voltara-se contra ela repetidamente, com presa e garra, e agora a abandonava sem dizer adeus ou dar um beijo. Seu único crime, se é que cometera algum, fora amar demais aquela menina.

Bert entrou com olhar decidido e uma garrafa de uísque de centeio na mão. Com habilidade ele a agitou um pouco, depois se sentou na cama. "Mildred."

"Sim."

"Ela que se dane."

A frase serviu apenas para acelerar os soluços de Mildred, que eram quase um uivo. Mas Bert a abraçou e a sacudiu. "Eu já falei, ela que se dane!"

Através das lágrimas, Mildred pareceu entender o que ele dizia. Só Deus sabe quanto lhe custou engolir os soluços, olhar para ele, cerrar os dentes e passar uma faca pelo cordão umbilical. Mas ela fez isso. Fechou a mão até a unha cortar a carne, e disse: "Certo, Bert. Ela que se dane!"

"Cacete, era o que eu queria ouvir! Venha cá. Temos um ao outro, não é? Vamos tomar um porre!"

"Isso. Vamos tomar um porre."

SÉRIE POLICIAL

Réquiem caribenho
  Brigitte Aubert

Bellini e a esfinge
Bellini e o demônio
Bellini e os espíritos
  Tony Bellotto

Os pecados dos pais
O ladrão que estudava Espinosa
Punhalada no escuro
O ladrão que pintava como Mondrian
Uma longa fila de homens mortos
Bilhete para o cemitério
O ladrão que achava que era Bogart
Quando nosso boteco fecha as portas
O ladrão no armário
  Lawrence Block

O destino bate à sua porta
Indenização em dobro
A história de Mildred Pierce
  James M. Cain

Post-mortem
Corpo de delito
Restos mortais
Desumano e degradante
Lavoura de corpos
Cemitério de indigentes
Causa mortis
Contágio criminoso
Foco inicial
Alerta negro
A última delegacia
Mosca-varejeira
Vestígio
  Patricia Cornwell

Edições perigosas
Impressões e provas
A promessa do livreiro
Assinaturas e assassinatos
  John Dunning

Máscaras
Passado perfeito
Ventos de Quaresma
  Leonardo Padura Fuentes

Tão pura, tão boa
Correntezas
  Frances Fyfield

O silêncio da chuva
Achados e perdidos
Vento sudoeste
Uma janela em Copacabana
Perseguido
Berenice procura
Espinosa sem saída
Na multidão
  Luiz Alfredo Garcia-Roza

Neutralidade suspeita
A noite do professor
Transferência mortal
Um lugar entre os vivos
O manipulador
  Jean-Pierre Gattégno

Continental Op
Maldição em família
  Dashiell Hammett

O talentoso Ripley
Ripley subterrâneo
O jogo de Ripley
Ripley debaixo d'água
O garoto que seguiu Ripley
  Patricia Highsmith

Sala dos Homicídios
Morte no seminário
Uma certa justiça
Pecado original
A torre negra
Morte de um perito
O enigma de Sally
O farol
Mente assassina
  P. D. James

Música fúnebre
Morag Joss

*Sexta-feira o rabino acordou
tarde
Sábado o rabino passou fome
Domingo o rabino ficou em
casa
Segunda-feira o rabino viajou
O dia em que o rabino foi
embora*
Harry Kemelman

*Um drink antes da guerra
Apelo às trevas
Sagrado
Gone, baby, gone
Sobre meninos e lobos
Paciente 67
Dança da chuva
Coronado*
Dennis Lehane

*Morte em terra estrangeira
Morte no Teatro La Fenice
Vestido para morrer
Morte e julgamento*
Donna Leon

A tragédia Blackwell
Ross Macdonald

É sempre noite
Léo Malet

*Assassinos sem rosto
Os cães de Riga
A leoa branca
O homem que sorria*
Henning Mankell

*Os mares do Sul
O labirinto grego
O quinteto de Buenos Aires
O homem da minha vida
A Rosa de Alexandria
Milênio
O balneário*
Manuel Vázquez Montalbán

O diabo vestia azul
Walter Mosley

*Informações sobre a vítima
Vida pregressa*
Joaquim Nogueira

*Revolução difícil
Preto no branco
No inferno*
George Pelecanos

Morte nos búzios
Reginaldo Prandi

Questão de sangue
Ian Rankin

*A morte também freqüenta o
Paraíso
Colóquio mortal*
Lev Raphael

O clube filosófico dominical
Alexander McCall Smith

*Serpente
A confraria do medo
A caixa vermelha
Cozinheiros demais
Milionários demais
Mulheres demais
Ser canalha
Aranhas de ouro
Clientes demais
A voz do morto*
Rex Stout

*Fuja logo e demore para voltar
O homem do avesso
O homem dos círculos azuis*
Fred Vargas

*A noiva estava de preto
Casei-me com um morto
A dama fantasma*
Cornell Woolrich

ESTA OBRA FOI COMPOSTA PELO GRUPO DE CRIAÇÃO EM GARAMOND E
IMPRESSA PELA GEOGRÁFICA EM OFSETE SOBRE PAPEL PAPERFECT DA
SUZANO PAPEL E CELULOSE PARA A EDITORA SCHWARCZ
EM MAIO DE 2008